ノーラ・ロバーツ／著
清水寛子／訳

情熱の炎に包まれて

Face The Fire

扶桑社ロマンス
0945

昔も今も変わらぬ
恋人たちに捧ぐ

おお、愛よ！　火よ！　彼がかつて引き寄せし
我が魂のすべてよ　ひとつの長きくちづけを以て
我が唇を通し、陽光が朝露を飲むがごとく

――アルフレッド・テニスン卿

情熱の炎に包まれて

登場人物

ファイヤー――――――――――火の魔女

エアー――――――――――――風の魔女

アース――――――――――――土の魔女

ウォーター――――――――――水の魔女

ミア・デヴリン――――――――カフェ・ブックのオーナー

サミュエル・ローガン――――――マジック・インのオーナー

ネル・チャニング・トッド―――――カフェ・ブックのコック

リプリー・トッド・ブック―――――保安官代理

ザック・トッド―――――――――保安官、リプリーの兄、ネルの夫

マカリスター・ブック――――――超常現象の研究者、リプリーの夫

ルル・カボット――――――――カフェ・ブックの書店員

グラディス・メイシー――――――スリー・シスターズ島の住民

デニス・リプリー――――――――ザックとリプリーの親戚の男の子

エヴァン・レミントン――――――ネルの元夫

ジョナサン・ハーディング――――雑誌記者

プロローグ

スリー・シスターズ島
一七〇二年九月

彼女の心は砕かれた。砕かれた心の破片が魂に突き刺さり、彼女の生きているあらゆる時間、あらゆる瞬間をみじめなものにした。子供たち――彼女が胎《はら》に宿した子供たち、失ったシスターたちの代わりに産んだ子供たち――でさえ、慰めにはなってくれなかった。

しかも大いに恥ずべきことに、彼女のほうも子供たちにとっての慰めにはなり得なかった。

父親に捨てられた子供たちを、彼女までもが置き去りにしようとしていた。夫であり、恋人であり、彼女の心そのものでもあった彼が海へと帰っていったその日、彼女の一部だった希望と愛と魔法は死んだ。

彼はもはや、家族がともに過ごした歳月やその喜びを思いだしはしないだろう。彼女のことも、息子たちや娘たちのことも、この島で営んだ生活も。

それは彼の性《さが》だった。それは彼女の運命だった。

そしてシスターたちの運命でもあった。激しくうねる海を見おろす大好きな崖の上に立って、彼女は考えた。シスターたちもまた、愛し、失う運命だった。風《エアー》と呼ばれたシスターは、ハンサムな顔とやさしい言葉で身を飾っていた野獣を愛してしまった。彼女に血を流させて命を奪った野獣を。彼は彼女が彼女であったがゆえに彼女を殺したが、彼女は彼をとめるために力を使おうとしなかった。

土《アース》と呼ばれたシスターは怒り狂い、悲嘆に暮れ、憎しみの石をひとつひとつ積みあげて誰にも破られない高い壁を築いた。魔術の掟を破って、持てる力を復讐のために使い、闇を抱きしめた。

闇が近づいた今、火《ファイアー》と呼ばれる彼女はひとりぼっちで苦悩を抱えていた。これ以上は闘えず、生きる目的を見いだすこともできなかった。

やがて夜が訪れて、闇は欺瞞に満ちた狡猾な言葉をささやきかけてきた。闇の正体を知りつつも、彼女は誘惑された。

ひとたび環《サークル》が破られてしまうと、彼女ひとりの力では抗いきれなくなった。抗う気さえ起こらなかった。

汚らわしい霧に紛れて地を這いながら近づいてくるものを感じた。それは飢えていた。自分が死ねばそいつの餌食となるだけだとわかっていても、生きのびたいという気持ちはわいてこなかった。

彼女が両手をあげると、燃えるような髪がはためいた。吐息で風を呼び寄せたせいだ。彼女のなかにはまだそれだけの力が残っていた。その風に応えて海が吼え、足もとの地面が揺れた。

風と、土と、火——そして、彼女に大いなる愛を与えておきながら、それを奪い去った水。

この最後のとき、すべてはふたたび彼女の支配下にあった。

子供たちの身は安全に守られるよう、あらかじめしっかりと手を打っておいた。乳母が彼らの世話を焼き、教え育み、天与の恵みや聡明さは後世に受け継がれていくだろう。

闇が彼女の肌をなめあげた。冷たい、冷たい、いくつものキス。

自ら呼び起こした嵐が体のなかで吹き荒れ、意志と意志とが強い力で引きあうと、彼女の体は崖っぷちでぐらぐらと揺れた。

島が消えてしまう、と彼女は思った。彼女たちを追いつめて滅ぼそうとした人々の怒りから逃れるために、三姉妹で力を合わせてつくったこの島が。すべてが。

〝おまえはひとりだ〟闇がささやいた。〝そして苦しみを抱えている。その孤独を終わらせよ。苦しみを終わらせよ〟

そうすることは彼女の願いでもあった。けれども彼女には、子供たちやそのまた子供たちを見捨てるつもりなどなかった。力はまだ彼女のなかにあり、闇を倒す強さと知恵があった。

「今より三百年の長きにわたりて、これなるシスターズ島は汝の手から守られん」

彼女がのばした指先から光が勢いよくほとばしり、サークルのなかにサークルが描かれた。

「汝の手、わが子らに届かじ。彼らは生き、学び、教える。わが呪文の解かるるとき、三人が出でてひとつとなり、新たな呪文を唱えん。三姉妹の環《わ》は力によりつながりて、もっとも暗き時に立ち向かわん。三つの教えは、勇気と信頼、哀れみを伴う正義、境界線なき愛。三人は自らの意志により、運命に立ち向かうべくひとつにならん。彼女らがしくじりしとき、この島は海のなかへと沈まん。彼女らが闇を追いかえしときは、永遠に汝の印を負わじ。これをもって、わが呪文の終わりとす。われ願う、かくあれかし」

彼女が崖から飛んだ瞬間、その身に闇が襲いかかってきたが、すんでのところで届かなかった。彼女は海へ向かって落ちながら最後の力を振りしぼり、子供たちが眠っている島を銀色の網で覆った。

1

スリー・シスターズ島
二〇〇二年五月

彼がこの島におり立つのは十年以上ぶりだった。とがった木々の頭が連なる森、散在する家々、浜辺や入江の曲線などを――心に思い描いたのは別として――最後に目にしたのは、ひと昔も前になるだろうか。白くそびえる島の灯台と石造りの家が隣りあって立つ、この見事な崖を見るのも久しぶりだ。

こんなふうに懐かしさや素朴な喜びがこみあげてくるとは、思ってもいなかった。サム・ローガンはめったに驚かない男だ。だが、昔と比べて変わったところや変わっていないところに気づくたびに深い愉悦を覚え、彼を驚かせた。

今回の帰郷が自分にとってなにを意味するのか、実際に戻ってくるまで完全にはわかっていなかった。

春の潮風の匂いを嗅いだり、ボートに乗っている人々の声を聞いたりしながら、マサチューセッツ州の海岸から離れた小島で人々がくり広げている生活の様子を眺めたかったので、車はフェリーの埠頭のそばに駐めて、少し歩くことにした。

もしかすると、目あての女性に会う心の準備を整えるために、もうしばらく時間を稼ぎたかったのかもしれない。

あたたかく迎えてもらえるなどと、甘い期待を抱いてはいなかった。というより、ミアがどんな態度に出てくるか、まったく予想がつかない。

以前はそんなことはなかったのだが。ミアの表情や声の調子が意味するものは、手にとるようにわかっていた。昔のミアなら、あの赤い髪を優雅になびかせ、煙を思わせるグレーの瞳を喜びと期待で輝かせて、埠頭に立って彼を出迎えてくれたことだろう。

腕のなかへ飛びこんでくる彼女の笑い声まで、想像がついた。

そうした日々は終わってしまった。洒落た店や事務所が立ち並ぶハイ・ストリートへと続く道をのぼりながら、サムは思った。彼自身が終わらせて、この島とミアから意図的に逃げだしたのだ。

だが彼は、今度はその逃避行を意図的に終わらせようとしていた。

この十年あまりの歳月は、サムがここに置き去りにした少女を大人の女性に成長させたようだ。いや、立派なビジネスウーマンにだ、と半ば愉快に思いなおす。驚きはなかった。ミアには昔からビジネスの才覚があり、損得を見抜く目を持っていたからだ。彼は必要とあらばミアのそういう部分を利用し、うまく口車に乗せてでも、ふたたび彼女の気を引くつもりだった。

最終的に勝てるのであれば、甘い言葉でとり入ることすらいとわなかった。

ハイ・ストリートに入ったところでふと足をとめ、マジック・インを外からじっくりと眺めてみた。ゴシック様式で石造りのその建物は島唯一のホテルであり、現在はサムがこのオーナーとなっている。

父親がようやく経営から手を引いたので、いつかこのホテルで実践してみたいと長年胸のなかであたためていたいくつかの計画をいよいよ実行するつもりでいた。

だがしかし、個人的な問題が片づくまでは、ひとまず仕事もお預けだ。

彼は歩きつづけた。交通量はさほど多くないものの、ある程度の往来があるのがうれしい。報告で聞いていたとおり、島の景気はまずまず良好なようだ。

大股なせいか、歩道を進む足どりも早かった。六フィート三インチあまりの長躯は鍛え抜かれて引きしまり、ここ数年は、今日はいているブラック・ジーンズよりもテイラード・スーツのほうがなじむ体になっている。彼が歩くと、裾の長い黒のコートが五月初旬のすがすがしいそよ風をはらみ、後ろに大きくふくらんで翻った。同じように黒い髪は襟にかかるほどの長さで、本土からのフェリーで風に吹かれたため、くしゃくしゃに乱れてしまっている。顔には無駄な肉がいっさいついておらず、長い頬骨がくっきりと浮き立っていた。形の整ったぽってりした唇が表情にいくぶんやわらかみを加えているが、後ろへとなびく黒髪のせいで、顔つきはかなり精悍に見える。

生まれ育ったこの島の来し方行く末を見透かすまなざしは鋭い。島をとり囲む海と同じ色、すなわちブルーとグリーンの中間のようなその瞳は、ダークブラウンのまつげと眉で縁どられている。

ときとしてサムは自分のそうしたルックスを利用した。持てる魅力や冷酷さを利用するのと同じように。目的を達成するためとあらば、手に入る道具はなんでも使う。今の彼は、ミア・デヴリンの心を勝ちとるには持てるものすべてを使いはたさなければならないだろう、と覚悟していた。

通りの向かい側から、カフェ・ブックをしげしげと観察する。以前はなおざりだったその建物の外観は、いかにもミアが手をかけた店らしく、愛らしくて優雅でなおかつ生産性の高そうな雰囲気に変わっていた。通りに面したウインドウにはローンチェアが置かれ、そのまわりに数冊の本と鉢植えの春の花がディスプレイされている。サムはしみじみと思った。本と花は、どちらもミアが深く愛しているものだ。それらが、〝そろそろ庭仕事の手を休めて腰をおろし、これまでの成果を堪能しながら物語の世界へ漂っていきませんか〟といざなっているかのようではないか。

彼が見ているあいだにも、観光客が数人、本屋へと入っていった。しばらく島を離れていたとはいえ、観光客と島の住民の見分けくらいはつく。

サムはポケットに手を突っこみ、自分がいまだにためらいを感じていることに気づくまでその場に立ちつくしていた。癇癪を起こしたミア・デヴリン以上に激しく荒れるものは、そうそうない。目が合ったとたんに猛烈な怒りをあらわにしてこちらへ突進してくるミアの姿が思い浮かんだ。

そうなったところで、誰がミアを責められようか?

さらに彼は、癇癪を起こしたミアほど欲情をそそられるものはないと思い、にんまりと笑った。ふたたび彼女と一戦まじえるのは……さぞかし楽しいだろう。あの癇癪をなだめるだけでも、充分にやりがいがある。

サムは道路を渡って、カフェ・ブックのドアを開けた。

カウンターの後ろにルルが控えていた。どこであろうと、彼女を見間違うことはないだろう。銀縁眼鏡で顔全体が隠れてしまうほど小顔の女性は、実質的にミアの育ての親だった。娘のことよりお互いと旅行に夢中だったデヴリン夫妻が、元フラワー・

チャイルド（平和と愛の象徴として花を身につけていた若いヒッピー）のルルを雇って、幼いミアの世話をほぼ任せきりにしたためだ。

ルルが客の応対をしてレジを打っているあいだ、サムは店内を眺めまわした。天井には星のように見える照明がちりばめられていて、本を探しながら店のなかをぶらぶらするだけでも楽しめるよう、工夫がこらされている。暖炉の前には座り心地のよさそうな椅子が用意されており、すす汚れひとつなく磨きこまれた炉床もまた春の花で飾られていた。花の香りが、スピーカーから静かに流れてくる管楽器やフルートの音色と相まって、あたりの空気を甘くしている。

光沢のある青い書架には本が並んでいた――店主の幅広い趣味が見事に反映されたすばらしい品揃えだ、と店内を歩きながらつくづく感じた。これならば、誰もミアを偏狭な頭の持ち主だと非難することはないだろう。

別の棚に、儀式用のキャンドルやタロットカード、ルーン文字の小石、妖精や魔法使いやドラゴンの像などを見つけて、サムはふと唇をゆがめた。ここにはミアのもうひとつの関心事にまつわる小物が魅力的に並べられている。こちらの期待を裏切らないものばかりだ。

ボウルから薔薇石英《ローズ・クォーツ》の丸い石をひとつとりだし、幸運を願って指でこすった。たいして意味はないとわかってはいたが。石をもてあそんでいると、冷たい視線が飛んでくるのを感じた。彼はさりげなく微笑んで、ルルに顔を向けた。

「あなたはいつかきっと帰ってくるだろうって、わかってましたよ。戻ってこなくていい人に限って戻ってくるんだから」

これぞまさしく最初の障壁、門番のドラゴンだ。「やあ、ルゥ」

「気安く〝やあ、ルゥ〟なんて呼びかけないでちょうだい、サム・ローガン」ルルは鼻をふんと鳴らし、頭のてっぺんから足の爪先までサムをじろじろと眺めまわした。そしてもう一度鼻を鳴らす。「それを買うの？　それとも、保安官を呼んで万引の現行犯で引っとらえてもらうべきかしら？」

彼は持っていた石をボウルに戻した。「ザックはどうしてる？」

「自分で訊きに行ったら？　申し訳ないけどわたし、あなたのために無駄づかいできる時間なんてないのよ」今や背丈はルルより一フィートも高いのに、ずいっと近寄られて指を突きつけられると、サムは自分が十二歳のころに戻った気がした。「で、いったいなんの用？」

「故郷を見に帰ってきたんだ。ミアに会うためにね」

「みんなの幸福のために、ここ何年間かほっつきまわってた場所へさっさと帰ってくれないかしら？　ニューヨークでも、パリでも、どこでもかまやしないわ。あなたがシスターズ島にいなくたって、これまでみんなうまくやってきたんだから」

「そのようだね」サムはふたたび、さりげなく店内を見渡した。とくに気分を害してはいない。ドラゴンは献身的に姫に仕えるべきものだ、と彼自身思うからだ。記憶をたどる限り、ルルはいつだって使命に忠実だった。「ここもいい店じゃないか。カフェはまた格別にすばらしいって聞いてるよ。なんでも、ザックの新妻が切り盛りしてるんだって？」

「聴力は衰えていないようね。じゃあ、よく聞いて。さっさと上へ行って食べてらっしゃい」

気を悪くしたわけではなかったが、サムの目つきは鋭くなり、瞳が暗いグリーンに変わった。「ミアに会いに来たんだ」

「あの子は忙しいの。あなたが立ち寄ったことは伝えておくわ」

「いや、それはどうかな」サムは静かに言った。「ま、いずれは彼女にも伝わるだろうけど」

そう話すサムの耳に、かつかつと木の板を蹴るヒールの音が聞こえた。ハイヒールを履いた足で弧を描く階段をおりてくる女性はただひとりと決まっているわけではない。だが、彼にはわかった。心臓をどきどきさせながら書架の裏へまわりこむと、ちょうどこちらを向いたミアの姿をとらえることができた。

ほんのひと目、ちらりと見ただけで、サムの心は粉々にされてしまった。

姫だとばかり思っていたミアは、女王になっていた。

昔からそうだったが、ミアはこの世に生きとし生けるもののすべてのなかでもっとも美しい存在だ。少女から大人の女性への変貌は、その美しさにさらなる磨きをかけたにすぎなかった。彼の記憶にあるとおりの燃えるように赤い長めのカーリーヘアが、華やかで洗練された顔のまわりで揺れている。その肌が朝露のようにやわらかいことを彼は思いだした。鼻は小ぶりでまっすぐ筋が通っており、口は大きくふっくらとしている。その唇の感触と味も、彼はいまだしっかりと記憶していた。煙のようなグレーで形はアーモンドそっくりの目が、今は装った冷ややかさをたたえて彼を見つめている。

ミアはクールな微笑を浮かべて近づいてきた。

鈍い金色のドレスが体の曲線にぴったりと張りつき、長い脚をいっそう長く見せている。靴も同じ色調のせいか、全身が熱を帯びて光っているように見えた。にもかかわらず、眉をあげてこちらを見かえす彼女からあたたかみは感じられない。

「まあ、誰かと思ったら、サム・ローガン？　おかえりなさい」

昔と比べると、声はほんの少しだけ低くなっていた。より官能的で、よりハスキーで、より穏やかな感じだ。他人行儀な笑顔ととってつけたような歓迎の言葉に困惑を覚えるサムの腹のなかへすうっとしみ入ってくるようだった。

「ありがとう」意識して同じような口調で答える。「戻ってきてよかったよ。きみは相変わらずすばらしいね」

「やれることをやっているだけよ」

ミアが髪を後ろに払った。黄水晶のイヤリングが耳もとを飾っている。指にはまっているいくつかの指環や彼女を包みこむかすかな香りなど、ミアに関するあらゆることがらが自然とサムの胸に刻まれた。彼は一瞬、彼女の心を読みとろうとしてみたが、外国語のようでまったく理解できず、挫折感を味わっただけだった。

「気に入ったよ、この本屋」あくまでもさりげない口調を保とうと気をつけながら言う。「まだ一部しか見せてもらってないけど」

「だったら、隅々まで案内してさしあげるわ。ルル、ほかのお客さまのお相手、お願いね」

「自分の役目くらい承知してますよ」ルルがぼそっと言った。「まだ営業時間中でしょう? この人を案内してまわる暇なんて、あなたにはないでしょうに」

「ルル」ミアはわずかに首を傾け、目でたしなめた。「せっかく懐かしい人が訪ねてきてくれたんだもの、それくらいの時間はいつだってあるわ。さあ、上へあがってカフェを見てちょうだい、サム」そう言うとミアは手すりをつかみ、今おりてきた階段をふたたびのぼりはじめた。「もう聞いていると思うけれど、わたしたちの共通のお友達のザック・トッドはこの冬に結婚したのよ。ネルは今やわたしの親友というだけでなく、凄腕の料理人でもあるの」

サムは階段をのぼりきったところで立ちどまった。立場をわきまえて意識的に精神のバランスを保たなければならないことに、いらだちを感じる。ミアから漂ってくる香りのせいで、心が少々落ちつかなくなっているらしい。

二階も一階と同様に客がくつろぎやすい雰囲気に満ちているが、繁盛しているカフェらしい活気に加えて、さまざまなスパイス、コーヒー、濃厚なチョコレートなどの馥郁たる香りが、フロアの一角から全体に広がっていた。

何種類もの焼き菓子やサラダがずらりと並んでいるガラスのショーケースはぴかぴかに光っている。大きな鍋からおいしそうな匂いのする湯気が立ちのぼり、キュートなブロンドの女性が目の前の客に出すスープをレードルですくっていた。

奥の壁の窓からは海が臨める。

「最高だね」少なくともそれだけは無条件で言える。「本当に最高だよ、ミア。これだけの店をつくりあげたんだから、きみもさぞかし鼻が高いだろうな」

「高くならないわけないでしょう?」

その言い方に、鋭く噛みつくような辛辣さを感じて、サムは思わずミアを振りかえってしまった。だが、彼女はふたたびよそよそしく微笑み、指環をきらめかせながらしなやかな手を動かしただけだった。

「おなかは空いているかしら？」

「ああ、思ってた以上に空いてるみたいだ」

煙を思わせるグレーの瞳をほんの一瞬鋭く光らせてから、ミアは体の向きを変えてサムをカウンターへと案内した。「ネル、食欲旺盛な男性をおひとり、ご案内したわよ」

「そういう方には、この店はまさにおあつらえ向きですわ」ネルが頬にえくぼをつくり、ブルーの瞳には親しげな笑みを浮かべて、目を合わせてきた。「本日のスープはチキン・カレー。特製サラダは小エビの小悪魔風《ディアブロ》で、本日のサンドイッチはオリーブ入りのパンにグリルド・ポークとトマトを載せたものなんです。あとは通常のメニュー と……」カウンターのメニューを指で軽く叩いて示しながら言い添える。「ベジタリアン向きのお料理も用意できますが」

この人がザックの奥さんか、とサムは思った。いちばんつきあいの長い友人であるザックがついに身を固めたことを知識として知るのと、その理由を実感するのとは、また別の話だ。サムはここでもわずかに心を揺さぶられた。

「メニューはすばらしく充実しているね」

「そのように心がけていますので」

「ネルがつくったものなら、どれを選んでも間違いないわよ」ミアが口を挟む。「それじゃ、しばらくはこちらの有能な彼女に相手をしてもらってて。わたしは本当に仕事があるから。ああ、ネル、まだちゃんと紹介していなかったわね。こちらはザックの幼なじみのサム・ローガンよ。では、どうぞランチを楽しんでいらしてね」それだけ言って、ミアはその場から立ち去った。

ネルの整った顔に驚きが走り、表情からあたたかみが一気に引いたのを、サムは見逃さなかった。「なにになさいますか?」

「とりあえずコーヒーを。ブラックで。ザックは元気かい?」

「おかげさまで、とても元気です」

サムは指でとんとんと自分の腿を叩きながら思った。どうやらここにも門番がいたらしい。やさしげな風貌にもかかわらず、ドラゴンと同じくらい手強そうだ。「リプリーはどうしてる? 先月結婚したばかりだそうだね」

「リプリーもとても元気で、とても幸せそうにしていますわ」ネルは気に入らない客に応じるように口をかたく引き結び、テイクアウト用のカップに入れたコーヒーをカウンターに置いた。「お代はけっこうです。きっとミアはあなたからお金をいただくつもりも、その必要もないでしょうから。マジック・インでもとてもおいしいランチが召しあがれますよ、当然ご存じでしょうけれど」

「ああ、わかってるさ」見かけはかわいい子猫のようでも、その爪はかなり鋭いようだ、とサムは感じた。「ミアのことは自分が守ってやらなくちゃいけないとでも思っているのかい、ミセス・トッド？」

「ミアならひとりで立派に対処できると思います」ネルが今度は刃のように薄い笑みを見せた。「どんなことでも」

サムはコーヒーをとりあげた。「同感だ」そう言ってから、彼はミアが姿を消したほうへと出ていった。

ろくでなし。ミアはオフィスに入ってドアを閉めるやいなや、怒りをあたりに撒き散らした。それだけで、棚に並べてある本や置物ががたがた揺れて飛び跳ねた。ああもぬけぬけとわたしの店に入ってくるなんて、無神経で、厚かましくて、非常識にもほどがあるというものだわ。

彼はあの場にじっと立ち、にっこりと笑いかけてきた、わたしのほうから喜びの声をあげて腕に飛びこんでくるのを待っているかのように。おまけに、その期待が外れると、とまどったような顔をした。

ろくでなし。

両の拳をぎゅっと握りしめると、窓ガラスに細いひびが走った。

サムが店に足を踏み入れた瞬間、ミアにはわかった。彼が島に到着した瞬間にそれを感じたのと同じだ。今朝、発注作業をしようとデスクに座ったとき、彼が島に戻ってきたという事実が怒濤のように押し寄せてきて、全身に襲いかかった。痛み、衝撃、喜び、怒り。そのどれもがひどく強烈で、ひどく唐突だったため、めまいすら感じたほどだった。激しい感情が次から次へとたたみかけるように襲ってきて、彼女を弱らせ、震えさせた。

こうして、ミアはサムが戻ってきたことを知った。

あれから十一年。十一年前、サムはミアを捨てて逃げていった。彼女を傷つけ、ひとり絶望の淵へと追いやったまま。彼が去ってから何週間ものあいだ、心を激しくかき乱されて悲嘆に暮れながら過ごしたことを思いだすと、ミアは今でも恥ずかしくなるほどだった。

それでも、サムに焼きつくされてしまった夢の灰の上に、彼女は新たな人生を築きあげた。自分のやりたいことを見つけ、そこそこ充足感を得られるまでになった。

そこへ、彼が戻ってきた。

運命が予知能力を与えてくれたおかげで、心を落ちつけて平静を装うだけの時間が持てたことには、感謝するほかなかった。もしも心の準備を整える前に彼に会うはめになっていたら、どれほど恥ずかしい事態になっていたかわからない。でも実際には、こちらが冷静さを保ってさりげなく挨拶したとき、彼の顔に驚きと困惑がよぎったのを見て、かなりの満足を覚えることができた。

わたしは前よりも強くなったのよ、と自分に言い聞かせる。わたしはもう、粉々に打ち砕かれて血を流している心を彼の足もとに差しだした少女ではない、それに、ひとりの男性より――ずっとずっと――大事なものが、今の生活にはある。

愛なんてただのまやかしにすぎないこともあるわ、とミアは思った。そんなものにつきあう余裕はないし、我慢もできない。わたしには家があり、仕事があり、友人がいる。さらに今は自分を守ってくれるサークルがあり、そのサークルには目的がある。

それだけで充分に心を支えられるはずだ。

ドアをノックする音が聞こえると、ミアは心にシャッターをおろして思考を中断し、デスクの後ろの椅子にさっとお尻をすべらせて座った。

「どうぞ」

モニターでデータを眺めているところへ、サムが入ってくる。ミアはほんのかすかに表情を曇らせて、彼をちらりと見かえした。

「食欲をそそるメニューはなかったかしら?」

「とりあえずこれをいただいてきたよ」サムはコーヒーのカップを見せてから、蓋をとってミアのデスクの上に置いた。「ネルというのは、とても忠義心あふれる人のようだね」

「わたしに言わせれば、忠実さは友人に必要不可欠な資質だわ」

その言葉に相づちを打ってから、彼はコーヒーをひと口飲んだ。「それに、コーヒーの淹れ方も抜群だ」

「カフェのシェフには必要な資質よ」ミアはいらだちを抑えていることを態度で示すために、わざとデスクを指で叩いた。「ねえ、サム、もしも無礼に聞こえたらごめんなさい。あなたにカフェやこの店を心ゆくまで堪能してもらうことは大歓迎なのよ。でも、わたしには仕事があるの」

サムはしばらくミアの顔をじっと観察していたが、どこか迷惑そうな表情が消えることはなかった。「じゃあ、手間はとらせないよ。きみが鍵を渡してさえくれれば、ぼくはとっととここから出ていって、自分の部屋でくつろげるんだけどね」

ミアは困惑して頭を振った。「鍵って？」

「コテージのだよ。きみのコテージの」

「わたしのコテージ？　どうしてあの黄色いコテージの鍵をあなたに渡さなくちゃならないの？」

「なぜなら……」それまでミアが張りめぐらしていた礼節の壁をついに打ち破ったことを内心喜びつつ、サムはポケットから書類を引っぱりだした。「賃貸契約があるからさ」デスクに置いた書類をミアが手にとって読みはじめると、彼は壁に寄りかかった。「ケルティック・サークルっていうのは、うちの子会社なんだ」その説明を聞くなり、ミアは不機嫌な顔になった。「そして、ヘンリー・ダウニングはぼくの弁護士のひとりさ。彼がぼくに代わってコテージを借りてくれたってわけだ」

ミアの手は今にも震えだしそうになった。それどころか、なにかを強く叩きのめしたくてたまらなかった。けれども彼女はあえてゆっくりとてのひらを下に向け、その手をデスクの上に置いた。「どうして?」

「何人も弁護士を雇っているのは、さまざまなことをぼくに代わってやってもらうためだからね」サムは肩をすくめながら言った。「それに、ぼくが直接頼んだところで、とうてい貸してもらえないだろうと思ったし。だが、こうも思ったんだ――というか、確信があった――いったん正式に契約を交わしてしまえば、きみは必ずや責任を果たしてくれるだろうって」

ミアは大きく息を吸った。「わたしが訊きたかったのは、どうしてあなたにコテージが必要なのかってことよ。あなたには自分の好きにできるホテルが一軒丸ごとあるじゃないの」

「ホテル暮らしは好きじゃないし、職場に住みこむつもりもないよ。ぼくだってプライバシーは確保したいし、仕事から完全に離れられる時間も必要だ。ホテルに泊まったんでは、どちらも得られないだろう？　もしもぼくがわざわざ弁護士を通さなかったとしても、きみはあのコテージを貸してくれたかい、ミア？」

彼女の唇がきりっとしたカーブを描いた。「もちろんよ。ただし、家賃はもっとあげていたでしょうけれどね。それもかなり高額に」

サムは笑った。最初に彼女の姿を目にしたときと比べればはるかに余裕のある心地で、またコーヒーをひと口飲む。「取引は取引だ。これも運命だと思って受け入れてくれ。代々うちのものだった屋敷は、両親がリプリーのご主人になった人に売ってしまったから、ぼくはもう住めないんでね。世の中のたいていのことは、結局なるようになるものさ」

「なるようになる、ね」ミアが言ったのは、たったそれだけだった。引きだしを開けて、鍵束をとりだす。「小さい家だし、ほとんど飾り気もない造りだけれど、あなたが島にいるあいだくらいは充分役に立ってくれると思うわ」

ミアは鍵束を、デスクの上の賃貸契約書のそのまた上に置いた。

「ぼくもそう思うよ。今夜一緒に食事でもどうだい？　積る話もあることだし」

「お断りするわ」

こんなに早く彼女を誘うつもりではなかった。なのに言葉がつるりと口からすべりでてしまったことに、サムはいらだちを感じた。「じゃあ、それはまたの機会に」姿勢を正して立ち、鍵と契約書をポケットにしまいこむ。「またこうしてきみに会えてよかったよ、ミア」

サムはミアが手をどかしてしまう前に、デスクに置かれていた彼女の手に手を重ねた。その瞬間、火花が散ったのが見えた。空気もじりじりっと音を立てた。

「あっ」サムはそれだけ言って、握った手にさらに力をこめた。

「その手をどけてちょうだい」ミアは彼の目をしっかり見据え、抑えた声でゆっくりと言った。「あなたにはわたしにふれる権利はないわ」

「権利がどうのこうのなんて話は、ぼくらのあいだにはなかったはずだ、あるのは欲求だけだったじゃないか」

ミアの手はわなわなと震えたがっていた。強い意志の力が、かろうじてその震えを抑えこんでいた。「今はもう〝わたしたち〟なんていうくくりは存在しないし、わたしはあなたを必要としてもいないの」

強烈な言葉だった。鋭い痛みが走り、サムの心はよじれた。「いや、きみにはぼくが必要で、ぼくにはきみが必要だ。感情のしこりはさておき、考えなければならない大切なことがあるからね」

「〝感情のしこり〟ね」ミアは耳慣れない言葉を聞いたかのように、その言葉をくりかえした。「なるほど。それはそれとして、今後はいっさい、わたしの許可なくわたしにふれないでもらいたいわ。あなたにそんな権利はないのだから」

「この件については、もっと話しあう必要がありそうだな」

「そういう言い方をすると、お互いになにか言いたいことがあるみたいじゃない」ミアは怒りを軽蔑にくるんで、ほんの少しだけ表に出した。「今この瞬間、わたしがあなたに言いたいことはなにもないわ。出ていってほしいだけ。契約書もあるし、鍵もあるんだから、コテージはもうあなたのものよ。まったく賢い作戦だったわね、サム。まあ、子供のころからあなたは賢かったけれど。でも、ここはわたしのオフィスで、わたしの店なの」わたしの島なのよ、とも言いそうになったが、すんでのところで思いとどまった。「これ以上あなたにかまっている時間はないのよ」

彼の握力が弱まると、ミアは手を引き抜いた。部屋の空気が澄み渡った。

「久しぶりにあなたが訪ねてきてくれたんだから、修羅場を演じてすべてを台なしにするのはやめておきましょう。コテージを気に入ってくれることを願っているわ。困ったことがあったら、連絡して」

「そうするよ。コテージでの生活を楽しませてもらうし、きみに連絡もする」彼は向きを変えて、ドアを開けた。「そうそう、言い忘れてたけどね、ミア、これは短期の滞在じゃないんだ。ぼくはずっとここにいるつもりで戻ってきたんだよ」

ドアを閉める間際、彼女の頬からさっと血の気が引くのを見て、サムは不純な喜びを感じた。

そのことと、出だしから大きくつまずいてしまったことで、サムは自分を呪いたくなった。不愉快な気持ちのまま階段をおり、ルルの冷たい視線をかいくぐって、店を出た。

車を駐めた埠頭からも、これからしばらく住むことになったコテージからも遠ざかり、保安官事務所へと向かう。

今や立派な保安官となっているはずのザック・トッドが、ちょうど事務所にいてくれるといいのだが。せめてひとり、たったひとりくらいは、自分の帰郷を心の底から歓迎してくれる人間がいてほしい。

もしもザックすらあてにできないとしたら、自分があまりにもみじめだ。もはやありがたくも感じなくなったさわやかな春風を避けるように、サムは肩をすぼめた。

ミアは蝿でも追い払うかのように、いともそっけなく彼を拒絶した。癇癪を起こすそぶりはみじんも見せず、かすかないらだちをあらわにしただけで。だがしかし、ふたりの手がふれあった瞬間に飛び散ったあの火花には、なにがしかの意味があるはずだ。そう信じずにはいられなかった。とはいえ、もしも自分の知りあいのなかに、運命に逆らってでも己の意志を貫ける女性がいるとしたら、それはミアだけだ。なにしろ頑固で誇り高い魔女だからな。サムはそう思い、ため息をついた。ミアがまさしくそういう女性だという事実が、彼にとっては昔から魅力だった。プライドとパワーが束になってかかってきたら、おいそれと拒めるものではない。彼の推測が間違っていなければ、彼女の持つプライドとパワーは、十九歳のときと比べて今のほうがはるかに大きそうだった。

つまり、さまざまな意味で、挑みがいのある相手というわけだ。

サムはふうっと息を吐きだしてから、保安官事務所のドアを開けた。

デスクに足を載せて受話器を耳に押しあてている男は、昔とほとんど変わっていなかった。多少肉がついてふっくらした部分もあれば、逆に引きしまったところもある。ブラウンの髪はいまだに乱れ放題で、陽にさらされてまだらになっていた。澄んだグリーンの目は相変わらず鋭い。

「ああ、またこちらからかけなおすよ。今日じゅうにファックスしなくちゃいけない書類があるんで。ああ、そうだ。それじゃ、また」ザックはそう言って電話を切り、足をデスクから床におろした。そしておもむろに姿勢を正し、サムをじっと見つめて、にやりと笑った。「こいつは驚いたな、ミスター・ニューヨーク・シティーじゃないか」

「そっちこそ、今やお偉い保安官殿なんだってな」

ザックは狭い事務所の奥からたったの三歩で近づいてくるなり、サムをがしっと抱きしめた。

サムのなかに、たとえようのない安心感がさざ波のごとく広がっていく。あたたかい歓迎と、素直な好意と、子供時代に育まれ骨の髄まで深くしみついた絆が、はっきりと感じられたからだ。

少年を一人前の男に成長させた歳月がつくりだした溝はたちどころに消え失せた。

「会えてうれしいよ」サムはどうにかそれだけ言った。

「それはこっちのせりふだ」ザックが体を離し、値踏みするようにサムを眺めまわす。笑顔のなかに、純粋な喜びが輝いていた。「ずっとデスクに向かって座っているにしては、贅肉もついてないし、髪が薄くなってもいないようだな」

サムは散らかった事務所内を見まわした。「そっちもな、保安官殿」

「まあ、この島の治安責任者は誰かってことをせいぜい肝に銘じておいて、悪事など働かないようにしてくれよ。で、なんでまたここへ戻ってきたんだ？　コーヒーでも飲むか？」

「そのポットの中身をコーヒーと呼んでるのなら、ぼくは遠慮しておくよ。戻ってきたのは仕事のためさ。長期の仕事だ」

ザックは口を引き結んで、マグにコーヒーを注いだ。「ホテルの仕事か？」

「ひとつはな。両親から買いとったんだ。今ではぼくのものさ」

「買いとった、とは——」ザックは肩をすくめて、デスクの角にお尻を軽く載せた。

「うちの家族はきみたちのところみたいな家族とは、ちょっと様子が違うからな」サムはさらりと言った。「ビジネスだよ。父はもう、あまり興味がないらしいんだ。ぼくはまだまだ。きみのご両親は?」

「元気にしてるよ。ちょうど行き違いだったね。リプリーの結婚式に出るために戻ってきて、ひと月ほどいたんだ。ふたたびここに居を定めることにしたのかと思ったくらいだ。だが、またウィネベーゴに荷物を積んで、ノヴァスコシアへ出発してしまった」

「お会いできなくて残念だったな。結婚したのはリップだけじゃないんだろ?」

「ああ」ザックは結婚指環が光る手を見せびらかした。「きみもどうせなら、ぼくらの結婚式に間に合うように帰ってきてくれればよかったのに」

「できればそうしたかったよ」それは紛れもなく、いくつもある後悔のうちのひとつだった。「ともかく、本当によかったじゃないか、ザック。心の底からそう思うよ」

「ありがとう。彼女に会ったら、きっともっと喜んでくれると思うな」

「ああ、奥さんには会ってきたよ」サムの笑みは薄らいだ。「今きみが飲んでるものの匂いから想像するに、コーヒーを淹れるのはきみより奥さんのほうがはるかに得意そうだな」

「これはリプリーが淹れたんだ」

「なんでもいいさ。いずれにしろ、奥さんにコーヒーを頭からぶっかけられずにすんで助かった、とだけ言っておこう」

「どうして彼女がそんな……？　ああ」ザックは頬をふくらませてから、息を吐きだした。「そうか、なるほど。ミアの件だな」手で顎を撫でながら言う。「ネルと、ミアと、リプリー。実を言うと――」

そこでドアが大きな音を立てて開いたため、ザックの言葉はとぎれた。野球帽のつばから傷だらけのブーツの爪先まで、全身からぴりぴりした空気を発散しているリプリー・トッド・ブックがサムをぎろりとにらみつける。兄と同じグリーンの目が深い恨みの矢を放った。

「やっと戻ってきたのね」サムに近づきながら、リプリーは声高に言った。「この日が来るのを、わたしは十年以上も待ちつづけてたんだから」

リプリーが腕を振りあげたとき、ザックが横から飛びだして、彼女の腰のあたりに腕をまわして押さえた。妹が鋭い右クロスのパンチを持っていることを、わけあって兄はよく知っていた。「待てよ」ザックは命令した。「とにかく落ちつけ」

「少しも丸くなっていないようだな」サムはそう言って、両手をポケットに突っこんだ。それでリプリーの気がすむのなら拳を顔で受けてやるよ、と言わんばかりに。

「少しもね」ザックはなおも悪態をついているリプリーを抱えあげた。すると帽子が落ち、長い黒髪が、怒りでゆがんだ彼女の顔にばさっと垂れ落ちた。「サム、少し時間をくれ。リプリー、やめろってば！」ザックが命じる。「おまえはバッジをつけてるんだぞ、わかってるのか？」

「だったら、バッジを外してから殴るまでよ」リプリーが目にかかった髪を吹き払うと、彼女とサムのあいだの空気がじりじりじりっと焦げた。「こんなやつ、殴られて当然なんだから」

「そうかもしれない」サムは同意した。「でも、きみに殴られるいわれはないな」

「ミアはあくまでもレディーだから、あなたの顎をぶちのめしたりはしないのよ。わたしは違うけどね」

サムはようやく笑顔に戻った。「昔からきみのそういうところが好きだったよ。ぼくはあの黄色いコテージを借りているんだ」ザックに向かってそう説明したとき、リプリーがあきれたようにぽかんと口を開けたのが見えた。「時間があるときに寄ってくれよ。ビールでも飲もう」

そのままドアのほうへ歩いていってもリプリーが蹴りかかってはこなかったので、どうやら彼女はとてつもない衝撃を受けたようだとサムは判断した。外に出たところで立ちどまり、あらためて村をじっくりと見渡す。

三人の女性が強い結束を見せて激しい敵意を向けてきているとはいえ、ひとりの友はあたたかく迎えてくれた。

善かれ悪しかれ自分は故郷に戻ってきたんだな、とサムは痛感した。

2

〝地獄への道は善意で敷きつめられている〟と言うが、まさにそのとおりだとサムは思った——ただし、敷きつめられているのは善き意図ばかりとは限らない。

彼はミアの人生に正々堂々と戻っていって、彼女がぶつけてくるであろう憤懣と涙と苦悶に立ち向かうつもりでいた。彼女にはそうするだけの権利があり、どう考えても自分はそれを否定する立場にはないと覚悟していた。

怒り狂ったミアがののしりや非難の言葉を投げつけてくるのなら、甘んじて受け入れよう。彼女がその胸に抱えこんでいる恨みつらみを、ひとつ残らずぶちまける機会を与えてやろう。そしてもちろん、すべてを吐きださせたのちに、ふたたび彼女の愛を勝ちとろう、と考えていた。

彼の計算では、早ければ数時間、最悪でも数日しかかからないはずだった。

ふたりのあいだには幼いころから培ってきた絆がある。血と心と魔力による結束の強さに比べれば、たかが十一年のブランクなど、とるに足らないはずではないか？

だがしかし、あそこまで冷淡な態度で迎えられるとは思ってもいなかった。サムはコテージの前に車を駐めながら考えた。先ほどのミアは、明らかにはらわたを煮えくりかえらせていた。だが、その怒りを覆っていたのは分厚い氷の盾だった。あの盾を壊して突き崩すには、笑顔や弁明、約束や謝罪だけでは足りないかもしれない。

ルルは面と向かって嫌味を言い、ネルはぴしゃりとてのひらを返し、リプリーは歯をむきだしにして噛みついてきた。ミア自身はそういう態度をいっさい見せなかったにもかかわらず、ほかの女性たちの誰よりひどく彼を打ちのめした。

あそこまであからさまなさげすみの目を向けられるのはつらかった。彼女と再会したことで、胸の奥にしまいこんであった記憶が呼び覚まされ、新たに吹きだしてきた抑えがたい感情とまじりあったあとだけに。欲望、熱望……そして愛。

かつてサムはなにかにとり憑かれていたかのように狂おしくミアを愛した。それこそがふたりの問題の根源、もしくは、複雑に絡みあった多くの根源のうちのひとつだったと言えるだろう。

頭のなかであれこれと考えをめぐらせながら、サムはハンドルを意味なく指で打ち鳴らした。ミアにはもう完全に嫌われてしまった、などと思いこむのはやめておこう。ふたりのあいだにはあれだけ多くの思いがあったのだから、そのすべてが跡形もなく消えてしまったはずはない。

もしもミアがぼくのことをもうなんとも思っていないのなら、先ほどふたりの手がふれあったとき、火花は散らなかっただろう。サムはハンドルを握る力を強めたり弱めたりしながら、あの火花に望みを託そう、と決心した。この先なにが起ころうとも、たったひとつのあの火花に賭けてみよう、と。

男がひとたび意を決すれば、たったひとつの火花からでも、めらめらと燃える大きな炎を起こせるはずだ。

なすべきことをなし、立ち向かうべきことに立ち向かって、彼女の心をとり戻すのは、挑みがいのある課題に思えた。口もとがきりりと引きしまる。サムはいつでも、やりがいのある難題にとり組むことを楽しんできた。

とはいえ、ミアの氷の盾を打ち破るだけでは目標は達成できない。まずは、彼女を守るように立ちはだかるドラゴンの関門を通過しなければ——ルルは楽に勝てる相手ではない。たとえ無事にそこを通過できたとしても、今度はミアの脇を固める女性たちと対峙しなければならない。静かな非難を浴びせてきたネル・トッド、並びに、悪名高き癇癪持ちのリプリーと。

男がたったひとりで四人もの女性に戦いを挑もうというのだから、それなりの策略があってしかるべきだ。それに、厚い面の皮も必要だろう。さもなければ、あっというまに叩きのめされ、粉々にされてしまうに違いない。

ここはひとつ、じっくりとことにとり組まなければ。サムは車をおり、トランクのほうへとまわりこんだ。時間はある。自分の置かれている状況からすると、もう少し余裕が欲しいところではあるが、それでも充分な時間はある。

トランクからスーツケースふたつをとりだして、コテージへ続く道をのぼりはじめた。やがて立ちどまって、これから数週間自分の住まいとなる場所を、わが目であらためてじっくり眺める。

なかなか魅力的なコテージだ。写真で見たときも記憶を思いかえしたときも、そんなふうには感じなかったのだが。たしか昔は外壁が白くて、全体に少し古びた感じだった。だが今は黄色いペンキがあたたかい印象を与えているだけでなく、春になって芽吹きはじめた花壇が陽気な色を添えている。きっとミアが手を加えたのだろう。彼女には昔から洗練されたセンスと明確なビジョンがあった。

いつだって、自分がなにを求めているか、細かなところまで正確にわかっていた。

複雑に絡みあった問題のもうひとつの根源がここにある。

風情のある小さなそのコテージは森へと続く木立に囲まれるようにひっそりと立っていて、青々とした木々の合間から波の音が聞こえてくるくらい、海にもほど近かった。静かな孤独に浸れる利点がある一方で、村の中心からも楽に歩ける距離にあるという利便性も兼ね備えている。

申し分のない投資物件だ、とサムは思った。それくらいのことは当然ミアもわかっていただろう。

賢い少女は賢い女性になったんだな、と歩きながらしみじみと思う。サムはスーツケースを玄関前の階段に置き、ポケットを探って家の鍵をとりだした。

なかに一歩足を踏み入れたとたん、なぜか胸を打たれた。両手を広げて迎えてもらったような、なんとも言えないあたたかさに包まれたからだ。部屋自体が〝どうぞお入りになって、くつろいでください〟と言っているかのようだった。前の住人たちが残していったエネルギーがもたらす不快感やぴりぴりした雰囲気などは、まったく感じられなかった。

これもミアの計らいによるものに違いない、とサムは確信した。いつだって彼女は抜け目のない魔女だった。

ドアのそばにとりあえずスーツケースを置いて、家のなかを見てまわる。リビングルームには数少ない家具が整然と並んでいて、暖炉の前には薪が用意されていた。床はよく磨きこまれており、薄いレースのカーテンが窓を縁どっている。女っぽい雰囲気だが、我慢できないほどではない。

ベッドルームはふたつあった。ひとつは居心地がよさそうで、もうひとつは……どうせ使うのはひとつだけだ。ぴかぴかに磨きあげられたバスルームは明るくて清潔感あふれてはいるものの、狭い箱型の造りなので、背が高く手足の長い男にとってはかなり窮屈そうだった。

裏手にあるキッチンは、残念ながらほとんど無用の長物と化すだろう。料理はしないし、これから始めるつもりもない。裏口を開けてみると、さらにたくさんの花壇と元気よく生い茂ったハーブ・ガーデンがあって、春の森へと続く芝はきれいに刈りこまれていた。

普通にしていても波と風の音が聞こえてくるうえに、耳を澄ませば村へと向かう車の音まで聞こえる。小鳥のさえずりや、たわむれる犬の声も。

ぼくはひとりなんだ、とサムははたと気づいた。その瞬間、これまでずっしりと両肩にのしかかっていた緊張が解けた。ひとりになることをこうまで強く望んでいたとは、自分でも認識していなかったのだが。考えてみればここ数年は、孤独な時間を過ごす機会にはあまり恵まれていなかった。

日々のスケジュールにそういう時間をとりこむべく積極的に努力してきたわけでもない。彼には達成したいゴールや克服すべき問題があり、そういった野望を抱えている限り、孤独を楽しむことは手の届かない贅沢だった。

ひとりの静けさをふたたび見いだすのは、自分にとってミアの心をとり戻すのと同じくらい大切だということを、今の今までよくわかっていなかった。かつてのサムは、その両方を、欲しいときに手に入れられる立場にあった。なのにあるとき自分から手を放して、どちらも投げだしてしまった。若かったサムが逃げるようにして去ったこの島が、今その両方を彼の手に戻そうとしていた。

森を散策したりビーチまでぶらぶら歩いたりするのは、きっと楽しいだろう。懐かしい家までドライブし、思い出のいっぱいつまった崖や入江、ミアとふたりで過ごしたあの洞窟へと足をのばしてみてもいい……。だが、サムはそんな思いつきと過去の記憶を振り捨てた。今は感傷に浸るときではない。

すぐにでも対処すべき現実的な問題がいくつもあるのだから。電話、ファックス、コンピューター。仕事はホテルですると決めているが、それでも、ここの小さなベッドルームを第二のオフィスに仕立てねばならない。必要なものを買うために村をひとめぐりするだけで、彼が帰郷したという噂はまたたくまに島じゅうに広まるだろう。乾燥した焚きつけに火が燃え広がるような勢いで。

まあ、なるようになれ、だ。

サムは裏口からふたたび家のなかへ戻ると、荷物を解き、部屋を整えにかかった。

善意の友人は天の恵みだわ、とミアはつくづく思った。けれど、呪いでもある。ちょうど今、友人ふたりが彼女のオフィスに押しかけてきていた。

「あんなやつ、お尻を蹴っ飛ばしてやるに限るわよ」リプリーが断言した。「もちろん、十年前にもそう思ったんだけど」

十一年よ、十一年。ミアは心のなかで訂正した。でも、いったい誰がそこまで厳密に数えているの？

「だけどそれじゃ、彼を大物扱いしすぎじゃない？」ネルが鼻をつんと上に向けて言う。「無視してやるほうがいいわ」

「ああいう吸血ヒルは、無視するくらいじゃ手ぬるいってば」リプリーは歯をむきだしにして言いつのった。「ずたぼろに切り裂いて、ぺちゃんこになるまで踏みつけてやればいいのよ」

「なんとも美しいイメージね」ミアは椅子の背にもたれかかり、ふたりの友人をまじまじと見た。「わたしは、お尻を蹴飛ばすことも無視することもしないつもりよ。コテージの賃貸契約を六カ月分結んでしまった以上、わたしは彼の大家なんだもの」

「それじゃ、お湯をとめてやったらどう？」リプリーが提案する。

ミアは口もとを引きつらせた。「まったく、なんて幼稚な考えかしら――たしかに気分はすかっとするかもしれないけれど、そんなくだらない悪ふざけをする気はないわ。どうせやるなら、水道そのものをとめてやらなくちゃ。お湯だけなんて、いかにも中途半端でしょう? でもね――」ぷっと吹きだしたリプリーにかまわず、先を続ける。「彼は正規の賃借人なんだから、契約書に記載されているとおりの条件を享受する権利があるの。これはビジネスであって、ただそれだけのことなのよ」

「それにしても、どうして彼がこのシスターズ島で六カ月も他人の家を借りなくちゃならないわけ?」リプリーが不思議がる。

「それはもちろん、マジック・インの経営にもっと深くかかわっていくためでしょうね」

彼は昔からマジック・インを愛していたもの、とミアは思った。わたしが勝手にそう思いこんでいただけかもしれないけれど。とにかく彼は、わたしのもとから逃げだしたときに、マジック・インからも逃げていった。

「わたしたちはふたりともいい大人で、ふたりともビジネスの経営者で、そしてふたりとも島の住民なのよ。ここは狭い世界だけれど、わたしたちはそれぞれの事業を運営し、それぞれの人生を生きつつ、たいした騒ぎを起こすことなく共存できるはずだとわたしは思っているの」

リプリーが鼻で笑う。「本気でそんなこと信じてるなら、あなたってとんでもない夢想家ね」

「二度と彼をわたしの人生に立ち入らせるつもりはないから」ミアは鋭い口調で言っ

た。「それに、彼が島にいるからといって、自分の生活を変えることもしない。あの人がいつか戻ってくるのは、ずっと前からわかっていたことだし」

リプリーがしゃべりだす前に、ネルが警告の視線を投げて制した。「あなたの言うとおりね。だいいち、夏に向かってお互い忙しくなるでしょうから、そうそうかまっていられなくなるわよ。それはさておき、今夜うちにお夕食を食べに来ない？　新しいレシピを試したいの。感想を聞いて参考にしたいわ」

「感想ならザックから聞けるでしょう。そんなふうにわたしをなだめたりご機嫌をとったりしなくてもいいのよ、リトル・シスター」

「いっそのこと、みんなでどこかへくりだして、酔っ払って、男どもをこきおろす、っていうのはどう？」リプリーが明るく言う。「気が晴れるんじゃない？」

「たしかに楽しそうだけど、わたしは遠慮しておくわ。家でやるべきことが山ほどあるし……オフィスでの仕事が終わったら、だけどね」

「どうやら、さっさとわたしたちに消えてほしいってことみたいよ」リプリーはネルに向かって言った。

「そのようね」ネルもため息をついた。ぜひともミアの力になりたいのに、どうすれば力になれるのかわからないのはつらかった。「それじゃ、なにか必要なことがあったらってほしいことがあったら――」

「わかってるって。わたしは大丈夫よ、これからもずっとね」

ミアはふたりを部屋から送りだし、ふたたび座った——両手を膝に置き、ただじっと座っていた。仕事をしなくちゃといくら自分に言い聞かせても、今日という日も普段と変わらない一日であるかのようにやり過ごそうとしてみても、無駄だった。

本当なら、わめき散らしたり、すすり泣いたり、悲運を呪ってつばを吐きかけたり、運命の女神の顔を殴りつけたりしてもいいくらいだ。

けれどもミアは、弱さの表れにすぎないその手の無意味なことは、いっさいしようとしなかった。その代わり、家へ帰ることにした。おもむろに立ちあがって、バッグと薄手のジャケットをつかむ。窓のそばを通りかかったとき、サムが見えた。

つややかに光る黒のフェラーリから出てきた彼は、黒いコートに身を包んでいた。そういえば彼は昔から光るおもちゃが好きだったわ、とミアは思った。先ほどのジーンズからダークなスーツに着替え、髪もきれいに梳かしつけてきたようだ。だがその髪を、早くも風がもてあそんでいた。その昔、ミアの指がいたずらしたように。

ブリーフケースを携えたサムは、どこへ行ってなにをするのか明確に心得ている人のように、堂々たる足どりでマジック・インへ向かっていた。

そのときサムが振り向いて、ミアの立っている窓辺を見あげた。ミアは彼の視線に射すくめられ、かつて膝をとろけさせられたのと同じ、熱い衝撃を感じた。

でも今回は、ぴくりともせずにまっすぐ立ったままでいられた。プライドを満足させるに足るだけの時間が過ぎると、ミアは窓辺を離れ、彼の視界から姿を消した。

わが家が心を慰めてくれた。これまでもずっとそうだった。崖の上に立つ石造りの大きな広い家は、本来なら女性ひとりの手には余る。それでもここは、ミアにとって申し分のない家だった。彼女がまだ幼かったころでさえ、ここは両親の家というより、彼女の家だった。家のなかで反響する音も、ときおり吹く隙間風も、これほど大きくて古い家の維持にはかなりの時間を要することも、まったく苦にならなかった。

先祖が建てたこの家は、今や彼女ひとりのものだ。

自分の代になって、内部に少しだけ手を加えた。家具を多少入れ替え、インテリアを好みの色に統一し、キッチンとバスルームはリフォームして使いやすくした。それでも、家が醸しだす〝雰囲気〟は昔からずっと変わっていない。すべてを包みこむように、あたたかく、じっとたたずんでいる。

ここで子供を育てることを思い描いていた時期もあった。ああ、どれだけ子供が欲しかったことか。サムの子供が。けれど時の流れとともに、あるものとないものを受け入れて、いつしかこの家を自分だけの憩いの巣へと仕立てあげた。

ここの庭をわが子のように思っていたこともある。一から自分でつくりあげ、時間をかけて植えつけをし、養分を与え、丹精こめて世話をした。庭は喜びをもたらしてくれた。

庭が与えてくれる穏やかな楽しみだけでは物足りないときは、崖へ行けば情熱とドラマが感じられ、森へ行けば神秘的で謎めいた雰囲気を味わうことができた。

わたしに必要なものはすべてここにあるわ、とミアは自分に言い聞かせた。

でも今夜は、花の世話をしに庭に出ることも、海を見つめに崖へ行くこともしなかった。森へも行かなかった。そうする代わりに二階へ直行し、さらに塔の部屋へと続く階段をのぼり、なかに入ってドアを閉めた。

ここはミアが幼かったころの隠れ家で、発見の場所でもあった。この部屋にいるときは決して孤独を感じなかった。孤独に浸りたいと願っている場合を除いては。彼女はここで魔力の使い方の大半を学び、技を磨いてきた。

部屋の壁は丸みを帯びており、細長い窓の上部はアーチになっている。西に傾いた陽の光が窓から射しこみ、古びて黒ずんだ木の床に淡い金色の陽だまりをつくっていた。壁につくりつけられた棚には、魔法に使う道具類がいくつも置いてある。ハーブの鉢や、水晶の入った瓶。先祖代々受け継がれてきた呪文の本に、ミア自身が書いた本なども並んでいた。

古めかしいキャビネットにもさまざまなものが飾られている。十六歳になった年、ソーウェン（十一月一日ごろ行われていた古代ケルト人の祭り。ハロウィーンの起源）の夜に自ら切ってきたメープルの木でつくった魔法の杖。ほうき、最高級の聖杯、持っているなかではもっとも古い両刃の短剣《アサメ》、うっすらと青みがかった水晶玉。キャンドル、油、香、占い用の鏡。

そういった品々を、細心の注意を払ってきれいに並べてあった。

ミアは必要なものを揃えると、服を脱いだ。状況が許す限り、魔法を使うときは一糸まとわぬ姿になるのが好きだからだ。

彼女はサークルをつくり、エネルギーを得るために自分の元素《エレメント》――火――を召喚した。そして、平穏、知恵、守護の象徴である青いキャンドルに、ふっと息を吹きかけるだけで火を灯した。

この儀式は過去十年のあいだに何度か行ったことがある。弱気になっていると感じたり、決意が揺らいだりするたびに。もしも自分がそんなふうになってさえいなかったら、サムがシスターズ島に着いてしまう前に、彼がここへ戻ろうとしていることは察せられただろう。つまり、比較的安穏と暮らしていたここ数年のつけが、今になってまわってきたわけだ。

彼のことはふたたび心から締めだそう――彼への思いと感情を締めだし、彼のほうの思いや感情も寄せつけないようにしなくては。

どういう程度であれ、互いにふれあうことがないように。

「わが心と精神はわれ自身のもの」香に火をつけ、水の上にハーブを散らしながら、呪文を唱えはじめる。「目覚むるときも眠るときも。かつて愛と自らの意志によりて与えしもの、わが手にとり戻して、静穏と沈黙を保たん。かつての恋人は、運命の結びつきなくして、今や他人となれり。われ願う、かくあれかし」

椀状に丸めたてのひらを掲げ、冷静さと自信とがひんやりしたせせらぎとなって流れてくるのを待った。そうなれば儀式は無事に終わったことになる。しばらくじっと見守っていると、ハーブを散らした水のカップが震えだした。水は静かに波紋を広げていき、カップの縁でぽちゃんとはねた。

ミアは拳を握りしめ、わきあがる怒りを抑えこもうとした。エネルギーを集中させて、魔力に魔力で応戦する。「このサークルはわたし以外の人には開かれていないのよ。あなたの策略はくだらないし、おもしろみに欠けるわ。招かれもせずにわたしのサークルに踏み入ることは二度としないで」

指先をひょいと動かすと、キャンドルの火が燃えあがって、炎が天井まで届いた。キャンドルから立ちのぼった煙はふわりと広がり、水の表面を覆った。

それでもまだ心の落ちつきをとり戻せず、怒りを封じこめることもできなかった。彼はあえてわたしに対抗し、自分の持てる力を試そうとしているのかしら？　よりによって、わたしの家で？

やっぱり彼は少しも変わっていないのね。サミュエル・ローガンは昔から傲慢無礼な魔女（欧米では魔女術を使う者のことを、男女の区別なく魔女と呼ぶ）だった。彼のエレメントは水《ウォーター》だ。涙をぽろりとこぼしてしまった自分につくづく嫌気が差しながら、ミアは思った。

彼女はサークルのなかで床に崩れ落ち、煙に身を隠してすすり泣いた。悲痛な思いにとらわれて。

ニュースは島の情報網に乗って、またたくまに広まった。翌朝になると、ほかのゴシップは及びもつかないほど、島じゅうがサム・ローガンのホットな話題で持ちきりになった。

ただし、彼はマジック・インを本土の開発業者に売り渡すのではないかとか、増改築して豪華なリゾートにするつもりだとか、従業員は首を切られるとか、いやいや全員に昇給があるとか、矛盾するさまざまな憶測が乱れ飛んではいたが。

そのなかで誰もが口を揃えて言ったのは、サムがミア・デブリンの小さなコテージを借りているのは実に興味深い、ということだった。それがなにを意味しているかについての共通する見解はなかったものの、不可思議だという点だけはみんなの意見が一致していた。

島の住民たちは話の種を集めるためと称して、さして用もないのにカフェ・ブックに立ち寄ったり、ホテルのロビーに入っていったりした。サムやミアに直接尋ねるほど勇気のある者はいなかったが、なにかわかるのではないかと期待してそっと見守るだけでも充分にわくわくできた。

今年の冬は長く、時間の経つのが遅かった。

「今でも罪なくらいの色男だったわよ」アイランド・マーケットでは、ヘスター・バーミンガムが、一週間分の買い物を終えたグラディス・メイシーの荷物を袋につめてやりながら耳打ちした。「なにさまのつもりだか知らないけど、偉そうにふんぞりかえってやってきて、まるでつい一週間前に会ったばかりみたいに〝やあ〟なんて声をかけてきたの」

「なにを買っていったんだい？」グラディスが訊いた。

「コーヒー、ミルク、シリアル。全粒粉のパンとスティック・バター。あとは果物ね。特売品のバナナには目もくれずに、高い苺を買っていったわ。高級チーズと高級クラッカーと水のボトルも。それと、カートン入りのオレンジ・ジュースもね」

「自分で料理や掃除をしてるようには聞こえないね」内緒話をするように、グラディスはヘスターのほうへ身を寄せた。「あたしもね、酒屋のハンクにばったり会ったんだよ。彼が言うには、サム・ローガンがふらりと店に現れて、ワインとビールとシングルモルトのスコッチを全部で五百ドル分買ってったってさ」

「五百ドル分も！」ヘスターのささやき声が裏がえる。「ニューヨークにいるあいだにアル中にでもなったのかしら？」

「驚くべきは酒の量じゃなくて、金額だろ」グラディスも小声で返した。「フランス製のシャンパンを二本と、知る人ぞ知る誰かさんのお好みの高級赤ワインを二本買ってったらしいよ」

「誰のこと？」

グラディスはあきれたように目を動かしてみせた。「ミア・デヴリンさ。やだよ、ヘスターったら。ほかに誰がいるんだい」

「ミアは彼を本屋から叩きだしたって聞いたわよ」

「そんなことあるもんかね。彼は歩いて入ってきて、同じように歩いて出てったそうだよ、自分の足でね。あたしの言うことに間違いはないさ。彼が店へ来たとき、ちょうどリサ・ビゲローがカフェにいて、ポートランドから来たいとこととお昼を食べてたんだよ。そのリサが、パンプ・ン・ゴーであたしの義理の娘に会って、その話をそっくり聞かせてくれたんだから」

「へえ……」ヘスターは酒屋の話のほうが真実味があると思った。「ミアはサムに呪いをかけるかしら？」

「ヘスター・バーミンガム、あのミアが人に呪いをかけたりするはずないだろ。まったく、なんてことを言うんだい」そうたしなめてからグラディスは笑った。「それにしても、彼女がどうするのか見守るのはたしかにおもしろそうだ。この荷物を家に置いたら、小説のペーパーバックの新刊を買いがてらコーヒーでも飲みに、カフェへ行ってみることにするよ」

「なにかわかったら電話してね」

グラディスは荷物でいっぱいのカートを押しながらウインクした。「期待して待っててておくれ」

噂にさまざまな尾ひれがついて広まっていることを、サムは充分承知していた。もしそうでなかったら、かえってがっかりしていただろう。ホテルの部長全員を朝の会議に召集したとき、彼らの顔に狼狽、憤慨、困惑の色が浮かんでいたのも、予想どおりだった。

大量解雇が議題にないことがわかると、部長たちの狼狽はやや薄らいだ。だが、サムが経営に本腰を入れるだけでなく、変革も施すつもりであることが明確になったとたん、彼らの憤りは増した。

「シーズン中はほぼ満室になっているようだな。だが、オフ・シーズンになると客室利用率は急速に減少し、ときには三十パーセント以下まで落ちこんでいる」

サムの言葉を受けて、営業部長が椅子の上で姿勢を正した。「冬のあいだは数カ月にわたって、島の景気は落ちこみます。昔からずっとそうでした」

「昔からそうだったという言い訳は通用しない」サムは冷静に言った。「当面の目標は、一年以内にオフ・シーズンの集客率を六十五パーセントまで引きあげることだ。そのため、今後はより魅力的な会議向けのパッケージを用意するとともに、週末及び一週間単位の短期休暇パッケージを売りだしていくことにする。この件に関するぼくのアイディアは、今週末までに書類にまとめて全員に配布する。次に……」

ノートをめくりながらサムは続けた。

「改装やインテリアの一新が必要な部屋がいくつもあるな。これらについては、来週、三階から着手することにする」予約担当部長に向かって告げる。「必要な手配をすませておいてくれ」

相手が了承するのを待たずに別のページをめくった。

「ここ十カ月、朝食と昼食の売上は着実にさがりつづけている。資料データを見ると、カフェ・ブックの存在が、この分野におけるわが社の売上を阻害しているようだ」

「オーナー」黒髪の女性が咳払いをして、色の濃いフレームの眼鏡をかけなおした。

「なにかね？　失礼だが、きみの名前は？」

「ステラ・ファーレイと申します。レストラン部長を務めております。率直に申しあげてよろしければ、ミスター・ローガン、われわれがあのカフェとネル・トッドに張りあうことは決してできません。もしもわたくしが――」

彼は人差し指を立ててステラの話をさえぎった。「〝決して〟という言葉は気に入らないな」

ステラは深々と息を吸った。「失礼いたしました。でも、わたくしはこの十カ月ここにおりましたが、オーナーはおられませんでした」

重苦しい沈黙が訪れた。まるで全員一緒に息をとめているかのようだ。少し間を置いてから、サムはうなずいた。「一本とられたな。で、この十カ月のあいだにきみが学んだこととはなにかね、ミス・ファーレイ？」

「朝食時、昼食時の売上を回復し、さらに向上させるには、対抗策を打ちだす必要があります。あちらのカフェは、気さくさとカジュアル・グルメが売り物です。つまり、リラックスできる雰囲気と、手軽でおいしい料理ですね。であれば、われわれはそれ以外の方向性を売り物にすべきではないでしょうか。優雅さ、フォーマルさ、ロマンティックさ、仕事の会食や特別なデートにふさわしい高級な雰囲気です。この秋にお父上のほうには報告書と提案書をお送りしたのですが――」

「きみはもう、ぼくの父の部下ではないんだよ」サムはむっとした様子をみじんも感じさせず、淡々とよどみなく言った。「今日の午後までにそのコピーをぼくのデスクに置いておくように」

「かしこまりました」

しばしの間を置いてからサムは言った。「ほかにも、ここ一年のあいだに父に稟議書や企画書を送った者がいたら、今週末までにそのコピーを届けてくれ。今はぼくがこのホテルのオーナーだということを、ここではっきりさせておきたい。ぼくがオーナーであり、経営責任者だ。最終的にはぼくが判断を下すことになるが、その前に各部長から報告をあげてもらいたい。数日のうちに、こちらで気づいた点などをメモにして渡すので、それから四十八時間以内に、それらに対する対応策を出してくれ。では、解散」

ぞろぞろと部屋を出ていった部長たちがドアも閉め終えないうちに不平を並べ立てはじめたのが、サムの耳に届いた。

女性がひとり席に残っていた。さっきとは別の黒髪の女性だ。シンプルな濃紺のスーツを着て、飾り気のないパンプスを履いている。歳は六十に近そうだから、おそらくこのホテルで四十年以上働いてきた女性だろう。彼女は眼鏡を外し、速記帳をおろして、両手を組んだ。

「お話は以上で終わりでしょうか、ミスター・ローガン？」

サムは片方の眉をあげた。「昔はサムと呼んでくれていたのに」

「昔のあなたは上司ではありませんでしたからね」

「ミセス・ファーレイ……」サムは目をぱっと輝かせた。「てことは、今のはあなたのお嬢さんだったのかい？　あのステラが？　こいつはたまげたな」

「職場では言葉をお慎みくださらないと」かしこまった口調でミセス・ファーレイがいさめる。

「すまない。いや、まったく結びつかなかったよ。おめでとう」サムはそうつけ加えた。「有意義な発言をするだけの勇気と頭脳があったのは、彼女ひとりだけだったじゃないか」

「あの子のことは、ひとりで立派に生きていけるように育ててきましたからね。ほかの人たちはみな、あなたを怖がっているんですよ」ミセス・ファーレイは言った。上司であろうとなかろうと、わたしは彼を赤ん坊のころから知っている。娘が思うことを堂々と口にできたのだから、自分だって言えるはずだ、と思いながら。「この部屋にいた人たちのほとんどは、ローガン家のどなたにもお会いしたことがないんですもの。善くも悪くも、このホテルはこの十年間、代理人によって経営されてきたんですから」ぴりぴりしたその口調から、彼女自身はそういう経営法に批判的な立場であることが、うかがい知れた。「そこへ、あなたが突然どこからともなく現れて、すべてをぐちゃぐちゃにかきまわそうとしているんですもの。あなたは昔からかきまわすのが得意でしたけれど」

「ここはぼくのホテルだし、今はかきまわしてやる必要がある」

「その点に異議を唱えるつもりはありません。ローガン家の方々は、これまであまりにもここをないがしろにしてらっしゃいましたしね」

「父は――」

「あなたはお父さまではありません」ミセス・ファーレイが彼に気づかせるように口を挟む。「先ほどご自分ではっきりおっしゃったばかりなのに、お父さまを言い訳になさってはいけませんわ」

当然の批判に、彼はうなずくしかなかった。「わかった。だったらこう言おう。こうしてここへ来た以上、ぼくは今後このホテルの経営に深い関心を寄せていくつもりでいる――言い訳はいっさいせずにね」

「よくぞおっしゃってくださいました」彼女はふたたび速記帳を開いた。「おかえりなさいませ」

「ありがとう。では……」サムは立ちあがって窓辺へ近づいた。「始めようか。まずはフラワー・アレンジメントからだ」そして、さっそく仕事にとりかかった。

サムは一日のうち十四時間を仕事にあて、昼食はデスクでもとれる軽いものにした。

地元の人々と仕事する機会をできるだけ増やしたかったので、島の建設業者と直接会い、自分が求めている改装の内容を打ちあわせたりした。最新のオフィス機器を発注するよう秘書に指示してから、アイランド・ツアーズの社長との会合の段どりも整えた。

見積書を見なおし、企画書を読みなおし、ばらばらだったアイディアを取捨選択してひとつにまとめた。そして、このプロジェクトを実行するのにどれくらいの費用と労働時間がかかるかをはじきだした。彼は長期的な視野に立ってものを見ていた。

みんながみんな、ものごとを長期的にとらえているわけではない。仕事にひと区切りついたところで首筋が凝っているのに気づき、サムはうなじをもみながら考えた。たとえばそう、ミアは違う。

一日じゅうやるべき仕事が山積しているのは、実を言うとありがたかった。そのおかげで、彼女のことを頭から締めだしておけるからだ。

だが、いったんこうして考えはじめてしまうと、昨日、心の片隅で、ミアの力が揺らめくのを感じたことを思いだした。あのときはとっさにその力を押しかえし、こちらの力で突き破った。そのあと、淡い金色の光を浴びたミアが炎のように赤い髪を垂らして塔の部屋でうずくまったのを、彼ははっきりと見た。

彼女の腿の上のほうについている小さな五芒星形《ペンタグラム》の母斑が、小刻みに震えていた。

あのときふたりのあいだに通じたリンクを、ミアがああも早く、ああも簡単に断ち切ったのは、一瞬にして激しい欲望がわきあがってしまったせいに違いない。それは疑いようがなかった。

だとしてもだ。あんなふうに彼女のサークルに踏み入ったのはまずかった。礼を欠いていたし、間違っていた。その点は、あの直後からずっと後悔している。

やはり、きちんと謝罪しなくては。どれほど親しかろうと、はたまた憎みあっていようとも、むやみに他人のサークルに侵入してはならないという暗黙の掟を破っていい理由にはならない。

善は急げだ。サムはもっとも急を要する書類をまとめて、ブリーフケースに突っこんだ。ミアと話したあと、テイクアウトの食事を買って帰り、家で食べながら残りの仕事をすればいい。

和解の贈り物代わりに彼女をディナーに誘ってみて、もしも応じてもらえたら、そのときは仕事をあとまわしにするだけだ。

ホテルを出ると、通りの向こうにある店からミアがちょうど出てきたのが見えた。ふたりはお互い足をすくめ、しばし凍りついた。どちらも明らかに虚を突かれた格好だった。やがて彼女はくるりときびすを返し、小型の洒落たコンバーティブルのほうへと歩きはじめた。

ミアが車に乗りこんでしまう前につかまえようと、サムは全速力で通りを渡った。

「ミア。ちょっといいかな」

「地獄へ落ちるがいいわ」

「送りこむのは、ぼくが詫びてからにしてくれ」サムは彼女が開けた車のドアをつかんで、ばたんと閉めた。「ぼくは完璧に間違っていた。あんな無礼なまねをしたことについては、言い訳のしようもない」

驚きはしたものの、それでミアの気持ちがやわらいだわけではなかった。「あなたがこんなにも早く謝りに来たことって、これまでなかったわね」わずかに肩をすくめて言う。「いいわ。謝罪を受け入れてあげる。さあ、もう消えてちょうだい」

「五分だけつきあってくれないか」

「いやよ」

「五分でいいんだ、ミア。一日じゅう部屋のなかにこもっていたから、散歩でもして新鮮な空気を吸いたい」

たかが車のドアのことで、彼ともみあいになどなりたくなかった。そんなことをしたら――こちらを見ていないふりをしている人たちの見世物になってしまうし――みっともない。「ご自由にどうぞ。空気なら、まわりにいくらでもあるじゃない」

「説明するチャンスをくれよ。ビーチを歩くだけだ」彼は穏やかに言った。「ここでぼくを追い払ったりすれば、なおさらみんなの話の種になるだけだぞ。それに、ぼくはもっと悩むことになる。散歩がてら、友達みたいにおしゃべりをするだけなら、お互いそれほどいやな思いをせずにすむじゃないか」

「わかったわ」ミアはグレーのロングドレスのポケットに車のキーをしまった。「五分だけよ」

意識してサムと距離を置き、ポケットに手を突っこんでキーをじゃらじゃらともてあそびながら、ハイ・ストリートを抜けてビーチへ向かう。

「仕事始めはうまくいったの?」

「上々だったよ。よく会うわ。ステラ・ファーレイを知ってるかい?」

「もちろんよ。彼女、うちの店のブック・クラブに入っているから」

「ふうん」サムはここでもあらためて、自分が留守にしていたあいだに島ではいろいろと変化があったのだと思い知らされた。「彼女は、きみの店がうちのホテルから奪った昼食時の売上をとり戻すアイディアをいくつか出してきてね」

「本当?」ミアは笑いながら訊いた。「うまくいくといいわね」背中に人々の視線を感じながら、堤防をまわりこんでビーチへ出る。彼女はそこで立ちどまり、砂の上に足を踏みだす前に靴を脱いだ。

「持ってあげるよ」

「いいえ、けっこうよ」

あたたかみのある青さをたたえた海は、水平線に近づくほど色濃くなっている。砂の上には満ち潮が運んできた貝殻が点々と散らばっていた。空ではカモメが鳴き交わしながら、環を描いて飛んでいる。

「きみを感じたんだ」彼が話しはじめた。「昨日のことさ。きみの力を感じて、すかさず反応してしまった。これは弁解じゃなくて、論理的な説明だ」

「謝罪は受け入れたって、さっき言ったはずよ」

「ミア」サムは手をのばしたが、ミアがさっとよけたので、指先が袖をかすめただけだった。

「あなたにはふれられたくないの。それだけは覚えておいて」

「昔は友達だったのに」

ミアは足をとめて、冷ややかなグレーの瞳でサムをにらんだ。「あら、そうだったかしら？」

「とぼけるなよ。ぼくらは恋人以上だった、魂の伴侶以上だった」とサムは言いかけた。「情熱だけの関係ではなかったはずだ。お互いのことを大事に思っていた。相手の考えてることまでわかりあっていたじゃないか」

「今はわたしの考えはわたしだけのものよ。それに、友達はこれ以上いらないの」

「恋人は？　きみは一度も結婚してないんだろう？」

ミアがあきれかえったような顔を彼に向けた。その表情はとても女らしく、乙に澄ましていた。「恋人でも夫でも、欲しければとっくに手に入れているわ」

「そりゃそうだ」サムはつぶやいた。「きみはこの世でもっとも非凡な存在だからな。ぼくはずっときみのことを思いつづけていたよ」

「やめて」彼女は警告した。「もうやめてったら」

「いや、この際だから、言うべきことを言わせてもらう。ぼくはきみのことをずっと思っていた」ついに欲求を抑えきれなくなって、サムはブリーフケースを落とすとミアの両腕をつかんだ。「ぼくらふたりのことを。あれからなにがあったにせよ、ぼくらがお互い相手にとって大切な存在だったという事実を、完全に消し去ることなどできないはずだ」

「消したのはあなたでしょう。だったらあなたはそれに甘んじて生きなくちゃ、わたしがしてるように——」

「ことはぼくらだけの問題じゃない」サムはミアの腕をつかむ手に力をこめた。彼女の震えが伝わってくる。女性として、あるいは魔女として、今この瞬間にも火花を飛ばしかねない勢いだ。「きみだってそのことはよくわかっているだろう」

「〝わたしたち〟というくくりはもう存在しないのよ。これまでわたしはいろんなことをやってきて、いろんなことを学んだわ。これほどの時を経てもなお、わたしがふたたび運命にこの身をもてあそばせるとでも思っているの？　わたしは利用されたくなんかないわ。あなたにも、数百年前の呪いにもね」

晴れ渡った空からひと筋の青白い光がのびて、サムの足もと目がけて飛んできた。危ういところだったが、彼はどうにかひるまずに耐えた。

ごくりとつばをのみこみながら、軽くうなずく。「相変わらず見事なコントロールだな」

「そうよ、覚えておいて。それから、わたしとあなたは完全に終わった間柄だということもね」

「いつまでそんなふうに突っぱっていられるかな。例の呪いを解くために、きみはぼくを必要としているはずだ。それともきみは自分のプライドさえ保てれば、あらゆるもの、あらゆる人を危険にさらしても平気なのかい？」

「プライドですって？」ミアの顔から血の気が引き、体の震えがとまった。「よくもそんな口が叩けるわね。これが単なるプライドの問題だとでも思っているの？　あなたはわたしの心を引き裂いたのよ」

その言葉と震える声を聞いて、彼は手を放した。

「引き裂いただけじゃないわ。粉々になるまで踏みつぶしたのよ。わたしはあなたを愛していたのに。あなたのためならどこへでも行くつもりだったし、なんでもする覚悟でいたのに。あなたを思って嘆き悲しみ、このまま死んでしまうかと思ったくらいなんだから」

「ミア」サムは愕然とし、ミアの髪にふれようと手をのばしたが、ぴしゃりとはねのけられてしまった。

「それでも死ななかったのよ、サム。わたしはあなたに打ち勝って、自分の人生を築いてきたの。今の自分が気に入っているわ。だからもう、引きかえすことなんてできない。あなたがよりを戻そうと考えてここへ帰ってきたのだとしたら、時間の無駄よ。あなたは二度とわたしの心を手に入れられないわ。あなたが決してとり戻せないものは——あなたがぽいと捨てていったものは——あなたの人生で最良のものだったはずなんだけれどね」

ミアはサムから離れ、ゆっくりと大股で歩きはじめた。ひとりその場に残されたサムは、彼女の言うとおりだ、と思いながら海を見つめていた。

3

「えっ、なんですって?」

ザックは冷蔵庫に頭を突っこんでビールを探していた。今の声のトーンが意味するところはわかっている。妻がこういう非難がましい言い方をすることはめったにないので、いっそう効果的だった。

彼はビールをとりだすのにわざとゆっくり時間をかけ、リラックスして落ちついた表情をとりつくろってから、彼女のほうを振りかえった。

ネルはガス台の前に立ち、なにやら食欲をそそる匂いのするものを料理していた。片手に木のスプーンを握りしめ、もう片方の手は腰にあてている。その姿はひどく憤ったとてもセクシーなベティー・クロッカー(製粉会社の宣伝用に考えだされた架空の女性キャラクター。料理上手の善良な主婦代表)そのものだ、と彼は思った。

だが、今ここでそんな感想を口にするのはあまり得策ではない。

「サムを夕食に招待したんだよ」ザックは微笑みながらそう言って、瓶ビールのキャップをねじり開けた。「美しい妻が腕によりをかけたごちそうを、ぜひとも見せびらかしてやりたかったんでね」

目を細めてにらみつけてくるネルを後目に、ザックはビールをラッパ飲みした。

「いけなかったかい？　きみだって、夕食に人を呼ぶのは嫌いじゃないだろう？」

「お客さまを招くのは嫌いじゃないわ。でも、男のくずみたいな人はいやよ」

「ネル、若いころのサムは多少向こう見ずではあったかもしれないが、決して男のくずなんかじゃなかったよ。それに、ぼくにとってあいつはもっとも古くからの友人のひとりなんだぞ」

「でも彼は、わたしの友人――そしてあなたの友人でもあるミアの心を引き裂いたのよ。彼女をぺしゃんこにしたまま、なんのためだか知らないけど、十年以上もニューヨークへ行ってたんでしょう？　なのに――それなのに――」激しい怒りをつのらせながら、ネルは続けた。「今ごろなにくわぬ顔で島に戻ってきて、みんながもろ手をあげて歓迎してくれるのを期待するなんて、虫がよすぎるわよ」スプーンを叩きつけるようにカウンターに置く。「わたしは、サム・ローガンを盛大に出迎えるためにわざわざブラス・バンドを編成するなんて、絶対にごめんですからね」

「トランペット奏者ひとりならどうだ？」

「冗談だと思ってるの?」ネルがくるりときびすを返し、憤然とした足どりで裏口へ向かっていく。

ザックはどうにか追いついて、ドアノブを先につかんだ。「いや。悪かったよ。ネル」妻の頭を片手でそっと撫でる。「あのな、サムとミアのあいだに起きてしまったことは、ぼくだって残念だったと思ってるんだ。当時だって悲しかったし、今でも悲しいよ。それでも、ぼくとサムが一緒に大きくなったという事実は消せやしない。ぼくらは友達だったんだ。いい友達だった」

「〝だった〟っていう言い方がすべてを物語ってるんじゃない?」

「そんなことないさ」ザックにしてみれば、実に単純な話だった。「ミアはたしかに大切な友人だが、それはサムだって同じなんだよ。どっちかだけの味方になんてなりたくない。わが家のなかにおいてはなおさらだ。それよりなにより、この件できみとぎくしゃくしたくないんだ。とにかく、きみにひとことの相談もしないで勝手に彼を誘うべきじゃなかったよな。今から行って、断ってくるよ」

ネルはそこでため息をつくことだけはなんとか思いとどまったが、ついつい口をとがらせてしまった。「そうやって、わたしがいかに心の狭い人間か、思い知らせようとしてるのね」

ザックはひと呼吸置いてから言った。「効きめはあったかい?」

「ええ、とっても」ネルは彼を軽く押しのけた。「ほら、邪魔だからどいて。お客さまが食事にいらっしゃるんじゃ、お鍋を焦がしたら台なしでしょ」

それでもザックは動かなかった。代わりに彼女の両手をぎゅっと握りしめる。「ありがとう」

「わたしがサムに〝蜂の巣〟や〝木のこぶ〟を食べさせることなく夜が無事に終わるまで、お礼を言うのは待ったほうがいいんじゃない？」

「わかったよ。テーブルはぼくがセットしようか？」

「お願いできる？」

「キャンドルもいるよね？」

「ええ、黒いのにして」ワイルドライスの炊け具合を見に行きがてら、ネルはつくり笑いをした。「負のエネルギーを追い払うためにね」

ザックは大きなため息をついた。「どんな夜になることやら」

サムは上等なワインと黄金色の水仙の花束を携えてトッド家を訪れた。それでもネルは態度をやわらげてくれなかった。彼女は慇懃きわまりないほど礼儀正しくふるまい、彼を快適なフロント・ポーチに座らせると、直前にぱぱっと用意したと思しきカナッペを添えてワインを出してくれた。

そのやり方が彼女なりの親しみを表しているのか、それとも家に入るには段階を踏まなくてはいけないということなのか、サムにはよくわからなかった。

「あまりきみの手をわずらわせてなければいいんだが」サムはそう言ってみた。「予期せぬ客ほど迷惑なものはないからね」

「ええ、まさにおっしゃるとおりよね」ネルがにこやかに答える。「でも、あなたはお料理を持ち寄って食べることなんてめったになさらないでしょうから、こちらでありあわせのものを用意させていただいたわ」

彼女が家のなかへ消えていくと、サムはふうっと息を吐いた。これではっきりわかった。どうやらなかへ入れてもらえないわけではなさそうだが、そのためにはいろいろと難しい手順を踏んでいかなければいけないらしい。「やれやれ、まいったな」

「ネルにとって、ミアはとても大切な人なんだ。いろんな理由でね」

ザックの言葉にサムはただうなずいて、ポーチの手すりまで歩いていった。ザックの飼っている黒いラブラドール犬のルーシーがごろりと横になっておなかを出し、いかにも撫でてほしそうにしっぽを振る。サムは腰をかがめ、要求に応じてやった。

ネルがミアに対してあそこまでかたい忠誠心を抱くに至った理由は、前もってわかっていた。自分がいないあいだに島で起こったことを探るために、あらゆる手をつくして情報を集めたおかげだ。スリー・シスターズ島へやってきたときのネルは、暴力を振るう夫から逃亡中の身だった。崖からの転落事故を装って自身の死をでっちあげ――そこまでやる根性は見あげたものだと言わざるを得ないが――名前を変え、風貌すら変えて、レストランのフロアや厨房で短期の仕事にありついてはやめるをくりかえしつつ、あちこちを転々としながら国を横断してきたらしい。

エヴァン・レミントンに関するニュース番組のビデオなども見た。それらによれば、レミントンは現在、精神医療施設で服役中とのことだった。

さらにサムは、ミアがネルを雇い入れたその日から本屋のカフェ部門の仕事を任せ、住む家まで与えたことも知っていた。ネルのなかで眠っていた天与の力を操る方法を教えたのもおそらくミアに違いない、とにらんでいた。

そして、実際にネルの姿をこの目で見た瞬間、サムは悟った。ネルは間違いなく三人のうちのひとりだ、と。

「大変な時期があったんだよな、きみのネルには」

「大変なんてもんじゃないさ。命懸けだよ。ネルがこの島へやってきたとき、地面に穴を掘って根を張るチャンスを彼女に与えてくれたのはミアなんだ。その点でもぼくはミアに感謝しないと。それだけじゃない」ザックはサムが振り向くのを待って、先を続けた。「レミントンの話は聞いてるだろう？」

「ハリウッドの有力なブローカーで、妻を殴りつけるのが趣味だったっていう精神異常者だろ?」サムは姿勢を正した。「そいつがネルを連れ戻しに来たときは、きみも危ない目に遭ったそうじゃないか」

「まあな」無意識のうちにザックはレミントンに刺された肩に手をやり、さすっていた。「やつはネルの家を突きとめて待ち伏せし、戻ってきた彼女に襲いかかり、さんざん痛めつけた。そのあと、少し遅れてその場へ駆けつけたぼくに、包丁で切りかかってきたんだ。運よく軽い傷ですんだけどな。でもネルは、自分が逃げればやつは必ず追ってくるはずだから、ぼくにとどめを刺す暇はなくなるだろうと考えて、森の奥へ逃げこんでいった」記憶をたどるザックの表情が徐々に険しくなっていく。「ぼくがふたりを追いかけようとやっとの思いで立ちあがったところへ、リプリーとミアが駆けつけてきた。ネルの身が危険にさらされていることを察知してね」

「ああ、ミアなら当然わかるだろうな」

「あの野郎は包丁をネルの喉に突きつけていた」今でも、思いだすだけで怒りがわきあがってくる。「やつは彼女を殺す気でいたんだ。やつをそこまで怒らせたのはもしかするとぼくだったのかもしれないし、そうじゃなかったのかもしれないが、いずれにしろやつは彼女を殺そうとしていた。やつを外へ連れだしたのはネルだ。ネルは自分の内にあるもの、自分の持てるすべてを集中させ、ミアとリプリーの助けも借りて、魔法の力でやつに打ち勝った。ぼくはこの目ではっきり見たんだ」ザックはつぶやいた。「きみが今借りてるコテージのすぐそばの小さな森のなかだよ。光のサークルがどこからともなく現れた。そしたら、レミントンが地面に伏して悲鳴をあげていた」

「ネルは勇気と信念がある人のようだね」

「そうなんだ」ザックがうなずいた。「彼女はぼくのすべてだよ」

「きみは運のいい男だ」サムはそう言ったものの、頭のなかでは一本脇道にそれて、男が〝彼女こそぼくのすべてだ〟と断言できるのはいったいどういう女性なんだろう、と考えていた。「きみに対する彼女の愛情はたしかなもののようだしな。たとえ機嫌が悪いときでも」うっすらと笑みを浮かべて言う。「裏切り者のユダを夫が勝手に彼女の食卓に招いたせいで、今みたいに不機嫌になっていてもさ」

「なあ、どうしてきみはあんなことをしたんだ？　なんでここを出ていった？」

サムは頭を振った。「理由はたくさんあるよ。そのうちのいくつかは、いまだに自分でもはっきりしないんだ。それが全部わかったら、ミアに話すつもりだ」

「きみは彼女に多くを望みすぎなんじゃないか？」

サムはグラスのワインを見つめた。「もしかしたら、昔からずっとそうだったのかもしれないな」

食事の席での話題が軽くてなごやかなものになるよう、ザックは懸命に心を砕いた。

普段の夕食時の一週間分くらいはしゃべった気がする。にもかかわらず、すがるような視線をネルに向けるたびに、無視された。

「カフェのせいでホテルのランチの売上が減っているのも納得できるよ」サムが言った。「きみはまさにキッチンの芸術家だ、ミセス・トッド。ぼくがなによりも残念に思うのは、きみが島へやってきたとき、その足でホテルに入ってきてくれなかったことだよ、カフェ・ブックじゃなくて」

「わたしは向かうように定められていたところへ入っていっただけよ」

「それ、本気で信じてるのかい？　運命を？」

「ええ、完全に」ネルはテーブルを片づけようと立ちあがった。

「ぼくもだ。完全に運命を信じている」サムも立ちあがって、皿を手にした。ネルが背中を向けると、彼はザックに向かって首をわずかに傾げ、合図を送った。

〝きみはどこかへ消えてくれないか〟

妻のいらだち具合と、これまで緩衝役を務めてきた自分の疲れ具合を秤にかけたのち、ザックはテーブルから離れることにした。「ルーシーを散歩させてくるよ」犬を言い訳に使って、そそくさと家をあとにする。

去っていく夫の背中に、ネルは非難をこめた痛烈な視線を送った。「あなたもザックと一緒に行ってきたら？　そのあいだにコーヒーを淹れておくわ」

サムはなんの気なしに手をのばし、テーブルの下から出てきてのびをしていた灰色の猫を撫でようとした。そのとたん、猫がシャーッと威嚇の声をあげる。

「ぼくはきみを手伝うよ」鋭い爪に引っかかれる前に慌てて手を引っこめてから、サムは言った。ネルが猫にディエゴと呼びかけ、手柄を褒めるかのようにうなずいてみせたのは見逃さなかった。

「手伝いはいらないわ」

「ぼくの手は借りたくない、ってことだろう」サムは訂正した。「ザックはぼくにとっていちばんの親友なんだけどな」

ネルはサムの顔を見たくなかったので、食器洗浄機《ディッシュ・ウォッシャー》の扉を開けて、さげた皿を入れはじめた。「あなたの言う友情の定義って、きっとちょっと変わってるのね」

「どういう定義をしようと、これは紛れもない事実なんだ。ザックはきみにとってもぼくにとっても大切な人だ。だから、彼のために休戦しようじゃないか」

「わたしはあなたと戦ってなんかいないわよ」

サムはもう一度猫に目をやった。飼い主の脇に座って顔を洗いながら、薄目でこちらを見ている。「だが、本心はそうしたいと思ってるんだろう?」

「わかったわよ」ネルはディッシュ・ウォッシャーの扉をばたんと閉めて、彼に向きなおった。「本当はね、あなたがミアにしたことへの仕返しとして、その体を逆さ吊りにしてやりたいわ。おまけにその下で火を熾し、あなたをこんがりとローストして、激しい苦痛をじわじわ与えてやりたい。それに――」

「絵が浮かぶよ」

「だったら、わたしの機嫌をとろうなんていう試みがどれほど無駄なことか、わかるでしょ」

「二十歳のときのきみは、あらゆる正しいこと、最良のこと、もっとも賢明なことを選べたかい？」

ネルはお湯を出し、液体洗剤を流し入れた。「わたしは故意に人を傷つけたりしないわ」

「故意であろうとなかろうと、もしも誰かを傷つけたとして、そのことに対していったいどれくらいのあいだ罪を償えばいいんだ？　おい、いいかげんにしてくれ！」無視を決めこんでいるネルに腹が立って、サムはそう怒鳴り、お湯をとめた。

彼女も負けじとののしりの言葉を返し、またもや栓をひねってお湯を出す。サムはとうとう頭に来て、ネルの手を上からつかんだ。

その瞬間、重なったふたりの指のあいだから青白い閃光が走った。

ネルはあまりの衝撃に怒りを忘れ、なにも言えなくなった。サムに手をつかまれたまま、体の向きを変え、サムの目をまっすぐのぞきこむ。

「どうして誰も教えてくれなかったの？」ネルは問いつめた。

「さあね」サムがやさしく微笑むと、光が穏やかになった。「シスター」

ネルはすっかりわけがわからなくなって、頭を振った。「サークルを形成するのは三人だけのはずでしょ」

「三人の末裔の三人だ。ただ、元素《エレメント》は四つある。きみのは風《エアー》で、昔のエアーにはきみの持つ勇気が欠けていた。ぼくのは水《ウオーター》だ。きみは運命を、魔女の術というものを、信じているんだろう？　ぼくらはつながっているんだよ、その事実を変えることはきみにはできない」

「でしょうね」そうは言ったものの、もっと時間をかけてじっくり考えてみたい。ネルはサムにつかまれている手をゆっくりと引き抜いた。「だからって、必ずしもわたしはそのことを、というかあなた自身を気に入らなくてもいいはずだわ」

「きみは宿命や魔術を信じているのに、他人を許すことの意義は信じてないんだね」

「信じてるわよ。許せることならばね」

サムはネルから離れて、両手をポケットに突っこんだ。「今夜ぼくは、きみの機嫌をとるつもりでここへ来た。きみの心に積もり積もっていそうなぼくに対する憤りや反感を、わずかでもそぎ落とせればと期待してね。こっちのプライドの問題でもあるしさ。誰より古くからの親友の奥さんに嫌われたままでいるのはつらいから」

彼はワインのボトルをとって、ネルがまだ片づけていなかったグラスに注いだ。

「それとこれは、ミアに近づく作戦という意味もあった」そう言って、ワインを口に含む。「きみとリプリーがミアの前に立ちはだかっていることはよくわかっているからね」

「ミアがふたたび傷つくのを、黙って見ていられないのよ」

「ぼくがミアを傷つけると決めつけているんだな」サムはグラスを持って、カウンターへと近づいていった。「まあ、そんなわけでぼくはこの家へのこのこ現れ、きみとザックが共有しているものをまのあたりにし、ふたりが築いたものを肌で感じた。きみはぼくに同じテーブルを囲ませてくれて、手料理までふるまってくれた。内心ではぼくを逆さ吊りにしたいと思っているのにね。おかげできみのご機嫌をとるどころか、こっちが逆にもてなされて、すっかりいい気分になってしまった」

彼はキッチンを見渡した。この場所はいつでもあたたかく、なごやかな空間だった。子供のころは、ザックの両親がここであたたかく迎えてくれたものだ。

「きみには感服してるんだよ。いろんなことをくぐり抜けて、今の生活をつかみとったんだものな。きみの眼力と幸せな家庭がうらやましい。ザックはぼくにとって大切な人なんだ」

ネルがなにも言わないので、サムは振りかえって彼女を見た。

「きみには受け入れがたいことかもしれないが、この言葉に偽りはないよ。だから、きみとザックの関係をこじれさせるようなまねはいっさいしないつもりだ。それじゃ、ザックがルーシーとの散歩から戻ってくるまで、ぼくは裏のほうでくつろがせてもらうよ」

ネルはタオルで手をふいた。「まだコーヒーを淹れてなかったわ」

サムが戸口で振りかえり、もう一度彼女を見つめる。

そのとき初めて、ミアがかつてサムに夢中になったわけがネルにもわかった。危険な香り漂うルックスのよさだけではない。サムの目のなかに、とてつもない力とてつもない痛みがひそんでいるのが見てとれた。

「わたしはまだ許すつもりはないわ」ネルはきっぱりと言った。「でも、ザックがあなたを友人だと思っている以上、あなたにはきっと短所を補って余りある長所があるんでしょう。どこかにね。さ、座って。デザートはトライフル(ジャムやゼリーを塗ったスポンジケーキにワインかシェリー酒を振りかけて冷やし、カスタードソースや生クリームを添えたもの)よ」

高慢だったこの鼻をネルにぽっきり折られてしまったようだ、と思いながら、サムは歩いてコテージに戻った。彼女はたったひと晩のうちに、最初はとても礼儀正しかったかと思うと、次には残酷なくらい率直になり、最後にはすっかりものわかりがよくなった。ブルーの瞳の美しいブロンド女性に、彼は完全に屈服させられた。誰かの尊敬を勝ち得たいなどと思うことはめったにないが、あのネル・トッドにだけは認められたい。

少年時代によくそうしたように、サムはビーチを歩いた。かすかな不安を抱えたままで。そして、少年のときと同じように、家路をたどった。それでも喜びはわいてこなかった。

絶壁の上に立っているあの屋敷自体は大好きなのに、一度もあそこが自分の場所だと感じたことがないのは、どう解釈すればいいのだろう？　父があの家を売ったときも、少しも残念だと思わなかった。

あの入江やあの洞窟には、かつてはかなりの思い入れがあった。だが、屋敷そのものはただの木材とガラスにすぎなかった。あの家には、ほとんどと言っていいほど、あたたかみがなかったからかもしれない。あったのはプレッシャーだけだ。ローガン家の名に恥じない人間になること。成功をおさめ、ひとかどの人物になることが、当然の義務として求められた。

サムは努力してそれらの義務を果たしはしたものの、そのためにどれくらいの犠牲を払ってきたかが、今さらながら気になった。

そこでまた、ザックとネルの家を包んでいた霊気にふと思いを馳せる。サムは昔から、家にはそれぞれ精霊が宿っていると信じてきた。トッド家の霊気はあたたかく、愛情に満ちていた。結婚が性に合っている人々もいるということだろう。互いを思いやり、ひとつになって、誓約を守る——地位や財産を手にいれるための便宜的な結婚ではなく、心と心の結びつき。

そういった結婚は、彼に言わせれば、この世にはめったに存在しない天からのすばらしい賜物だった。

サムの育った家にはほとんど愛情が存在しなかった。といっても、無視や虐待やいじめがあったわけではない。しかし、記憶のなかの両親は法的には立派な配偶者だったが、決して本当の夫婦ではなかった。会社同士が合併したような、効率がいいだけの冷めた結婚だった。

幼いころ、ザックの両親が人前でもおおっぴらに愛情を表現しあうのを見て、とまどいを感じ、どこかうらやましく思う反面、なんとなく気恥ずかしくもあったことを、今でもまだ覚えている。

現在ザックの両親は、大きなキャンピング・カーに乗って各地を旅しながら、ふたりだけの生活を満喫しているという。うちの両親なら、そんな生活は考えただけでもぞっとするに違いない。

どのような家庭で育ったかは、人間形成にいかほどの影響を与えるものなのだろうか？　ザックがネルとあたたかい家庭を築いているのは、愛情たっぷりの家庭で幼少期を過ごしたおかげなのだろうか？

それとも、単なるめぐりあわせか？

さもなくば、最終的にものを言うのは、自分自身がどういう人間になろうと志して生きてきたか、なのだろうか？　つまるところ、ひとつの選択が次の選択へとつながって、今の自分があるのだから。

サムは立ちどまり、海のほうへ目を向けた。すると、水面を撫でるように、ひと筋の白い光が通り過ぎるのが見えた。ミアの崖に立っている、ミアの灯台の光だ。これまでに何度こうして立ちつくし、あの希望の光を見て、彼女のことを思っただろうか？

ミアが欲しい。

いつからそう思うようになったのか、サムは思いだせなかった。ミアを求めたくなる気持ちは生まれつきのものだ、と考えていた時期もある。そして、この世に生まれ落ちる前から定められていた運命の潮流に押し流されている気がしてぞっとし、怯えていた。

ミアが欲しくてたまらない夜を、幾晩過ごしてきたことだろう。ミアを自分のものにし、彼女のなかにいたときでさえ、この胸はうずきつづけていた。サムにとって愛とは、限りない歓びと絶望的な恐怖に満ちた嵐だった。

彼女にとっては、愛は純粋に愛でしかなかったというのに。

波打ち際に立ち、自分の思いに羽をつけて黒い海の上を飛ばし、光の源へ送った。あの崖に向けて。石造りの家へ向けて。ミアのもとへ届くように。

だがその思いは、ミアが自分の大切なものをとり囲むように築いた壁に跳ねかえされ、彼のもとへと返ってきた。

「いずれはぼくを受け入れるはめになるさ」サムはつぶやいた。「遅かれ早かれね」

ともあれ、今のところはひとりぼっちでコテージへ戻るしかない。初日にはありがたく感じられた孤独が今は重くのしかかってきて、寂寥感がつのった。彼は寂しさを振り払い、コテージへ戻る代わりに、森のなかへと向かった。

ミアが口を利いてくれるようになるまでは、それ以外のやり方で学ぶべきことを学び、見るべきものを見ておくしかない。

空にはちりばめられた星々と鎌のように細い月が浮かんでいるものの、闇は深かった。だが、見る方法はほかにもある。サムは自分を夜に同調させた。すると、小川のひそかなせせらぎが耳に届きはじめ、土手で野生の花々が眠っていることまで感じられるようになった。かさかさと藪のなかを動きまわる小動物の音がして、フクロウの悲しげな声が聞こえた。一方は獲物を得、もう一方は滅びていく。

大地と水の匂いを嗅ぐと、朝までに雨が降りだすことが予知できた。

そして彼は力を感じた。

晴れた日の昼さがりにメイン・ストリートを歩く人のように、自信に満ちた足どりで木々のあいだを通り抜け、闇のなかを進んでいく。力が脈打ちながら肌を伝い、魔力が覚醒するときの心地よい興奮が全身にみなぎってきた。

やがて彼は、地面の上に落ち葉が散らばっている空間へ出た。例のサークルがつくられた場所だ。

あの三人がつながったらさぞかし強いだろう、とサムは思った。ビーチでもこれと似たようなエネルギーを感じ、そこでもサークルの魔法がかけられたことが彼にはわかった。だが、このサークルのほうが先につくられたはずなので、まずはこちらを見てみようと思ったのだ。

「彼女たちが素直に場所を教えてくれさえすれば、探す手間も省けたのに」サムは声に出して言った。「もっとも、教えてもらっていたら、こういう満足感は得られなかっただろうけどな。さて」

両のてのひらを椀状にして、高く差しだす。

「われに見せたまえ。われは呼ぶ、かつてもそしてこれからも永遠にわが一部である汝を。われが鏡として用いる夜に、この地で起こりしことを映しだしたまえ。このサークルがいかにして、またなにゆえにつくられたのかを、明らかにしたまえ。さすればわれ、務めを果たすべく行動を起こせるものなり。願わくは、幻影をわが目でとらえることを許したまえ。われ願う、かくあれかし」

夜の帳《とばり》が薄くなり、風に吹かれたカーテンのように翻って、するすると開いた。そこに浮かびあがったのは、罠にはまった兎のような恐怖、凶暴な牙のごとく鋭い憎悪、そして、勇気の衣にあたたかく包まれた愛。

ザックから聞いていたとおり、一心不乱に森を駆け抜けるネルの姿が見えたとたん、彼女の思いが手にとるようにわかった。ザックの身を案ずるあまりの不安と悲しみ。自分が追っ手から逃れるだけでなく、愛する人を救いたいという、必死の思い。

レミントンがネルに飛びかかり、その喉もとに包丁を突きつけたのを見て、サムは両手をかたく握りしめた。

激しい感情がこみあげてくる。銀色の星がちりばめられた黒いドレスに身を包んでいるミアと、拳銃を構えているリプリー。ザックもまた、血を流しながらも、敵に銃口を向けている。

息づく夜に、狂気と恐怖がうごめいていた。

やがて、魔法が静かに響きはじめた。

その声は、恐怖をはねのけて内から輝きを放ちはじめたネルから発せられていた。

次いで、ドレスにちりばめられた星と同じ銀色に目を光らせているミアのまわりでも空気が震えはじめ、そして最後に、しぶしぶながらゆっくりと拳銃をおろしてミアの手を握ったリプリーからも声が聞こえるようになった。

するとたちまち、サークルが青い炎となって一気に燃えあがった。

備えができていなかったサムはその衝撃に押され、二歩ほど後ろに飛ばされた。なんとか体勢を立てなおしたときには幻影が薄れ、目の前の光景はゆらゆらと揺れて、すうっと消え入った。

「サークルは破られていない」彼は顔をあげ、星空を流れる雲を見た。「ぼくを受け入れてくれ、ミア。さもないと、なにもかもが無駄になってしまうよ」

意図したわけではなかったが、その夜遅く、夢のなかで、サムはミアに会った。まだ愛が新鮮で甘く、彼のすべてだったころに舞い戻っていた。

十七歳のミアは脚がすらりと長く、髪は燃えさかる炎のように赤くて、その目は夏の霧のようなあたたかさをたたえていた。彼女の麗しさに、サムはいつもと変わらず胸を打たれた。心臓にパンチをくらったかのように。

ミアは笑いながら海のなかへ入っていった。裾を切ったカーキ色のショーツをはき、短めの色鮮やかな青いトップを着ているので、腕とおなかがむきだしになっている。

潮風の匂いにかき消されることなく、彼女の香りがサムの鼻に届いた。これぞミアだとはっきりわかる、濃厚で悩ましい香りだ。

「泳ぎたくないの？」ミアは水しぶきをあげながらもう一度笑った。「今日はなんだか悲しい目をしてるわね、サム、なぜそんなふうにふさぎこんでるの？」

「別にふさいでなんかいないよ」

いいや、実のところサムはふさぎこんでいた。その夏はニューヨークへ行かずに島に残ってホテルで働くことにしたため、両親の不興を買っていたからだ。ミアがいるから島に残ることを選んだのだが、その選択はやはり間違っていたのだろうか、ぼくはひどい過ちを犯したのだろうか、と深く思い悩んでいた。何カ月もミアと離れて過ごすなんて、想像するだけで苦しかったし、とにかく考えられなかった。

それでも、サムはいつしか考えるようになっていった。スリー・シスターズ島をあとにして本土の大学に戻るたびに、考える機会は増えていった。学期中の週末のうち何回かは、島へ、すなわちミアのもとへ帰れない言い訳をとりつくろって、自分を試してみるべきではないかと思うようにさえなった。

だが、フェリーに乗って本土を離れるたびに、結局はなにかに引きつけられるようにしてここへ戻ってきてしまう。島とミアに引き寄せられて。だからこそあえてこの夏は、自分のためにつくられたような逃げ道を選ばなかった。もう一度よく考えてみる必要があった。再考したかった。

なのに、ミアがこうして彼の家のビーチまで訪ねてくると、欲望で頭に靄がかかってしまい、彼女なしで過ごすことをじっくり考えてみる気にはなれなかった。

「だったら、そのことを証明してよ」水のなかであとずさりしながら、ミアが言った。ぴちゃぴちゃとはねる水が、彼女のふくらはぎ、膝、腿を順に濡らしていく。「こっちへ来て、一緒に遊びましょう」

「ぼくはもう、遊ぶほど若くないよ」

「わたしは若いわよ」ミアは人魚のようにしなやかな動きで、すうっと海のなかへ消えた。やがて浮かびあがってくると、水が髪からしたたり落ち、濡れたシャツがなんともなまめかしく胸にぴったり張りついていて、彼の男心を揺さぶった。「忘れてたわ。あなたはもうじき十九歳になるってこと。水をばしゃばしゃはねあげて遊ぶなんて、みっともなくて男がすたるってわけね」

そう言ってミアはふたたび頭から水にもぐり、ダークブルーの入江のなかをすいすい泳いだ。サムが足首をつかむと、彼女はその手を蹴り払い、笑いながら水面に顔を出した。

ミアの笑い声はいつものように彼の心を惑わせた。「ええい、どうとでもなれだ」

彼はそう言うなり、ミアを水のなかに押しこんだ。

そこには邪気のかけらもなかった。太陽と水、明るい夏の始まり、子供から大人へと変わる狭間の微妙な歳ごろ。

だが、いつまでも無邪気のままではいられない。

ふたりはしぶきを飛ばしつつ、イルカのようになめらかに泳いだ。そしていつもそうしていたように、いつのまにか互いに寄り添い、まず水中で唇を合わせ、海面にあがってきたときにはぴったりと体を押しつけあっていた。体の奥から強く激しい衝動が突きあげてきて、ミアは震えながらサムにぎゅっと抱きついた。あたたかくしっとりした彼女の唇がそっと開かれる。彼を信頼し受け入れる気持ちがこめられたそのしぐさに、サムは骨の髄まで感動した。

「ミア」ミアが欲しくて死んでしまいそうだと思いながら、サムは彼女の濡れた髪に顔を埋めた。「そろそろあがろう。散歩でもしようよ」そう言いながらも、彼の手はミアの体をまさぐっていた。どうしても自分をとめられなかった。

「ゆうべ夢を見たの」ミアがやさしくささやいた。サムの腕のなかにすっぽりおさまって、ふっとため息をつく。「あなたの夢よ。見るのはいつだってあなたの夢。目が覚めたとき、それは今日のことだってわかったの」彼女が頭を少しだけ後ろに傾けたので、サムはその大きなグレーの瞳に吸いこまれそうになった。「ほかの誰でもなく、あなたと一緒にいたい。ほかの誰でもなく、あなただけにわたしをあげたいの」

ミアを求めて、サムの血は熱くたぎった。頭のなかで、正しいことと間違ったこと、明日のことを考えようとした。だが、今のことしか考えられなかった。「本気で言ってるのかい？」

「サム」ミアは彼の顔じゅうにいくつものキスを植えつけた。「わたしはずっと前から本気だったわ」

彼女はサムの腕からするりと抜けだし、彼の手をとった。そして先に立って海からあがり、切り立った崖の下の洞窟へと彼を導いた。

穴のなかは涼しく、乾いていて、その真ん中あたりはサムがまっすぐ立てるくらい天井が高かった。奥の壁近くに毛布が広げてあり、床にキャンドルがいくつも置いてあるのが見えた。サムはミアを見つめた。

「わかってた、って言ったでしょ。ここがわたしたちの場所よ」ミアはサムを見つめかえしながら、彼のシャツの小さなボタンに手をのばした。指先が震えていた。

「寒いんじゃないのか？」

「ちょっぴりね」

サムはミアに近づいた。「それに、怖がってる」

ミアの唇が笑った。「少しだけ。でも、どっちの感覚もすぐに消えてくれると思うわ」

「やさしくしてあげるからね」

ミアは、彼女のシャツのボタンを外してくれる彼の邪魔にならないよう、両腕を脇に垂らした。「ええ。愛してるわ、サム」

サムはミアの着ていたコットン製の服を脱がせながら、唇を重ねた。「ぼくだってきみを愛してるよ」

その言葉で、彼女のなかにあった不安のかけらが消えた。「わかってるわ」

以前にもミアとふれあったことはある。だが、めくるめく思いにせかされた愛撫はどこか中途半端で、慌ただしく終わってしまうことのほうが多かった。けれども今は、キャンドルに灯された火がまるで生きているように揺らめくなかで、ふたりともゆっくりと互いの服を脱がせた。そしてふたりが毛布に横たわると、薄い膜が洞窟の口を覆って彼らをそこに閉じこめたように感じられた。

ふたりの唇が甘く熱く重なる。自分のほうは歓びがわきあがりつつあるのに、サムはまだこらえようとしているのが、ミアにはわかった。サムの指が彼女の肌を撫でていく。彼女が突然消えてしまうのを恐れてでもいるように、ときおりびくびくっと動きながら。

「わたしはあなたから離れないわ」ミアはそうつぶやき、それからはっと息をのんだ。

いきなり荒々しく胸もとに吸いつかれたからだ。

サムの下で、ミアは両手をせわしなく彼の肌に這わせながら、海の香りがまだ残る体を水のようになめらかにしならせた。濡れた髪を毛布の上に広げ、彼が与える刺激で瞳の色を陰らせている彼女を見おろした瞬間、サムは力を感じてわなないた。

そして、ミアを高みへと舞いあがらせた。彼女の喉の奥からもれた長くせつない叫びが体のなかまで伝わってくると、自分が無敵になれた気がした。やがてミアが体を開き、ついに純潔を捧げようとしてくれたとき、彼は思わず身を震わせた。

血が騒ぎ、欲望がうねるなか、サムはできるだけやさしくことを進めようと必死だった。それでも、ミアの顔にかすかな衝撃が走ったのを見逃しはしなかった。

「ほんの少しのあいだだけだから」サムは夢中でミアの顔にキスをした。「約束する。ちょっとだけだ」そしてとうとう体の要求に屈し、彼女を奪った。

ミアは毛布を握りしめ、最初の悲鳴を押し殺した。だが、痛みが襲ってきたと思う間もなく、ぬくもりが広がって、痛みのほうは薄れていった。

「ええ」吐息が小刻みに震えて口からもれていく。「そのとおりね」ミアはサムの頬に唇を寄せた。「本当に……」

そして自ら体を動かしはじめた。腰を突きあげ、サムをさらに深いところへと導き、一緒に落ちた。ぬくもりが熱に変わり、ふたりの体はつややかに輝きはじめた。肌と肌をぴったり押しつけあって、互いを奪った。

サムの腕に抱かれて夢見心地で横たわるミアのそばで、キャンドルの炎が金色に燃えていた。

「彼女はここで彼を見つけたのよ」

サムは指先でミアの肩の線をなぞった。どうしても彼女から手を離せなかった。頭に恍惚のけだるい靄がかかっているようで、ビーチにいたときに考えていたこともすっかり忘れていた。「えっ？」

「ファイヤーのことよ。わたしの祖先の。彼女はここで人間の姿をしたアザラシを見つけて、彼が眠っているあいだに恋に落ちたの」

「どうしてそんなことを知ってるんだ？」

ミアは、生まれる前から知っていたわ、と言いかけてやめた。「彼女は彼を自分のもとにとどまらせておくために、彼の毛皮を奪って隠したの。愛ゆえにね。愛のためだったのだから、間違いではなかったはずだわ」

快感の名残に浸りながら、サムは彼女の首に鼻をこすりつけた。このままずっとここにいたい、ミアと一緒に。ほかにはなにもいらないし、ほかの誰も欲しくない。欲しくなることなどない。欲しくなるわけがない。そのことに気づいたとき、彼は不安に駆られるのではなく、むしろ心が落ちついた。

「愛のためなら、間違ったことなどひとつもないさ」

「それでも、彼女は彼をずっと自分のものにしておくことはできなかったの」ミアが静かに言った。「それから何年も経って、子供たちが生まれ、妹たちは亡くなり、彼女がサークルを失ったあとになって、彼は毛皮を見つけてしまったのよ。そうなったらもう、彼は自分をとめられなかった。それが彼の本能だったから。毛皮を見つけたが最後、なにも彼をとどまらせておくことはできなかったの、愛さえもね。彼は彼女をこの地に残し、海へ戻っていって、彼女の存在を忘れた。それまで築いてきた家庭を忘れ、子供たちのことも忘れたのよ」

「そのことを考えたら、きみは悲しくなってしまうんだね」サムはミアを思いっきり抱きしめた。「そんなふうに悲しまないでくれ」

「あなたはわたしを捨てないでね」ミアはサムの肩に顔を埋めた。「絶対にわたしをひとりにしないで。もしもひとりにされたら悲しみに打ちひしがれて、彼女みたいに死んでしまうと思うわ」

「するものか」そう答えはしたが、そのときサムのなかでなにかがすうっと冷たくなった。「ぼくはここにいるよ。見てごらん」彼女を抱きしめたまま体の向きを変え、奥の壁のほうに顔を向ける。彼は指を一本のばして、岩の表面にふれた。すると指先から光が放たれて、岩に文字を刻みはじめた。

ゲール語で書かれた言葉を読んで、ミアは涙ぐんだ。「〝ぼくの心はきみの心。いつまでも永遠に〟」

彼女も指をすっとのばして、その言葉の下にケルトの組紐文様を彫った。ふたりがひとつであることの証だ。

そしてミアは、泳ぐような視線を彼に向けた。「わたしの心もあなたのものよ」

崖の上に立つ家で、ミアは孤独にさいなまれながら、枕に顔を押しあてていた。そして、夢のなかでサムの名前をつぶやいた。

4

夜明け前から降りだした雨が、ざあざあと絶え間なく降りつづいている。雨を乗せてときおり強く吹く風は、木々のやわらかい青葉を揺らし、波を泡立たせていた。日がな一日続く雨風のせいで空気はじっとりと湿り、海も空も見渡す限り灰色に染まっている。夜までにやむ気配はまったくない。

花にとっては恵みの雨だわ。ミアは窓辺に立ち、憂鬱な空を見つめながらひとりごちた。大地にはたっぷりの水分補給が必要だし、多少冷えこんではいるものの、繊細なつぼみに害をなす霜まではおりないだろう。

ミアはよく、雨があがって晴れた日には休みをとって、庭で過ごすことにしている。まる一日、さまざまな雑事に追われることなく、ひとり優雅に花々の世話だけをしていられる、貴重な休日。

自分で店を経営しているからこそできる贅沢であり、特権だった。

ときおりこの特権が使えるおかげで、責任の重みのバランスを失わずにいられる。ビジネスと魔法のバランスだ。

だが、その日は店でやるべきことが山ほどあった。変な夢を見たせいでよく眠れなかっただの、気分が落ちこんでいるからこのまま毛布にもぐっていたいだのとは言っていられない。実際、仕事のことがほんのわずかに頭をかすめただけで、思わずぞっとして跳ね起き、ベッドから抜けだしたほどだった。

そのせいか、めったに物忘れをしないミアがその日に限って、ネルとリプリーが家へ訪ねてくる約束になっていたのを忘れていた。ふたりがそばにいてくれれば、いい気晴らしにはなるはずだった。規律正しい今の生活を邪魔する思い出や夢について、あれこれ考えずにいられるからだ。

そう、サムはゆうべずうずうしくも夢に忍びこんできたのだった。あのろくでなしときたら。

「またいつか別のときにしましょうか？　ミア？」

「えっ？」ミアは眉をひそめながら顔をあげ、まばたきした。あきれたことに、いい気晴らしになってくれるはずの相手にすら、気をとめていられなかったらしい。「いえ、いいの。ごめんなさい。雨のせいで、ちょっと気が立っているみたい」

「ほんとほんと」椅子にだらしなく座っているリプリーが、その肘掛けに片脚を載せた。膝に抱えたボウルからポップコーンを数粒ずつつまんでは、次々と口へ運んでいる。「そうやって、機嫌が悪いのを天気のせいにしちゃって」

それには答えず、ミアはソファーに歩み寄ると、脚を折り曲げて座った。広げたスカートの下に素足をたくしこんでから、部屋の奥にある石造りの暖炉に向けて指をさっと振る。すると、薪がぱちぱちとはぜながら燃えはじめた。

「ああ、このほうがいいわ」ミアは自分が心地よいかどうかがいちばんの関心事だとでもいうように、ベルベットのクッションをぽんぽんと叩いてふっくらさせた。「それで、ネル、みんなで夏至祭の計画を練る前にわたしに話しておきたいことって、なんだったの？」

「わあ、偉そう」リプリーが片手に持っているワイングラスでミアを指し、もう一方の手でポップコーンを口に入れた。「どこかの婦人ソーシャル・クラブの会長みたいな言い方じゃない」

「まあ、それほど的を外れてもいないわね。クラブというか、一種の魔女集会《コーヴェン》ではあるもの。あなたが会長の座を狙っているなら、いつでも譲ってさしあげてよ、ファイフ保安官代理（《メイベリー110番》というコメディー番組に登場するまぬけな保安官代理）——」

「そこまでよ」ネルは片手をあげてふたりを制した。ミアとリプリーが十分も一緒にいると、決まって自分が仲裁に入るはめになる。ふたりの頭と頭をごちんとぶつけてやったらもっと簡単にすむかもしれない、と思うこともしばしばだった。「悪口を言いあうのはやめて、別の話題に移りましょう。わたしが報告したかったのはね、クッキング・クラブの初回の会合は、なかなかうまくいったんじゃないかってことなんだけど」

ミアは気を落ちつかせて、うなずいた。テーブルのほうへ身を乗りだし、薄い緑色の皿に山ほど盛ってあるつややかな紫色の葡萄をじっと見つめる。そしてひと粒だけ選んでつまんだ。「大成功だったわね。すばらしい企画だったわ、ネル。これで、店とカフェの売上もあがると思うの。あの晩だけでも十二冊の料理本が売れたし、その後も十二冊売れているのよ」

「二、三カ月続けてみて、お客さまたちの興味が続くようだったら、ブック・クラブとの合同イベントにしたらどうかと考えてるの。クリスマスのころにでも。気の長い話だけど――」

「とりあえず計画を立ててみても損はないわね」ミアはネルの言葉を引きとってそう言うと、ふたつめの葡萄をつまみ、リプリーに向かって気どった笑みを浮かべてみせた。「食べ物が重要な役割を担っている小説はいくらでもあるし、レシピまで載っているものもあるわ。そういう本をブック・クラブの課題図書にして、クッキング・クラブがその料理をつくるのはどうかしら。それならみんなで楽しめるでしょ」

「本も売れるというおまけつきね」リプリーが指摘した。

「意外にも、本を売ることはカフェ・ブックの第一の目的なのよ。それじゃ――」

「あの、話はまだあるんだけど」

ミアはネルを見つめて眉をあげた。「いいわよ」

緊張のあまり、ネルはいったん唇を引き結んだ。「本を売るのがカフェ・ブックの第一の目的だってことはわかってるわ。でも、あの……、このアイディアはしばらく前に思いついたものでね、うまくいくかどうか、やってみる価値があるかどうか、わたしなりに頭のなかでいろいろとシミュレーションしてたのよ。あなたの経営方針には合わないかもしれないいんだけど――」

「もう、いいかげんはっきり言いなさいよ、ネル」あまりのじれったさにリプリーはついに我慢できなくなって、椅子から立ちあがり、ポップコーンのボウルを脇に置いた。「ネルはね、カフェを拡張すべきだと考えてるのよ」

「リプリー! お願いだから、わたしの言い方で言わせてちょうだい」

「そうするつもりだったけど、一週間もここでぐずぐずしてるわけにはいかないんだから、さっさとしてほしいわ」

「カフェを拡張するですって?」ミアが割って入った。「今だって、二階部分の半分近くを占めているのよ」

「ええ、今はそうよね」ネルはリプリーに鋭い視線を送ってから、ミアに向きなおった。「でも、窓がある東側の壁をとり払って、そこにたとえば、幅十フィート、奥行き六フィートくらいのテラスをつけ足して吹き抜けの空間にするか、スライド式のドアをつけるのよ。そうしたら席が増やせて、天気のいい日ならお客さまは屋外で気持ちよく座れるでしょ」

ミアはテーブルからグラスをとりあげただけでひとことも発しなかったので、ネルはさらに先を続けた。

「できればメニューももう少し増やして、夏の夜にちょっとした気軽なディナーを楽しみたい人向けに、アントレをもっと充実させてもいいと思ってるのよ。もちろん人手は今よりも必要になるけれど……わたし、余計なことを言ってしまったかしら」

「そんなこと言ってないでしょ」ミアは背もたれに寄りかかった。「ただ、複雑な問題をはらむ話ではあるわね。区画規制や建築法が絡んでくるもの。費用もそれなりにかかるわけだから、投資額に対する利益率も計算しておかないといけないわ。改築中にはどうしても落ちてしまう売上の額も考慮に入れてね」

「その点も、その、少しだけ考えてみたの。少しだけだけど」ネルはおどおどした笑みを浮かべて、バッグから書類の束をとりだした。

目を丸くしてその様子を見守っていたミアは、やがて声を立てて笑いながら、ソファーに深く座りなおした。「ひとりでずいぶんと忙しい思いをしたようね、リトル・シスター。いいわ。あとでよく見せてもらって、考えておくから。たしかにおもしろそうな考えだわ」ぼそりとつぶやく。「席が増えて、アントレが増えて……。もしこれが成功すれば、ホテルのディナー・ビジネスにとっては大きな痛手になるに違いないもの。少なくとも観光シーズンにはね」

ミアの満足そうな微笑みを見て、ネルは少し罪悪感を感じた。「それから、もうひとつ言っておくことがあって。ゆうべうちにサム・ローガンを呼んで、食事したの」思いきって打ち明ける。

ミアの顔から笑みがすうっと消えてなくなった。「なんですって？」

「あんなろくでなし男をディナーに招いたなんて！」リプリーが椅子から跳びあがった。「食事を出したの？　せめて毒くらいはまぜておいたんでしょうね？」

「いいえ、そこまではしなかったわ。わたしが招いたわけじゃなくて、ザックが勝手に呼んじゃったのよ。ふたりは友達だから」ネルは、みじめさと罪悪感でいっぱいのまなざしをミアに向けた。「誰なら家に招いていいとか、この人はだめだとか、わたしからはザックに言えないもの」

「わたしたちのそばに近寄らないよう、ブックからあの裏切り者のろくでなし野郎によく言ってもらわなきゃ」リプリーが歯をむきだしにして言う。結婚したばかりの夫に噛みつきかねない勢いだ。夫自身の考えなど、この際どうでもいいらしい。「ザック は昔からばかなのよ」

「ちょっと、その言い方はあんまりじゃない?」

「ザックはあなたの夫になるずっと前から、わたしの兄なんですからね」リプリーがすかさず言いかえした。「だから、ばかと呼んでもかまわないの。とくに、本当にばかなまねをしたときは」

「こんな話を続けていても仕方がないわ」ミアは穏やかにそう言って、ネルとリプリーの注意を引いた。「ののしりあったり罪をなすりあったりしている場合じゃないでしょう。ザックには友達を選ぶ権利があるし、自宅に招く権利もあるわ。ネルが罪の意識を感じる必要はまったくないのよ。サムとわたしの問題は、あくまでもサムとわたしのあいだの問題であって、ほかの人たちまで影響を受けることはないんだから」

「ほんとかしら?」ネルは首を横に振った。「だったら、どうして彼がわたしたちの仲間だってことを、誰もわたしに教えてくれなかったの?」

「だって、違うもの」リプリーが突然声を荒らげ、吐き捨てるように言う。「サム・ローガンはわたしたちの仲間じゃない」

「ネルは別に、サムもわたしたちと同じ女だと言いたいわけじゃないと思うわ」ミアは淡々と言った。「島の住民かどうかという意味でもないわね。もっとも、彼はここで生まれ育ったんだから、島の人間には違いないけれど」その話題を払いのけるように、手をさっと振る。「でも、彼もまた天与の力を持っているという事実は、わたしたちにはなんの関係もないのよ」

「本当に？」ネルが訊いた。

「わたしたちこそが三人なんだもの」石の炉床のなかで炎が大きく燃えあがり、そして消えた。「サークルをつくるのはわたしたちよ。なすべきことは、この三人でやりとげなくてはならないの。誰かさんが——さっきリプリーがすてきな言い方で呼んでいたわね、なんだったかしら——ああ、そうそう、どこかのろくでなし男が魔力を持っているからといって、なにも変わらないのよ」

ミアは冷静を装って、葡萄をもうひと粒とろうと手をのばした。

「それじゃ、そろそろ夏至祭の話を始めましょうか」

ミアはなにも変えるつもりはなかった。ひとりでだろうとほかのシスターと一緒にだろうと、なすべきことをするだけだ。三人のサークルには、ほかの誰も入れるつもりはなかった。もちろん、自分の心にも。

夜がもっとも深まって島が眠りについているころ、ミアは崖の上に立った。冷たい雨が降り注いできて、真っ黒な波が岸壁に押し寄せては砕け散っている。ひと晩で岩を粉々に砕いてしまいそうな勢いだ。彼女のまわりでは激しい風が渦を巻き、コートの裾が羽のようにふくらんだ。

背後にそびえる白い塔が放つひと筋の光が刃のごとく闇を切り裂きながらまわっているのを除けば、あたりは一面真っ黒で、わずかな明かりもない。光はミアと崖と海を撫で斬りにして、通り過ぎていった。すると彼女はふたたび暗闇のなかにひとりと り残された。

〝飛べ〟賢しげな声がささやいた。〝ここから飛びおりて、すべてを終わらせろ。どうしても避けられない運命に、なぜ逆らおうとする？ なぜおまえは孤独とともに生きようとするんだ？〟

これまでに何度この声を聞いたことだろう。これまでに何度ここへ来て、この声に逆らえるかどうか自分を試したことか。心が粉々に砕かれていたときでさえ、彼女はここへやってきた。そして、勝った。決して屈しなかった。

「あなたはわたしを打ち負かせやしない」黒ずんだ霧が地面と岩から立ちのぼってくると、ミアは寒気を感じた。まるで、氷のように冷たい指が足首に巻きついて、こっちへおいでと誘惑しているかのようだ。「わたしは決して負けないわ」彼女は両腕をあげ、大きく広げた。

すると、ミアに呼び寄せられた一陣の風が勢いよく吹きつけてきて、霧を蹴散らした。

「わがものにわれは仕え、守り、保ちつづける」天を仰いで顔をさらすと、雨が涙のように肌を伝って流れ落ちた。「目覚むるときも眠れるときも、わが言葉、わが行いは、わが内なるものに素直に従わん」

体じゅうに魔法の力が注ぎこまれ、心臓の鼓動のように脈打ちはじめる。

「これなる誓い、ゆめ破るまじ。われはわが定めに出会わん。われ望む。かくあれかし」

ミアは目を閉じ、両の拳を握りしめた。そうすれば拳で夜を打ち負かせるかのように。迫りくるものの正体を覆い隠しているベールを突き破れるかのように。

「どうしてわたしにはわからないの？　なぜ感じられないの？　いったいどうして、感じるだけでなにもできないの？」

なにかが空中で小刻みに震えた。頬をそっと撫でるあたたかい手のように。それはミアが望んでいた慰めではなく、辛抱を促す励ましでもなかった。仕方なく彼女はくるりと向きを変え、崖と海に背を向けた。そしてコートを翻しながら、家の明かりに向かって走りだした。


崖の上に立つ家にミアがひっそり閉じこもっているころ、ルルは三杯めのワインを注いだグラスと、読みかけの犯罪実録本『アメリカの食人鬼の日記』と、チーズ・ガーリック風味のポテトチップスの袋を抱えて、ベッドに入った。奥の壁際に置いてあるテレビからは、《リーサル・ウェポン》のメル・ギブソンとダニー・グローヴァーが撃ちまくる拳銃の音が鳴り響いている。

ルルにとってこれは、土曜の夜の儀式だった。

寝間着はよれよれのショートパンツと、胸もとに〝ばかより金持ちのほうがまし〟と書かれたTシャツと、つばの部分に読書灯をとりつけてある野球帽。

ポテトチップスをむしゃむしゃ食べ、ワインをちびちびやりながら、本とビデオの両方に半分ずつ注意を傾けて、ルルは天国気分を味わっていた。

カラフルな小型のソルトボックス・ハウス（前面が二階で後ろが一階建ての家。ニューイングランド地方に多い民家の形）の窓ガラスを降りしきる雨が激しく叩き、カーテン代わりに窓辺に吊してあるラブ・ビーズ（六〇年代に流行った、愛と平和を象徴するビーズのネックレス）の暖簾を隙間風がちゃらちゃら鳴らしている。ルルはいい具合のほろ酔いかげんになり、マドラスチェックとペイズリー柄としぼり染めの端切れを縫いあわせてつくったお手製のキルトの下にもぐりこんだ。

三つ子の魂とはよく言ったものよ。どれほど時が流れようと、このわたしから六〇年代の記憶を消し去ることなんてできやしないわ、とルルはよく思っていた。

文字がぼやけはじめたので、眼鏡をかけなおして、頭を少しだけ起こす。あと一章だけ読み進み、この若い娼婦がまんまと喉をかき切られて内蔵をえぐりだされるほどのまぬけなのかどうか知りたかった。

まぬけだというほうに賭けてもいい。

それでも、頭がかくんと落ちてしまう。ルルははっとして顔をあげ、まばたきした。たった今、誰かが間違いなく自分の名前をささやいた気がしたからだ。

空耳だわ、とうんざりしながら思った。歳をとるというのは、神による詐欺に遭うようなものだ。

ルルはグラスのワインを飲み干し、テレビにちらりと視線を向けた。

メルのハンサムな顔が画面いっぱいに映っている。彼は明るいブルーの目でこちらを見つめ、にっこり笑いかけてきた。「やあ、ルゥ。調子はどうだい？」

ルルは目をこすり、まばたきをくりかえした。だが、映像はそのままだ。「いったいどうなってるの？」

「そいつはこっちのせりふだよ！ いったいどうなってやがるんだ！」カメラが引くと、こちらに向けられた拳銃が見えた。銃口はまるで大砲のように大きい。「永遠に生きたいやつなんてこの世にゃいない、そうだろう？」

そのとき、セットのなかで爆音が轟いたかと思うと、真っ赤な熱い閃光が部屋に飛びこんできた。ルルは鋭い痛みを感じて悲鳴をあげ、とっさに両手で胸の谷間を強く押さえた。よもや出血してはいまいかと慌てて跳ね起きたせいで、ポテトチップスがあたりに飛び散る。

心臓は豪快に高鳴っていて、血は出ていなかった。

テレビの画面では、メルとダニーが警察の手続きについて言いあっている。

ルルはぶるぶるっと身震いして、ふらつきながら窓辺に近づいた。やれやれ、これじゃ、愚かな年寄りそのものだわ。新鮮な空気が吸いたい。頭をすっきりさせなくちゃ。きっと、ほんの一瞬だけ眠ってしまったに違いない。頭のなかでそう決めつけると、ビーズの暖簾をかき分けて、窓を全開にした。

たちまちルルは震えあがった。冬のように——いや、それよりもはるかに寒い。地面から渦を巻いてわいてくる靄は奇妙な色をしていた。青あざが浮いているような、鈍い紫と病的な黄色だ。

庭を見渡すと、コレオプシスの花壇と、そこからにょっきりのびている球形照明《ムーンボール》が目に入った。通りかかる人々のほうを向いて舌を突きだしている、行儀の悪い石像《ガーゴイル》も見える。雨は今や雹に変わったらしく、ルルが窓から外に手を出したとたん、冷たく鋭い破片がてのひらに突き刺さった。

思わずぱっと手を引っこめた拍子に、眼鏡がずり落ちた。落ちた眼鏡をかけなおしたときにはガーゴイルが家に近づいていて、いつも見慣れている横顔ではなく、顔の四分の三をこちらに向けていた。絶対に見間違いではない。

心臓が狂ったように激しく打つせいで、ルルの胸は痛みだした。

そろそろ新しい眼鏡が必要だわ。老眼が進んだみたい。

なおもじっと見守っていると、ガーゴイルがくるりと顔をこちらに向けたので、ルルはショックのあまりその場に凍りついた。ガーゴイルはみるみるうちに、いかにも凶悪そうな長い牙をむいた。

「ちょっと、嘘でしょ！」

霧のなかをじりじりと家のほうへ這いずってくるガーゴイルが牙をがちがち噛みあわせるのを、ルルはたしかに聞いた。ガーゴイルは開いた窓に向かってくる。その後ろから、一週間前に買ったばかりの、フルートを吹くカエルの置物までもが、ぴょんぴょん跳ねながら近づいてきていた。ただし、その手に握られているフルートは、長くて刃の鋭いナイフに変わっている。

「誰も気にしやしないさ」

その声にはっとして、ルルはよろめきつつも後ろを振りかえった。テレビの画面にはメル・ギブソンの顔をした巨大なアニメの蛇が映しだされていて、こちらをにらみつけている。

「おまえが死んだところで、誰も悲しんじゃくれないだろう。おまえには誰もいないからな。違うかい、ルゥ？　男もいなけりゃ、子供もいない、家族もいない。誰ひとり、おまえのことなど気にかけちゃいないんだ」

「でたらめ言わないでちょうだい！」

ほんの少し目をそらしていた隙に、ガーゴイルとそのお伴が家からわずか一フィートのところまで近づいていたのを見て、ルルは恐怖の叫びをあげた。牙と牙がぶつかりあう貪欲な音、濃い霧のなかでシュッシュッと空を切るナイフの音は、死の時を刻むメトロノームのように響いた。

「こんなの、ただの幻に決まってるわ」ルルはあえぐように息をしながら、わなわなと震える手でサッシのレバーをつかんだ。

そして勢いよく窓を閉めたと同時に後ろ向きに倒れ、頭蓋骨がいやな音を立てるほど強く頭を床に打ちつけた。

しばらくそこに横たわったまま、とにかく息を整えて気をしっかり持とうともがく。やがて両膝を突いて体を起こし、編み物の道具をしまってあるバスケットまで這っていき、武器代わりに太い棒針を二本つかんだ。

ようやく勇気を奮い起こして窓辺に戻ったときには、雨はあたたかくやさしくなっており、靄も晴れていた。そしてガーゴイルは、見慣れた無邪気な顔をしていつもの場所に陣どり、次の訪問客をからかおうと待ち構えていた。

ルルが窓辺に立ちつくしているうちに、テレビでは新たな銃撃戦が始まっていた。彼女は片手で顔をぬぐった。

「きっとあのシャルドネのせいね」わざと大きな声で言う。

それでもルルはこの小さな家に越してきて初めて、家じゅうを――編み針で武装して――くまなく歩きまわり、すべてのドアと窓に鍵をかけた。

いかに仕事熱心であろうと、誰にだってたまの休みをとる権利くらいはある。サムは村の外へと車を走らせながら、自分にそう言い聞かせた。今日もまた何時間もデスクに向かい、会議にも出て、点検に立ち会ったり報告書を読んだりした。ここらでいったん頭をすっきりさせないと、回線がショートしてしまいそうだ。

しかも今日は日曜日だ。雨はようやく沖合へ遠ざかり、島は宝石のごとき輝きをとり戻した。こういうときは外に出て、海に浮かぶ小さな瘤のようなこの島の変わったところや変わっていないところをこの目で確かめてまわるのも、台帳や見積もり書に目を通すのと同じくらい、ビジネスにとっては重要なことだろう。

こうしたビジネス感覚はローガン家の先々代から隔世遺伝したものであって、先代の父はあいにく持ちあわせていなかった。このスリー・シスターズ島で過ごした二十数年を両親がある種の流刑のようにとらえていたことは、サムも知っている。だからこそ彼らはそのあいだもなにかと口実を見つけては、頻繁に島から出ていたのだろう。そして祖父の死を機に、恒久的に島を離れる決意を固めたに違いない。

つまり、両親にとってこの島は決して故郷ではなかったのだ。

今回島に戻ってみて、サムはその考えが間違っていなかったことを確信すると同時に、自分にとってはこの島こそが故郷なのだと再認識できた。探し求めていた答えが、今ようやくはっきりとわかった。スリー・シスターズはぼくの島だ。

プレジャーボートがモーターをうならせ、帆に風をはらみながら、海面をすべるように走っていく。その様子を眺めるだけで、彼は静かな喜びを感じた。涼しげな青に映えるオレンジ色や赤や白のブイが、水面にぷかぷか浮かんでいる。起伏の激しい陸地は複雑な線を描き、急斜面がそのまま海へ落ちこんでいるところもあった。ビーチには潮干狩りをする家族がいて、カモメを追いかけて遊ぶ小さな男の子の姿も見える。

そのあたりには、サムが島を出ていったときにはなかった家が数軒立っていた。風雨や雪にさらされてすでに銀色に変色している杉材の外壁や、植えこみの茂り具合などを見れば、自分がどれほど長く島を離れていたかが実感できる。成長するんだな、とサムは思った。人も、自然も。

時間はとまっていなかったわけだ。ここスリー・シスターズ島の上でも。

島の最北端に近づいて、頁岩《けつ》のかけらに覆われた細い道へとハンドルを切ると、砂利を踏みしめるタイヤが音を立てはじめた。最後にこの道を走ったときはたしかジープに乗っていて、風をじかに受けられるように屋根を外していたはずだ。それに、音が割れるほどの大音量でラジオをかけていた。

車はフェラーリに変わったものの、相変わらず幌をさげていたことに気づくと、サムはふとおかしくなった。おまけに、ステレオからは耳をつんざくような絶叫が鳴り響いている。

「三つ子の魂百まで、だな」サムはぼそっとつぶやいて、屋敷が立っている崖の反対側の路肩に車を駐めた。

家の外見はほとんど変わっていなかった。島の住民がここをローガン家の屋敷と呼ばなくなるまでには、どれくらいの年月がかかるだろうか。三階建てのその家は崖の上で自由気ままに成長したかのように、妙なところが縦や横に突きでた格好をしている。鎧戸は最近になって誰かが紺色に塗り替えたらしく、銀色にくすんだ木材によく映えていた。

スクリーン・ドアのついたポーチとオープン・デッキからは、入江と海を眼下に見おろす壮観な景色を一望できる。窓は広く、ドアはガラス戸になっていた。海に面した自分の部屋からしょっちゅう外を眺めて過ごしたことは、今でもよく覚えている。

つねに予想を裏切ってめまぐるしく変化する海は、しばしばサムの気分をそのままに映しだしていた。

海はいつも彼に語りかけてくれていた。

それでも、この屋敷自体が郷愁や懐かしさを誘うことはまったくない。島民たちがまだあと十年はここを〝ローガン家の屋敷〟と呼びつづけるとしても、ここは決してサムのわが家ではなかった。彼に言わせればこの屋敷は、〝所有者不在にもかかわらずよくメンテナンスされていた、一等地に立つ優良な不動産〟というだけだ。

サムは、屋敷の外に駐まっているランド・ローバーの持ち主が、価値ある買い物をしたと思ってくれていることを願った。

ドクター・マカリスター－ブックはニューヨークのブック家の出身で、頭脳明晰ながら、風変わりな研究に手を染めている人物らしい。超常科学。いかにもおもしろそうではないか。もしかしたらドクター・ブックもぼくと同じく、一族の変わり種として、家族のなかでもつねに違和感を覚えながら育ったのではないだろうか。

サムは車をおり、崖に向かって歩いた。彼の心を引きつけたのは屋敷ではなく、入江だった。それと、洞窟だ。

下の桟橋に鮮やかな黄色いヨットが繋留されているのを見て、サムは自分でも意外なほどうれしくなった。ヨットの美しい曲線を愛でながら、実にすばらしい、と感嘆する。昔は彼もそこにボートをつないでいた。物心ついてからずっと。だからこそ、彼は強く引かれるものを感じ、やさしい空気にふんわりと包まれた心地がした。

セイリングは父と息子が唯一共有できた趣味だった。

サディアス・ローガンと過ごした最良の時間、父と子が互いに親近感を持てた唯一の時間は、ともにセイリングを楽しんだときだけだったと思いだした。

海に出ているときだけは、互いが歩み寄って意思の疎通を図り、心を通わせることができた。運命のいたずらによってたまたま家族として出会い、同じ場所、同じ家に住むことになったふたりとしてではなく、共通の興味を持つ父と息子として話ができた。こういう思い出があるのは、なんにしろうれしいことだ。

「彼女、なかなかのべっぴんだろう？ つい先月買ったばかりなんだ」

声のしたほうを振り向いてサングラスのレンズ越しに見やると、男がひとり、こちらへ近づいてきていた。色褪せたジーンズと裾がぼろぼろになったグレーのスウェットシャツに身を包んだその男は背が高く、目鼻立ちのはっきりした細面の顔は、ひと晩でのびたと思しきひげのせいで陰影に富んでいた。ダークブロンドの髪はそよ風に吹かれるに任せ、人懐こそうなブラウンの目は強い陽射しを避けるように細めている。

男はサムの想像とはまるで違って、お化けや幽霊の研究に没頭している学者風情にはとうてい見えない、頑健そうで引きしまった体をしていた。

サムが思い描いていたのは、青白くてやせている神経質そうな読書家だった。だが目の前に登場した男は、まるでインディ・ジョーンズそのものだ。

「荒波のときはどうだい？」サムは尋ねた。

「ものの見事に走るよ」

ふたりはそれぞれ親指を前ポケットに軽く引っかけ、なおもヨットを褒めそやしたりしながら数分立ち話をした。

「ぼくはマック・ブックだ」マックが手を差しだした。

「サム・ローガンだ」

「そうじゃないかと思ったよ。家を譲ってくれてありがとう」

「ぼくのものではなかったけど、まあ、どういたしまして」

「家のなかへ入らないか？　ビールでも飲もう」

サムはマックと近づきになるためにここへ来たわけではなかったが、彼の誘い方がとても気さくで自然だったので、気づいたときにはマックとともに屋敷へと向かっていた。「リプリーはいるのかい？」

「いや、午後から勤務に出てる。リプリーになにか用事でも？」

「まさか、とんでもない」

マックは笑っただけでなにも言わず、デッキの階段をのぼりきってドアを開けてから、やっと口を開いた。「その感情はおそらく、お互いさまってところだろうな、しばらくのあいだは。すべてが丸くおさまるまではね」

デッキはリビングルームに続いていた。サムの記憶では、ぴかぴかに磨かれたリビングルームの至るところに、パステル画と淡い色の水彩画が飾られていた。だが、ここでも時間は着実に流れていたようだ。サムは感慨を深くした。インテリアはくっきりとした鮮やかな色調で統一されており、調度品も使い勝手のよさを追求したものばかりが並んでいた。家庭的な雰囲気が漂う空間のそこここに新聞や本が乱雑に積まれ、何足もの靴がてんでんばらばらに床に散らばっている。

そのうちの一足は、今まさに子犬の餌食になっていた。

「こらっ！」

マックは子犬に駆け寄ろうとして、まだ無事だったほうのスニーカーにつまずきつつ、もう一方をつかもうとした。しかし子犬のほうが素早く、口にスニーカーをくわえたまま、とっさにどこかへ隠れようとする。

「モルダー！　靴をよこしなさい」

サムは小首を傾げ、大の男と子犬の綱引きを見ていた。子犬は結局負けてしまったが、気にしている様子は見受けられなかった。

「モルダーっていうのか？」サムは尋ねた。

「ああ、知ってるだろ――《Xファイル》に出てくるやつさ。リプリーがぼくにちなんで名づけたんだよ。彼女なりのささやかなジョークさ」マックは肩で息をしながら言った。「自分の靴の惨状を見たら、ジョークだとは思わないだろうけどな」

サムがしゃがむと、子犬は遊び相手が現れたと思ったらしく、すかさず駆け寄ってきて彼に跳びつき、ぺろぺろなめだした。「かわいいね。ゴールデン・リトリーバーだろう？」

「ああ。飼いはじめてまだ三週間しか経ってないんだ。なかなか賢くて、室内飼いのしつけもほとんどできているんだけど、注意して見張ってないと、岩でもなんでも噛じってしまうんだよ、ご覧のとおりね」マックはため息をつきながら子犬を抱きあげ、鼻と鼻をくっつけた。「おまえってやつは、こんなことをしたら誰が叱られるか知っててやったんだろう、違うか？」

子犬がうれしそうにしっぽを振りながら、マックの顎をなめる。彼は説教するのをあきらめて、モルダーを小脇に抱えた。

「ビールはキッチンにあるから」サムをキッチンへ案内し、冷蔵庫からビールのボトルを二本とりだす。テーブルの上には電子機器がいくつも置いてあり、そのうちのひとつは分解され、中身がとりだされていた。サムがなんの気なしにそちらへ手をのばすと、複数の機械がいっせいにビービー鳴りだし、赤い光を明滅させはじめた。

「おっと」

「いや、気にしないでくれ」マックはなにやら考えこむように目を細めた。「外のデッキで飲まないか？　きみが家のなかを見てまわりたいというなら話は別だけど。懐かしい気持ちとかもあるだろうし」

「いや別に。でも、ありがとう」サムはいちおうそう答えはしたが、外へ出る際に階段のほうへちらりと目をやり、昔と変わらない自分の部屋の窓から海やミアを眺める場面を想像した。

そのとたん、二階で新たな警告音が鳴りだした。

「ぼくの道具だよ」マックはさりげなく言い、今すぐ二階へ駆けのぼってデータを読みたいという衝動を抑えつけた。「空いているベッドルームを実験室として使っているんだ」

「へえ」

一歩外に出たところでマックが子犬をおろしてやると、モルダーはすぐに飛び跳ねながら階段をおりていき、畑の匂いを嗅ぎまわりはじめた。「それはそうと……」マックはビールをひと口飲んで、手すりに寄りかかった。「きみも魔女のひとりだなんて話は、リプリーからも聞いたことがなかったんだが」

サムはぽかんと口を開け、そしてまた閉じ、観念したように首を振った。「もしかして、ぼくのどこかに印でもついてるかい？」

「エネルギーを読みとったのさ」マックは屋敷を手で示した。「実を言うと、前々からそうじゃないかと疑ってはいたんだ、島のことや家系や血筋などについてさんざん調べたからね。ニューヨークでも魔法は使ってたのかい？」

「定義にもよるな」サムはこれまで、科学実験の被験者のように詳しく観察されたり調べられたりしたことはなかったし、そういうことを許可するつもりもなかった。だがなぜか、マックになら許してもいい気分になった。「魔術をないがしろにしたことはないが、ひけらかすこともしてこなかったよ」

「なるほどね。じゃあ、伝説についてはどう思っているんだい？」

「ただの伝説だと思ったことはない。あれは歴史だし、紛れもない事実だからね」

「そのとおり」マックは喜びを顔に表し、ビールのボトルを掲げて乾杯のしぐさをした。「いちおう年表をつくってみたんだ、サイクルの長さを調べて、次にめぐってくる時期を予測するために。ぼくの計算によると――」

「次は九月だ」サムはマックの言葉をさえぎって言った。「秋分の日より遅くなることはない」

マックがゆっくりとうなずいた。「ああ、ビンゴだ。ようこそおかえり、サム、懐かしの故郷へ」

「ありがとう」サムもビールに口をつけた。「戻ってきてよかったよ」

「ぼくの仕事に協力してくれる気はあるかな？」

「専門家からの情報提供を断るなんて、ばかのすることだからね。きみの書いた本は読ませてもらったよ」

「ご感想は？」

「きみは開放的で柔軟な考えの持ち主のようだ」

「ほかにも同じことを言ってくれた人がいたよ」マックはミアのことを思い浮かべていたが、この場では名前を出さないほうが賢明だろうと考えた。「少し立ち入った質問をしてもいいかい？」

「ああ、余計なお世話だ、と答えるのもありならば」

「了解だ。九月が最終期限だとわかっていたのなら、どうしてもっと早く戻ってこなかったんだい？」

サムは顔の向きを変え、入江を見おろした。「戻るべき時機が来ていなかったからだよ。今ようやくそのときが来たんだ。さて、今度はぼくのほうからひとつ尋ねさせてほしい。さまざまな研究、計算、予測を重ねてきた専門家としてのきみの意見が聞きたいんだが、ぼくはスリー・シスターズ島に必要なのだろうか？」

「その点は調べている最中なんだ。今のところわかっているのは、きみはミアが担う役目の一部として必要だということ——第三の段階だね」

「彼女にはぼくを受け入れてもらわなきゃいけないってことか」マックがけげんな顔をしてデッキの手すりを指でとんとんと打ち鳴らすと、なぜかサムはかすかな不安がおなかのあたりをよぎるのを感じた。「同意はしてないようだね」

「そのときが来たら、彼女は自分の感情に従って選択しなければならない。素直な感情に耳を貸し、彼女にとって正しい道を選ぶべきなんだ。もしかするとそれはきみを受け入れることを意味するのかもしれないし、最終的にきみを拒んで心の問題に決着をつけることを意味するのかもしれない——悪意を残さずにね」マックはそこで咳払いをした。「最後の段階には愛が関係してくる」

「その点はぼくも重々承知している」

「必ずしも彼女がきみを……これはぼくの意見にすぎないんだが……彼女がどうしてもふたたびきみを愛さなくてはいけないわけではなくて、彼女自身がかつて感じたものを素直に受け入れ、そのうえで、ふたりの愛は成就する運命ではなかったと認めればいいんだ。恨みを抱かずにきみを自由にさせてやり、過去は過去として大切に胸にしまっておく、ってことかな。いずれにしろ、理論的にはそうなる」

サムの着ているコートの裾が風にあおられて、ぱたぱた音を立てた。「きみの理論は気に入らないな」

「きみの立場に立てば、ぼくだって気に入らないと思うよ。三番めのシスターは愛した男に捨てられた苦しみに立ち向かうことなく、自ら死を選んだ。サークルが破られてしまい、彼女はひとりぼっちになってしまったからね」

「そのことはいやというほどわかってるよ」

「まあ、最後まで聞いてくれ。そのときでさえ彼女は、島と血統とシスターたちの絆を守った。残された力を振りしぼって。でも彼女は、自分を守ることだけはできなかった——守ろうとしなかった、と言うべきか。彼女はひとりの男の愛なしには生きられなかった、生きようとしなかったんだ。それが彼女の弱さであり、彼女の犯した過ちだよ」

筋の通った説明でわかりやすい。論理的だ。なんとも癪にさわることに。「そしてミアは、ぼくなしでもうまく生きてきた」

「あるレベルではね」マックは同意を示した。「だがぼくに言わせれば、別のレベルではまだわだかまりを捨てきれていないし、きみを許すこともなければ、受け入れることもしていない。いずれはそのどれかを選ばざるを得ないはずなんだが、しかも自分の心に正直に。さもないと彼女は攻撃を受けやすくなり、呪文による守りも弱まって、やがて負けてしまう」

「もしもぼくが島へ戻ってきていなかったら？」

「論理的な結論から言うと、きみはそもそも島を離れるべきではなかったはずなんだ。でもまあ、なんにしろ、島に存在する魔法の力が増えるのは……悪いことではないと思うよ」

サムはそれまで、自分の帰郷が島になんらかの悪影響をもたらすなどとは考えてもいなかった。だが、マックと話をしているうちに疑問がわいてきた。なにがなされるべきなのか、どういう結末がありうるのか、そういうことを深く考えもせず島へ戻ってきてしまったが、はたしてそれでよかったのだろうか？

ミアをとり戻し、昔のようなふたりに戻りさえすれば、呪いは解けるものとばかり思いこんでいた。それで物語は終わるはずだ、と。

この物語の結末はどうなるのだろう？　入江のそばのビーチを歩きながら、これまで考えようとしなかった話の続きを考えてみた。ぼくはミアを求めているし、ミアを受け入れる心の準備もできている、それは動かしようのない事実だ。

だが、ミアのほうがぼくを求めていないとか、ぼくを愛していないという答えもありうるとは、今の今まで一度たりとも考えたことはなかった。

サムは洞窟の入口に目を向けた。もしかすると今、心の奥底ではずっと恐れていたその可能性を、探ってみるときが来たのかもしれない。洞窟に歩み寄るにつれて、心臓がものすごい勢いで早鐘を打ちはじめた。彼はいったん足をとめ、激しい動悸がおさまるまで待ってから、身をかがめて暗い洞窟へと入っていった。

その瞬間、洞窟はさまざまな音で満たされた。ふたりの声、彼女の笑い声。恋人たちのため息。

さらに、泣き声も聞こえた。

ミアがここへ来て、ぼくを思って泣いたのだろう。それを知り、直接肌で感じると、サムは強い罪悪感に心をぐさりと刺された。

意志の力でそれらの音をかき消して、静寂のなかにたたずんだ。聞こえてくるのは、静かに磯を洗う波の音だけだ。

子供のころはよく、ザックやほかの友達と一緒に、アラジンの洞窟や盗賊の隠れ家ごっこをしてここで遊んだものだ。

時が経って、自分が幼い子供でも少年でもなくなるころには、ここで会う相手はミアに変わっていた。

洞窟の奥の壁に近づいていくと、徐々に膝が震えはじめた。サムは壁の前にひざまずき、かつての自分がミアのために刻んだ言葉を見つめた。これが今も消されずに残っていたとは。心をわしづかみにしていた拳から力が抜けていき、ようやく安堵できたこの瞬間まで、胸の奥底には〝ミアが消してしまったかもしれない〟という不安が宿っていたことに、彼自身、気づいていなかった。消そうと思えば、ミアはいつでも消せたはずだ。もしもこれが消されていたら、彼に対する気持ちは存在しなかったことになる。

かつても、そしてこれからも。

サムが手をのばすと、言葉は光を放ちはじめ、金の涙となってしたたりそうになった。彼はその光のなかに、魔法の力と揺るぎない信念をもってこの言葉を刻んだ少年の気持ちを、余すところなく感じとった。

その少年の胸の内にこれほどの激しい思いが燃えさかっていたという事実が、彼の心を揺さぶり、足もとをぐらつかせた。大人になった自分にも衝撃を与え、痛みを覚えさせるほどの思いが。

ここに刻まれた言葉には今も力が残っている。なんの意味もないとしたら、どうしてこれだけの力が残っているのだろう？　それとも、かつてあったものを今によみがえらせたのは、ただ単にぼくの望み、ぼくの願いにすぎないのだろうか？

ふたりは昔ここで互いの腕に抱かれ、たとえこの世の終わりが来てもそれと気づく暇も悩む暇もないくらい、激しく愛しあった。体と心を分かちあった。そして、魔法も。

サムには今、その髪を野火のごとく燃え立たせ、肌を金色に輝かせて、目の前にふわふわと浮かんでいるミアの姿が見えていた。両腕を高く掲げ、この世の条理を越えてふたりを宙に浮かびあがらせるミア。

あるいは、口もとに幸せそうな笑みを浮かべ、サムにぴったりと寄り添って眠るミア。

あるいは、横に並んで座り、興奮ぎみに顔を輝かせておしゃべりするミア。さまざまな夢にあふれていて、まだとても若かったミア。

あのミアをふたたび自分のものにすることなく、このまま身を引くのがぼくの運命なのだろうか？　彼女に許され、そして忘れ去られることが？

そんな考えに胸を突き刺されて、サムは身を震わせながら立ちあがった。思い出の圧力にとうとう耐えきれなくなって、逃げるように洞窟をあとにした。

そして陽射しのもとへ出ると、炎のようなまばゆさに包まれたミアが海を背にして立っていた。

5

しばらくのあいだサムは、ミアをただじっと見つめることしかできなかった。昔の記憶と情熱がよみがえり、新たな欲求に絡みついてしまったせいだ。ふたりにとっても、やはり時間はとまっていなかった。目の前にいるのは、盛大にしぶきをあげて頭から水に飛びこむのが好きだったおどけた少女ではない。値踏みするような冷めた目で彼を見かえしているこの女性には、少女時代にはなかった気品と洗練された雰囲気が漂っている。

その髪はそよ風にもてあそばれ、揺れる炎のようにくるくると踊っていた。それだけは昔と変わっていない。

近づくサムを冷静沈着に待っている彼女からは、彼を歓迎するそぶりや気配はみじんも感じられなかった。

「いつになったらここに現れるのかしらって、ずっと思っていたのよ」そのまなざしと同じように、少しも揺らぐことのない低い声だ。「あなたにその勇気があるかどうか、わからなかったから」

サムのなかではまだ、洞窟内で感じたことや思い描いたイメージが渦巻いていたので、理性的に話をするのは恐ろしく難しかった。「ここへはよく来るのかい?」

「まさか。海を見たければ自分の崖に立つわ。ビーチだって、店から歩いてすぐの距離にあるし。わざわざここまで来る必要はないでしょ」

「でも、今はここにいるじゃないか」

「好奇心よ」彼女は頭をわずかに横へ傾げた。ダークブルーのストーン・イヤリングが光をとらえ、きらめきを放つ。「あなたのほうの好奇心は満足したかしら?」

「さっきあのなかで、きみを感じたんだ。ふたりで一緒にいるように感じた」

彼女は口もとに慈愛深げと言ってもいい笑みを浮かべ、サムを驚かせた。「セックスは強大なエネルギーを発生させるのよ、正しいやり方であればね。わたしたち、その方面ではまったく問題はなかったもの。わたしにとって――ううん、女なら誰でもそうだと思うけど――初めて男性にすべてを捧げたときのことには、格別の思い入れがあるものなのよ。あのときのことは今でもすてきな思い出として心に残っているわ、パートナー選びを間違ったと後悔することはあってもね」

「ぼくは決して――」彼は唐突に言葉を切り、小声で悪態をついた。

「わたしを傷つけるつもりじゃなかった？」ミアが続ける。「嘘つきね」

「きみの言うとおりだよ。まったくそのとおりだ」この先どういうことになろうとも、本当に彼女を失う運命にあるとしても、サムはこの一点についてだけは正直でありたかった。「たしかにぼくはきみを傷つけるつもりだった。そして、それは非常にうまくいったよ」

「とうとう白状したわね」ミアはさりげなく視線を外した。サムを見つめているだけで、ふたりの思い出がつまった洞窟の入口を背にして立つ彼が目に入ってくるだけで、胸が痛むからだ。

かつて自分が彼に捧げた、限りない熱烈な愛の名残を感じるだけで。

「こんなに何年も経ってから、真実が明らかにされるなんて」

「二十歳のときにそういう気持ちでいたからって、今のぼくがそのことを後悔できないわけでもなければ、後悔してないわけでもない」

「後悔なんかしてほしくないわ」

「じゃあ、いったいどうしろっていうんだ、ミア？」

ミアは、絶え間なく磯とたわむれている波を眺めていた。サムの声が鋭くなったので、どうやら気が立ってやけを起こしかけているらしいとわかって、うれしくなった。向こうが落ちつきをなくせばなくすほど、こちらはどんどん冷静になれる。

「それじゃあ、お返しにわたしも本心を言ってあげましょうか。わたしはあなたに苦しんでほしいし、報いを受けてほしいと思っているわ。ニューヨークへ帰るのでも地獄へ落ちるのでもいいから、あなたの好きなところへ消えてほしいのよ、とにかくこの島以外のどこかへ」

肩越しに顔だけをサムに向けたミアの微笑みは、冬のように冷たかった。

「ほんのささいなお願いだと思うけれど」

「ぼくはスリー・シスターズにとどまるつもりだ」

ミアはサムに向きなおった。彼はなんだか芝居がかった表情をしている。ロマンティックで、どことなく陰があり、憂いの感じられる面持ちだ。怒りと苦悩があふれている。もっとそういうサムを見ていたくて、彼女はさらに追い討ちをかけた。

「なんのために？　ホテルを経営するため？　お父さまは、何年ものあいだここへ戻ってくることなく経営してきたじゃないの」

「ぼくは父とは違う」

その言葉が、怒りを小さく爆発させたようなその言い方が引き金となって、ミアの脳裏にさらなる記憶をよみがえらせた。昔のサムはいつも自分の力を証明したがっていた。それも、自分に対して、だ。サミュエル・ローガンの心のなかでは、絶えず内戦がくり広げられていた。彼女は肩をすくめた。

「まあ、いずれにしても、わたしの読みでは、あなたは近いうち島での生活に退屈して逃げだすんじゃないかしら。前にもそうしたようにね。あなたはたしか、〝罠にはめられた〟と言っていたけれど。〝罠にはめられて身動きできないようで、苦しい〟って。だから、あなたがいつか出ていくまで、わたしはじっと待っていればいいだけなんでしょうね」

「延々と待つはめになるぞ」彼は警告するように言って、両手をポケットに引っかけた。「堂々めぐりをしなくてすむよう、この際はっきりさせておこう。ぼくのルーツはきみと同じで、この島にある。きみが二十代を島で過ごし、ぼくがそうしなかったからといって、ふたりが同じ場所の出身だという事実は変わらないんだ。ふたりともここで事業を営んでいるし、なによりもぼくらには何世紀も前から定められたひとつの目的がある。スリー・シスターズ島で起こること、この島自体に起こることは、きみにとってそうなように、ぼくにとっても重大な関心事なんだよ」

「あんなに平然と島を出ていったくせに、よくもそんなことが言えるわね」

「別に平然としてたわけじゃない」サムが言いかえしたときには、ミアはすでにこちらに背中を向けて、崖のほうへ歩きだしていた。

ミアをとめるな、と理性が命じた。このまま黙って行かせるんだ。もしもこれが運命ならば、どうせ変えられやしないのだから。みんなの幸福のためにも、運命に逆らうべきではないのだから。

「くそっ、どうとでもなれだ」サムは噛みしめた歯の隙間からそう吐き捨て、ミアのあとを追った。腕をつかんでくるりとこちらを向かせた拍子に、ふたりの体と体がぶつかる。「平然としてなんかいなかったよ」彼はくりかえした。「一時的な衝動に駆られたわけでもなかったし、軽率だったわけでもない」

「そうやって正当化するの？」彼女が言いかえした。「あくまでも自分は正しかったと？　自分の都合で去っていって、自分の都合で戻ってきたくせに。それで、せっかくこうして島にいるんだから、焼けぼっくいに火がつけばしめたものだと思って、燃えさしをかきまわそうとしているんでしょう？」

「その点に関しては、ぼくはぼくなりにかなり自制してきたつもりなんだが」サムはサングラスを外すやいなや、地面に投げつけた。ぎらぎらした燃えるようなグリーンの目でミアをにらみつける。「今この瞬間まではね」

洞窟を出たときから彼の胸に影を落としていた嵐のような感情を一気に放出し、ミアの唇に荒々しく口を押しつけた。どうせ地獄への宣告を受けるのなら、欲しいものをみすみす逃したからではなく、無理やり奪ったからという理由のほうがましだ。

ミアだけが持つ独特な味が全身を焼き焦がし、神経をびりびりと震えさせ、頭から理性を追い払った。サムが腕に力をこめて、すらりとしたミアの体を自分の胸にしっかり抱き寄せると、激しく乱れる彼女の心臓の鼓動が伝わってきて、いつしか彼の鼓動と重なった。ぴったりと。

記憶にあるよりも謎めいていてどこか危険なミアの香りがいつのまにかサムのなかに忍びこんできて、体の組織に絡みつき、かたい結び目をつくった。思い出のなかの少女と目の前にいる大人の女性——両者がすうっと重なって、ぼやけていた輪郭がひとつになった。ミアになった。

唇を重ねたままサムがミアの名を一度だけささやいたところで、彼女は唐突に体を離した。

サム同様、ミアの息は乱れていた。大きく見開かれたその両目は、暗すぎてなにを考えているのか判読できない。彼はてっきりののしられるものと思って身構えていた。天国の味の代価として、それくらいは当然だ。

ところが、あろうことかミアは大きく前へ一歩踏みだしてきた。そして自分からサムの首に腕をまわし、体を押しつけてきて、つい今し方彼がしたのと同じようにキスを奪った。

ミアの唇は熱病に冒されているかのようにほてり、その痛みが彼女の全身をずきずきさせていた。彼女にこんな痛みを感じさせる男性は後にも先にもサムひとり、そしてまた、真の喜びを与えてくれたのもサムひとりだった。鋭利な両刃の剣に突き刺されながら、なおもミアはキスを奪いつづけた。

胸にひとつの思惑を秘めて、サムを追いつめ、彼のほつれかけた感情の糸をぐいぐいと引っぱった。たったひとつの思惑。ただそれだけのために。どんな危険が待ち受けていようと、どんな犠牲を払うことになろうとも、ミアはどうしても答えを知らねばならなかった。

サムの唇の味や感触、彼の手がウエストから這いあがっていって髪のなかで拳を握るときの感じを、ミアは忘れていなかった。そのすべてを追体験し、さらに新たな感覚に身をゆだねる。

サムが下唇をついばんだ。ほんの少しだけ軽く噛んでから、すぐさまそこを舌先でなめて、ミアをいざなおうとする。彼女はあえてキスの角度を変えて彼についてこさせ、欲求の泉のすべりやすい縁をなぞらせた。

どちらかが身を震わせた。どちらが震えたのかミアにはわからなかったが、一歩間違えば転がり落ちてしまうことだけは承知していた。そして、落ちはじめたらとまらないことも。

口づけがもたらした反響に心をかき乱されて、ミアは身を引き、体を離した。

こうしてミアは悟った。わたしのなかにある熱い思いを受けとめてくれて、それに応えてくれる人は、サムをおいてほかにはいない。

かすれた声を震わせながらサムが言った。「これでわかったろう」

自分だけでなくサムも動揺していたのがわかって、ミアは気が楽になった。「なにがわかったの、サム？　わたしたちのあいだにはまだ熱いものがあるってこと？」彼女がさっと片手を振ると、青く澄んだ炎がふたつ生まれて、てのひらの上で踊りだした。「火は簡単につくけれど」指を折り曲げて拳を握り、ふたたび開くと、そこにはなにもなかった。「消えるのも簡単よ」

「そんなはずないさ」サムはミアの手をとり、エネルギーを感じた。彼女のほうも感じたのがわかった。「そんなに簡単じゃないだろう、ミア」

「わたしの体があなたを欲しがっているということに、たいした意味はないのよ」ミアは手をサムから離し、洞窟を見つめた。「ここにいると悲しくなるわ。昔はお互いにも自分自身にも、もっと多くを期待していたことを思いだすから」

「まったくのゼロからやりなおすことは考えられないのかい？」ミアの髪にふれたくて、サムは手をのばした。「ぼくらはふたりとも変わった。これからゆっくり時間をかけてお互いをよく知るのはどうかな？」

「あなたはただ、わたしをベッドに誘いこみたいだけでしょ」

「ああ、そうさ。それは言うまでもない」

ミアは声を出して笑い、彼だけでなく自分まで驚かせた。「もっと正直になって。

そうしたらわたしはなにも言えなくなるのに」

「いつかはきみを誘惑するつもりでいるけど――」

「誘惑することを大げさに考えすぎよ」ミアは彼の言葉をさえぎった。「わたしはうぶなバージンじゃないんだから。あなたと寝てもいいなと思えるときが来たら、さっさとそうするわ」

彼は大きく息を吐きだした。「なるほど。もしそうなったら、ぼくには自由に使えるホテルが一軒丸ごとあるから」

「〝もし〟がキーワードね」穏やかな口調だった。「〝もし〟が〝そのとき〟に変わることがあったら、教えてあげるわ」

「いつでも待ってるよ」サムは気を落ちつかせる時間を稼ごうと、腰をかがめてサングラスを拾いあげた。「ぼくが言おうとしてたのは、いつかはきみを誘惑したいけど、その前にとりあえず、気軽なディナーに誘いたいってことなんだ」

「あなたとのデートには興味ないの」ミアが崖のほうへ、道のほうへと歩きだしたので、サムは追いついて足並みを揃えた。

「洗練された料理を堪能しながら知的な会話を交わすことは、相手がどういう人間かを知るいい機会になる。デートと呼ぶのがいやなら、この島の有能な経営者ふたりの会食ということにすればいい」

「でも言葉だけ変えたって、現実は変わらないわ」ミアは車の脇で立ちどまった。「でもまあ、考えてはおくけれど」

「よかった」サムはドアを開けてやってから、乗りこもうとする彼女の前に立ちはだかった。「ミア――」

ぼくと一緒にいてくれ、と言いたかった。きみがそばにいなくて寂しかった、と。

「なにかしら？」

サムは頭を振って、一歩さがった。「安全運転でな」

ミアはまっすぐ家に戻り、心のスイッチはあえて切ったまま、ガーデニング用の服に着替えた。リボンのようにしゅるしゅるっと脚に巻きついてきた大きな黒猫のアイシスをよけながら、外へ出た。まずは温室で花の苗の世話を焼き、今月の後半には地面に植え替えられそうなものを選んで、それまでにより丈夫に育つように苗床を陽のあたる場所に移した。

そののち、道具をとり揃えて土の準備にとりかかる。

水仙はすでに花開いて風に揺れていたし、ヒヤシンスは甘い香りをあたりに振り撒いていた。あたたかい日が続いたおかげでチューリップも開きはじめているので、かわいらしい色の花の行列を見られる日もそう遠くないだろう。

サムがキスしてくるように仕向けたのはわたしのほうだったわ、とミアは土を掘りかえしながら心のなかで認めた。ひとたび男性のつぼを知った女性は、どのボタンを押せば相手の欲望をかきたてられるかを、決して忘れないものだ。

ミアはサムに抱きしめてもらいたかったし、サムの唇を感じたかった。法にふれる犯罪でもなければ、神に許されざる罪業でもない、過ちですらないはずだ。どうしても答えを知らなければならなかった。だからそうしただけ。

今もふたりのあいだには熱いものがあった。そのことに驚きを感じたわけではない。サムと最後にキスをしてから今回まで、ミアに心の底からの感動を与えてくれた男性はただのひとりもいなかった。彼女自身、そちらの方面の感受性はもう死に絶えてしまったと思っていた時期もあったくらいだ。けれども歳月が傷口をふさいでくれたおかげで、ミアは自分が官能的な魅力に恵まれていることをありがたく思えるまでに快復していた。

ほかの男性とつきあってみたことも何度かある。興味深い人、愉快な人、魅力的な人。しかし、ミアのなかにあるスイッチを押して心を開かせ、激しくうねる感情をあふれさせてくれた人は、ひとりもいなかった。

いつのまにかミアは、そうしたことがなくても満足できるようになっていた。今までは。

これからどうなってしまうのかしら？　四阿《あずまや》に絡まるように植えてある藤が葉をつけはじめたのを見ながら、ミアは物思いに耽った。先ほど自分を試す意味でキスを交わしてみて、こう信じるに至った——信じずにはいられなかった——わたしはわたしの望む条件で快楽を得ることもできるはずだ。しかも、心は守ったままで。わたしだってひとりの人間なのだから、人としての基本的な欲求を満たす権利は当然あるはずでしょう？

今度は用心に用心を重ね、よく計算したうえで、自制を働かせるようにすればいい。これまでもそうだったけれど、無視できないことに背中を向けてしまうよりは、待ち受けているジレンマに面と向かって挑むほうがうまくいく。

そのとき、ウインド・チャイムが風を受けて、ミアをかすかに嘲笑うような音を立てた。陽だまりに両手両足を投げだして寝ころんでいるアイシスに目を向けると、アイシスはこちらを見つめていた。

「この列車の運転を彼に任せたら、いったいどうなると思う？」ミアは猫に問いかけた。「どこに着くのか想像もつかないわよね？　だけど、もしもわたしが路線を選べば、終着駅もわたしが決められるわ」

猫は、甘えた声とも威嚇のうなりともつかない声を出した。

「頼りにならない子ね」ミアはつぶやいた。「わたしは自分がなにをしようとしているか、よくわかってるつもりよ。たぶん、サムと食事はすると思うわ。ただし、ここで、わたしの縄張りでね」そう言いながら、地面にスコップを突き刺す。「こちらの準備が完璧に整ったときに」

アイシスは立ちあがって、意味ありげにしっぽをぴんと立てたかと思うと蓮池のほうへ歩いていって、きらめきを放ちながら泳ぐ魚を眺めはじめた。

それから二、三日のあいだミアは、口やかましい女友達からの批判を始めとして、サムと食事をすべきかどうか、いずれはベッドに誘うべきか否かなど、考えることが山ほどあった。おまけにルルはなぜか心ここにあらずといった様子で、妙に怒りっぽい。普段より怒りっぽい、と言うべきだろうか。そのせいで、ちっぽけな本屋の商売の仕方について、いつもの倍くらい言い争いをした。

そんなこんなで、ミア自身、神経が多少ぴりぴりしていた。それでも、ネルが言いだした店の拡張話がやる気をかきたててくれ、あの崖の下でサムと会って以来ずっと持て余しているエネルギーの、格好のはけ口となってくれた。

建築家や建設業者や銀行の人たちと会い、何時間もかけて、大まかな数字をはじきだした。

唯一気に入らなかったのは、依頼を考えていた建設業者がすでにマジック・インの客室改装の仕事を請け負っていて、数カ月先までその時間の大半を押さえられていたことだ。だが、そこは平然と受けとめようと努めた。契約したのはサムのほうが先だったのだから仕方がない。ホテルの改装もカフェ・ブックの拡張も、島にとってはいいことだ。ミアはそう自分に言い聞かせた。

あたたかい日が続いたので、空いた時間は家の庭と店の裏につくった花壇で過ごした。

「こんにちは」リプリーが通りから店の裏庭へぶらりとやってきた。「きれいね」庭をざっと見渡して言う。

「でしょう?」ミアは花を植える手を休めなかった。「今週はずっと、月もあたたかそうな黄色に見えているもの。もう霜はおりないわ」

リプリーはいったん唇を引き結んでから、口を開いた。「その花とかも、全部あなたがつくったものなの?」

「わたしは自分の宇宙をつくっているのよ」

「どうでもいいけど。マックも突然ガーデニングに目覚めたらしくて、家のまわりに花を植えるんだ、ってはりきってるのよ。ここの土壌とか、島の植物相だかなんだかについて、研究を始めたわ。だからわたし、そういうことが知りたいならあなたに訊けばいいのにって言ったんだけど」

「いつでもどうぞ」

「もうじき、執筆中の本のために、ルルにインタビューしに村へ来ることになってるの。そのとき寄るように言っておくわね」

「わかったわ」

「話は変わるけど、この前の晩、わたし、ルゥが出てくる奇妙な夢を見たのよ——メル・ギブソンとカエルも出てきたの」

ミアは手をとめて、顔をあげた。「カエル？」

「あなたの家の蓮池にいるようなやつじゃなくて。巨大で薄気味悪いカエルだった」

リプリーは眉根を寄せて夢の詳細を思いだそうとしたが、おぼろげな断片しか思いださなかった。「ルルのところの、おかしな顔をしたガーゴイルも出てきたわ。ほんと、奇妙な夢だったのよ」同じ言葉をくりかえす。

「ルルならおもしろがるかもしれないわね——メルが裸だったとしたら」

「まあね。それはそうと……」リプリーは両手をポケットに突っこんで、足を踏み替えた。「もう知ってるとは思うけど、二、三日前にローガンがうちへ来たのよ」

「ええ」ミアは苗を植えながら、頭のなかで呪文を唱えた。「サムがあの家をもう一度見てみたいと思うのは、自然なことだわ」

「そりゃそうだけど、だからってマックが彼をわざわざなかに入れてやって、ビールまで出してやることはないでしょ。これだけは信じて、その件ではわたしがこってりお説教しておいたから」

「リプリーったら。マックにはサムに失礼な態度をとるべき理由なんてないし、マックの性格でそんなことできるわけがないのに」

「ええ、まあそうなんだけどね」リプリーが夫と言い争ったときも、結局はそこに落ちついた。「でも、とにかくわたしは気に入らないの。マックは、宿命に対してサムが果たすべき役割がどうとか、あなたがサークルをつくる段階がどうとか、なんかわけのわからないことを言ってたけど」

ミアは胃のあたりがぎゅっと引きつれるのを感じたが、動揺を表に出さずに次の苗をつかんだ。「わたしはマックの理論や意見を、わけがわからないと思ったことは一度もないわよ」

「あなたは彼と一緒に住んでないからよ」リプリーはため息をつきながら、ミアのかたわらにしゃがんだ。

それほど昔のことではないが、リプリーはミアに対してこういう親しげな態度をとれない時期があった。今でも、自分の言いたいことはなにか、どう言えば伝わるのか、探るのに多少時間がかかることがある。

「あのね、マックはとてつもなく頭が切れるうえに、念には念を入れる性格だから、彼の言うことは十中八九正しいの。一事が万事そうだから、わたしは毎日とっても頭に来るのよ」

「あなたは彼に夢中なのね」ミアは小声で言った。

「ええ、そうよ。地球上でもっともセクシーなおたくで、わたしだけのものだもの。だけど、そんなにすばらしいドクター・ブックだって、ときには間違うこともあるはずでしょ。とにかくわたしが言いたいのは、サム・ローガンがなにかに関係してるという彼の主張がどうしても解せない、ってことなの」

「簡潔で、なおかつ感情的な意見ね」

「だって、どうしてサムが関係してなきゃならないの？」リプリーは宙に突きあげた両手を、いらだたしげに振り落とした。「ふたりがつきあってたのはまだほんの子供のころで、彼が一方的に関係を終わらせたとき、あなたはぼろぼろに傷ついたんでしょ。なのにあなたは、彼が戻ってきてもほとんど知らんぷりを決めこんでて、距離を保ってるじゃない。あなたがこうやって無視しつづけてるのに、天から雷が落ちてくる気配もないし——」

「わたし、彼と寝るつもりよ」

「ということはよ、あなたが果たすべき役割に彼はなんの関係も——えっ？　なんですって？」リプリーは開いた口がふさがらなくなった。「ちょっと待ってよ、冗談でしょ」

ミアの唇がぴくぴくっと動くと同時に、リプリーは勢いよく立ちあがって、大声でわめきはじめた。

「いったいなに考えてるの？　頭がどうかしちゃったんじゃない？　あいつと寝るですって？　あなたを捨てたごほうびに、セックスしてやるつもり？」

楽しかった気分は吹き飛んでしまった。ミアはおもむろに手袋を外しながら、ゆっくり立ちあがった。「わたしはもういい大人なんだから、自分のことくらい自分で決められるわ。健康な独身女性である三十歳のわたしが健康な独身男性と肉体関係を持つのは自由でしょ」

「相手はただの男じゃなくて、ローガンなのよ！」

「もう少し大声で叫んだほうがいいんじゃない？　そんな声じゃ、通りの向こうにいるミセス・ビゲローにはよく聞こえなかったと思うわ」

リプリーはぎりぎりと歯を噛みしめ、ふんぞりかえった。「よくわかったわ、これまでわたし、あなたのこと買いかぶってたみたい。てっきり、あなたは彼のお尻を蹴飛ばしてやるつもりでいると思ってたのに。それで、両手をぱんぱんとはたいて、歩み去るものだとばかりね。どうしてそんなふうに思ってたのか、自分でもわからないけど。あなたはそんなそぶり、見せたことなかったものね」

「どういうこと？」

「言ったとおりよ。サムと仲よくしたいんなら、さっさとそうすればいいじゃない。ただし、今度また彼に心を粉々に打ち砕かれるはめになっても、わたしはかけらを拾い集めてなんかあげないから、そのつもりでいて」

ミアは腰をかがめて移植ごてを地面に置いた。自制心があって教養もある女性でも、武器を手にしているときは慎重にならざるを得ない。「心配ご無用よ。前にも経験しているもの。あなたもわたしを冷たくあしらって、完膚なきまでに切り刻んでくれたわね、彼がそうしたみたいに。そして十年ものあいだ、わたしたちがともに天から与えられた力を封印して、その力がもたらす喜びと責任から逃れつづけてきたのよ。でもまあ、どうしても力が必要になったときには、どうにかこうにか手をつなぐことができたけれど」

「あのときはほかに方法がなかったからよ」

「便利な言葉よね。誰かがほかの人にひどい仕打ちをして打ちのめすときって、いつだって〝ほかに方法がなかったから〟ですんでしまうんだもの」

「わたしにはあなたを助けてあげられなかった」

「そばにいてくれるだけでよかったのに。あなたがそこにいてくれることが、わたしには必要だったのよ」ミアは静かに言って、その場を去りかけた。

「できなかったのよ」リプリーがミアの腕をぎゅっとつかんで引きとめる。「全部彼のせいだったんだからね。彼があなたを捨てて出ていったとき、あなたはもがき苦しむばかりで、わたしは……」

「なんなの？」

リプリーは手をおろした。「この話はもうしたくないわ」

「この話の扉を蹴り開けたのはあなたよ、保安官代理。勇気を持って足を踏み入れたらどうなの？」

「わかったわよ」リプリーはあたりを行ったり来たりしはじめた。頬はまだ怒りのせいで紅潮しているものの、目には冷静さが戻ってきた。「あのころのあなたはほとんど人としての機能を失って、何週間もゾンビみたいにふらふら歩きまわってたでしょ。まるで、恐ろしい病気からまだ完全に快復してない、というか、快復が望めない人みたいに」

「心をずたずたに引きちぎられたせいよ」

「わかってるわ、わたしもそう感じてたから」リプリーは拳で胸を叩いた。「あなたが感じていたとおりに、わたしも感じてたのよ。眠ることもできなくて、食べ物も喉を通らなかった。何日もベッドから出られない状態が続いたわ。体の内側から徐々に朽ち果てていくみたいな」

「それくらい感情移入してくれていたということなら、わたしは決して……」ミアは口ごもった。

「どう呼ぶかなんか関係ないのよ」リプリーがはねつけるように言う。「わたしはこの体で、あなたと同じ体験をした。それがどうしても我慢できなかったの。わたしはなにかしたかった、あなたになにかをしてほしかった。彼に仕返しして、報いを受けさせるとかね。ともあれ、そんな状態が長引けば長引くほど、わたしの怒りは大きくなっていった。せめて正気を失っていたら、あんなにも傷つかずにすんだんでしょうけど。とにかく、わたしは激しい怒りにとらわれて、まともにものが考えられなくなってしまった」

リプリーはそこでひと息ついてから続けた。

「わたしは家の裏でたたずんでたの。ザックはちょうどセイリングから戻ってきたところだったわ。ほんの数分前にね。そのとき、猛烈な怒りが突然わきあがってきたのよ。わたしは自分がなにをしたいのか、なにができるのか考えた。なにかしてやりたいっていう気持ちがわたしのなかに芽生えてしまったから。それで、気づいたときには天に稲妻を走らせていた。真っ黒な稲妻。しかもそれは、ついさっきまでザックが乗っていたボートに落ちたの。つまり、ほんの数分ずれていたら、わたしはザックを殺していたかもしれないわけ。自分では力をコントロールできなかったから」

「リプリー」ミアはぞっとして震えながらリプリーの腕にふれた。「ひどい恐怖を味わったのね」

「恐怖なんて、はるかに通り越してたわ」

「そのこと、打ち明けてくれればよかったのに。助けてあげられたかもしれないわ」

「よく言うわね、ミア、自分のことすらろくに助けられなかったくせに」肩からすうっと力が抜けていき、リプリーはため息をつきながら首を振った。「自分が誰かを傷つける恐れがあるのが、たまらなくいやだった。それで――なんと言えばいいのかよくわからないけど――あなたと強く結びついている自分が手に負えなくなったの。もしもあのときあなたに話していたら、魔術を捨てないように言いくるめられるだけだってわかってたしね。でも、そこから抜けだす方法がひとつだけ見つかって、それがあなたと距離を置くことだった。魔法にかかわるいっさいがっさいから手を引くことだったのよ、なにかとりかえしのつかないことをしでかしてしまう前に」

「そんなあなたに、わたしはものすごく腹が立ったわ」ミアは言いかえした。

「ええ」リプリーは自嘲気味に鼻で笑ったが、たいしてばつが悪そうな顔でもなかった。「わたしも怒りかえしたわよね、友達でいるより敵対してるほうが楽だったし、居心地がよかったから」

「わたしにとっても、そのほうが楽だったのかもしれないわね」何年ものあいだ、互いに責任をなすりあうことで心の痛みをやわらげてきたのに、今になって素直に認めるのは難しい。「サムは出ていってしまったけれど、少なくともあなたはここにいてくれた。機会があるごとにあなたをちくちく責めることで、わたしは小さな満足を得ていたというわけね」

「あなたの責めは、なかなかきつかったわ」

「まあ」軽く笑って、ミアは髪を後ろにさっと払った。「これも才能の一部よ」

「面と向かってひどいことを言ってたときでも、わたしはずっとあなたが大好きだったのよ」

涙があふれそうだった。心のなかにずっとあった石のようなかたまりがたちまち溶けていった。ミアはふたりを隔てていた距離を縮めようと、自分からリプリーに近づいて腰に腕をまわした。そしてしっかりと抱きしめた。

「そうだったのね……」ミアは声をつまらせた。リプリーがやさしく背中を叩いてなだめてくれる。「そうだったのね」

「あなたのそばにいられなくて、とっても寂しかったんだから。とっても」

「わかるわ。わたしもよ」震える吐息をもらしたミアは、裏口の外に立って声を出さずに泣いているネルに気づいて、まばたきした。

「おとりこみ中にお邪魔しちゃって、ごめんなさい。あいだに割って入ろうか、このままそっと戻ろうかと迷ってるうちに、いつのまにかもらい泣きしてたの」ネルがふたりにティッシュを渡しながら言った。「立ち聞きしてしまったのは悪かったと思ってるけれど、なんだかとてもうれしくて」

「わたしたち、ほんとに息の合ったトリオよね」リプリーが鼻を鳴らす。「あーあ、こんな真っ赤な目をしたまま、パトロールの続きに行かなきゃいけないなんて。恥ずかしいわ」

「だったら、こうやって魔法をかければすむことじゃないの」ミアは自分の涙をぬぐい、まぶたを閉じて呪文を唱えた。まぶたを開けたときには、きらきらと輝く澄んだ目になっていた。

「いつもそうやって見せびらかすんだから」リプリーがぶつぶつ言う。

「わたしはまだ、そんなに素早くはできないわ」ネルがやりはじめた。「でも、もしかして――」

「ちょっと、こんなところで魔女集会《コーヴェン》なんか開かないで」リプリーは手を振ってネルを制した。「でもせっかくだから、ネル、あなたの意見を聞かせてほしいことがあるのよ。よく聞いて。ミアったらね、サムとヤるつもりだって言うの」

「あなたの言葉の選び方って」ミアは言った。「いつもほれぼれしてしまうわ」

「言葉はどうだろうと、とにかくそういうのは間違いだってこと」リプリーがネルの腕をつつく。「あなたも言ってやってよ」

「わたしの出る幕じゃないわ」

「もう、この役立たず」リプリーは笑いながら、皮肉っぽくなじった。

「これ以上あなたが侮辱されずにすむように、そして、言いたいことを我慢して黙りこまなくてすむように、わたしからもお願いするわ」ミアはネルに向かって眉をあげた。「なにか意見があるなら、聞かせてちょうだい」

「わたしの意見は、それはあなたが決めればいいということよ。それに――」ネルはリプリーが鼻で笑うのもかまわず話しつづけた。「もしもあなたが彼とベッドをともにすることを真剣に考えているのなら、あなたはまだ彼に魅力を感じてるってことでしょ。あなたは一時の衝動で向こう見ずな行動をする人じゃないもの。サムを完全にあなたのなかから追いだすか、あなた自身の気持ちに整理をつけないと、いつまでも葛藤が絶えなくて心が落ちつかないんじゃないかしら」

「ありがとう。それじゃ――」

「まだ続きがあるの」ネルはミアに向かってそう言い、咳払いをした。「肌と肌をふれあうことは、あなたが抱えている葛藤のうち、いちばん簡単なレベルの解決にしかならないと思うわ。そのあとどうなるかは、あなたが自分の心を開くのか閉ざすのかによって決まるはずよ。それもあなたの決断なんだけど」

「わたしはこれを、昔の問題にけりをつけることだととらえているの。そうしないと、次はどういうステップに進むべきか、はっきりとわからないから」

「だったら、見てみればいいじゃない」リプリーがさもじれったそうに言う。「あなたは昔から予知能力のある魔女なんだから」

「それくらいのこと、まだ試していないとでも思ってるの？」ミアはそれまで抑えこんでいた憤りを爆発させた。「やってはみたけれど、自分のことは見えないのよ。ファイヤーが崖に立っていて、嵐が吹き荒れていて、霧が立ちこめているのは見えるわ。彼女の強さと絶望も感じる。しかもね、彼女は崖から飛びおりる直前に、わたしのほうへ手をのばしてるように見えるの。最後の望みをわたしに託そうとしてるのか、それともわたしを道連れにしたいのかは、わからないけれど」

ミアの目はかすみ、あたりの空気が濃くなった。

「そのあとわたしがひとりになると、闇が近づいてるのを感じるの。すぐそこまで、ひしひしと迫ってきてるのよ。それはとても冷たくて、その寒さゆえに夜がひび割れそうなくらい。あの森へ、島の中心にあたる例の開けた場所へたどり着くことさえできれば、サークルをつくって永遠に闇を葬り去れるのはわかっているわ。でも、どうやってそこまで行けばいいかがわからないの」

「そのうちわかるわよ」ネルがミアの手をとった。「ファイヤーはひとりぼっちだったけど、あなたは違うし、これからもひとりにはならないもの」

「せっかくここまで来たんだから、負けるわけにはいかないわ」リプリーがもう一方のミアの手をとった。

「そうね」ミアはサークルから力を引きだした。この力が必要だった。こうして陽のあたる場所で、シスターたちとともにいてもなお、ミアは闇のなかにひとりでいるように感じていた。

6

真珠のような光沢のある靄《もや》が島を薄く覆っていた。その靄の上に木々や岩々が頭を出し、ふわふわした白い雲海のなかに丘や塔が突きだしていた。

ミアはいつもより早く家を出た。なだらかに傾斜した芝生の途中で立ちどまり、シスターズ島ならではの、気持ちのいい春の朝の静けさを満喫する。

黄金色の花をつけたレンギョウが朝霧越しに扇のように広がり、色鮮やかな水仙がトランペットの楽隊よろしく並んでいるのが見えた。ヒヤシンスの甘くみずみずしい香りも漂ってくる。まるで、大地が目覚めて冬のあらゆる思い出を捨て去り、一気に命を芽吹かせようとしているふうに感じられた。

少し前までは眠ったような静けさがありがたかったけれど、まもなく訪れる美しさも待ち遠しい。

運転席のドアを開けて車に乗りこみ、書類のつまったショルダーバッグを助手席に置いて、ミアは村へと続く曲がりくねった長い道を走りはじめた。

店を開ける前にするお決まりの仕事がいくつかある。ひとり静かに黙々とこなす在庫整理——それはそれで楽しい作業だ。営業時間に、本を眺めながら店内をぶらぶらする客の相手をするのと同じくらい楽しい。もちろん、客が商品を買ってくれたら申し分ないけれど。

ミアは本に囲まれているのが好きだった。台車から本をおろし、棚に並べ、見栄えよくディスプレイしたりすることも。本の匂いや手ざわり、あるいは形そのものを愛している。適当に選んだ一冊を開き、言葉が紙の上でくり広げる芝居を見て、思いがけない発見をしたときの驚きも、好きで好きでたまらなかった。

この本屋はミアにとって、単なるビジネス以上の意味を持っている。心の深いところに根ざす、書物への揺るぎない愛情の表現だ。ただし彼女は、これがビジネスであることも決して忘れてはおらず、きちんと利益が出るように効率のいい経営を心がけてもいた。

裕福な家に生まれたおかげで、働かなくとも生活に困ることはない。けれどもミアは自分自身の欲求を満たすため、また道徳心を満足させるために、働く道を選んだ。経済的基盤がしっかりしていたので、自分の興味を反映した業種を選んで開業するだけの余裕はあった。持ち前の倫理観に、彼女の技量、努力、洞察力が加わって、ビジネスはかなりの成功をおさめていた。

デヴリン家の遺産には感謝しているし、今後も感謝は忘れないつもりだ。それでも、自分の手でお金を稼ぐほうが、わくわくして楽しいうえに、満足度も高い。

自分でリスクを背負って賭をすることもそうだ。

ネルが発案した計画を実行に移すのは、まさに賭だった。カフェを拡張すれば、さまざまな変化が訪れるだろう。ミアは伝統や継続性というものを信頼し、重んじてはいるものの、変わることもまた支持していた。変化が賢いものである限り。そして、今回の拡張は賢い選択だ、と靄のかかったカーブの多い道を運転しながら考えた。

カフェを拡張すれば、これまでより魅力的で広々したイベント・スペースができる。ミアの主催する月例のブック・クラブは島民たちの人気を集めており、ネルが始めたばかりのクッキング・クラブも好調なすべりだしを見せていた。スペースを最大限に有効利用したうえで、なおかつ、これまで売り物にしてきたアット・ホームな雰囲気を保てるかどうかが、この計画の成否の鍵を握るだろう。

ネルが拡張話を持ちこんできて以来、ミアはすっかりこのアイディアのとりことなっていた。やりたいことがはっきり見えていて、なにをどうすべきかもわかっていた。ことカフェ・ブックに関する限り、自分のやろうとしていることは正確に把握していた。

ただし、残念ながら今の時点では、自分のこれからの人生がどうなるのかについてはそこまでの自信が持てない。

あたかも、視界のど真ん中に緞帳がおりているようだった。まわりの景色は見えているのに、まっすぐ前の視界がさえぎられている感じだ。そのせいで、ミアは自分で認めている以上に不安を覚えていた。

緞帳の向こうに選択肢が待ち受けていることはわかっている。でも、その先が見えないのに、どうしたら正しい選択ができるのだろうか?

選択肢のひとつはサム・ローガンだ。だが、この点について、論理が導く答えとこれまでの歴史を天秤にかけたうえで、どこまで自分の本能を信じていいのかがわからなかった。原始的な性的魅力が論理的思考を鈍らせることも、考慮に入れておかなければならない。

彼のことで一歩間違えば、またしても心は粉々になってしまうだろう。そうなったらもう、生きてはいられないかもしれない。さらに悪ければ、自分が愛し守ると誓ったこの島の命運すらもつきてしまう。

かつてのファイヤーは孤独と失恋の痛みに耐えきれなくなって、死を選んだ。彼女を捨てた愛する人を追って、その身を海に投げた。その際、わずかに残っていた力を振りしぼり、スリー・シスターズ島をすっぽりと覆う網を織った。

けれどもわたしは生きる道を選び、満足できる仕事を見つけて、店を繁盛させるまでになっているのだから、すでに過去の呪いを打ち破ることができているのではないだろうか？　ネルは勇気を選び、リプリーは真の正義を選んだ。そのおかげで彼女たちのサークルは守られた。そして、わたしは命を選んだ。

もしかするともう呪いは破られていて、島を滅ぼそうと漂っていた闇はとっくに消えているのかもしれない。

そんな考えに希望を見いだしかけた矢先、路面から濃い霧が立ちのぼってきた。車のすぐ横にジグザグの雷光が槍のように突き刺さり、薄汚い赤い光が炸裂して、オゾンの匂いが立ちこめる。

道の真ん中で、巨大な黒い狼が牙をむきだしにしてうなっていた。

とっさにミアがブレーキを踏みこむと、タイヤがキキーッと音を立てた。車は横すべりして回転し、揺れる視界に、岩と霧と道路の端のガードレールが飛びこんできた。ガードレールの向こうは海へと落ちる絶壁だ。

必死の思いでパニックを抑えこんで、彼女は思いきりハンドルを切った。狼の目は熾火のように赤くぎらぎら光り、牙は長く鋭かった。その鼻先には、黒い毛皮が引き裂かれた傷跡のように白い五芒星《ペンタグラム》が刻まれている。

わたしの母斑だ——それを見たとたん、ミアの心臓は肋骨にぶつかって痛いほど激しく打ちはじめた。

血管を勢いよく流れる血の音とタイヤがきしむ音が耳もとで鳴り響くなか、ミアはうなじにその狼の冷たい息がかかるのを感じた。悪意のこもったしゃがれ声のささやきを、たしかに聞いた。

〝飛べ。このまま飛ぶんだ、そうすれば孤独から解放されるぞ。ひとりでいるのはとてもつらいだろう〟

涙がこみあげてきて視界がぼやけた。ほんの一瞬、このまま死んでしまおうという思いにとらわれ、腕から力が抜けてわなわなと震えた。だがそのとき、彼女は崖から飛びだした自分の姿をはっきりと見た。

車をコントロールしようと踏んばりながら、内なる力を振りしぼる。「地獄へお戻り、ろくでなし」

狼が雄叫びをあげようとして頭を後ろへ引いたとき、ミアはやっとのことで体勢を立てなおしてアクセルを踏みこんだ。車は狼に向かって突進した。

ミアは衝撃を感じたが、それは車がどこかに激突したためではなく、狼のイメージに突っこんでいった瞬間、激しい欲念が爆発してあたりの空気を震撼させたことによる衝撃だった。

やがて霧が晴れていき、強くなった陽射しが薄い靄に反射して、スリー・シスターズ島をふたたび真珠のように輝かせた。

ミアは道路の脇に車を駐め、ハンドルに額を載せて、全身の震えがおさまるのを待った。閉めきった車内に自分自身の荒い息があまりに大きく響くので、震える手でスイッチを探って窓を開けた。ひんやりと湿った空気が流れこみ、絶え間なく寄せては返す波の音が聞こえてくると、ようやく生きた心地がした。

それでもミアはしばらく目を閉じたまま、ゆったりとシートの背にもたれかかり、気持ちが落ちつくのを待った。

「でもこれで、まだすべてが終わったわけじゃないということがはっきりしたわ」呼吸のたびに胸があがったりさがったりしなくなるまで、大きくゆっくりと何度も深呼吸をした。それからようやく目を開けて、バックミラーで路面についたタイヤの跡を確認した。

舗装された道路に、めちゃくちゃに曲がりくねった跡がついている——崖とすれすれのところで向きを変えている筋もあった。

狼が消えた今、あたりにはガーゼのように透きとおった靄がかかっていた。

「下手な策略ね」自分と、どこかで聞いているかもしれない相手に向かって、大声で言う。「黒い狼、赤い目。あまりにもあからさまで、月並みなトリックだわ」

そして、とてもとても効果的だ、と思った。

だが、あの狼にはミアの印がついていた。敵が以前、別の形で現れたときに、彼女自身がつけた印だ。敵はそれを消せなかったという事実だけが、ミアにとっての慰めだった。奇襲作戦に危うくやられるところだったのだから、せめてそれくらいの慰みは必要だった。

ミアはのろのろと車を走らせはじめた。カフェ・ブックの前に車を駐めるころには両手の震えはほとんどおさまっていた。

サムはミアが来るのをずっと待っていた。彼女が店に現れるころあいを見計らって自分もホテルに到着するのは、そう難しいことではない。彼は通りを渡りながら、そういえばミアはあまり時間に正確なほうではなかったな、と懐かしく思った。それでも、たいてい八時四十五分から九時十五分のあいだには小型の車で出勤してきて、店を開けているようだ。

今日の彼女の服装は、男なら誰しも春の神々に感謝したくなるような薄手のロングドレスだった。穏やかな沢の色にも似た淡い水色で、体の線がよくわかる。

そして足には、なめし革色の細いストラップと長くてとがったピンヒールだけでできた、セクシーなサンダルを履いていた。

靴を見るだけでよだれが出そうになることがあるとは、サムは思ってもいなかった。髪が後ろでひとつに束ねられていることだけが、今朝のミアの身なりに関する唯一の不満だった。彼としては、無造作に垂らしてある髪のほうが好みだからだ。それでも、束ねた髪からこぼれて背中に垂れている赤い髪には興味をそそられる。サムはそこに——垂れ落ちた髪の下、やわらかい薄手のドレスの下、彼女の背中の真ん中のなめらかな肌に——唇を這わせるのが好きだった。

「おはよう、ゴージャスさん」

そう声をかけると、店のドアを開けようとしていたミアがびくっとして振り向いた。彼女の瞳にショックの色が浮かんでいるのを見たとたん、サムのにやけ顔から笑みが消え、目つきが険しくなった。

「どうしたんだ？　なにがあった？」

「いったいなんの話？」ああ、もう！　ミアの両手はまた震えだしそうだった。「あなたがそうやって脅かすからでしょ」彼女は手もとを隠すように体の向きを変えて、ドアを開けた。「悪いけど、サム、のんびりとおしゃべりにつきあっている暇はないの。仕事があるから」

「ぼくにそんな言い訳は通用しないよ」サムが後ろにぴったりとくっついて店のなかへ入ってきてしまったので、その鼻先に叩きつけるようにドアを閉めて鍵をかける暇はなかった。「きみのことはよく知ってるんだから」

「そんなはずないわ」声がうわずりそうだったが、かろうじて抑えた。できるだけいつもと変わらない様子でカウンターの上にバッグを置く。「わたしのことなんてわかりっこないわよ」

「きみの気が動転してることはわかるさ。いったいどうしたんだ、ミア、こんなに震えて。手だって氷のように冷たいじゃないか」サムが彼女の片手を両手で包みこんでそう言った。「なにがあったのか教えてくれ」

「なんでもないわ」ミアは、もうすっかり冷静になれたと思っていた。落ちつきをとり戻したと思っていた。だが、脚が勝手に音をあげようとする。彼女はプライドの力で、なんとか震えをこらえていた。「やめて、放してよ」

サムは思わず手を放しかけた。「だめだ」だが、きっぱりと断って、さらにミアに近づいた。「それならもうやってみた。今度は別のことを試したい」そう言うなり、彼女の体を両腕ですくいあげる。

「ちょ、ちょっと、なにするつもり？」

「こんなに冷えきって震えてるじゃないか。座ったほうがいいよ。あれ、少し重くなったかい？」

ミアはたちまちしゅんとした目で彼を見た。「えっ、そう？」

「これくらいのほうがいいけどね」サムはミアをソファーまで運んでおろした。そして、ソファーの背にかけてあった鮮やかな色の肩掛けをとって、彼女の体をくるむ。

「さあ。話してくれ」

「あっ、その上に座らないで——」そう注意したときにはサムがすでにコーヒー・テーブルに腰をおろしてこちらを向いていたので、ミアはあきらめた。「あなたって人は、テーブルと椅子の区別もつかないのね」

「どっちも家具に変わりないじゃないか。ほら、顔色がだいぶよくなってきた。きみにちょっかいを出しに来てよかったよ」

「こっちはまったくついてないわ」

サムはふたたびミアの手をとって、自分の手であたためた。「で、いったいなにに怯えてたんだい、ベイビー？」

「そんな呼び方しないで」サムがそう呼ぶのは特別に甘い気分のときだけだった。そんなことを思いだしながら、ミアはクッションに頭をつけた。「たいしたことじゃないの……ここへ来る途中、ちょっと事故を起こしかけて。道の真ん中に犬が飛びだしてきたから。霧のせいで路面が湿っていて、スリップしかけたのよ」

サムはミアの手を握る手に力をこめた。「それだけじゃないだろう」

「わたしが嘘なんかつくと思うの？」

「さあね」ミアが手を引き抜こうとしたが、サムはぎゅっと握りつづけた。「でも、なんとなく腑に落ちない。まあ、あとでぼく自身が海岸沿いの道をドライブしてみれば、わかることだけど」

「だめよ」恐怖が喉をしめつけたので、ミアの口から出たのは、いかにもか細い、せっぱつまったひとことだけだった。「だめ」今度は声をコントロールしてくりかえす。「あなたの身にはたぶんなにも起きないと思うけれど、今の時点では向こうがなにを狙っているかよくわからないから。手を放して、そうしたら話すわ」

「いや、まずきみが話してくれ」サムはつながりを保つことが大切だとわかっていたので、すかさずそう切りかえした。「そうしたら手を放してあげるよ」

「わかったわ」ミアは心のなかで葛藤したのち、なんとか答えた。「ここはあなたに譲ってあげる。今回だけはね」

細かいことまでは説明せず、声を抑えて、気軽なおしゃべりのような口調で話した。それでも、話を聞くうちにサムの表情が変わっていくのがわかった。

「どうしてお守を身につけていないんだ?」彼が問いただした。

「つけてるわよ」ミアは星型のペンダントにぶらさがっている三つの水晶をあげてみせた。「でも、これじゃ不充分だったの。強い相手だったわ。三百年かけて、力を蓄えてきたんでしょうね。それでも、わたしに大きなダメージを与えるには至らなかったけれど。ちょっとしたいたずらを仕掛けてきただけで」

「いたずらと言ったって、実際に事故は起こりかけたんじゃないか。もっとも、きみがスピードを出しすぎていただけかもしれないけどな」

「勝手に話をねじ曲げないで。そんなふうに言われると、こっちも昔の話を蒸しかえしたくなるわ」

「崖から落ちそうになったのはぼくじゃないぞ」サムは立ちあがり、ミアが崖から落ちていく恐ろしい光景を頭から振り払おうと、あたりを行ったり来たりしはじめた。

まさか相手がこんな形でまっこうからミアを攻撃してくるとは、想像だにしていなかった。もちろんミアだって予想していなかったはずだ。ふたりとも自分たちの力を過信していたようだと、遅蒔きながら彼は気づいた。

「家については、充分に気をつけていたんだろう?」

「自分のものくらいは自分で守らないとね」

「でも、きみは車を忘れていた」肩越しに振りかえり、ミアの顔色がよくなっているのを見て、ひと安心する。

「忘れてなんかいないわ。普通のお守なら――」

「普通のレベルじゃ足りないってことが、これではっきりしたはずだ」

ミアは自分の行動について彼に説教されるのが悔しくて、思わず奥歯をぎゅっと噛みしめたが、それでも小さくうなずいた。「あなたの言うとおりよ」

「こうなったら、守るばかりじゃなくて、こっちからやつに仕返しをするべきだ」

ミアは立ちあがった。「これはあなたに向けられた攻撃ではないんだし、あなたが首を突っこむべき問題でもないわ」

「今はそんなことを言いあってる場合じゃないだろう、ぼくがこの件にかかわってい

ることは、お互いわかっているんだから」

「あなたは三人のうちのひとりじゃないでしょ」

「ああ、たしかに違う」サムは彼女のそばに戻った。「だが、ぼくは紛れもなく三人

の血縁者だ。ぼくときみは同じ血を引いているんだからね、ミア。ぼくの力ときみの

力は、同じ源流から発生しているんだ。いくらきみがそうじゃなければいいのにと願

っても、ぼくらふたりはこの血によってつながっているのさ。きみがこの問題に決着

をつけるためには、ぼくがきみのなかに入ることが必要なんだ」

「わたしになにが必要かは、まだはっきりしていないわ」

サムは片手を握り、彼女の顎すれすれに拳を突きだしてみせた。昔懐かしいしぐさ

だ。「じゃあ、なにが欲しいんだ？」

「あなたとベッドをともにするかどうかは、生死にかかわる重要な問題じゃないのよ、

サム。なんとなくかゆいところに手が届くだけのことで」

「なんとなく?」サムはいたずらっぽい表情を浮かべながら、彼女の首の後ろに片手をあてがった。

「なんとなくよ」ミアはそうくりかえすと、サムにキスを許し、かするように軽く唇をふれあわせた。そして、さらに誘惑した。「ほんの少し」

「ぼくはもっと多くを期待しているんだが……」サムは空いているほうの手を動かして、指先でミアの背筋をなぞりはじめた。「つねに。しょっちゅう」ミアの唇をやさしく噛みながら、体をそっと抱き寄せる。

ミアは両腕を脇に垂らしたままサムを見つめつづけた。「欲望は空腹と同じよ」

「そのとおりだ。じゃあ、食べようか」

彼に唇をむさぼられ、穏やかなぬくもりが燃えるような熱さへと急激に変わると、ミアはもう従うほかなかった。

両手でサムのヒップをぎゅっとつかみ、すぐさまその手を荒々しく彼の背中に這いのぼらせて、後ろから鉤爪のように肩に引っかける。もしもサムがぎりぎりの際まで追いつめてきたら、こちらももっと強く彼を押しかえせるのに――もっと遠くへ。

屈服のしるしとしてではなく要求を明確に示すために、ミアはあえて頭を後ろへ倒した。〝勇気があるなら、もっと奪って〟その求めにサムが応じてくれると、うれしくなって喉を鳴らした。

ミアの香りが体のなかへ注がれ、隅々までしみとおっていく気がして、サムは下腹部にうずきを覚え、目がまわりそうになった。欲求に突き動かされるままにミアをソファーのそばへと導き、あと少しで押し倒すところだった。

そのとき、店の正面のドアが開いた。からんころんと陽気に鳴ったベルの音が、ふたりにはサイレンのように聞こえた。

「そういうことは、どこかに部屋を借りてやってちょうだい」ルルはそう言い放ち、後ろ手にドアをばたんと閉めた。ぱっと離れたふたりを見て、ほんとにしょうがない子たちだこと、と思う。「欲情したティーンエイジャーみたいにふるまうつもりなら、せめて車の後部座席にもぐりこむくらいはしてもらわないと」ルルは大きなバッグを持ちあげ、カウンターの上にどさっと置いた。「わたしはここで仕事をしなくちゃならないんですからね」

「ごもっとも」サムがミアのウエストに腕を巻きつけてくる。「それじゃあ、ちょっと散歩にでも出かけることにしようか」

これも懐かしいしぐさだわ、とミアは思った。昔は自分からもサムの腰に腕をまわし、その肩に頭を寄せたものだ。けれども今は、ためらうことなくサムから離れた。

「すてきなお誘いだけど、またの機会にさせて。ルルが親切にも指摘してくれたとおり、ここではわたしも仕事をしなくちゃいけないのよ。開店まで、ええと……」腕時計をちらりと見てから言う。「一時間もないから」

「だったら、さっと行ってさっと帰ってくればいい」

「それもうれしいお誘いだけど。ねえ、ルゥ、そう思わない？　開店直前にデートに誘われる女性なんて、めったにいないわよね」

「ええ、ええ、ほんとにすてきだこと」ルルは不機嫌そうに相づちを打った。実際、機嫌が悪かった――その原因を、土曜日の夜に幻覚を見てからよく眠れないことよりも、サムのせいだと思いたかった。

「でも、今回はお預けよ……」ミアはさりげなくサムの頬を叩き、くるりと背を向けようとした。

　そのとき、サムがミアの顎をつかんだ。「からかってるのかい？」やさしい言い方だった。「きみはこれをゲームにしたいようだから、ひとこと警告しておくよ。近ごろのぼくは、ルールどおりに遊ぶとは限らない」

「わたしもよ」裏口のドアが開いて閉まる音がした。「ほら、ネルも来たわ。そろそろ失礼するわね、サム。仕事が待ってるから。あなたもそうだと思うけど」

　ミアはサムの手を振りほどくと、荷物を抱えているネルに歩み寄った。

「わたしが運ぶわ」そう言って、焼き菓子が入っている箱をネルから受けとる。「なんておいしそうな匂いなのかしら」シナモン・ロールの匂いを残して、ミアは階段をあがっていった。

「あの……」ネルは咳払いをした。張りつめた空気のなかへ足を踏み入れるのは、壁を通り抜けるのと同じくらい難しい。「おはよう、サム」

「ネル」

「えっと、まだ箱が……あるから」ネルはそれだけ言って、逃げるように裏口から出ていった。

「あなたが気づいていないといけないから言うけど、この店はまだ開店前なんですよ。さあ、とっとと出てってちょうだい」ルルが言った。

サムは今もミアの唇の余韻に酔いしれていた。興奮状態が続いていたせいか、カウンターにいるルルの叱責をさらに買うようなことを言ってしまう。「あなたの許しがあろうとなかろうと関係ない。ぼくをミアから遠ざけておくことなどできないよ」

「何年ものあいだ、勝手に遠ざかっていたくせに」

「こうして戻ってきたんだから、みんなもそのつもりでいてもらわないと」サムはドアを勢いよく開けて言った。「もしもミアの番犬を務めているつもりなら、ぼくよりもはるかに危険なものが彼女を狙っているようだから、気をつけたほうがいい」

大股で道を渡っていくサムを、ルルは黙って見送った。ミアにとってサム・ローガン以上に危険なものがあるとは、とうてい思えなかった。

〝おまえには家族もいない〟ワインとジャンクフードが見せた幻覚のなかでそう脅されたけれど、それは違う。わたしには家族がいる。子供がひとり。ルルはミアがのぼっていった階段を見あげながら思った。大切な子供がひとりいるんだから。

サムはその日の最初の会議をキャンセルした。人は誰しも、もっとも大切なことを優先させる権利を持つ。そして彼は海岸沿いの道をドライブした。かたい意志の力で怒りを抑えこみ、スピードには充分気をつけて。

しかし、路面に残されたスリップ痕を見た瞬間にわきあがってきた衝撃と恐怖だけは、どうすることもできなかった。脚をがくがく震わせながら車をおりて現場を確認し、あと数インチ、ほんの数インチで、ミアの車はガードレールに激突するところだったのだとあらためて痛感した。一定のスピードで、一定の角度から突っこんでいたら、ミアの車はガードレールを突き破り、険しい崖の表面を転がり落ちていたかもしれない。

サムはタイヤの跡をたどり、道路を見渡して、残り香がないかと匂いを嗅いでみた。ミアはたしかにスピードを出して走るのを好むが、決して無鉄砲な運転はしない。だが、アスファルトにこびりついたタイヤの跡が示すとおりに車をスピンさせるには、時速九十マイルは出していないと不可能だろう。

外からの力が働いていなかったとすれば、だが。

ここで起こったことの全貌がわかって、彼は背筋が寒くなった。おそらく外部からなんらかの力が働いて、彼女の車は道路の際まで押され、スピンしたに違いない。もしも彼女があそこまで強く、あそこまで賢く、あそこまで俊敏な女性でなかったら、この場から生きては帰れなかったかもしれない。

今一度サムは、膿みはじめたやけどの傷のようにも見える路面の黒い跡を念入りに調べた。しばらく見つめていると、そこから油っぽい血がにじみでてきた。そして、闇のエネルギーが空気中に拡散していくのが感じられた。

こんなものを残していってしまうなんて、ミアは相当怯えていたのだろう。

彼は車に戻ってトランクを開け、必要な道具をとりだした。それらを手に、しばらく道路の両方向を眺め渡す。車や人の影は見えなかった。運がいい。これからやろうとしている作業には、少し時間がかかるからだ。

サムが海塩をぱらぱらと撒きながらタイヤの跡を囲むように三回まわると、その環から煙が立ちのぼった。彼は冷たく澄んだ内なる力をかき集め、樺の杖を使ってその場を清めた。守りの魔法をかけるために月桂樹と丁子を散らすと、タイヤの跡はしゅわしゅわと音を立てて泡を吹いた。そして、少しずつ縮みはじめた。

「ここを通る者はもう、なにも恐れることはない。おまえはもう、ここで何者をも傷つけられない。光が光を産むがごとく、闇は闇に帰れ。この地の通行は昼も夜も安全に守られる」消えていくタイヤ痕の上に、彼は身をかがめた。「われに親しきものをわれは守る」小さな声でそうささやく。「われ望む、かくあれかし」

それからサムは車に戻り、すっかりきれいになった道を通ってミアの家へと向かった。

どうしてもミアの家を見ておく必要があった。これまで我慢してきたが、もはや彼女の招待を待っているわけにはいかない。

絡まるツタも石造りの見事な尖塔も昔のままだった。いや、それ以上だ。ここにはミアが満ちあふれている。ふたたび車をおりたサムはそんな思いにとらわれた。色とりどりの花、つぼみをつけた低木、背の高い大木。ガーゴイルに、妖精の置物。そよ風がウインド・チャイムと水晶玉にあたって、絶え間なく音楽を奏でていた。白い灯台は島と家を守る古《いにしえ》の番人のようにそびえている。その足もとには、紫色のパンジーが植わっていた。

サムは家をまわりこむように置かれている飛び石の小道をたどった。岩に打ち寄せる波の音が彼の頭と心を崖へと惹きつけ、何度となくその上にミアと並んでたたずんだことを思いださせた。あるいは、ひとりそこにたたずむミアの姿を。

あちこちを眺めまわしながら歩いていった彼は、ふいに足をすくめ、立ちどまった。

ミアの庭はそれだけでひとつの世界になっていた。アーチがあり、四阿《あずまや》があり、坂があり、流れがある。敷石の隙間に生えた苔がやわらかな印象を与えている苑路は、くねくねと曲がりながら、あふれかえる花々のなかを通っていた。春を迎えてようやくほころびかけた花もあれば、すっかり咲き誇っているのもある。

花だけではなく、ここには緑も多い。ひと口に緑と言っても色合いや質感はさまざまで、それがまた、ほのかなピンク、白、黄色や青の花を見事に引き立てていた。池もいくつかあって、陽射しを受けて輝く銅製の日時計や、植えこみのなかで踊る妖精の像などもある。日向にも日陰にもベンチが置かれており、どうぞ座ってこの庭を楽しんで、と訪問者をいざなっているかのようだった。

夏の盛りが来て花が満開になり、ツタが四阿を覆ったらどんなふうになるのか、サムには想像もつかなかった。色も形も、その香りも、まるで想像できない。

サムはとうとう我慢できなくなって、石の小道へと足を踏み入れた。ミアがここでどんな作業をしたのか、頭に思い浮かべようとしてみる。彼の記憶にあるこの庭は、テラスがひとつあって刈りこまれた芝生が広がっているだけの、きれいだがありふれた感じのするものだった。ミアはそれをどうやって、これほどにぎやかな庭に変えていったのだろう。

花壇の手入れをするミアの様子をベンチに座って見ていたかった、とサムは愚かなことを考えた。

今にして思えば、この家は昔から美しかった。ミアも昔からこの家が大好きだったはずだ。だが、彼にとってはどこか堅苦しく、畏敬の念すら覚えさせる家だった。ミアはそれを、あたたかい歓迎を感じさせる快楽と美の館に変えたのだ。

ミアのプライベートなエデンの園の真ん中に立って、繊細な香りや、小鳥たちのさえずり、波の轟きに囲まれているうちに、サムは悟った。彼女がここにつくりあげたのは、今まで自分がどうしても見つけられなかったものだ。

わが家。

これまでサムが手に入れてきたのは、贅沢で、適切で、高尚で、なおかつ効率のいいものばかりだった。ずっと探しつづけてはきたが、ここそわが家だと思える場所はついぞ見つけられなかった。今の今まで。

「なんで気づかなかったんだろう？」サムはつぶやいた。「ミアは最初から、彼女自身とぼくの居場所を持っていたのに」

どうしていいかわからなくなったので、とにかくここへ来た本来の目的を果たそうと、いったん車に戻った。ミアのかけた守りの魔法にサム自身の術も加え、ミアを――ミアのものを――二重に安全にしておきたかった。

ちょうど術をかけ終えたとき、こちらへ向かって走ってくるパトカーが目に入った。それを見ながら、水晶のかけらが入っている小さなシルクの袋をコートのポケットにしまう。ザックだろうと思って楽しみに待っていたが、車をおりてきたのがリプリーだったので、サムはがっかりした。

「さて、さて、これはおもしろいことになったわ」リプリーは両手を後ろのポケットに突っこみ、ふんぞりかえってサムのもとへ近づいてきた。いらだちを隠すどころか、爆発寸前の怒りを抱えていることをむしろ楽しんでいる様子だ。濃いサングラスの上に目深にかぶった野球帽のつばが、顔に影を落としている。

それでも、リプリーが石のようにかたい表情をしていることは感じられた。

「日課のパトロールをしていたら、無法者が目に飛びこんでくるなんて。しかもそいつときたら、他人の私有地に無断で入りこみ、こっそりあたりの様子をうかがっているんだから」冷たい笑みを浮かべつつ、リプリーはベルトから手錠を外した。

サムは手錠に目をやり、次いでリプリーの顔を見た。「ぼくはそういう拘束プレイもまんざら嫌いじゃないけどね、リップ、きみは結婚してるんだろう？」彼女がいーっと歯をむいてみせたので、彼は肩をすくめた。「ごめんごめん、悪い冗談だったよ。けど、その手錠だって同じじゃないか」

「法律は冗談でもなんでもないのよ。白昼堂々、他人の家に忍びこもうとしている男を見かけたら、不法侵入未遂で即刻逮捕できるんですからね」リプリーは手のなかで手錠をがちゃがちゃ鳴らした。「未遂であっても容赦はしないわ」

「家には入ってないよ」ついさっきまで、入ってみようかと考えてはいたが。「もしもきみが不法侵入の罪でぼくを逮捕して手錠をかけようとしてるなら――」

「すばらしいわ。公務執行妨害も追加できそう」

「少し大目に見てくれないか」

「あら、このわたしにそんな義理があるとでも？」

「のぞきに来たわけじゃないんだ」たしかに少しはのぞいたが。「ぼくだってきみと同じくらいミアのことを心配しているんだよ」

「嘘をつくだけじゃ法律違反とは言えないのが残念だわ」

「だったら真実を教えてやろうか？」サムは鼻と鼻がふれあうくらい、リプリーに顔を近づけた。「きみがぼくのことをどう思っていようとかまわない。ぼくはただ、この家とここに住んでいる女性をしっかり守ろうとしてるだけなんだ。なにしろ今朝、ミアの身にあんなことがあったばかりだからね。もしきみが本気でその忌々しい手錠をぼくにかけようとしてるなら、一歩さがって、考えなおしたほうがいい」

「この家を守るのはあなたの役目じゃないでしょ。わたしが本気で手錠をかける気になったら、あなたなんか地面にひれ伏して土を食べるはめになるんですからね。それより、〝今朝ミアの身にあんなことがあった〟ってどういう意味？」

サムはすぐさま言いかえそうとしたが、ふと思いとどまり、いぶかしげに目を細めた。「ミアから聞いてないのかい？　きみにはなんでも話すじゃないか。昔からそうだったろう？」

リプリーの顔色が元に戻りかけた。「今日はまだ会ってないのよ。ねえ、ミアの身になにかあったの？」だが、サムの腕をぎゅっとつかんだときには、またしても血の気が引いていた。「まさか、けがでもしたとか？」

「いや、彼女は無事だ」腹の虫は多少おさまってきたものの、はけ口の見つからないいらだたしさは今も胸に残っていた。サムは指で髪をかきあげた。「でも、危なかった。もう少しで本当にけがをするところだったんだ」

くるりと向きを変えたリプリーが語彙豊かなののしりの言葉を吐きながら、蹴飛ばすのにちょうどいいものを探すかのように前庭をうろつきはじめる。サムはしばらく押し黙って、彼女を見守っていた。

そして、そういえばぼくは昔からリプリーのこういうところが好きだったんだ、と思いだした。

「スリップ痕なんて見かけなかったわよ」

「現場一帯を清めたのち、ぼくが消しておいたからね」サムは説明した。「彼女があの跡を見たら機嫌が悪くなるだろうと思ってさ。どっちみち、ぼくにとっても目ざわりだったから」

「そう、なるほど」リプリーの声は消え入りそうだった。「さすがね」

「えっ、なんて言ったんだい？　聞こえなかったよ」

「さすがね、って言ったのよ。ちゃかさないで。それで、この家の面倒も見ることにしたわけ？」

「ああ。ミアがかけた守りの魔法に、もう一層覆いをかけたにすぎないけどね。彼女の魔力は昔に比べてずいぶん強くなってるようだな」半ば自分に言い聞かせるように言う。「しかも、ほとんど抜け目がない」

「そうは言っても、充分じゃなかったんでしょ。わたし、マックに話してみるわ。いろんな知恵を持ってる人なのよ」

「ああ、彼ならそうだろうな」サムは苦虫を噛みつぶしたような顔で言ってから、リプリーににらまれて、肩をすぼめた。「いや、ぼくも彼が気に入ったよ。だから、お祝いの言葉を述べさせてもらおう。結婚おめでとう、末永く……あとは適当に」

「まったくもう、なんて心あたたまるお言葉かしら」

それを聞いて、サムは微笑んだ。「いや、あの〝おてんばリップ〟が結婚して落ちつくなんて、なんだか信じがたくてさ」

「やめてったら。そんなふうに呼ばれてたのは高校時代までよ」

「高校のころから、ぼくはきみが好きだったよ」それは本当のことだったので、サムはあらためて言った。「それにしても、きみとマックがあの家を買ってくれてよかった。立地は最高だろう?」

「ええ、わたしたちもそう思ってるわ。あなたになんの断りもなしにお父さんが屋敷を売り払ったことで、気を悪くはしてない?」

「ぼくのものだったわけじゃないし」

リプリーは口を開けたが、なにも言わずにそのまま閉じた。一瞬サムが、迷子になって今にも泣きだしそうな顔をしている少年に見えたからだ。彼女が知っていた少年に、大切な友人だった少年に。「あなたはミアの心をめちゃくちゃにしたのよ、サム。本当にぼろぼろにしたんだから」

彼は海から垂直にそそり立つ崖を見おろし、つばを吐き捨てた。「わかってるさ」

「そのあと、今度はわたしが彼女の心をめちゃくちゃにしてしまったの」

困惑して、サムはリプリーの顔を見た。「わからないな。どういうことだい?」

「今朝の一件をわたしがまだ聞いていなかったのは、ミアとはようやく仲直りしたばかりだからなの、長い絶交期間を経てね。わたしはあなたがしたのと同じくらい冷たく、ミアを突き放した。だから……」リプリーはそこで大きく息を吸った。「だから本当は、わたしにはあなたを責める資格なんてないのよ。そうすることで、自分の罪悪感を少しでもやわらげたいだけなんだもの。あなたはミアの足もとの地面を叩き壊して去っていったけれど、わたしはミアがその穴に落ちないようにそばにいてあげることさえしなかったんだから」

「どうしてミアのそばにいてやれなかったのか、話してくれる気はあるかい？」

リプリーはまっすぐにサムを見かえした。「あなたのほうこそ、どうして彼女を捨てて出ていったのか、話したいんじゃない？」

サムは首を横に振った。「いや。昔のことより、今現在の問題に一緒にとり組んでいくのはどうかな？　この件にはぼくも関係があるし、今度はずっとそばにいるつもりだから」

「いいでしょう」リプリーは同意した。「得られる助けは、誰からのどんな助けでも使っていかなくちゃ」

「ぼくはできるだけの努力をして、ミアの生活のなかに戻っていこうと思ってる」

「運を祈るわ」彼が驚きの視線を向けると、リプリーはにんまり笑った。「あなたに関してわたしなりの評価を下すまでは、幸運とも凶運とも言わないでおくけど」

「なるほどな」サムが握手をしようと差しだした手を、彼女は一瞬ためらってから握りかえした。

そのとたん、熱が生じて火花が飛んだ。「やっぱり」リプリーが険しい声で言う。「ぼくらも絆で結ばれているわけだ」サムは親しみをこめて彼女の手をぎゅっと握ってから放した。「で、きみはなにができる？」

「わかったら知らせるから。今はとにかくパトロールを終わらせないと」ひと呼吸置いたのち、リプリーは頭をわずかに傾けた。「お先にどうぞ」親指を立ててサムの車を指さす。「男根の象徴みたいな車でスピード違反しないでよ」

「承知つかまつりました、おやさしい保安官どの」彼はゆったりした足どりで車へ戻った。「もうひとつ、いいかな？　ぼくがここへ来たことは、ミアには内緒にしておいてほしいんだ。自分の魔法にけちをつけられたと言って怒るだろうからさ」

リプリーは鼻先で笑いながらパトカーに乗りこんだ。サムのこと、少しは見なおしてあげなくちゃ。愛する女性のことは、今でもよくわかっているようだもの。

7

リプリーはミアには話すつもりはなかったが、マックにまで内緒にしておくべきだとは考えもしなかった。守秘義務を定めた法律にも、配偶者間で多少の秘密がもれることだけは適用除外とするような、なんらかの抜け穴があったはずだ。

死ぬまで一緒にいようと誓いあったほどの仲であれば、相手には自分のことをなんでも話すべきだし、相手の話にも耳を貸してやるべきだ、というのが彼女の持論だった。それはいわば、プライベートな空間を共有せざるを得ない生活の副産物だ。

リプリーとマックは一緒に暮らし、ベッドをともにし、同じ時間に起きて、週に二、三回はカフェ・ブックで落ちあってランチ・デートまでしている。週に二、三日だけなのは、仕事に没頭しがちなマックが約束の時間を覚えているのはせいぜいそれくらいにすぎないからだ。いずれにしろ、リプリーが秘密を守っていられるのは、どうがんばってもその日のランチまでだった。

本当はネルに話したくてうずうずしたが、あれこれ考えた結果、ネルはミアと親しすぎるので守秘義務の適用除外にはあてはまらないだろうと思ってあきらめた。

となると、ますますマックに話さないわけにはいかない。

「それでね」グリルド・ツナとアボカドのサラダをつつきながら、リプリーは話を続けた。「ハンサムな顔を暗く曇らせたサムがそこに立ってたのよ——まだ肌寒かったし、霧も出ていたから、黒いロングコートを着てたんだけど、その裾が風に吹かれてぱたぱた翻ってたわ。悩めるヒーローそのものって感じで。で、薄くなってきた霧をバックに、ミアの大きな古い家の前庭にたたずんでいたというわけ、わたしが彼を追い払うまでね」

「えっとつまり、道路に残っていた跡はサムが消したのかい？」リプリーがいったんしゃべりはじめると口を挟むのは容易ではないのだが、言葉がとぎれた瞬間を逃さず、マックは訊いた。

「そういうこと。まあ、敵の能力や条件にもよるでしょうけど、相当高度な呪文だったんじゃないかしら」リプリーは肩を片方だけすくめ、コーヒーを手にとった。「消し忘れが残っているといけないと思って、わたしも帰りに現場に寄ってよく見てみたんだけど、跡はまったくなかったもの」

「へえ」

「跡形もなかった。きれいさっぱり、完全に一掃してあったわ」

「サムもどうせなら、ぼくに真っ先に教えてくれればよかったのにな」マックがこぼす。「現場の残存エネルギーを読みとったり、サンプルを持ち帰って調べたりできたのに」

リプリーは椅子に深く座りなおし、彼に向かって首を振った。「やめてよ。薄気味悪い黒い膿に指を突っこむようなまね、わたしの夫には絶対してほしくないわ」

「そういうことをするのがぼくの仕事なんだよ」

マックはしばし考えこみ、今からでも感度のいい機器を持って現場に行ってみればなにかわかるかもしれない、と思った。

「話を少し前に戻していいかな。サムはきみに、ミアは鼻先に五芒星《ペンタグラム》の印がついた大きな黒い狼を見たと言っていた、と言ったんだよね？」

「悪霊の示現化現象ってやつよ。黒い狼、赤い目、長い牙。おまけに、ミアの母斑までついてたんですって。魔界の女王さえ震えだすほどの、恐ろしいイメージだったに違いないわ」

「イメージだった、という点が重要だな」マックは言った。「現実に形のある狼ではなかったんだろう？　つまり、今回はこの世のものが精神を乗っとられたのではないってことだよ。この冬、ミアがあいつの頬に印を刻んだことが、なにか関係してるのかもしれない。それでもなお、やつはミアの車をスリップさせるだけの力を持っているわけだからね。なんとも興味深いよ」

「サムのとり乱し具合から察するに、敵はかなり凶悪そうよ。あ、そうそう、興味深いと言えばね……」リプリーは食べ残したランチの上に身を乗りだし、声を落として先を続けた。「ミアが残した跡をきれいに消してあげた男は、彼女の庭に立って、ぼんやりと家を眺めてたのよ。まるで、現代版『嵐が丘』のヒースクリフがキャサリンを探して荒れ地を見つめてるみたいに――」

「あれはいい本だよ」

「なによ、わたしだって本くらい読むわ。それはともかく、サムったら、渦巻く感情を心に抱いて、あの場に立ちつくしていたの――にもかかわらず、いたって冷静でさりげないふりを装ってたわ。それって、なんとも興味深いでしょ」

「きみが話してくれたことからすると、あのふたりはきわめて親密な関係だったんだろう?」

「昔はね」リプリーは念を押した。「もしもあのときサムのほうがミアに捨てられていたら、彼だってきっと正気じゃいられなかったと思うけど。でも、出ていったのはサムのほうだったのよ」

「だからって、ミアに対する思いが消えてしまったとは限らない」

「あら、男の人って、そんなに長いあいだひとりの女を思いつづけたりしないものでしょ」

マックは満面に笑みを浮かべ、彼女の手をさすりながら言った。「ぼくはいつまでもきみを思いつづけるよ」

「ふざけないでったら」口ではそう言いかえしながらも、リプリーは彼の手に指を絡ませた。「とにかく、サムはミアの家を見に行ったことを彼女には知られたくないって言うの。ミアの魔力にけちをつけたと思われて機嫌を損ねるといけないから、って。まあ、彼女ならそうしかねないものね。でも、本心はきっとこうよ。彼、自分がミアに夢中だってことも知られたくないんじゃないかしら。これほど複雑な要素が絡んでなくて、命がかかってさえいなければ、笑い話になるのに」

「ふたりのあいだにあったこと、今現在ふたりのあいだにあること——あるいは、ないこと——は、これから先の展開に大きくかかわってくる。それに関しては、ぼくなりの理論がいくつかあるんだ」

「あなたはいつだって、いくつもの理論を持ってるじゃない」

マックは笑って、彼女に頭を寄せた。「話しあいが必要だ。関係者全員で」

「やっぱりね」彼同様、リプリーの声もいつのまにかささやきになっている。「知らない人がふたりを見れば、いちゃついているか、悪だくみの相談でもしているようにしか見えないだろう。「ザックの家に集まりましょう。料理はネルに任せることにして。わたしたちは、家にあるお酒をかき集めて持っていけばいいわ」

「いいね。それはそうと、ぼくらはどこまで知ってることにすればいいのかな？　ぼくらに話してくれた人はぼくらが知ってるってことをほかの人には知られたくないと思ってるわけだけど、それについてはどうする？」

「まったくもう、面倒くさいったらないわね」リプリーは苦笑いした。「愛がなくちゃやってられないわ」

「あらまあ、いつも仲のよろしいこと」ミアがテーブルへ近づいてきて、マックの肩に親しげに手を置いた。「あなたたちって、本当にお似合いだわ」

「でしょう？　コンテストに応募しようかと思ってるくらいよ」リプリーは背もたれに寄りかかって、ミアの表情をうかがった。だが、美しさ以外になにも表れていない顔を見て、さすがだと感心した。「あなたのほうは、なにか変わったことはない？」

「まあ、いろいろとね」ミアはマックの肩に置いた手をおろそうとしなかった。こうして彼にふれていると、なんとなくほっとできる。「本当は、あなたに話しておきたいことがあるの――ネルにも」

カフェのカウンターのほうを振りかえったミアの顔に、不安の影がよぎった。

「そう急ぐわけじゃないけれど。ネルは今、お客さまが多くて忙しそうだから」

リプリーはどういう演技をしようかと一瞬悩んだが、結局自然に任せることにした。

「〝狼との格闘劇《ダンス・ウィズ・ウルブス》〟の一件だったら、わたしはもう知ってるわよ」

ミアとマックのどちらがより驚いた顔をしたかは、甲乙つけがたかった。ただし、テーブルの下でこっそり蹴りを入れてきたのはマックのほうだけだ。立ったまま身じろぎしているミアのために椅子を引いてやろうと、隣のテーブルのほうへ体をのばした際、リプリーはお返しにマックのすねを小突いた。

「ほら、ちょっとここに座ったら」

「ええ、そうさせてもらうわね」ミアは落ちつきをとり戻そうと、腰をおろして両手を組んだ。「あなたとサムが腹心の友だったなんて、ちっとも知らなかった」

「そういう皮肉はいいから」リプリーはランチの残りを脇へ押しやった。「海岸沿いの道で、彼にばったり会ったのよ」これなら嘘にはならない。ミアの家だって海岸沿いの道に面してはいる。「あなたがあの場に残していった跡を、彼がきれいにしてくれたの」

「あ……」ミアは自分の行動を思いかえして青ざめた。ああ、わたしったら、なんて不注意だったのかしら！　悪しき力が島のあの場所に汚点を残しかねないということまで、考えがまわらなかった。

「あんまり自分を責めちゃいけないよ」マックがやさしく言った。「きみはかなり動揺していたんだろう?」

「そんなことは問題じゃないわ。わたしの責任だったんだもの」

「なにもわかってないのね、教授」リプリーはマックがデザートに選んだエクレアになにげなく手をのばし、小さくちぎってつまんだ。「こちらにおわす〝ミス・完璧〟は、わたしたちみたいな劣った人間と違って、ミスを犯すことなど許されない存在なんだから」

「わたしがあの場所を清めるべきだったのよ」ミアはそうくりかえしたが、リプリーがすぐさま突っかかってこなかったので、不安に駆られて彼女を見つめた。

「たしかに、あなたはやらなかった。でも、彼がやってくれてうまくいったんだから、それでいいじゃない。とにかくね、わたしが午前中の楽しみのひとつとしてサムを怒鳴りつけ、適当に罪をでっちあげてあなたを逮捕してやってもいいのよ、と脅しをかけたとき、彼が話してくれたのよ。マックにはもうわたしが話したから、あとは、ネルのシフトが終わったら、あなたから彼女に話してあげればすむわ」

「わかったわ」ミアはずきずきするこめかみのあたりを手でもんだ。頭痛がするなんて、ずいぶん久しぶりだ。胃もきりきりしている。ものを明瞭に考えられるよう、時間をかけてチャクラ（身体のエネルギー集積ポイント）のバランスを整えるべきなのかもしれない。「ねえ、マック、できればあなたにはもっと詳しく話をして、一緒にいろいろ検討してもらいたいの。わたしとしては、今回の一件は単なる脅しにすぎないと信じたいけれど、ひとりで勝手に過小評価して大事なことを見落としたくないから」

「そのほうがいいね。今もリプリーと話してたんだが、どうせならみんなで話しあうべきだと思うんだ。できたら今夜、ネルとザックの家に集まれないかな？」

「ディナーの時間によ」リプリーがタイミングよく言い添えて、ミアを微笑ませる。

「そうね、ただで食事をごちそうしてもらえる機会を逃す手はないわ。ネルにはわたしから頼んでおくから」ミアは立ちあがって、あらためてリプリーを見つめた。「あなたにはわたしからちゃんと話すつもりでいたのよ。ただ、頭を整理する時間が必要だっただけ。訊かれなければ黙っているつもりだったとは思わないでね。あなたとわたしのそういう関係は、もうとっくに終わったんだから」

リプリーはサムに対してなんとなく後ろめたさを感じたが、仕方がないと思うことにした。約束はいちおう守った。「気にしてないわ。おかげで、色男をちくちくいじめてやることもできたし」

「それならよかったわ。じゃあ、またあとでね」

ミアがネルのほうへ歩み去っていって、こちらの声が届かなくなると、マックはすかさずリプリーに身を寄せた。「うまくごまかしたな、保安官代理。上出来だよ」

「わたしには無理だと思ってたわけ？　さてと、わたしはサムをつかまえて、今ミアに話したことと話さなかったことを伝えておかなくちゃ。彼女のほうが先に会ってしまって、話がややこしくなる前にね」

「サムにはぼくから伝えておくよ」マックは立ちあがりしな、エクレアの皿をリプリーの前に押しだした。「どっちみち、彼とは話をしたいと思ってたんだ。すべてを記録に残しておきたいからね」

「それじゃ、お言葉に甘えて」リプリーはエクレアを奪うように皿からとった。

「その代わり、ランチ代はきみが払っといてくれよ」

「いっつもそうなんだから」エクレアを頬ばった口で、リプリーはもごもごと愚痴をこぼした。

マックがルルから与えられたのはたったの一時間だけだったが、今となってはこのほうがありがたいくらいだった。なにしろ、このインタビューが終わったら車でいったん家まで戻り、リプリーと落ちあって、つい先ほど決まった夕食会に間に合うように、今度はトッド家へとふたたび車を走らせなければならない。

だが今彼は、テープ・レコーダーとノートのほかに、相手の機嫌をとるためのゴディバのチョコレートまでひと箱持参して、ルルのもとを訪れていた。

「インタビューに応じてくれて、本当にありがたいと思ってるんだよ、ルル」

「はい、はい」ルルはお菓子をつまみながら、ブラックのコーヒーを飲んだ。しばらくのあいだ、ワインはお預けだ。「前にも言ったと思うけど、こういうインタビューって、ほんとは好きじゃないのよ。抗議デモに参加していて警察にしょっぴかれたことを思いだしてしまうから」

「なにに抗議をしていたんだい？」

ルルは彼を哀れむような目で見た。「わからない？　六〇年代よ。なんでもかんでも手あたり次第に抗議してた時代だったわ」

すべりだしは好調だ、とマックは思った。「そのころはたしかコミューンに住んでたんだよね？」

「しばらくはね」ルルは肩をすくめた。いつかは訊かれることなのだから、いっそのこと早く話してしまおう。「いろんなところへ行ったわよ。公園だの、ビーチだの、どこででも眠ったわ。家族用のミニバンで旅行したりホリデー・インに泊まったりするだけの人たちには決して見るチャンスのない、この国のさまざまな部分もまのあたりにしたしね」

「だろうね。それで、ここへはどうやってたどり着いたんだい？　このスリー・シスターズ島へは？」

「東へ東へと向かって」

「ルル……」マックは、頼むよ、という表情をした。

「わかったから、そんな子犬みたいな顔をしないでちょうだい」ルルはソファーに座りなおし、くつろいだ姿勢になった。「家を出たのは十六ぐらいのときだったの。家族とうまくいかなくてね」身を乗りだして、もうひとつチョコレートをつまむ。

「なにか特別な理由でも？」

「理由なんか、あげればきりがないわ。父親は了見の狭い暴君みたいな人で、母親は父親の言うなりになって歌ったり踊ったりするだけの女だった。それがわたしにはどうしても我慢できなかったのよ。だから、最初にめぐってきた機会を逃さなかった。両親のほうも反抗的なわたしの扱いには困ってたらしくて、それほど熱心に捜してもくれなかったわ」

自分に対する両親の無関心さを語るぶっきらぼうな口調こそが、ルルの悲しみを物語っているとマックは感じた。だが、彼女の性格はよく知っている。こちらがほんのわずかでも同情を匂わせるだけで、パンチが飛んできて歯を折られかねない。「最初はどこへ行くつもりだったんだい？」

「家でなければどこでもよかったの。サンフランシスコにたどり着いて、しばらくあの街にいたわ。そこでマリファナを覚えて、ボビーっていうかわいい顔した男の子に処女を捧げたのよ」

ルルはそこでにっこりした。あの時代のあんな状況にしては、いい思い出だ。

「ラブ・ビーズを手づくりして、それを売ったお金で食いつなぎながら、いろんな音楽を聞いて、世界じゅうのありとあらゆる問題を解決してたわ。マリファナ煙草《ジョイント》もたくさん吸ったし、LSD《アシッド》にもちょっぴり手を出したりして。スパイクって名前の男と、ニューメキシコやネバダをドライブしたりもしたわ――信じられる？――なんと、彼のハーレーに乗ってよ」

「たったの十六歳で？」

「そのころには十七歳になっていたかも。十六歳でいられるのって、たったの一年だけだもの。とにかく、ジプシーみたいにあちこち転々としたの、足がむずむずしてひとつところに落ちついていられない感じで」履き古したビルケンシュトックの健康サンダルのなかで、足の指を動かしてみせる。「だけど、少しは長く腰を落ちつけられたところもあったわ。コロラドのコミューンがそうよ。そこでは畑仕事を覚えて、とれた作物の料理方法も覚えたわ。編み物を覚えたのもそのときね。でも……」

眼鏡の奥のルルのまなざしが鋭くなった。

「本当はもっと奇妙な話が聞きたいんでしょう？　ヒッピー旅行の思い出よりも」

「話してもらえることならなんでも聞くよ」

「わたし、しょっちゅう夢を見てたの。夢と言っても、人生の目標のほうじゃないわよ」急いでそうつけ加える。「当時のわたしには野心なんてなかったから。ともあれ、この場所――つまりシスターズ島のことを、しょっちゅう夢に見てたのよ。崖の上に立つ家と、真っ赤な髪の女性の夢を」

それまでマックは、話を聞きながらずっとルルの顔をノートにスケッチしていたのだが、そこで手をとめて、顔をあげた。「ミアのことだね」

「違うのよ」ルルは、昔のことを思いださせてくれるバニラの香に火をつけた。「夢のなかで彼女は必死にわたしに呼びかけてきて、彼女の子供たちの世話をするようにって言うの」

マックは素早くメモをとった。かつてこの島にはひとりの乳母がいて、ファイヤーと呼ばれた女性は崖から飛びおりる前に、その乳母に子供たちを託したと言い伝えられている。〝輪廻？〟ノートにそう走り書きした。〝サークルにおけるつながり？〟

「その夢を見るたびに、引っ越さなきゃいけなくなるのよ。どこにいたとしてもその場所を離れて、とにかく次の場所へね。話せば長くなるから手短に言うと、ボストンにたどり着いたときには一文なしになってたわ。当時はそれでもまったく気にならなかったけど。いよいよ困ったときには、いつだって誰かが、泣きつける相手を紹介してくれたから。そんなある日、自分のことをバターカップと呼ぶ――まったくあきれるでしょ――女の子に出会って、その子が突然、みんなでフェリーに乗ってスリー・

シスターズ島まで行かなくちゃ、って言いだしたのよ。その子は自分のこと魔女だと思いこんでたんだけど、本当は金持ちの弁護士の娘で、親に無駄金を払わせてる大学生だったんだけどね。その子が、パパからもらってるお小づかいでみんなの分の往復の船賃を払ってあげる、って言ってくれて。だからわたしも便乗したわけ。なんたって、ただでフェリーに乗れるんだものね。それで、ほかのみんなは往復したけど、わたしは残ったの」

「どうして？」マックは尋ねた。

ルルはその質問になかなか答えなかった。ミアとは、そしてリプリーやネルとも近しい間柄で、島自体にも深くかかわっているというのに、自分自身の魔法体験にほんの少しでも関係する話になると、とたんに口が重くなってしまう。

この話をするときは、いつもなんとなくばかばかしく感じられるからだ。

だが、マックは黙りこんでいるルルの様子を、おとなしくじっと見守っている。そんな彼が、ルルはとても気に入った。

「遠くに島影が見えたとたん、あれこそがわたしの居場所だってわかったからよ。わたしはハイになっていたの。みんなもそう。バターカップはまぬけだったけど、いつも極上の葉っぱ《マリファナ》を持っていたから。わたしの目には、この島がまるで水晶玉に映っているように見えたの、あらゆるものが色鮮やかにくっきり浮かびあがってて。もしかしたら葉っぱをやってたせいなのかもしれないけど、あんなにきれいなものを見たのは生まれて初めてだった。ふと目をあげると崖の上に家があって、そのときはっと気づいたの——ああ、なんだ、ここだったのね。わたしはここへ来る運命だったんだわ、って。だから、フェリーが埠頭に着くやいなや、バターカップやほかの子たちとは別行動をとって、それ以来彼らのことは思いだしもしなかった。彼女、あれからどうなったのかしらね」

「それで、すぐにミアのおばあさんのところで働くようになったのかい?」

「すぐにじゃないわよ。わたしは別に、お金になる仕事を探してたわけじゃないもの。仕事につくなんて、当時のわたしにとってはあまりにも体制的なことでしかなかったから」ルルは眼鏡を外してレンズをふいた。「しばらくは森で野宿して、草の実とか、誰かの畑から失敬した野菜なんかを食べていたの。言うなれば、わたしのベジタリアン時代ね」ルルは目を細めて回想した。

当時の自分を思いだすのはなかなか楽しい——まだ若くて、無鉄砲で、肌にもつやがあったころ。

「長続きはしなかった。肉食獣として生まれた者は、肉食獣として死ぬしかないのね。それで……ある日ハイキングをしていたら、ひとりの女性がすてきな車に乗って現れたのよ。彼女は車をとめると、窓から身を乗りだして、上から下までわたしをじろじろ眺めはじめたの。たしか六十代の前半くらいだったはずだけど、当時のわたしは三十になったら人生終わりだと思ってたから、相当な年寄りに見えたわ」

ルルはそこでいったん話すのをやめ、眼鏡をかけなおしながら笑った。

「ああ、もう限界。やっぱりワインを飲むことにするわ。あなたもどう？」

「いや、遠慮しておくよ。このあと運転しなくちゃいけないから」

「あなたって人は、ほんとにまじめ一本槍ね、マック」彼に聞こえるように大声で言いながら、キッチンへと向かう。「あのころのわたしなんてたいして見られた女じゃなかったし、何週間も野宿していたあとだから、全身からぷーんと臭ってたくらいよ。当時は髪が長くて、三つ編みにしてたし。えっと、なんの話だっけ？　そうそう、その女性はたしかに年寄りに見えたけど、かなりの美人だったわ。濃い赤い髪を結いあげて、お茶会にでも呼ばれた帰りみたいにめかしこんでいた。瞳はとっても色が濃くてね、その目で正面から見つめられたときは、誓ってもいいけど、たしかに荒波が岩に砕け散る音がしたんだから。暑くて風のない日だったのに、わたしの上を風が通り抜けるのを感じたわ。そして、赤ん坊の泣き声が聞こえたの」

ルルはワイングラスを片手に、カラフルでばねの利いたソファーへと戻り、ふたたび深く腰を落ちつけた。

「彼女はわたしに向かって、乗って、って言ったの。だからわたしは素直に従ったのよ。よく考えることなんてしなかった。ミセス・デヴリンにはそれだけの力があったのね、孫と同じで。そのときはなんだかよくわからなかったけど、力があることだけはわかったわ。それで、わたしは崖の上の家へ連れていかれた……」

こみあげてきた懐かしさを、ルルはワインとともに味わった。

「わたしは彼女が大好きだった。尊敬して、憧れていたのよ。血のつながった肉親なんかより、よっぽど家族みたいに思えたから。両親はわたしのことなんかちっともかまってくれなかったし、わたしのほうも放っておかれることに慣れっこになっていたでしょ。でもね、彼女はわたしにいろいろなことを仕込んでくれたの。読書の楽しみも教えてくれたし、わたしを信頼してくれた。そりゃあ、働かされもしたわよ――精いっぱいやらないと、許してもらえなかったんだから！　あの大きな家を何度も何度も掃除させられたおかげで、眠っていても掃除できるくらいになったわ」

「彼女が魔女だってことは知らなかったのかい？」

ルルはしばし考えこんだ。その点について深く考えてみたことは、これまでほとんどなかった。「徐々にわかっていったって感じかしら。わたしが魔法というものをごく自然に受け入れられるように、彼女があえて少しずつ見せるようにしてくれたのかもしれないわ。当時のわたしみたいに、〝ヒッピー流の形而上学的自然こそわれらの母〟というような考えにどっぷりはまっていた人間には、そのほうが受け入れやすかったでしょうからね」

「伝説について知ったのはいつごろ？」

「それも徐々によ。シスターズ島に暮らしていれば、いずれどこかで聞いたり読んだりするものでしょ。ミセス・デヴリンのもとで働いていたおかげで、わたしは自分でも気づかないうちに島に溶けこんでいったわけ」

「じゃあ、ミアと出会ったころには、彼女のなかに魔力が宿っていることもごく自然に受け入れられるようになっていたんだね」

「そうねえ、今振りかえってみれば、それもこれもミセス・デヴリンの思惑どおりだったんじゃないかしら。彼女はなにかものごとが起こる前に、どうなるかが予知できたから。彼女の息子と奥さんは、ミアを産んですぐ、あの家に越してきたの。住みこみのベビーシッターが欲しくてそうしたんだってことは、すぐにぴんときたわ。なにしろ、自分たちの都合しか考えてない夫婦だったから」

そこで言葉を切り、ルルはワインをぐびっと飲んだ。

「彼らが来た晩、息子夫婦は夕食をとりにホテルへ行き、わたしはミセス・デヴリンに連れられて子供部屋へ入っていったの。ミアは、それはかわいい赤ちゃんだったわ——髪が赤くて、目はぱっちりしてて。手も脚も長くってね。ミセス・デヴリンはベビーベッドからミアを抱きあげると、しばらく腕のなかであやしてから、わたしのほうへ差しだしたの。わたしは心底怖くなったわ。それまで赤ちゃんを抱いたことがなかったからでも、ミアが高価なガラスでできてるように見えたからでもない。その瞬間、あることを悟ったからよ。彼女はわたしにこの子を譲ろうとしている、そうなったらすべてが変わってしまうだろう、って。ねえ、ずっと前から食べてみたくて味をさんざん想像してたものを、いざ初めて口にするとき、今からこれを食べるんだと思うだけで胸がどきどきしてしまうことって、あるでしょ?」

「ああ」マックはノートを脇に置いて、ルルの話に耳を傾けた。「あるよ」

「まさにそんな感じだったのよ。彼女はこちらへ赤ちゃんを差しだし、わたしはハンマーみたいに激しく打つ心臓のあたりを両手で押さえたまま、しばらくその場に立ちつくしていた。するとね、どこからともなく嵐がやってきたの、夢で見たのと同じ嵐が。風が窓に強く吹きつけてきて、稲妻が光った。彼女が涙を流すのを見たのは、そのときが最初で最後だったわ。〝この子を受けとってちょうだい〟彼女はわたしにそう言ったの。〝この子には、愛と慈しみを与えてくれる、しっかりした人が必要なの。あのふたりではだめ、彼らには無理よ。わたしがいなくなってしまったら、この子が頼れるのはあなただけなんだから〟って。わたしは赤ちゃんの世話の仕方なんてわからないと答えたんだけど、彼女はただ笑ってミアを差しだすだけだった。そうこうするうちにミアがむずかりだして、握った拳を動かしはじめたものだから、わたしは気がつくとミアを抱いていた。ミセス・デヴリンはあとずさりして、〝この子はもうあなたのものよ〟と言ったの。そのときのことは決して忘れられないわ。〝この子はもうあなたのもので、あなたはこの子のものよ〟それだけ言い残して彼女が出ていってしまったから、わたしはミアをあやして寝かしつけることになっちゃったわけ」ルルは鼻をすすった。「ワインのせいで涙もろくなったみたい」

すっかり心を動かされたマックはルルのほうへ身を乗りだし、彼女の手に手を重ねた。「ぼくもだよ」

ザカライア・トッド保安官は、ディッシュ・ウォッシャーが洗い終えた食器を片づけた——これは彼が分担している数少ない家事のひとつだ。自分の家のキッチンだというのに、彼が手伝ってもいいことは限られていた。「ちょっと待って、話を整理させてくれ。まず、ミアはサムに今朝海岸沿いの道でなにがあったかを話した。事情を知らなかったリプリーは、たまたまミアの家の前でサムに出くわし、話を聞いた。その際、彼は彼女、つまりリプリーに、自分がここへ来たことはミアには内緒にしておいてほしいと頼んだ。だから彼女は、ミアが今朝の一件を彼女に——ああ、ややこしい——打ち明けようとしたとき、自分は——ってのはリプリーのことだけど——サムがちょうど道路の跡を消しているところに通りかかって事情を聞いた、と言ったってことだね」

「そうそう、今のところいい調子よ」ネルはため息をつくザックを励ましてやり、ラザニアの焼け具合を確かめた。

「話の腰を折らないでくれよ。それから、マックはサムにリプリーがミアに話した内容を伝え、ミアはきみに今朝あったことを打ち明けた。そののち、リプリーがそれ以外の詳細をきみに話して、そのすべてを今ぼくが聞いてるわけだ。どうしてきみが全部ぼくに話してくれたのかまではわからないけど」

「あなたを愛してるからよ、ザック」

「そうか」ザックは額の真ん中を指で強く押さえた。「とにかく、ぼくは黙ってることにするよ。ぼくにはどうしたって足を踏み入れられない領域の話のようだから」

「それがいいわ」そのとき、ルーシーがうれしそうに吠える声が聞こえてきた。「誰か来たみたい。あなたが出てくれる? そこの三段めのトレイを持っていって。来月ケイタリングを頼まれてるロジャーズ家の結婚式でお出しするカナッペの試作品なの。トレイはルーシーの手の届かないところに置いてよ」ネルはキッチンを出ていくザックに大きな声で注意してから、足もとにいるディエゴを見おろした。「男の人と犬って、ほんと手がかかるわよね」そう言って、小さく舌を鳴らす。「ちゃんと見張ってないと、とんでもないことをしでかしてくれるんだから」

もちろんネルはザックの行動をちゃんと見張っていたので、彼が適当に片づけたフォークやナイフをあるべき場所にきちんとしまいなおしてから、ワインを持ってゲストを迎えに行った。

マックとリプリーは子犬を連れてきていた。ルーシーは歓喜と恐怖に打ち震え、ディエゴはすねて二階へ逃げていった。

摘みたての水仙の花束を持って現れたミアは、床に座ってモルダーと綱引きをして遊び、徐々にくつろいでいった。

「ときどきわたしも犬を飼いたいと思ったりするのよ」くわえていたロープを落としてくるくるまわるモルダーを見て、笑いながら言う。「でも、庭のことを考えてしまうとね」ミアはモルダーを抱きあげて、高く持ちあげた。「あなたたちって、お花を根っこから掘りかえすのが好きでしょう?」

「靴をかじるのもね」リプリーが苦々しく言った。「まあ、あなたは余分な靴を何百足も持ってるからいいでしょうけど」

「靴は自己表現のひとつの形だもの」

「靴は履いて歩くものでしょ」

ミアは犬を膝におろして、鼻先を撫でた。「彼女、なんにもわかっていないわね」

みんなより少し遅れて到着したサムの目に飛びこんできたのは、床に座って黄色い犬に頬をなめられて笑っているミアのそんな姿だった。その瞬間彼は、内臓がぎゅっと縮んで喉がしめつけられる思いがした。ラグの上にスカートを広げ、髪を背中に垂らし、喜びで瞳を輝かせている彼女は、不用心なほど幸せそうに見える。

だが、桁外れに美しいその女性のなかに、彼が置き去りにした少女の影があった。

そのとき、ルーシーがわんと吠えてモルダーが跳びあがったので、ミアはぱっと玄関のほうを振り向き、笑うのをやめた。

「ルーシー！」ザックは犬を叱りつけながら首環をつかみ、玄関のスクリーン・ドアを開けてサムを迎えた。「ジャンプは禁止だ」喜び勇んで客に跳びつこうとするルーシーに向かって命令する。そして、声をひそめてこうつけ加えた。「きみもだぞ」サムの顔に浮かんでいる飢えたような表情は、目をつぶっていても見えただろう。

「ぼくはかまわないよ」サムが頭を撫でてやろうとすると、ルーシーはごろりと仰向けになった。彼は持ってきたワインをザックに渡し、あらわになったルーシーのおなかを撫ではじめた。するとモルダーも寄ってきて、自分の番はまだかと催促するようにじゃれつきはじめた。

「なにしに来たの？」ミアが声高に問いただす。

サムはその口調に驚いて眉をあげたが、返事をする前に、マックがあいだに入った。

「ぼくが呼んだんだ」ミアの放った責めるような視線に射抜かれそうになりながらも、説明する。「ここにいる全員が関係している話なんだし、それぞれに担える役目もある。互いに協力しあうべきなんだよ、ミア」

「あなたの言うとおりね、当然だわ」無防備だった女性は消え失せた。代わりに現れたのは、冷ややかな声ととり澄ました笑顔を持つ女性だ。「失礼な態度をとって悪かったわ、サム。ごめんなさい。このクラブに新しいメンバーが加わるとは、思ってもいなかったから」

「気にしてないよ」サムはモルダーが投げてほしそうに足もとに置いたロープを拾いあげた。

「お料理はあと数分でできあがるわ」張りつめた空気のなかに、ネルがすっと入ってきた。「あなたもワインをいかが、サム？」

「いいね、いただくよ、ありがとう。ところで、このクラブには入会の儀式《イニシエーション》のようなものがあるのかい？」

「頭と体の毛をすべてそり落とすだけよ」ミアはそう言って、自分のワイングラスに口をつけた。「お夕食のあとでもかまわないけれど。さてと、わたしはちょっと手を洗ってくるわ」

立ちあがりかけたミアの前に、サムがさっと片手を差しだした。

テストのつもりか和睦のしるしかは判断がつかなかったが、ミアはとっさに魔法の力を抑えこみ、てのひらがふれあってもなにも起こらないようにしてから、サムの手をつかんだ。「ありがとう」

この家の造りなら自分の家と同じくらいよく知っているミアは、一階にあるいちばん近いバスルームへは行かずに、二階へ向かった。

できるものなら、もっと距離を置きたかった。ひとりになりたかった。

バスルームに入ってドアを閉め、そのドアに寄りかかる。まったくばかげてるわ。彼があんなふうにわたしの胸をときめかすなんて、ばかばかしいにもほどがある。心の準備ができているときなら、こんなことにはならなかっただろう。けれど、思いがけないときに——あんなに自分をさらけだしているときに——会ってしまったら、たちまち胸がいっぱいになってしまう。

すべてをサムのせいにしたかったが、古傷をつついてばかりいるのは愚かなことだし、それではなにも始まらない。すんでしまったことは、今さらどうしようもないのだから。

シンクの前に立って、鏡に映る顔をまじまじと見た。血の気が引いていて青白く、やつれて見える。今日は大変な一日だったからだろう。でも、外の殻を直すだけなら簡単だ。

ミアは手を洗ってから、シンクに水を張った。腰をかがめ、冷たくて気持ちのいい水をすくって顔を洗う。普段ならばこのあとさまざまな化粧品を使って、念入りにメイクを施すところだ。ペンシルやチューブやブラシは手にとるだけでも楽しく、女であることを自覚できて、なぜかほっと安らいだ気持ちになれる。でも今は、もっと簡単に手早くすませることにした。

タオルで顔をふいて、呪文を唱える。それから、ふたたび厳しい目で鏡のなかの自分を見つめた。さっきよりだいぶましになった。疲れはとれたように見えるし、頬には健康的な赤みがさしている。そして唇は、もっと鮮やかな色で彩られていた。それでもまだ満足できない自分の虚栄心に小さなため息をついて、まぶたの上を指でなぞった。すると、まるでアイシャドウを塗ったかのようにきれいな陰影がつき、目がぱっちり見えるようになった。

ようやく満足したので、さらにひと息ついて心を落ちつかせ、ミアはみんなのところへ戻った。

なんて結束のかたいグループなんだろう。ネル・トッド特製のとびきりおいしいラザニアを食べながら、サムはそう思っていた。この五人はあたかもボンドでぴったりとくっつけられているように、ボディー・ランゲージや顔の表情を読みあい、中途半端な考えでも互いに補足しあってたちどころに理解してしまう。

サムの知る限りでは、ネルは島へ来てまだ一年足らずのはずだし、マックに至ってはひと冬過ごしただけだ。それなのに、全員がすでにひとつのかたまりのようになっている。

五人がこれほど強く結びついているのは、束になって共通の敵と戦おうとしているからだろう。しかしサムは彼らのなかに、戦時中にはよく見られるような兵士同士の絆以上のものを感じた。

マックに話しかけたり彼の話を聞いたりするときのミアはあたたかい雰囲気に包まれていて、いかにも楽しげで心安らかな表情をしている。サムにはそれが、情熱がほとばしらせる愛ではなく、もっと心の奥深くにある真の愛情に裏打ちされているように感じられた。

こうしたさりげない愛情表現が、テーブルのあちこちでくり広げられていた。ネルはマックから頼まれる前にお代わりをさっとよそった。ザックはリプリーとボストン・レッドソックス投手陣の層の厚さについて熱い議論を戦わしながら、パンをちぎってミアに渡した。ネルとミアは目と目で秘密のジョークを交わし、くすくす笑いあっていた。

こういう自然なやりとりを見ているうちに、サムははっきりと悟った。ともに過ごす時間を増やしたり物理的な距離を縮めたりするだけでは、自分がここにいなかった年月を飛び越えてみんなの心に近づくことはできない、と。

「きみのお父さんとうちの父は、なにかのチャリティー・ゴルフ・トーナメントで一緒の組になったことがあるらしいよ」マックが言った。「つい先月のことなんだけど、パーム・スプリングスだか、パーム・ビーチだかで。とにかく、名前のどこかにパームがつくところさ」

「へえ」サムは父親がよく参加している偽善的な慈善事業にはまったく興味がなかった。彼自身がその手の催しに無理やり参加させられていたのは、もう何年も前のことだ。「そう言えば、ぼくもニューヨークにいたころは、ときおりきみのご両親をお見かけしたよ、いろんな式典やパーティーの席で」

「ああ、交際範囲がかぶってるからね」

「だいたいはね」サムはうなずいた。「でも、そういう席できみに会ったという記憶はないが」

マックがにんまりしてみせる。「まあね、わかるだろ。それで……きみはゴルフはするのかい？」

今度はサムが笑う番だった。「いや。きみは？」

「マックは運動音痴なのよ」リプリーが話に割りこんでくる。「ティー・オフしようとして、自分の足の爪先を森のなかへ飛ばしかねないわ」

「悲しいけど、あたってるよ」マックが認めた。

「先週はデッキの階段から転げ落ちたし。六針も縫ったんだから」

「犬をよけようとして転んだだけさ」マックは自分を弁護した。「それに、縫ったのはたったの四針だ」

「それだって、お医者さんのところへ飛んでいく前にわたしのところへ来ていれば、縫わずにすんだかもしれないでしょ」

「ぼくがこぶをつくったり青あざをつくったりするたびに、彼女はこうやってがみがみ言うんだよ」

「そんなの日常茶飯事よ。ハネムーンのときなんか――」

「おいこら、その話はやめてくれよ」マックは気恥ずかしさのあまり、首まで真っ赤になった。

「わたしたちね、熱くて刺激的なセックスをベッドで楽しむ代わりに、一緒にシャワーを浴びてたんだけど――」

「やめろってば」マックはリプリーの口もとを手で覆って、軽く押した。「あれは、あのタオル掛けがもともときちんととりつけられてなかったせいだろう」

「思わず力が入って、壁から引きはがしちゃったくせに」リプリーがまつげをわざとらしくはためかせてみせる。「ね、わたしのヒーロー」

「ともかくだ」マックは大きく息をついてから、サムに言った。「きみはホテルの経営者だから参考までに言っておくけど、客室のタオル掛けがしっかりついているかどうか、ちゃんと確認しておいたほうがいいぞ」

「そうするよ。きみたちふたりが週末をマジック・インで過ごすときは、とくに念入りにね」

「だったら、ネルとザックが予約を入れたときは――」リプリーが続ける。「バスルームのシンクの強度も調べといたほうがいいわよ。このふたりには、ここの二階のシンクを壊した実績が――」

「リプリーったら！」ネルが慌てて声をあげた。

「きみは、夫婦の秘めごとを一から十まですべてリプリーに打ち明けなきゃならないのか？」ザックがネルを問いつめる。

「今後は少し控えることにするわ」笑い転げるリプリーを無視して、ネルは立ちあがった。「わたし、デザートをとってくる」

「近ごろのバスルームがそれほどまでに欲望をかきたてる場所になっていたなんて、ちっとも知らなかったわ」ミアはそう言って、皿を片づけはじめた。

「うちのバスルームでよければ、喜んできみを案内するよ」

サムはそう水を向けてみたが、ミアは肩をすくめただけで、キッチンへと消えていった。

「ミアは料理を少しも口にしてなかったな。食べるふりをしていただけだ」サムは小声でマックに話しかけた。

「緊張してるんだよ」マックが答える。

「ぼくのせいでミアが心を閉ざしてしまうなら、ぼくがここにいる意味はないね」

「世界はあなたを中心にまわっているわけじゃないのよ」リプリーが荒っぽい手つきでグラスをつかみ、ワインを飲み干した。

「リップ」ザックの声自体が静かな警告を発していた。「これからどうなるか、もうしばらく様子を見よう」

サムはうなずいて、自分の皿を手にとった。「ミアはきみを信頼しているね」マックに向かって言う。

「ああ、そうだね」

「それで釣合いがとれるかもしれない」

全員がリビングルームに戻ったころには、サム自身の緊張も高まっていた。彼のなかで、自分が魔女であるという事実が大きな問題として浮かびあがったことは、これまで一度もなかったからだ。それは単なる事実でしかなかったからだ。それでいながら、自分に与えられた力について、他人とおおっぴらに話しあった経験もなかった。もちろん、いかなるたぐいの魔女集会《コーヴェン》にも属していない。とはいえ、ここにいる六人のうち四人までもが天与の力を受け継いでいるのだから、実質的には魔女集会を開いているようなものだ。

「この伝説はみんなもよく知っていると思うけど」マックが口火を切った。

彼は歴史家だな、とサムは思った。科学者だ。細かなことも見逃さない頭脳明晰な男だ。

「セーラムで魔女裁判が行われていたころ、ファイヤー、アース、エアーと呼ばれる三人の魔女が迫害を逃れるための聖域として魔法でつくりあげたのが、このスリー・シスターズ島だ」

「罪のない人たちが狩られて殺されていたころね」リプリーが言い足した。

彼女は兵士だ。サムは、音もなくソファーにあがってきて隣に横たわった気高い猫を無意識に撫でていた。勇気ある女性。彼女がアースだ。

「彼女たちには魔女狩りをとめることができなかった。もし無理やりとめようとしていたら、もっと多くの人々まで死んでいたかもしれない」ザックが言った。

この男には理性と威厳がある、とサムは思った。

「運命をわずかでも曲げてしまえば、すべてが変わってしまうからね」マックはうなずき、先を続けた。「さて、エアーと呼ばれた魔女はとある商人と恋に落ちて結婚し、本土へと舞い戻った。そこで彼の子供を産み、しっかりと家庭を守った。なのにその商人は彼女が魔女であることを、どうしても受け入れられなかったんだ。彼女は夫に暴力を振るわれ、危うく殺されかけた」

「彼女は自分を責めたと思うわ、彼の望むような女になれなかったことをね。ありのままの自分に忠実であろうとせず、選択を誤ってしまったことを」

ネルは育む人だ。しゃべっているネルを見て、サムは思った。その思いに賛成するかのごとく、猫がのびをする。彼女がエアーだ。

「彼女は子供たちを救いだし、シスターズ島へ送り届けた。だが、そのときサークルは消えかけていた。力が弱まっていた。その恐怖、その憤りは、アースと呼ばれた魔女のなかにとりこまれ、怒りから憤怒へ、やがては激しい復讐心となって、彼女の心を支配した」

「彼女は間違ってたのよ」今度はリプリーが口を開いた。「気持ちはわかるし、どうして彼女がそう感じたかも理解はできるけど、とにかく彼女は間違っていた。だから代償を払うはめになったの。彼女は魔法の力を使って、妹の命を奪った者を破滅に追いやった。でもそのせいで、力が三倍になって彼女に返ってきたのよ。彼女は愛した夫を失い、子供たちにも二度と会えなくなって、かすかに残っていたサークルの守りさえも断ち切ってしまった」

「そしてひとりだけが残ったのよ」ミアの声は澄んでいて、その目は一点を見つめていた。「彼女はたったひとりで、すべてを支えようとした」

知性、誇り、情熱。ミアがぼくの心をかきたてるのも当然だ、とサムは思った。彼女はファイヤーだ。

「絶望はどんなに強いものでも押しつぶしてしまえるわ」ネルがミアの手に手を重ねた。「だけど彼女は、孤独のなかで、心を粉々に打ち砕かれながらも、守りの網を織ったのよ。三百年は持ちこたえる丈夫な網をね」

「彼女は子供たちがちゃんと面倒を見てもらえるよう、たしかな人の手に預けた」マックはルルのことを思い浮かべた。「そのおかげで、今のぼくらがいるわけだ」眉根を寄せて、カップのなかのコーヒーをじっと見つめる。「このサークルはまだ破られていない」

「わたしの番が訪れたら今度こそ失敗するんじゃないかって、心配しているのね。でも、ネルは彼女の悪魔に立ち向かい、リプリーだってそうしたでしょ」ミアは足もとにいるモルダーのおなかを、知らず知らず足の甲で撫でていた。「これでもわたし、ここにいる三人のなかでは、魔法に関する知識はもっとも豊富だし、術の力だっていちばん強いのよ」

「同感だ。でも——」

ミアはマックに向かって眉をあげてみせた。「でも？」

「どう言えばいいか……天秤の向こう側にあるもの、つまり、きみが対峙しなきゃいけないものは、その、今までの相手よりはるかに凶悪で狡猾だと思うんだ。ネルの相手はエヴァン・レミントンという、ひとりの男にすぎなかったが」

「ろくでなしのクソ野郎よ」リプリーが訂正する。

「なんと呼んでもいいけど、とにかく彼はただの人間だ。ネルはあの男に立ち向かい、勇気をもって打ち負かし、自分に天与の力が備わっていることを受け入れるだけでよかった。だからってなにもぼくは、それがビーチを散歩するのと同じくらい簡単なことだったと言ってるわけじゃないよ。ただ、ネルの場合は相手の形がかなりはっきりしていたというか……。ぼくの言いたいこと、わかってくれるかな？」

「ナイフを持った男、だね」サムはそこで、この話しあいが始まってから初めて口を開き、みんなの注目を集めた。「社会病質者《ソシオパス》、精神異常者《サイコパス》、専門的にはなんて呼ぶのか知らないが、とにかく、新月の晩の闇に紛れて森にひそんでるたぐいの悪魔だ。そりゃあたしかに、ビーチを散歩するのとはわけが違うさ。そんな相手に立ち向かったんだから、ネルには大きな勇気と、強い信念と、とてつもない力が必要だったはずだ。

だがあくまでもそいつは、彼女がすでに顔を知っている悪魔だった」

「そのとおりだ」正解を答えた生徒をたたえるかのように、マックはサムを指さした。

「リプリーの場合は――」

「リプリーの場合は」リプリー自身がくりかえす。「一度は拒んだ力を受け入れて、心の一部では越えてしまいたいと願っていた一線を保って歩きつづけなければならなかった」

「感情的動揺だ」サムは同意を示した。「それはきみの口調や行動に影響するように、きみのパワーの強弱にも影響を及ぼす。ぼくらが持っている天与の力は、欠点や過ちからぼくらを守ってはくれない。そうした動揺はいわばきみ専用にあつらえられたものであり、ネルの場合も、ネルだけにあつらえられた動揺が強力な武器となって彼女に返ってきたわけだ。それで――」

サムはふいに話すのをやめて、マックを見た。

「いいから、そのまま続けてくれ」マックが手を振って先を促す。「違う視点から話を聞かせてもらうのも大いに役立つ」

「じゃあ、続けるよ。何世紀も前に放たれた力はレミントンを導管として、例の記者に注ぎこまれた。その記者はネルの足跡を追って大陸を西から横断し、シスターズ島までたどり着いたわけだ」

「かなり予習してきたようね」ミアが静かに言う。

「そうとも。がんばったよ。それはともかく、力には力で対抗し、決して向こう側へ踏みだすことなく一線を保ちつづけるのは、もちろん容易なことではない。揺るぎない確信と、思いやりと、強さが必要だからね。だとしてもだ、最終的にリプリーが対決したのは、ネルと同じで、ひとりの男にすぎなかった。彼の内になにが宿っていたにせよ、いちおうは肉も血もある相手だった」

「サムとぼくはたどった道筋こそ違ったが、ぐるっとまわって同じ結論に達したようだね」マックが言った。

「だったら、これ以上遠まわりするのはやめて、ずばっと核心を突いてくれない?」リプリーが文句を言う。

「わかったよ」マックはサムが〝どうぞ〟と手で合図したのを受けて、続きを語りはじめた。「今日ミアに襲いかかってきたやつは、肉も血もなくて、この世の生き物とは違う、示現化したイメージにすぎなかった。そこから推論できることがいくつかある。もしかしたら、もしかしたらだけど、こっちのサークルはまだ破られていないし、敵はすでに二度も倒されているから、もしかするとやつのパワーは衰えているのかもしれない。もう、形あるものを乗っとって操るだけの力はなくて、こちらの目をあざむくのが精いっぱいなのかもしれないんだ」

「あるいは、力を蓄えているとも考えられるな。姿を現すにふさわしい時と場所が訪れるのを待っているのかもしれない」

「ああ」マックはサムの意見にうなずいた。「虎視眈々とチャンスを狙っているのかもな。でもまあ、双方に残された時間は——三百年という時の長さに鑑みれば——それほど長くない。おそらくやつはサークルの力を弱めるために、主としてミアに的をしぼって、次々と攻撃を仕掛けてくるだろうな。そうして力の基盤を揺るがし、弱体化させるわけだ。きみが抱く恐れや疑いを利用し、ちょっとした隙から生じる弱みにつけこんでくるだろう。きみだけにあつらえられた弱みに」ミアに向かってそうつけ足してから、ふたたびサムにうなずきかける。「まさにそういうことだよ。敵はきみを餌食にしようとしてるんだ、三百年前に彼女を餌食にしたのと同じように。彼女の孤独感と喪失感、心から愛し誰よりも必要としていた人々なしで生きていかねばならないという絶望感を利用して」

「そのことならとっくに気づいていたわ」ミアが認めた。「でも、わたしは別に寂しくなんかないし、誰も、なにも失ってはいない。わたしのサークルだって、まだ保たれているもの」

「それはそうだが……ぼくが思うに、サークルはまだ完成したとは言えないんじゃないかな、きみがあと一歩踏みだすまでは」微妙な駆け引きが必要な話なので、マックは時間をかけた。「それまでは、攻撃を受けやすい状態が続くし、プレッシャーも最大なんだ。やつは最初、ネルを手なずけようとして、失敗した。次に、リプリーを誘惑しようとして、失敗した。だから今度は……」

「わたしの死だけを狙ってくるんでしょう?」ミアが冷静に言った。「ええ、わかってるわ。ずっと前からわかっていたの」

帰ろうとするミアを、ネルがつかまえた。

「そんなに心配しないでちょうだい、リトル・シスター」ミアはネルの髪に頬を押しあてた。「どうやって自分を守ればいいかはわかっているから」

「そうよね。ただ、できたらあなたにはここに残ってほしいと思って。ばかみたいに聞こえるでしょうけど、すべてが終わるまではつねに誰かと一緒にいてほしいのよ」

「わたしにはあの崖が必要なの。大丈夫だから。きっと」ミアはネルをもう一度ぎゅっと抱きしめた。「安心して」

それ以上は誰とも深い話をしたくない気分だったので、ほかのみんなが帰ってしまうまで残っていた。しかし、最後にようやく外へ出ると、サムが彼女の車に寄りかかって待っているのが見えた。

「ぼくは歩いてきたんだ。送ってくれないか?」

「ちょっとした散歩にはもってこいの夜よ」

「頼むから乗せていってくれよ、ミア」サムは、軽くやりすごそうとするミアの手首をつかんだ。「きみと少し話したいんだ。ふたりきりで」

「仕方がないわね、あなたには借りがあるもの」

「そうだっけ？」

ミアは車をまわりこんで、運転席に体をすべりこませた。そしてエンジンをかけてから、ようやく口を開いた。「今朝、わたしが海岸沿いの道に残していった跡を、きれいに清めてくれたんですって？」ゆっくりと車をUターンさせながら言う。「そこであなたに出くわしたって、リプリーから聞いたわ。どうもありがとう」

「どういたしまして」

「よかった、お礼を言えて胸がすっきりしたわ。それで、話したいことってなに？」

「きみとマックのことさ。きみたちのあいだにはなにかあるね」

「あらそう？」あえて前方から視線を外して、目をしばたたいてみせる。「わたしがシスターの旦那さまを誘惑して、みだらないけない関係になろうとたくらんでいるとでも？」

「きみが本気でそんなことを考えていたら、彼はとっくに落ちてるだろう」

ミアは笑った。「なんてすてきな褒め言葉かしら、あたってはいないけれど。マックは本当に微笑ましいくらい、奥さんに夢中よ。でも、あなたの勘もひとつはあたってるわ。マックとわたしのあいだには、たしかにちょっとしたつながりがあるのよ。あなたって、雰囲気や感情を読みとるのが昔から得意よね」

「つながりって？」

「遠いいとこ同士なの」

「いとこ？」

「最初のシスターの孫がマカリスター家の男性と結婚したんだけれど、その彼がマックの母方の先祖だったのよ」

「なるほど」サムは狭苦しい車のなかで精いっぱい脚をのばした。「血がつながってたのか。それでいろんなことがわかったよ。彼をひと目見た瞬間、ぼくもなんとなく絆のようなものを感じたんだが、その正体まではわからなかったんだ。同じことをネルにも感じた。もっとも彼女は初めのうち、ぼくを深い落とし穴にはめて閉じこめようと考えていたみたいだけどね。でも、ぼくはきみの友達が気に入ったよ」

「まあ、それはうれしいこと」

「ちゃかさないでくれ、ミア。本気で言ってるんだから」

その言葉に嘘はないのがわかったので、ミアはため息をついた。「疲れたわ。こういうときって、いつもなんだかいらいらさせられてしまうの」

「みんな、きみを心配しているんだよ。今回の件にきみがどう対処するのか」

「わかってるわ。だから申し訳なくって」

「ぼくはそれほど心配してないけど」コテージの前に車がとまると、サムはひと呼吸置いてから言った。「ただの女性であれ、魔女であれ、きみくらい強い人は見たことがないからね。きみは絶対にあきらめない人だからな」

「ええ、あきらめはしないわ。だけど、もう少し自信が持てたらな、とも思うの。とくに、あんなことがあった困難な日にはね。それじゃ、おやすみなさい、サム」

「ちょっと寄っていかないか?」

「やめておくわ」

「おいでよ、ミア」サムはミアの髪に手を差し入れて、うなじを軽くもんだ。「ぼくと一緒にいてくれ」

「本当はわたしも今夜は誰かと一緒にいたいわ。慰めてほしいし、心をなだめてほしいから。やさしくふれられて、奪われたい気分。だから、やっぱりあなたのそばにはいられない」

「どうして?」

「だって、そうしてもわたしは幸せになれないもの。おやすみなさい、サム」

彼はもっと強引に誘うこともできたはずだった。ふたりともそれはわかっていた。

だが、ミアの妖艶さが少し薄れ、その顔に疲れが見えると、彼はそれ以上なにも言えなくなった。

「おやすみ」

サムは車をおり、去っていくミアを見送った。車が崖の上にたどり着き、ミアが無事に家のなかに入るまで、心の目で彼女を見守りつづけた。

8

すべてにおいて戦略がものを言う。ビジネスの世界でも。人間関係においても。ときには、その日一日を乗りきるために。サムは改装の進捗具合を確かめ、工事が予定どおりに進んでいるのを見て満足した。

建物や設計については、ある程度の知識がある。何年も前のことになるが、ローガン・エンタープライズとは縁を切って自分のホテルを建てたいと思っていた時期があるからだ。大学では建築と設計の単位を余分に取得したし、夏休みには建設現場で作業員のひとりとして働いたりもした。

そのおかげで、実用的な知識や基礎的な技術が身につき、肉体労働に対する健全な敬意も育むことができた。

だが、いつかは自分でホテルをつくりたいという夢は、次第に薄れていった。設計図を描いてみたり、頭のなかで想像してみたりするたびに、結局はマジック・インと似たり寄ったりのものになってしまうからだ。

すでにある建物と同じものをつくっても仕方がない。

要するに自分はあのマジック・インが欲しいのだと気づいてからは、忍耐と慎重さと周到な戦略をもって立ちまわるだけでよかった。自分が狙っているのは家族が有する資産のうちでマジック・インだけであることを、父親に悟られないようにするのがなにより肝心だった。

もちろんゆくゆくはすべて自分が相続することになるだろうが、今の段階であのサディアス・ローガンに、マジック・インは息子にとっての聖杯のようなものだと知られてしまったら、ホテルは手の届きにくいところへ追いやられてしまい、一族が経営している別の業種の企業にももっと興味を示せと圧力をかけられるだろう。

父親が生きている限り、息子がなによりも手に入れたがっているニンジンは、とても長くてとげだらけの棒の先に吊されてしまう。あの父ならそうする、とサムにはわかっていた。父はほうびをくれるような人ではない、むしろお預けをするタイプだ。成果を求めるばかりで、愛情など示す必要はないという哲学の持ち主だ。

だからといってサムは、枝にとまってひそかに獲物を狙っている猛禽類のように、父親が死ぬのをただじっと待つ気はなかった。欲しいものは正々堂々と手に入れる努力をするしかない。

それでも六年ほどのあいだは、ホテルへの興味を周囲に隠しとおした。地道に働き、学びながら、少しでも開拓の余地があれば自分なりのアイディアを実行して、ローガン・エンタープライゼズになにがしかの利益をもたらした。

ようやく父に一目置かれるようになっても、さらに我慢を重ねて機が熟すのを待ち、やがて最高のタイミングでホテルを買いとりたいという話を切りだした。

代々ローガン家の人々は、〝ただで手に入るものはない〟という格言をかたくなに信じて暮らしてきた――なんの努力もなしに手に入るのは信託財産くらいのものだ。だからサムは、父親が所有していたホテルの株を適正な市場価格で買いとった。ずっと欲しかったものが手に入るのだから、いくらかかろうと気にならなかった。

ミアをとりかえすためのコストも気にしないつもりだ。

辛抱強くことを運ぶつもりだった――合理的な範囲で。もちろん、抜け目なくふるまうつもりでもいる。それでもなお、どういう戦略で攻めればいいかが、まだくっきりと見えてこない。その点はいやでも認めざるを得なかった。

直接的なアプローチ――愛する人よ、今戻ったよ！――はうまくいかなかった。今となっては、なぜそんな方法でうまくいくと思いこむほど浅はかだったのか、自分でもわからない。キスで仲直りするという作戦も、あまり効果はなかった。会うたびに極端なくらい冷たくあしらわれるわけではないが、かといって彼女の態度を軟化させることもできなかった。

ミアの安全を、サムは願っていた。島の安泰も願っていた。そしてなにより、ミアをとり戻したいと願っていた。

三つの願いがすべて叶うことはないかもしれないという思いが、サムのなかで揺れていた。だが、三百年前に始まった惨劇に無事決着をつけられるか否かは、自分たちふたりにかかっている。それは紛れもない事実であり、決して無視できないことだった。

トッド家にみんなが集まった晩、マックは彼なりの仮説については言及しなかった。だが、おそらく彼はその仮説について、ミアと個人的に話をした――あるいは、しようと思っている――はずだ。その結果ミアは、ぼくを拒む、という答えを出すのかもしれない。それが〝唯一の〟答えなのかもしれない。

しかし、闘わずして従うなんて、ぼくの性には合わない。

だからこそ……戦略を考えなければ。サムはそう思いながら、改装中のスイートルームをのぞいた。淡い緑色のモアレ・シルクの壁紙が貼られ、木材はオークの自然な木目が見えるまでやすりがかけられ、金色がかったニスが塗られている。

考えに耽りながらベッドルームを抜けて、隣の部屋へ続く戸口へと歩いた。元はふたつめのベッドルームだった部屋はつぶされ、今ではそこが広々としたバスルームとメイン・クローゼットになっている。設備類はまだ入っていないが、ゆったりしたジェットバスと、マルチヘッドのシャワー・ユニット、それを囲む波ガラスや、リボンのようにゆるやかな曲線を描くカウンターは、彼自ら選んだ。

インテリアは暖色系でまとめ、磨きこまれた大理石と銅をふんだんにあしらってある。高級な化粧品類はすべて昔風の小さな薬瓶に入れて並べるつもりだ。

伝統と、快適さと、効率のブレンド。

いかにもミアが喜んでくれそうなとりあわせではないか。ビジネス、安定した利益、とびきりのサービス。

彼はひとりで微笑みながら、ポケットから携帯電話をとりだした。だが、すぐにそれをポケットに戻した。仕事の話を切りだすのに、個人的な電話を使うのはふさわしくない。

サムはオフィスへ戻り、ミズ・デヴリンに電話をつなぐよう、秘書に指示した。

ミアは困惑していた。よく知っているはずだった少年は今や、突然予期せぬ行動に出てくる謎だらけの男性になっていた。ビジネス・ディナー、ですって？　彼女はいぶかりながら電話を切った。いつでもこちらの都合のいいときに？　置いたばかりの受話器を見つめて、眉をひそめる。彼は本気のようだった。口調も至極冷静で、いかにもビジネスマンらしかった。

お互いの商売の利益になる企画について、ホテルで夕食をとりながらじっくり話しあいたい、だなんて。

彼はいったいなにを考えているのだろう?

純粋な好奇心から、いったんは会うことを了承してしまったが、今夜はあいにく都合が悪いと答えるだけの世知をミアは持ちあわせていた。そして、明日の晩ならなんとかスケジュールを調整して都合をつけられる、ともったいぶって返事をした。

会う前になにか準備をしておく必要はないか、確かめる時間を持っても損はない。

ミアは棚から水晶玉をとりだして、デスクの真ん中に置いた。

水晶玉のまわりに両手をかざし、精神を集中させて力を集めた。水晶玉が徐々にあたたかくなっていく。やがてそのなかで霧がうごめきだし、球体の奥深くからわいてくるように光が現れた。

霧のなかに像が結ばれ、彼女の目に映る。

まだ若かった——とても若かった——ころの自分が洞窟に裸で横たわり、サムの腕に包まれているのが見えた。

「昨日ではなく明日を」ミアはささやいた。「過去の雲を消し去り、未来を明らかに見せたまえ」

するとこ今度は、夏の青々とした彼女の庭が白く明るい月に照らされているのが見えた。水晶玉をのぞきこんでいるだけで、木立瑠璃草《ヘリオトロープ》の甘いバニラの香りや撫子《ダイアンサス》のすがすがしい香りが部屋のなかまで漂ってくる。水晶玉のなかの彼女が着ている、流れるように裾の長いドレスは、月光に映えて白く輝いていた。

彼女と一緒に花の海に立つサムが、片手を宙に突きだしている。そのてのひらには星が乗っていて、色づいた光のかけらが脈打っていた。

彼が微笑みながらその光の破片を高く投げあげると、光と色のシャワーがふたりの頭上に降り注いできた。あとからあとから流れ落ちてくる色とりどりの光を見つめながら、ミアは水晶玉のなかの女性が感じたのと同じスリルと喜びを感じた。

それはまるで歌のように、ミア自身の心に広がっていった。

それから一瞬にして場面が転じると、彼女は荒れ狂う嵐のなか、ひとりで崖に立っていた。燃える矢のような稲妻が何本もまわりの地面に突き刺さる。彼女の島は悪臭漂う霧に覆われていた。その光景のおぞましさは、静かなオフィスに立っているミアにも届き、骨まで凍てつかせた。

闇のなかから黒い狼が飛びだしてきた。彼女とともに荒れ狂う海へと落ちながらも、まだその喉もとに食らいつこうとして、顎をがちがち鳴らしていた。

「もう充分だわ」ミアが水晶玉の上で片手をさっと動かすと、それはただの美しい透明な玉に戻った。

ミアは水晶玉を棚に戻して、腰をおろした。両手は震えてはおらず、呼吸も乱れていない。この先起こりうることを水晶玉で見れば自分の死を見ることになるかもしれないと、前々からわかってはいた。もっと悪ければ、愛する者たちの死を。

それこそが、こうしたパワーを持つ者が支払わねばならない代償だった。魔術自体が血を求めるわけではないけれど、ときにはそれが心臓をしぼりあげて、ひどいあざをつくることもある。

果たしてわたしはどちらの結末を迎えるのかしら？　愛か、死か。あるいは、どちらかを選ぶともう一方もついてくるのだろうか？

そのうちにわかるだろう。三十年も魔女として生きてきた割には、学ぶべきことがまだまだ多すぎるわ。ミアはそう思いながらコンピューターに向かい、その日の仕事を再開した。けれど、ひとつだけわかっていることがある。わたしはすべてを守り敬うために、喜びも悲しみもそのまま受けとめて、自分にできる精いっぱいのことをしてきた。それでもなお、最後には、運命を甘んじて受け入れるしかないのだ、と。

「あら、デートじゃないって言ってなかった？」

ミアはイヤリングを片方の耳にしっかりはめた。「デートじゃないわ。ビジネス・

ディナーよ」

ルルはふんと鼻を鳴らした。聞こえよがしに。「ただのビジネス・ディナーだったら、どうしてそんな短いドレスを着ていくの？」

ミアはもう片方のイヤリングを手にとり、しばらく指先でもてあそんでいた。「だって、このドレスが好きなんですもの」

家へ戻る手間を惜しんで着替えを店まで持ってきたのは間違いだったと、今さらながら気づいた。でも、このほうが時間と労力の節約になる。だいいち、この短い――とても短い――黒のドレスのどこにも悪いところはない。

「女がそういうドレスを着たがるのって、服の下はどうなっているんだろうと男に想像させたいからよね」

ミアは動じず、まつげをひらめかせた。「そうかしら？」

「そういう生意気な口を利くのはやめなさい。わけのわからないことばかり言ってると、ぴしっとお仕置きするわよ」

「ルゥ、わたしはいつまでも十歳の子供じゃないのよ」

「わたしに言わせれば、今のあなたは十歳のころのあなたよりも愚かだわ」

あてつけがましく長いため息をついてみせても効果はないだろう。ここで〝あなたの意見を尋ねた覚えはない〟などと言えば、口論になるだけだ。とはいえ、しかめっ面をしてバスルームまでついてきたルルを無視するわけにもいかないので、別の角度から攻めることにした。

ミアはルルに向きなおった。「宿題も終わったし、部屋の掃除もしました。だから、お外へ遊びに行ってもいいでしょう？」

ルルは口もとをゆるませかけたが、すぐにきりっと一文字に戻した。「そう言えば、お部屋を掃除しなさいって、あなたにがみがみ言ったことはなかったわね。子供のくせにやけにきちんとしていたから、かえって心配だったくらいよ」

「だったら、今日のことだってそんなにがみがみ言わなくてもいいでしょう。サム・ローガンのあしらい方くらい、心得ているもの」

「そうやってぴったりしたドレスに無理やり体を押しこんで、胸を半分放りだしていくのが、彼のうまいあしらい方だって言うの？」

ミアは自分を見おろした。形のいい胸が品よく並んでいるようにしか見えない。腿の真ん中あたりまであらわになっている脚も、決して下品ではなく、優雅ささえ感じさせる。「ええ、そのとおりよ」

「下着はつけているんでしょうね？」

「もう、いいかげんにして」ミアはハンガーから黒いジャケットをつかんだ。

「こっちは質問してるのよ」

どうにかいらだちをこらえようとしながら、ミアはジャケットを羽織った。その裾がスカートの裾から一インチくらい上のところに落ちついて、セクシーなミニドレスがセクシーなスーツに変わる。「元フラワー・チャイルドの口から飛びだしたにしては、妙な質問ね。あなたのほうこそ、一九六三年から一九七二年ぐらいまでのあいだ、下着なんか一枚も持っていなかったんじゃないの？」

「おあいにくさま。特別なとき用に、しぼり染めのとてもかわいいパンティーを持ってたわ」

やれやれ。ミアは椅子に寄りかかって、くすくす笑った。「いやだわ、ルゥ。想像しちゃうじゃない。しぼり染めのパンティーをはくのにふさわしい特別なときって、いったいどういうときなの？」

「話をそらさないで、わたしの質問に答えなさい」

「そんなに特別なものじゃないけれど、下着はつけているわよ――いちおうね。だから、どこかで事故に遭ったとしても、心配ないわ」

「事故のことなんか心配してないわ。わたしが心配してるのは、誰かさんの故意のほうよ」

ミアは立ちあがって腰をかがめ、ルルの人懐こい顔を両手で包みこんだ。結局のところ、いらだちを無理やりこらえる必要などなかった。愛を思いだすだけでよかった。

「その点はまったく心配しなくていいわ。約束する」

「わたしの仕事は心配することなのよ」ルルがつぶやく。

「だったら、今日は仕事を休んでちょうだい。すてきなディナーを堪能しつつ、サムが考えているビジネスとやらの話を聞いて、ついでに彼をわたしに夢中にさせることを楽しんでくるだけだから」

「あなただって、まだ彼に未練があるんでしょ」

「未練なんかないわ。一度は彼を愛したけれど」

ルルががっくりと肩を落とす。「ああ、ハニー」片手をあげて、ミアの髪を撫でつけた。「彼がずっとニューヨークにいてくれればよかったのにね」

「それは言っても仕方がないわ。正直言うと、今わたしが感じているものが、あのころの気持ちの名残なのか、それとも今だからこそなのか、これまでの年月がそう感じさせるのか、自分でもよくわからないのよ。だから、はっきりと答えを見つけるべきでしょう?」

「あなたなら、そうせずにはいられないでしょうね。でもその前に、とりあえず彼に仕返ししてやればいいのに、と思うわ」

ミアは鏡のほうを向いて、真珠のペンダントが胸の谷間にちょうど垂れさがる、ハンマー仕上げの金のネックレスをつけた。「もしこのドレスが彼への仕返しにならなかったら、なにが仕返しになるかわからないわ」

ルルは口の端をわずかに持ちあげ、首を傾げた。「やっぱりあなたは、そんなにおばかさんでもなさそうね」

「最高のお手本を見て学んできたんですもの」ミアは真っ赤な口紅を引き、頭を振ってふんわりした髪を後ろにやってから、振り向いた。「どう、これでいいかしら?」

「まるで人食い女みたい」

「完璧だわ」

タイミングも完璧だわ、とミアは思った。彼女は七時きっかりに、マジック・インのロビーに到着した。フロントの若い従業員がこちらを見てぎょろりと目をむき、手にしていた書類の束をとり落とす。ミアはすっかり気をよくして彼に悩殺スマイルを送り、〝魔術《ソーサリー》〟という名のメイン・ダイニングルームへ入っていった。

あたりをさっと眺めまわして、その変わりように驚き、しばらく呆然としてしまった。サムの熱心な仕事ぶりがよくわかり、不本意ながらも惹きつけられるような誇りを感じた。

ごくありふれていた白いテーブルクロスは深みのある濃紺のものに変わり、その上に載っている月のように明るい皿を引き立てていた。透明なガラスの花瓶はとり去られ、真鍮と銅のポットに活けられた奔放な白百合があでやかさと香りを振り撒いている。クリスタルの食器類は、どこか中世を思わせるような、どっしりと持ち重りのするものが並んでいる。

すべてのテーブルの中央に、ミニチュアサイズの銅の大釜が飾られていた。釜のあちこちにくり抜かれた星と三日月から、揺らめくキャンドルの明かりがちらちらもれている。

ミアの覚えている限りでは、このダイニングがその名にちなんだ飾りつけを施されたのはこれが初めてだ。彼女は感銘を受け、この変貌ぶりを褒めたたえたい気持ちで、ダイニングに足を踏み入れた。その瞬間、激しく心を揺さぶられた。

壁に、等身大の三人の女性の絵がかかっている。森と夜空を背景にした三姉妹が、華麗なアンティーク・ゴールドの額縁からミアを見おろしていた。三人とも白いローブをまとっていて、そのローブのひだや髪は、見えない風に吹かれて揺れている。ネルのブルーの瞳と、リプリーのグリーンの瞳が見えた。もちろん、自分自身の顔もある。

「気に入ったかい?」後ろでサムの声がした。

ミアは澄んだ声を出せるよう、ごくりとつばをのみこんだ。「圧倒されそうよ」

「一年近く前に発注してあったものなんだ。今日到着したばかりさ」

「よく描けているわ。モデルは……」

「モデルは使ってないよ。ぼくの説明を聞いて、画家が描いたんだ。ぼくが夢で見た光景をね」

「へえ」ミアはサムに向きなおった。「男性だか女性だか知らないけれど、その画家はとても才能がある人なのね」

「女性だよ。ソーホーに住んでいる魔法画家でね。こちらの意図をよくくみとってくれて……」サムはポートレートからミアへと視線を移した。そのとたん、頭のなかにあったあらゆる思いが、純粋で原始的な欲望にかき消されてしまう。「ああ、今日のきみはなんてきれいなんだ」

「ありがとう。あなたが手がけたレストランの改装、とても気に入ったわ」

「まだ始めたばかりだよ」彼女の腕をとろうとして、サムは自分のてのひらが汗ばんでいることに気づいた。「新しい照明も設計させているところだ。真鍮を使ったランタンふうのものにしたくてね。それに——おっと、ぼくが一方的に計画をしゃべるばかりできみを退屈させてはいけないから、とりあえず座ろうか」

「退屈するなんて、とんでもない」ミアはそう答えたが、導かれるままにひっそりした角のブースまで行ってみると、テーブルにはすでに冷えたシャンパンのボトルが用意されていた。

ミアは座席にすべりこみ、わざとジャケットを脱いだ。サムの目がうっとりするのが見てとれたが、彼の名誉のために言い添えておくと、視線はほとんど顔からそれなかった。

「この席、あたたかいわね」ミアはそう言って、シャンパンを注いでくれているウエイターに軽く会釈した。「なにに乾杯する？」

サムは座ってグラスをとった。「その質問に答える前に、ひとつ訊きたいことがある。ぼくを殺す気かい？」

「いいえ。ただ、仕返ししたいだけよ」

「じゃあ、狙いはまんまとあたったね。ぼくの手をこんなに汗ばませた女性はこれまでいなかったよ、昔のきみを除いて。さてと、どうやって頭に血を戻そうかな」彼女が笑うと、サムはグラスをかちんと鳴らして乾杯の辞を述べた。「では、共通のビジネスのために」

「そんなもの、あったかしら？」

「そのための食事だよ。まず、料理について説明しておこう。注文はぼくが前もってすませておいた。きみの好みは覚えていると思うんでね。それでもお口に合わなかったら、メニューを持ってこさせるよ」

なめらかだわ、とミアは思った。とてもなめらかだ。この人はいつのまにか、危険な刃を研ぎ澄まして美しく見せる方法を会得していたらしい。もっとも、自分にとって都合がいいときだけ、だけれど。

「なにが出てくるかわからないというのも、楽しそうでいいわね」ミアは座席の背にもたれて、ダイニングルームを眺めまわした。「ビジネスはなかなか順調そうじゃないの」

「まあね。だが、もっと繁盛させたいと思ってるんだ。一階の改装はあと二週間ほどで終わる。新しいプレジデント・スイートは、すばらしい部屋になりそうだよ」

「聞いたわ。ここの改装を請け負っている業者に、うちも仕事を頼んだから」

「らしいね。そっちの拡張工事はいつからなんだい?」

「もうすぐよ」ミアは、ウエイターが黙って皿に並べていったさまざまな前菜に目を落とした。ロブスター・パテをひとかけつまむ。「お客さまにはなるべく迷惑をかけたくないと思っているの。それでも、作業が本格化したら、ランチのお客さまはホテルに持っていかれそうだわ」そこまで言って、少し間を置いた。「一時的には」

「きみの店の発展が、ぼくのところにも利益をもたらしてくれるわけだ。それはお互いさまだけど」

「同感よ」

「だったら、もっと協力しあわないか? ぼくはうちの高級スイートルームに、地元関連の本や現在のベストセラーなんかをとり揃えて置いておくようにしたいと考えているんだ。名刺かしおりを挟んでおけば、きみの店の宣伝にもなるだろう？」

「ほかには？」もっと強い魅力が欲しい。

「きみの店は、日帰りで島へ観光に来るお客さんもけっこう寄っていくよね？　だから、ここでもまた地元への興味を利用して、きみの選んだ特別な一冊——たとえば島の歴史が書かれた本とか——を買ったお客さんは、ホテルの週末無料宿泊クーポンがあたる抽選に参加できるようにしておくんだよ。名前と住所を応募用紙に記入しておいてもらって、シーズン中は月に一度くじを引く、そして誰かが幸運を得る」

「そうやって集めたお客さまの情報は、どちらもメーリング・リストとして利用できる、というわけね」

サムはシャンパンのグラスに口をつけた。「きっと理解してくれると思っていたよ。きみは本をたくさん売れるし、うちのホテルも泊まり客を増やせて、お互いに顧客のデータベースを充実させることができる」繊細に盛りつけられた蟹のパイ包み焼きを選びながら話しつづける。「休暇の際はホテルに泊まってもらい、ビーチで読書を楽しんでもらう。ビジネス客向けにも似たようなキャンペーンが可能だ。ぼくは今、大きな会議を呼びこもうと努力してるんだけどね。それが実現したら、ウェルカム・パッケージにカフェ・ブックの割引クーポンをつけたいんだ。そうすれば、通りの斜向かいのきみのところへも客が流れる」

「その人たちにも応募用紙に記入してもらって、週末の休暇にまたホテルへ足を運んでもらうのね」

「ご名答だ」

ミアが考えているところへ、新鮮なグリーン・サラダが運ばれてきた。「お互い、コストはそれほど気にしなくてすむでしょうし。ペーパーワークが少し増えるだけだもの。簡単だわ。あまりにも簡単すぎて、わざわざビジネス・ディナーをとりながら話しあうようなことじゃないくらい」

「話はまだ終わってないよ。きみの店は基本的に、著者関係のイベントをほとんどやってないだろう？」

「年に一度か二度、地元関連の本の作家を招くことはあるけれど」ミアは肩をすくめた。「シスターズ島とカフェ・ブックは、作家が国じゅうをめぐって講演会やサイン会を行うブック・ツアーには、めったに組みこまれないもの。出版社はニューイングランド沖に浮かぶ小さな島々にまで作家を送りこまないし、作家のほうだって、わざわざ自腹を切ってまで仕事をしに来てくれる人はほとんどいないわ」

「それをぼくらが変えるんだよ」

その言葉がようやくミアの関心を引いた。彼女はサムがバターを塗ってくれたパンを受けとった。席に着いてからずっと、彼がこうして料理を少しずつ勧めてくれていることには、まったく気づいていなかった。「そんなことできるの？」

「ニューヨークにいるあいだに、いろんな人に渡りをつけておいたんだ。実際にスリー・シスターズ島まで足を運んでくれる作家を確保するには、まだまだ努力が必要だけど、そうしたツアーをとり仕切る立場の人間をどうにか説得できそうなところまで来てはいる。時間とお金をかけてでも作家を送りこむだけの価値はあると思ってもらえるようにね。なんと言っても当マジック・インは、最高級の宿泊施設と法人向けの特別割引を用意するつもりでいるから。おまけに、イベント会場となる趣のある本屋は通りのすぐ向かい側にあるから、移動にも便利だ。そういうわけで、きみに考えてもらうのは、カフェ・ブックがどのように作家をもてなし、どのように客を呼びこんで本を売るか、の案をつめることだけだ。とにかく一回やってみてうまくいけば、あとは次々と作家がフェリーに乗りこんでくれるよ」

ミアはそのすばらしい企画に興奮して今すぐ飛びつきたい気になったが、いちおう別の角度からも考えてみた。「年に数回、法人割引つきでホテルを満杯にするだけじゃ、あなたのところはたいして儲からないんじゃない？」

「まあ、隣人を助けたいという意味あいのほうが強いかな。どちらかと言えばね」

「だとしたら、あなたの隣人は用心深くて世間ずれもしていることを、心にとめておくべきよ」

「いや、彼女はぼくが知っている女性のなかで、誰よりも美しい人だよ」

「ありがとう。それで、具体的にこの企画のどこがホテルにとっていいの？」

「わかった、お愛想はここまでにしておこう」サムはミアに顔を寄せた。「大勢の作家と本を抱えて宣伝をしたがっている出版社は、この世にごまんとある。それがひとつ。ふたつめは、出版社は定期的に大規模なセールス会議を開くということ。もしも今回、ひとりの作家のサイン会を成功させて、そこの出版社の興味を引くことができれば、大きな会議を誘致できる可能性が増してくる。それがいったんうまくいけば、あとからあとから仕事が入ってくるというわけさ」彼は水のグラスをとった。「きみのほうも同じことだよ。今度の作家のイベントをうまく成功させられればね」

「サイン会のやり方なら心得ているわ」ミアはすでに細かなことをあれこれと考えはじめていたので、料理についてはなにも考えずに口へ運んでいた。「そうね、初回は、七月か八月、九月でもいいけれど、それだけの準備期間があれば、お客さまは充分に集められるわ。小説か、ミステリー、ロマンス、もしくはスリラーの作家なら、イベント当日に少なくとも百冊は売れるし、翌週にも五十冊くらいは売れると思う」

「その線で、企画書を書いてくれないか？」

「明日の仕事が終わる時間までに届けておくわ」

「いいね」サムはサラダを食べた。「ジョン・グリシャムなんてどうかな?」

ミアは愉快な気分になり、彼との会話も楽しみながら、ふたたびグラスをとりあげた。「からかわないでちょうだい。グリシャムはツアーなんてやらないし、彼の本は毎年二月に刊行されるのよ、夏じゃないわ。それに、いくらあなただって、グリシャムとなんか面識ないでしょう?」

「ちょっときみを試しただけさ。じゃあ、キャロライン・トランプはどう?」

ミアは唇をとがらせた。「すばらしい作家よね。わたしも、処女作とそれに続く二冊は読んでるわ。どれも読み応えのあるロマンティック・スリラーだった。出版社も強力にプッシュしていて、この夏にはハードカバーに格上げしようとしているらしいじゃない。たしか、七月の出版よ」サムの顔を見ながら考える。「まさか、キャロライン・トランプを呼んでくれるの?」

「企画書を書いてくれ」

ミアは席に深く座りなおした。「わたし、あなたを見くびっていたみたい。とにかくわたしをここへ連れだしたい一心で、仕事を出しにしただけだと思っていたの。でも今のところ、誘惑してくるそぶりは見えないわね、心のなかでなにをたくらんでいるかは別にして」

「なんのたくらみもなく、ただきみをここに誘いだすわけないじゃないか」サムは指先で彼女の手の甲に軽くふれた。「たとえ、きみを一時間見つめるだけで終わるとしてもね」

「それに、話をしているあいだに……」ミアは続けた。「上の階にはいくつも空いている部屋があることを匂わせてくるかと思っていたわ。せっかくだから空き部屋を利用しないか、って誘ってくるんだとばかりね」

「ぼくだって考えたよ」サムは、彼女にコテージまで送ってもらったとき、車をおりる前に交わした会話を思いだした。「でも、それじゃあきみは喜ばないだろう」

一瞬ミアは言葉につまった。「ああ、それが真心から出た言葉なのか、それともただ如才ないだけなのか、はっきり知る方法があればいいんだけれど」

「ミア――」

「やめて。ふたりのあいだになにがあるのか、わたしにはわからないの。見えないのよ、見ようとしてはみたんだけれど。でも、不思議よね。次はどうなるかさえわかっていたら、わたしたちは大丈夫だって信じこむことができるなんて。本当はそんなのあてにならないのに」

「そうだね。ぼくにもこの先どうなるかは見えないよ」ミアが目を向けると、サムは今にもため息をつきそうな顔をしていた。「いつも現在のことで精いっぱいだから、未来はどうなるかを予知するのはきみほど得意じゃないけど、いちおう努力はしてみたんだけどさ」

ミアは三姉妹の絵を見あげた。「絶対に変わらないのは過去のことだけよ。わたしは彼女たちが命をなげうって守ろうとしたものを、みすみす破壊させるようなまねだけはしないと約束するわ。ここはわたしの故郷だもの。わたしにとって大切なものは、全部この島にある。わたしはあなたがこの島を去ったときより強くなっていると思うし、すべてが終わるころには今よりもっと強くなっているはずよ。それだけはわかっているの」

「ぼくと一緒にいたら、力が弱くなってしまうと思うのかい?」

「そう思っていたら、今ここには座っていないわ」メイン・ディッシュが運ばれてきて、彼女の唇が微笑の曲線を描いた。「実を言うとね、わたしはあなたとベッドをともにするつもりだったのよ」

「なんだって?」サムが拳で胸を叩く。「救急車を呼んでくれ」

ミアは親しみのこもった低い声で笑った。「すべてが終わってしまう前に、いずれはそうなるんじゃないかと思っているの。でも、ようやくこんなふうに腹を割って話しあえる仲になれたから、本心を率直に打ち明けるけれど、まずはあなたに苦しんでもらいたいわ」

「もう充分に苦しんでるさ、信じてくれ」サムは気持ちをこめて言い、グラスに手をのばした。「レストラン従業員の前でとり乱して権威を失墜してしまわないうちに、話題をビジネスに戻そう」

「いいわ、ホテルの改善計画について、もっと詳しく聞かせてちょうだい」

「ぼくはここをこだわりのホテルにしたい。ここに滞在する人たちには、ここでしか味わえない贅沢を経験してほしいんだ。数年前に半年ほどかけてヨーロッパのあちこちをまわり、小規模なホテルを実際にこの目で調べ歩いたんだけどね。サービスのよさがなにより大切なのは当然として、そのうえで、細部へのこだわりがものを言うんだよ。色の統一感に始まって、シーツの糸番に至るまでね。ベッドに寝たまま電話がとれるかどうか、夜中の二時にサンドイッチを頼めるかどうか、ネクタイについた染みを午後の会議に間に合うように落としてくれるかどうか、といった具合に」

「タオルの厚さや、マットレスの堅さも重要だわ」ミアは言い添えた。

「そういうことさ。ビジネス客にとっては、部屋にファックスが備えつけられているかどうか、インターネットにアクセスできるかどうかが大事だ。新婚旅行のカップルには、お祝いのシャンパンと薔薇。客の名前を覚えていて、きちんと挨拶のできる気の利いたスタッフ。新鮮な花、洗い立てのリネン類、みずみずしい果物。高級スイート用に部屋づきの執事《メートル・デタージュ》を雇うことも検討している」

「まあ、まあ」

「それからね、すべてのお客さまになにがしかのウェルカム・サービスを部屋まで届けさせるつもりでいるんだ。部屋の料金によって内容は変わるけど、フルーツの盛りあわせとスパークリング・ウォーターから、キャビアとシャンパンまでね。もちろん全室に手を加えて、それぞれの部屋を個性的でユニークなものにする。部屋にもひとつひとつ名前をつけて、ローズ・ルームのお客さまとか、トリニティー・スイートのお客さまとか呼べるようにするんだ」

「すてきだわ。ぐっと親近感がわくようになるわね」

「それこそが狙いさ。さらに、今あるデータバンクをもっと積極的に活用して、リピート客に対してきめ細やかなサービスを心がける。常連さんにはできるだけ好みの部屋を使ってもらえるようにね。アメニティー類も彼らの好みに合わせてレベルアップしていき、そのファイルをつくっていくんだ。ヘルス・クラブのほうも……」そこでサムの言葉がとぎれた。「なにかおかしいかい？」

「別に」ミアは微笑まずにいられなかった。「続けて」

「もういいよ」サムも少し笑った。「ひとりでまくしたてすぎたようだね」

「あなたにはやりたいことがあって、どうすれば実現できるかもよくわかっているみたいね。そういうのって、とても魅力的よ」

「ここまで来るにはずいぶん時間がかかったよ。きみには昔からわかっていたんだろうけど」

「かもしれないわ。でも、やりたいことや目的は変わるから」

「ときには、まわりまわってまた元に戻ることもある」

サムが手を重ねてきたが、彼女はそっと引き抜いた。「ときには、どうしようもなく変わってしまうこともあるわ」


ミアをレストランから見送ったのち、サムは仕事に戻った。だが集中できなかった。家に帰ってみても、落ちつかなかった。

彼女とともに時を過ごすのは、拷問でもあり楽しみでもある。彼女がふとなにかに興味を引かれた表情を浮かべると、自分に対して完全に心を閉ざしているようには見えず、ただただ惹きつけられてしまう。

ミアを求める強い思いは、血管に直接注ぎこまれたドラッグのように、彼の心を激しく駆り立てた。

サムは服を着替えたのち、暗い森へと分け入っていった。そして迷わず、例のサークルへ向かった。ミアの魔法が立ちのぼってネルとリプリーの魔法とひとつに溶けあったときの名残が今も感じられる、あのサークルだ。

覚悟してサークルの中心に立ち、三人の力と自分自身の力を水のように浴びた。

「わが力、汝らの力に加える。力をひとつに集めて、結束を永らえさせたまえ」光が生まれて、太陽のごとき強烈な明るさを放ちながら、サークルのまわりに広がっていく。「汝の心を勝ちとらんがために、われは炎に立ち向かい、あらゆる運命に立ち向かう。大地と風によりて、火と水によりて、われ、姉妹たちの娘のかたわらに立つ。されどわれは、彼女が自らわれのもとを訪れるのを待つ、ふたりで運命を決するために」

そこで深呼吸して、両腕を広げた。

「今宵、月明かりが流れるあいだ、彼女が夢のなかで安全であるように。われここに立ちて、痛みと影に巣食う者に呼びかけん。汝、われが三人の姉妹たちに加わったことを知り、わが前に姿を現したまえ」

大地が揺れて風がうなりはじめる。だがサークルを囲む炎は、夜空に向かってまっすぐ燃えあがっていた。

やがてサークルの外側の地面が暗い靄に覆われ、鼻先に五芒星《ペンタグラム》の傷がある狼の形になった。

そうとも、互いに理解を深めようじゃないか。

「彼女の命を狙う者に対し、この環のなかでわれは誓う。わが内に宿るすべての力をもちて、汝の手から彼女を解き放たん。正邪善悪にかかわらず、あらゆる手を用いて、われは汝を塵となす」

うなりながらサークルのまわりをうろつく狼をサムは見つめた。

「ぼくがおまえを恐れているとでも思っているのか？　おまえなんて、悪臭漂う、ただの煙にすぎないじゃないか」

サムが手を振ると、サークルを囲んでいる光の壁が低くなった。彼はあえて守りの壁の外へと足を踏みだした。

「力には力を」サムがそう唱えると、サークルの外の空気がたちまち薄汚くよどみ、渦を巻いた。

やがて煙はふたたび狼の形になり、隆々とした筋肉が見えた。狼がこちらの喉もと目がけて跳びかかってくる。その重さに衝撃を受けると同時に、鋭い爪がくいこんで、肩に激しい痛みが走った。

肉体と魔法の力で狼をなんとか振り落とし、ベルトから儀式用のナイフをとりだした。「さあ、決着をつけよう」サムは歯を噛みしめて言った。

ふたたび狼が跳びついてきた瞬間、彼はナイフを宙に突きだしたまま、くるりと回転して、相手の体を切り裂いた。

雄叫びというより、悲鳴に近い声があがる。どす黒い血が地面にぽたぽたと落ち、高温の油のようにじゅっと音を立てた。それを合図に、狼と靄は跡形もなく消え失せた。

サムは地面に残った跡をじっと見つめ、ナイフの黒ずんだ刃先を見た。そして無意識のうちに、シャツが破れ肉が裂けた肩へと手をやった。

つまり、お互いに血を流したわけだ。だが、悲鳴をあげて逃げていったのはやつのほうだけだ。「第一ラウンドはぼくの勝ちだな」そうつぶやいてから、サムは地面を清める準備にかかった。

9

翌朝の十時には、ミアはすでにイベントの企画書の仕上げにかかっていた。ゆうべは欲望をかきたてられて気分がもやもやしていたので、それを発散させたくて帰宅後すぐプロジェクトにとりかかり、真夜中まで没頭した。

そのあと新しい仕事の成功を願い、ざっと書きあげた書類の上にジンジャーとマリーゴールドを散らした。まつわりつく欲望を静めてぐっすり眠れるように、枕の下にはローズマリーを忍ばせた。

注意を要する作業に焦点を合わせてエネルギーを集中させるのは、昔から得意だった。サムを思って嘆き悲しむだけの時期を乗り越えてからは、そうした意志の強さが彼女を駆り立て、大学からビジネスの世界へ、実社会へと向かわせた。

島を覆う守りの網が年々薄くなっていることははっきり気づいていたものの、ミアは強い意志の力でとにかく前へ進み、実利的でなおかつ楽しみも得られる仕事に精を出してきた。

それほど強い意志を持っていても、夢は見てしまう。サムの夢、その昔サムと一緒にいたころの夢を。今、サムと一緒にいる夢を。体がうずいてどうしようもなくなり、シーツにくるまれて身もだえするほどだった。

さらにミアは、印のついた狼が森のなかをうろつきまわる夢を見た。崖の縁で遠吠えする狼の夢。そのなかで一度だけ、狼が痛みと怒りで悲鳴をあげるのを聞いた。彼女は眠りながら、呪文のようにサムの名前を唱えつづけた。

そしていつしか深い眠りに落ち、完璧な一日を予感させるまばゆい朝陽とともに目覚めた。

空が赤と金色の入りまじった朝焼けに染まるなか、ミアはまず花の世話をした。庭に美しさをもたらしてくれる元素《エレメント》のひとつひとつに、そして、天からこの身に与えられた魔法の力に、敬意を表した。

そののち、金運と幸運を願ってミント・ティーを淹れ、崖へ持っていって飲んだ。眼下の海は荒れ、波が岩に激しくあたっては砕けていた。

ここに立つと、ほかのどの場所よりも先祖に近づけるような気がする。同時に、鉄のごとき強さと苦々しく張り裂けるような孤独を、いつでも感じることができた。

幼いころは、水面に白く泡立つ波頭が見たくて、よくここに立って海を眺めたものだ。当時はまだ〝いつまでも幸せに暮らしましたとさ〟という結末を信じていて、例の伝説の続きを頭のなかで紡いだりもした。ファイヤーと呼ばれた女性の恋人がいつの日か戻ってきて、ふたつの魂は互いを見つける。そしてふたりは愛しあう。いつまでも、永遠に。

今の自分はもう、そんな結末を信じてはいない。それが残念ではあった。でも、自分は身をもって学んだはずだ。人はなにかを失ったとき、心をずたずたに切り刻まれて、魂が粉々に砕け散ってしまうこともあるのだと。それでもなお人は前へ進んでいき、自分を再生して、魂を修復する。そうやって生きていく。ハッピー・エンドを迎えられなくとも、とりあえず現状に満足して。

この手にゆだねられたものを守ってみせると誓ったのは、この崖の上でのことだった。まだ八歳だったけれど、自分自身に大いなる誇りを抱いていた。それから毎年、夏至と冬至の夜にはこの崖に立って、誓いを新たにしてきた。

けれど今朝はこの崖に立ち、今日という日の麗しさに感謝を捧げただけで、家に戻って仕事用の服に着替えた。

車で崖の道のカーブを曲がったときも、震えはしなかった。だがもちろん、あたりに気を配ることは忘れなかった。

そして今、ミアはデスクで企画書を読みなおし、間違いや見落としはないか確認していた。ドアをノックする音が聞こえて、かすかに眉をひそめた。それでもあえて無視していると、リプリーが勝手にドアを開けた。

「今ちょっと手が離せないのよ。出なおしてもらえないかしら?」

「事件よ」堅苦しい挨拶など端から交わす気もないリプリーは、決してあたたかいとは言えない歓迎ぶりにひるむことなくずかずかと部屋に入ってきて、椅子にどすんと腰をおろした。

リプリーに目の前に陣どられるだけでもわずらわしいのに、戸口を見やると、ネルまで部屋に入ってこようとしていた。

「ネル、今日はお休みの日でしょう?」

「あのね、いくらわたしだって、なんの理由もなく休みの日にわざわざネルをここまで引っぱりだしたりしないわ」ネルが口を開く前に、リプリーが質問に答えた。「これほどの一大事でもなければね」

「仕方ないわね」心から無念に思いつつ、ミアは仕事を中断した。「入って、ドアを閉めてちょうだい。なにか幻でも見たの?」

リプリーはしかめっ面をした。「いいえ、わたしはそういうの、見ないようにしてるから。今回の件はそういうあやしげなこととは関係ないのよ。まあ、直接的にはね。今朝、マックがわたしに聞こえないように、電話で話してたの」

「リプリー、申し訳ないけれど、勤務時間中にあなたの家庭の問題にかまってはいられないわ」

「マックはサムと話してたのよ。どう、これであなたも目が覚めたんじゃない？」リプリーが言った。

「ふたりが話していたとしても、別に驚くにはあたらないでしょ」ミアは企画書を手にとったものの、やはり集中できなかったので、あきらめて横に置いた。「いいわ。それで、ふたりはなんの話をしていたの？」

「それがよくわからないのよ。でも、なにかあるわ。マックはかなり興味を示してたもの。なにげないふりを装いながら、電話を抱えて外へ出ていったんだから。わたしに聞かれないようにするためだってことくらい、すぐにぴんと来たけど」

「どうしてサムからの電話だってわかったの？」

「マックが、なるべく早くコテージへ行くよ、って答えてたから」

「それで……この話のポイントは？」

「だからそれは今から説明するわ。マックはそのあと、わたしを追い払おうとしてることを悟られまいとしながら、わたしを仕事に送りだしたの。チュッ、チュッ、ってキスして、肩をぽんぽんと叩いてね。わたしはパトロールの途中でコテージに寄ってみようと心に決めて、家を出た。でもその前に、いったん事務所へ寄ったのよ。そしたら今度は、ザックが電話で誰かと話をしてたの。わたしが入っていったら、話の途中で電話を中断して、わざとらしくわたしの名前を言って挨拶してきたのよ」

思いだしながら話すうちに、リプリーの表情はどんどん険しくなっていった。

「だからわたし、ザックもマックかサムと話してるんだなって気づいたの。そのあとザックは、わたしが少なくとも二、三時間は事務所から出られないくらい、どっさり用事を言いつけたの。ぼくはちょっと急用ができた、とかなんとか言ってね。わたしはザックが出ていくのを待って、すぐにコテージの前まで行ってみたんだけど、そこでいったいなにを見たと思う？」

「お願いだから――」ミアは言った。「いちいち場面ごとに詳しい説明をするのはやめて、なにを見たのか教えてくれない？」

「パトカーと、マックのローバーよ」リプリーが高らかに言い放つ。「だからわたし、急いでネルをつかまえて、あなたのもとへ飛んできたの。言っとくけど、彼ら三人でポーカーをしてるとか、いやらしい映画をこっそり見てるとか、そういうことじゃないわよ」

「まさか。どうせ、わたしたち抜きでなにかしようとたくらんでいるんでしょ」ミアは同意した。「か弱い女どもには任せておけないとばかりにね」

「だとしたら」ネルが言う。「ザックは後悔するはめになるわ」

「それじゃ、彼らがなにをしているのか、さっそく見に行きましょうか」ミアはデスクの引きだしを開けて車のキーをつかんだ。「ルルに出かけてくるって断ってから、すぐに追いかけるわ」

マックは地面に這いつくばって、携帯用のスキャナーを動かしていた。「残ってるのはプラスのエネルギーだけだな」ひとりごとを言うようにつぶやく。「マイナスのエネルギーはきれいに消えている。今度こういうことがあったら、真っ先にぼくに連絡してくれ」すぐにサンプルがとれたら、とても役に立つと思うんだ。

「科学実験には少し遅すぎたか」サムがマックに言った。

「科学の世界に遅すぎるってことはないけどな。それじゃ、そのとき現れた狼のイメージをスケッチしてくれるかい?」

「ぼくは絵なんか描けないよ、大の苦手なんだ。でも、イメージはミアが言ってたのとそっくり同じだ。巨大な黒い狼で、鼻先に五芒星《ペンタグラム》の印がついていた」

「去年の冬、ビーチで対決したときに、烙印を押しといてもらってよかったよ」マックは地面にぺたりと座りこんだ。「おかげで見分けがつけやすいし——やつの力も弱まってるみたいだからね」

サムはゆっくりと肩をまわした。「それにしちゃ、ゆうべのやつはかわいい猫にはほど遠かったぞ」

「なにか余分な力を吸いとったからさ、おそらくきみからね。そのときのきみは相当怒ってたんじゃないのか？」

「だってあいつは、ミアを崖から落とそうとしたんだぞ。で、きみはどう思う？」

「この前の晩に話したように、感情的動揺がこの方程式を解く重要な要素になっていると思うんだ。もしきみが――」

「ともかくさ」ザックが口を挟む。「サムはその肩の傷を診てもらったほうがいいんじゃないかな。それに、こんなふうにあれこれ仮説を立ててばかりいないで、とっととやつを追いつめるべきだと思う。なにしろやつはサムに傷を負わすことができるほどの力を持っているんだから、ほかの島民が襲われたらひとたまりもない。そんなやつを、ぼくの島で野放しにしておくわけにはいかないよ」

「だからって、狂犬病の犬を追うみたいにあとをつけていって、撃ち殺すことはできないよ」マックがザックに向かって言った。

「やるだけやってみるさ」

「やつは関係のない人間までは狙ってこない」サムは眉をひそめ、なんの跡もついていない地面を見た。ゆうべからずっと考えてきたことを口にする。「というか、それは不可能だと思うんだ、あくまでもぼくの意見だけど」

「その言い方は正確じゃないな」マックが背筋をのばした。「要するに敵は、三百年前のサークルに関係している人たちの力と感情を吸収し、原動力にしているのさ」

「血はだいぶ薄くなってしまった者もいるけど、島民の多くはもともとのサークルに関係してるぞ」ザックが指摘する。

「だとしても、やつは彼らを狙ってはいない。彼らを必要とはしていないんだ」

「マックの言うとおりだよ」サムはザックに説明した。「今や、やつの狙いはただひとつ、目的はただひとつだから、それ以外のことに時間とエネルギーを使っている余裕はないはずだ。やつの魔力には限界があるが、やり方は狡猾だ。前のときはリプリーの感情を餌にした。今回はぼくの感情を食ったわけだ。だが、もう二度とそんなまねはさせない」

「なるほど、そういうことか。きみはつねに冷静さを失わない人間だからな」ザックが皮肉っぽくつぶやく。「わざと自分を餌にして、やつに襲わせたんだろう？」

「うまくいっただろう？」サムは言いかえした。「問題は、そのときとどめを刺せなかったってことだ。あとちょっとだったんだけどな。向こうがもう一度跳びかかってきてくれていたら、サークルのなかへ引きずりこめたはずだ。そうすれば、やつをサークルに閉じこめられたかもしれない」

「やつが狙ってるのはきみじゃないぞ」マックがさらりと言った。

「だからなんなんだ？　やつがミアの喉もとに食らいつくチャンスをうかがってるっていうのに、指をくわえてただ見ているわけにいくもんか。あいつの狙いがミアだけだってことは、ぼくにもわかってる。はっきりそう感じたからね。だが、まずぼくを倒してからでなければ、ミアには指一本ふれさせやしないよ。彼女が最終的にどんな選択をするかはわからないけど、その前にぼくが、やつの心臓をえぐりだしてやるつもりだ」

「ほらな」ザックが一拍置いてから言う。「きみがいかに冷静か、よくわかるよ」

「うるさい」

「もういいだろう」マックがあいだに割って入り、ふたりが怒らせている肩を叩いてなだめた。「とにかく、ぼくらは手をとりあおう」

「まあ、まあ、楽しそうだこと」ミアは甘い蜜のしたたるような声で言った。「男の子ばっかりで森に集まって遊んでいるなんて」

「くそっ！」ザックは妻の怒った目をひと目見て、舌打ちした。「ばれたか」

リプリーがベルトに親指を引っかけ、残りの指でポケットを叩きながら、大股でマックに歩み寄った。そしてぐっと顔を近づける。「ルーシー、あなたにはたっぷりお仕置きしてやらなくちゃね」

「このふたりにあたってても意味ないよ。ぼくが呼んだんだから」サムが言った。

「ちょっと待ってて、あなたにもすぐにお説教してあげるから」リプリーがサムに約束する。「でも、自然界には序列というものがあるのよ」

一歩前に進みでたとたん、ミアは力がわいてくるのを感じた。「ここでいったいなにがあったの？」

「こうなったら正直に話すしかないな」ザックがサムに助言した。「ここは素直にぼくの言うとおりにしたほうがいいぞ。きみよりぼくのほうが、この三人とは深いつきあいなんだからね」

「それじゃあ、とにかく家に戻って――」

そそくさと逃げだそうとするサムの胸を、ミアは片手で押しかえした。「ここでなにがあったの？」もう一度問いただす。

「森のなかを散歩しただけだよ」

ほんの一瞬、ミアの視線は地面に落ちた。「あなた、サークルを使ったわね」

「あいつがいたんだ」

自分の、そして三人だけのものだったはずのサークルを、サムがひとりでも使えたことに、心のどこかでミアは憤りを感じた。これで、彼と自分の――さらにはネルやリプリーとの――絆は強まり、いよいよ疑いようがなくなってしまった。「わかったわ」ミアはどうにか穏やかな声で言った。「それで、なにがあったの？」

「ぼくはあそこで、地獄から来た例の狼に遭遇した」

「あなたが――」サムを黙らせるというより自分を制するために、ミアは片手を宙に突きだした。胃をぎゅっとわしづかみにされるような恐怖に見舞われたからだ。ミアはとっさにそれを脇へ押しやり――恐怖のほうが彼女の力を上まわっていたので、消し去ることはできなかった――意識を集中して考えた。すると、激しい怒りがわきあがってきて、恐怖を押し殺した。「あなたが呼び寄せたんでしょう？　真夜中にひとりでここへ来て、誇り高きガンマン気どりで、あいつをおびき寄せたのね？」

今も彼女にこれほど激しやすい部分があったとは、サムは知らなかった。また、昔からそうだったように、彼女の癇癪がいまだに彼自身の癇癪の引き金になることも。

「自分では、まさにゲイリー・クーパー張りだったと思いたいね」

「なにそれ、ジョークのつもりかなにか？」憤怒がミアをのみこんでいく。「ただのジョークで、わたしの相手をわざわざ呼びだしたわけ？　自分なら、わたしとわたしが対決すべきもののあいだに割って入れると、うぬぼれてるの？――このわたしが恐怖に怯えて手をこまねいている隙に？」

「なんと言われようとかまわないさ」

「あなたはわたしの盾でもなければ、救世主でもないのよ。わたしのなかにあるものは、あなたのなかにあるものに決して劣らないんだから」ミアはサムを突き飛ばし、あとずさりさせた。「こういう余計なお節介にはもう我慢できないわ。あなたは自分がヒーローになったようで、さぞいい気分なんでしょうけど——」

「落ちつけよ、ミア」ザックが口を開いたとたん、ミアの鋭い視線が彼の目を射抜いた。今にも男の胸ぐらに噛みつこうとしている女の顔つきだと見てとると、ザックはぱっと両手を掲げ、おとなしく引きさがった。

つまり、ぼくは自力でこの場を乗り越えなければいけないわけだ、とサムは思った。

「このわたしにあなたの助けが必要だとでも思っているの？」ミアはサムの胸に指を突きつけ、ふたたびサムに突っかかっていった。

「ぼくを責めるのはやめてくれよ」

「わたしにはペニスがついていないから、戦うべき敵とも戦えないと？　だからあなたはくだらない男らしさをひけらかし、まぬけな男友達を呼び集めて、頼りない女たちを守る方法を議論してたってこと？」

「こんなミアを見るのって、初めてだわ」ふたりのやりとりを見守っていたネルがあっけにとられつつ、リプリーにささやいた。ミアはなおもサムを追いつめ、あとずさりさせていく。

「めったに見られないわね」リプリーも口の端だけを動かして答えた。「こういうときのミアって、実にかっこいいでしょ」ちらりと上に目をやると、青あざのように黒ずんだ雲が空にもくもくとわいていた。「あーあ、ミアったら、ものすごーく怒ってるみたいよ」

「ぼくを突き飛ばすのはやめてくれよ」サムはミアが胸板に押しつけている拳を上からがっしりとつかんだ。「きみの癇癪がおさまったら……あっ、危ない！」彼が警告すると同時に、雷鳴が轟いた。

「あなたって男は、傲慢で、愚かで、無礼きわまりないわ……わたしの癇癪がどんなものか、今すぐ見せてあげるから」ミアはつかまれていないほうの手で、ふたたびサムを押そうとした。その拍子にうっかり彼の肩にふれると、サムの顔が苦痛にゆがんだ。「その肩、いったいどうしたの？」

「さっき言ったとおりだよ」

「シャツを脱いで」

サムは流し目を使った。「おいおい、ベイビー、そういう決着のつけ方なら、こっちは大歓迎だけどね。でも、ここには見物人が大勢いるよ」

ミアは問答無用で彼のシャツを引き裂き、その話を終わらせた。

「勘弁してくれよ」サムはミアがこれほど俊敏に動けることを忘れていた。うかつだった。

サムの肩についた爪跡はまだ生々しく醜かった。ネルがはっと息をのんで、リプリーがとめる間もなく彼に駆け寄っていく。

「傷の手あてなんか、ミアに任せておけばいいのよ」後ろからリプリーが声をかけた。

「あなた、故意にサークルの外に出たのね?」ミアのなかに恐怖がふたたびこみあげてきて、痛々しいほど怒りと絡まりあう。「わざと自分を敵の攻撃にさらしたんでしょう?」

「テストのつもりだったんだ」サムはすっかり傷ついてしまった威厳をかき集め、引き裂かれたシャツを着なおした。「効果はあったよ」

ミアはサムに背を向けて、すぐそばにいたザックに痛烈な言葉を浴びせた。「包丁を喉もとに突きつけられながらも狂人を地面にひれ伏させたのは、あなたじゃなくてネルだったってこと、忘れたの?」

「いや」ザックが静かに答える。「忘れるわけないだろう」

「それにあなたも」ミアは次にマックのほうを向いた。「リプリーが闇の力と戦って打ち負かしたのを、その目で見たはずでしょう?」

「わかってるさ」マックはミアの発する猛烈な怒りのエネルギーによって焼け焦げてしまった機械を、ポケットに突っこんだ。「ぼくらは誰ひとり、きみたちの能力を見くびってなどいないよ」

「そうかしら?」ミアは男たちの顔をまじまじと見比べてから、後ろにさがり、ネルとリプリーと並んで立った。「わたしたちこそが、三姉妹のあとを受け継ぐ三人なんですからね」ミアが片手を振りあげると、その指先から火のように明るい光が放たれた。「わたしたちのなかに宿る力は、あなたをはるかに超えているわ」

そう宣言すると、ミアはくるりと背を向けて去っていった。

「やれやれ」マックが息を吐いた。「まいったな」

「しくじったわね、サム」リプリーはポケットに両手を突っこみ、サムに向かって顎をしゃくった。「ミアを怒らせたのはあなたなんだから、どうにかして彼女をなだめたほうがいいんじゃない？　ゆうべはそんなばかなまねができたあなたなら、怒りの鉄砲を撃ちつづけてるミアのあとを追うというばかなまねだってできるでしょ」

「それもそうだな」

サムがようやく追いついたときには、ミアは森の出口に差しかかっていた。

「ちょっと待ってくれよ」腕をのばして彼女にふれたとたん、サムは指先に電撃を受けて、思わず悲鳴をあげた。「やめろってば！」

「わたしにふれないで」

「いずれは、ただふれる以上のこともさせてもらうつもりだ」口ではそう言いかえしたものの、彼女が車に着くまでは手を出さないでいた。

ミアがドアを力任せに開ける。サムはすかさずばたんと閉めた。

「逃げたって問題は解決しないぞ」

「まったくだわ」ミアは髪をさっと後ろへ払った。「逃げだすのはいつだってあなたのほうじゃないの」

はらわたに蹴りを入れられたような痛みを感じつつ、サムはうなずいた。「今さっききみはぼくよりはるかに賢くて分別があるって、とうとうとまくしたてたじゃないか。どうせなら、野次馬のいないところでこの件を片づけよう。ドライブにでも行かないか？」

「ドライブがしたいの？　いいわ。乗って」

ミアはふたたび運転席のドアを開け、するりとハンドルの前に座った。隣にサムが乗りこむと、彼女はゆっくりと車を発進させた。

村を通り抜けるまでは、そのまま速度を抑えて走る。だが、海岸沿いの道に入るやいなや、アクセルを目いっぱい踏みこんだ。

スピードと風を体で感じ、危険と隣りあわせになりたかった。そうすればある程度の怒りをそぎ落とせるし、本来の自分をとり戻せるからだ。

タイヤを派手にきしませながら、カーブを次々と曲がっていく。助手席のサムが緊張するのを感じて、ミアはさらにスピードをあげた。彼女が急ハンドルを切ると、車は大きく揺れながら、崖の端からわずか数インチのところをぎりぎりで走り抜けた。

サムが喉の奥からうなるような声を出す。ミアはわざとらしく、氷のように冷たい目を彼に向けた。「なにか問題でも?」

「別に」ひどく腹を立てている魔女がハンドルを握る車で、一歩はみだしたら外にはなにもないカーブが連続する道を時速九十マイルで走っているのだから、楽しかろうはずもない。

道がのぼりに差しかかると、サムは崖の上にそびえる石造りの家だけをじっと見つめた。今の自分にとっては、あれこそが涅槃《ニルヴァーナ》だ。とにかく、生きたままであそこにたどり着かなければ。

ようやく車がドライブウェイにとまったので、サムは何度か深呼吸をして、肺に空気を送りこんだ。

「きみの勝ちだ」汗ばんだてのひらをジーンズでぬぐいたい気持ちをこらえながら言う。「絶妙のコントロールだったよ、制御計の針はものすごく揺れてたけど」

「まあ、お褒めにあずかって光栄だわ」皮肉を酸のようにしたたらせながら、ミアは車をおりた。「さあ、入って」今度はきつく命ずるように言う。「傷の手あてをしなくちゃ」

サムには、今ここで自分の肉と血をミアの手にゆだねることが賢明なのかどうかわからなかったが、とりあえず彼女のあとをついていくことにした。「相変わらずすてきな家だね」

「くだらないおしゃべりはしたくないの」

「だったら、返事をしなければいい」サムはそうアドバイスして、ミアと一緒に家のなかへ入った。豊かな色、よく磨きこまれた床や壁。かぐわしい香りが彼をふわりと包みこみ、あたたかく迎えてくれる。

ミアがこの家のあちこちに手を加えたことに、サムは気づいた。ささいなところに。いかにもミアらしく。妖艶さと優雅さがほどよく入りまじっている。シンプルながらも、洗練された極上のセンスが感じられた。ミアはキッチンへ直行したが、サムはゆっくりと時間をかけて歩いた。

そうすれば、お互い、少しは冷静になれるかもしれない。

ここにある木彫りの家具は、何世代も前から大切に受け継がれてきた重厚なものばかりだ。ミアはそれらに、毛足の長いやわらかそうな織物をあしらっていた。見覚えのないラグはその古めかしさから察するに、丸められて屋根裏にでも長年しまわれていたものを、この家を継いだミアが引っぱりだしてきたのだろう。

部屋のそこここに、キャンドルと花が惜しげもなく飾られていた。色とりどりの小石が入ったボウルや、きらめく水晶の原石、ミアが昔から集めていた神秘的な彫像などが、いくつも並んでいる。さらに、本、また本だ。サムが通ったどの部屋にも本がたくさん置いてあった。

サムがキッチンに足を踏み入れたときには、ミアがすでに戸棚からいくつもの瓶を出して待っていた。ぴかぴかの銅鍋や、色と香りがいい具合に薄れた乾燥ハーブの束がある。裏口のドアのそばに立てかけてあるほうきはきわめて古いが、レストラン仕様のガス台はきわめて新しい。

「家のあちこちに、だいぶ手を加えたんだね」サムは紫がかった灰色のカウンター・トップを指で打ち鳴らした。

「ええ。座って、シャツを脱いで」

サムはその言葉に従わず、窓辺に歩み寄ってミアの庭を見渡した。「ここからの眺めは、おとぎばなしの本の挿絵みたいだな」

「花は楽しいわ。ほら座って、お願いだから。お互い、仕事に戻らなくちゃいけないでしょ。だから早く傷口を見せてちょうだい」

「ゆうべのうちに、自分でできることはしたよ。あとは治るのを待つだけさ」

ミアはポピー色の瓶を片手に、立ったままサムをじっと見つめていた。

「わかった、わかった。どうせなら、きみのはいてるペチコートを引きちぎって、包帯にしてくれないか?」

サムは慎みのかけらもなく、体をくねらせて破れたシャツを脱ぎ、キッチン・テーブルに向かって座った。

生々しい傷跡を見たミアは、胃がぎゅっと縮むような感覚に襲われた。誰かが苦しんでいるのを見るのは大の苦手だった。「なにをつけたの?」腰をかがめて匂いを嗅ぐ。そしてすぐ、鼻にしわを寄せた。「ガーリックね。間違いないわ」

「効いたよ」傷口が今も虫歯のようにずきずきうずいていることを思わず白状してしまう前に、サムはきっと口を結んだ。

「少しも効いてないわよ。じっとしてて。傷口をよく見せてちょうだい」ミアが命じた。「この傷がちゃんと癒えるまでは、あなたを痛めつけるつもりはないから。ほら、顔を向こうに向けて」

サムは言われたとおりにした。ミアの魔法が体のなかへしみとおってくると同時に、えぐりとられた肉の上をすべるようにして軟膏を塗る彼女の指を感じた。

ぬくもりのある赤いエネルギーが、サムには見えた。みずみずしいプラムを口にしたときのような、きりりとした甘さが広がっていく。濃厚なミアの香りとポピーの香りが、彼の五感を麻痺させていった。

かすむ意識のなかで、サムはミアの静かな詠唱《チャント》を聞いた。彼はなにも考えずに首をまわし、頬をミアの腕にこすりつけた。

「夢のなかにきみがいる。頭に直接、きみの声が響いてくるんだ」シルクのようになめらかなミアのパワーに心地よく流され、サムはゲール語で話しはじめた。彼の血筋に古くから伝わる言葉だ。「〝きみとともにあるときでさえ、ぼくはきみを求めてうずく。いつもきみだけだ〟」

ミアが夢から逃げだそうとすると、サムはがむしゃらに引きとめようとした。それでも彼女は出ていってしまい、ふと気がつくとサムはキッチンの椅子に座って、ゆらゆらと体を動かしていた。混乱して、ぱちぱちまばたきをくりかえす
「しーっ」サムの髪を撫でるミアの指はやさしかった。「ゆっくりでいいのよ」

頭がすっきりしてくると、サムはテーブルの上で両の拳を握りしめた。「今、ぼくの意識を遠のかせたね。きみにはそんな権利など――」

「そうでもしないと、痛い思いをさせてしまうからよ」

ミアはどうしても他人に苦痛を与えることが耐えられなかった。サムに背を向けて、薬の瓶を大事そうに両手で包み、気持ちを落ちつかせようとした。彼の痛みをやわらげるために、彼女自身がその痛みを引き受けたからだ。それに、サムがゲール語でささやいた言葉も、心に深く突き刺さっていた。

「今のあなたは、わたしに向かって権利がどうこう言える立場じゃないでしょう。傷を完全に消すことまではできなかったわ。わたしの力の限界を超えているから。でも、ここまでやっておけば、完治するまでそう長くはかからないはずよ」

サムは首を曲げて肩を見た。傷跡はほとんどわからなくなっていて、うずきも感じられない。そのことに驚き、彼はミアをまじまじと見た。「力をつけたんだね」

「かなりの時間をかけて、自分に与えられた力について学び、腕を磨いてきたおかげよ」ミアは瓶を元の位置に戻し、それから両手をカウンターについた。「わたしはまだ、あなたにとても腹を立てているの。だから……新鮮な空気が吸いたいわ」

ミアはキッチンを通り抜けて、裏口から外へ出た。

池のほとりに立って、睡蓮の葉の下をすいすい泳ぐ魚を見つめる。背後からサムが近づいてくる音が聞こえると、自分を抱きかかえるように腕をまわして両手で肘をつかんだ。

「怒りたいなら怒ればいい。つばを吐き、ののしりの言葉を投げつけてくればいいさ。けど、そんなことをしたってなにも変わらないよ。今度の一件には、ぼくも深くかかわっているんだからね、ミア。ぼくもこれの一部なんだ。きみが気に入ろうと気に入るまいと」

「衝動や男らしさが今度の一件にかかわる余地はないわ。あなたが気に入ろうと気に入るまいとね」

サムが自分の犯した過ちを詫びてくるものと期待していたら、ミアはいつまでも待たされることになっただろう。「チャンスがあって、勝算が見えたから、計算ずくで危険を冒したまでだ」

ミアはくるりと振りかえった。「これはわたしが冒すべき危険なのよ。あくまでもわたしの戦いであって、あなたのじゃないわ」

「どうしてそんなに自信を持って言えるんだい？　きみはいつだって自信満々だったよね。たまには、ほかの道もあるかもしれないと考えたりはしないのか？」

「ここではっきりと感じられること――」ミアは両の拳をおなかに押しあてた。「それに、ここで感じられることに――」次いで心臓のあたりに押しあてる。「疑問を抱いたりしないわ。とにかくあなたは、わたしのものを横どりなんかできないはずだし、たとえできるとしても――」

「できるとしても？」

「わたしがそうはさせないわ。これはわたしが持って生まれた権利なんだから」

「いや、ぼくの権利でもある」サムは反論した。「ぼくがゆうべ決着をつけていれば、それで終わりだったんだ」

ミアはもはや怒っているというより、うんざりしていた。「そういうことじゃないって、あなただってわかっているくせに。本当はわかっているんでしょう？」ミアは髪をかきあげると、アイリスが剣を思わせる長い葉を広げて花咲くときを待っている庭の小道へと歩いていった。「ひとつ変えたら、ほかのあらゆるものが変わってくるわ。気まぐれにピースをひとつ動かしたら、パズル全体がめちゃくちゃになってしまうの。ものごとにはルールがあって、それぞれ理由があるのよ、サム」

「きみは昔からルールには厳しかったよな、ぼくよりずっと」その言葉に含まれたぴりぴりするような苦さを、サムはもちろんのこと、ミアも舌で感じた。「だけど、ぼくが黙って脇で見ていられると思うか？　眠れなかったり食欲がなかったりするきみに、気づいていないとでも？　きみが恐怖と闘っているのを感じると、ぼくは心が張り裂けそうになるんだよ」

話しつづけるサムにミアは背を向けた。彼のなかにひそむ暗い怒りや情熱を、どれほど鮮明に覚えていることだろう。それが彼女を、少年時代のサムに惹きつけた。今もそれが、大人になった彼に、どうしようもないほど彼女を惹きつける。

「こんな状況で怖くもなんともないとしたら、その人はよっぽどの愚か者だわ」ミアは指摘した。「わたしは愚か者じゃない。こんなふうにわたしを出し抜くようなまねはしないで。もう二度と、わたしを狙ってくる敵に挑むのはやめて。このことだけは、はっきりと約束してほしいの」

「それはできない」

「お互い、分別を持ちましょうよ」

「無理だ」彼はミアの両腕をつかむなり、自分のほうへぐっと引き寄せた。「違う手を試してみよう」

熱く、乱暴なまでに荒々しく、サムは唇を奪った。焼き印を押すかのように。ミアは彼の体の傷を癒しておきながら、気持ちのほうは踏みにじった。彼の心を開き、そのなかに入りこんだにもかかわらず、心を空っぽにしたまま出ていってしまった。だからこそ彼は今、なにかを求めていた。なにかをとりかえそうとしていた。

サムの腕にがっしりと抱きすくめられていたので、ミアは身じろぎすることも求めに応じることもままならなかった。ほとんど愛情の感じられない飢えたキスにとらわれながら、どうすることもできなかった。そんなキスに胸ときめかせて歓びを感じている自分に、ショックと気恥ずかしさを覚えた。

もちろん、とめようと思えば彼をとめられたはずだ。意志の力さえあれば。けれどもミアの心にはサムへの思いがあふれ、体は欲求で満たされてしまっていた。

「ああ、もう我慢できないよ」サムはいったん唇を引きはがし、ミアの顔じゅうに唇を這わせた。「ぼくと一緒にいてくれるのか、それとも呪いをかけるのか、今すぐに決めてくれ」

ミアは顔をあげ、彼と目を合わせた。「ここでわたしが、帰って、と言ったら？その手を離して帰って、と言ったら？」

サムは片手でミアの背中をまさぐり、髪のなかへとすべらせた。そして拳をぎゅっと握りしめる。「そんなこと言わないでくれ」

ミアはサムを苦しませてやりたいと思っていた。でも、こうして実際に彼が苦しんでいるのを見ると、耐えられなかった。どちらのためにも。

「それじゃ、家のなかに戻って、一緒に過ごすことにしましょう」

10

ふたりはキッチンにたどり着いたところでとうとう辛抱できなくって、互いの体に抱きついた。ミアは裏口のドアに背中を押しつけられた格好で、サムの手にその身をゆだねて狂おしくもだえた。

ああ、ふたたびこの、懐かしいながらもなじみのないかたい手でふれられ、肌をまさぐられるなんて……。荒々しい奔放さが一気にほとばしり、ミアのなかから疑問や心配や懸念を洗い流した。ふたたびこんなふうに求められ、しゃにむにむさぼられるなんて。この体のなかで渦巻く欲求が、同じくらいあくことを知らない欲求と出合う日が来るなんて。

ミアはサムの破れたシャツを脱がせ、熱くなめらかな肉体を抱きしめた。彼の体に噛みつき、その味を存分に味わった。そうして新たなエネルギーを得ると、半ば狂ったようにあらぬ言葉をささやきつつ、よろめきながらキッチンをあとにした。

廊下の途中でテーブルにぶつかり、なにかが落ちて、ガラスの割れる涼やかな音が響いた。クリスタルでできた妖精の羽だった部分が細かく砕け散り、輝くちりとなってサムの足もとに舞い落ちた。

ミアは息ができず、なにも考えられなかった。唇で彼の肩をついばむ。ふたりの知らないうちに、傷跡はきれいに消えていた。「わたしにふれて。ふれるのをやめないでね」

ぼくは喜んで先に死ねる。そのときサムはそう思った。

サムは両手でミアの全身を――女らしい丸みやくびれを――撫でまわし、腕のなかで彼女が小刻みにわななくのを感じて、彼自身も体を震わせた。ミアがはっと息をのんで口から小さなうめきをもらすと、彼の血は熱くたぎって原始のリズムを刻みはじめた。

てのひらをミアの脚にすべらせてその魅惑的な長さを堪能し、腿の上のほうにある魔女の印が熱くほてっているのを感じて、思わずうめき声をもらす。巧みな愛撫を加えることも忘れ、サムはもどかしげにシルクの薄い布を引っぱり、その奥へ手をもぐりこませた。

「ああ……」そして、指をいきなりミアのなかに突き入れる。「おお……」身をくねらせる彼女の髪に、彼は顔を埋めた。「もっと、もっと、もっと」野蛮な欲望にとらわれてミアの喉に歯を立てつつ、なおも激しく攻め立てると、彼女は背中をのけぞらせてがくがくと体を震わせた。

信じがたいほど熱く、驚くほど濡れていて、とろけてしまいそうにやわらかい。サムはふたたびミアの唇を求め、すすり泣くような彼女の吐息をのみこんだ。

ふたりは互いを引きずるようにして二階へあがった。サムはミアのドレスの背中に並んでいる小さなボタンを、こらえ性のない指で、引きちぎりながら外した。糸がほつれるのもかまわず、彼女の肌をむきだしにさせる。

「きみが見たい。全部見たいんだ」

ドレスがするりとすべり落ちて、床の上で小さな山になった。階段をのぼりきると、サムは迷わずミアを右手にある部屋へ連れていこうとした。

「違うわ」ミアは欲望をつのらせてほとんどむせび泣くような声をあげながら、サムのジーンズのボタンに手をかけた。「今はこっちなの」

くるりと向きを変えて、サムを左側の部屋へと導く。なかに入るなりブラをはぎとられて、ミアは打ち震えた。すかさず彼が両手で乳房を包みこむ。と思う間もなく、熱く飢えた口がその手にとって代わった。

「いいだろう？ ぼくに任せてくれ」サムは早くもミアに溺れながら、彼女の両腕を頭の上まで持ちあげさせた。そして、心ゆくまでやわ肌を味わう。

ミアは頭をのけぞらせ、われを忘れさせる刺激的で濃厚な感覚に酔いしれた。生きている――わたしは紛れもなく生きている。サムの貪欲な口にむさぼられることに心は激しい怒りを感じているのに、体はさらなる快感を求めて泣いている。

サムにヒップをつかまれると、ミアは両腕をロープのようにきつく彼に巻きつけた。ベッドはほんの数歩のところにあるのに、何マイルも先にあるように思える。サムの澄んだグリーンの瞳が、ミアの濃い煙色の瞳のなかで燃えていた。ほんの一瞬、世界がとまってしまったようだ。

「ええ……」ミアはささやいた。「いいわ……」

それを合図に、サムはミアのなかへと入っていった。

ふたりはその場に立ったまま、激しく、せわしなく奪いあった。悦楽を足早に駆け抜けて至福の世界へと舞いあがり、息を乱し、理性をも失って、われ先にと互いを求め、ひとつになる。ミアが爪で彼の背中に線を刻み、サムはその指で彼女の肌にあざをつくりながらも、ふたりは体を押しつけあった。獲物に食らいつくがごとく互いの唇にしゃぶりつき、休むことなく腰を動かしつづけた。

やがて鉤爪のように鋭い絶頂感がミアに襲いかかってきた。長い一撃によって撫で斬りにされ、身も心も丸裸にされてしまう。なすすべもなく、ミアは降伏した。ほどなく、サムも官能の極みに達したのが感じられた。

汗まみれで力なく震えながら、ふたりは互いにしがみついた。べたつく肌と肌を寄せあい、ぐらつく体を支えあう。サムは頭をさげてミアのおでこに額を押しつけ、空気を求めて苦しげにあえいだ。山の上からごろごろと転がって、熱く熔けた金のプールにどぼんと落ちたような心地がしていた。

「なんだか、くらくらするわ」ミアがやっと声をしぼりだした。

「ぼくもだ。さて、ベッドまでたどり着けるかな」

ふたりはよろめきながら霞のなかを奥へと進み、年代物の四柱式ベッドに倒れこんだ。そして仰向けに寝ころび、ぼんやりした目で天井を見つめる。

これは、サムが思い描いていた久しぶりのまじわりとは、まるで違っていた。彼の想像のなかでは、甘い誘惑や洗練された駆け引きがあり、彼自身がもっと巧みにリードすることになっていた。

「ちょっとことを急ぎすぎたようだ」サムはつぶやいた。

「問題ないわ」

「この前さ、きみは少し重くなったようだね、って言っただろう？」

「ええ」警告するような低い声だった。

「それがぼくには効果的だったよ」サムは片手を動かし、ミアの胸の脇にそっとふれた。「本当さ、実にそそられる」

「あなただって、いくらか肉がついたみたいじゃない」

サムはやわらかいベッドにたゆたい、天井に描かれた絵を見つめた。夜空に星が輝き、妖精が飛んでいる。「ベッドルームはこっちに移したんだね」

「ええ」

「この前の晩、格子棚《トレリス》をよじのぼりたい衝動に駆られたんだけど、その衝動に従わなくてよかったよ」

昔はよく彼がそうやって窓から訪ねてきてくれたことを思いだして、ミアはため息をついた。

体がこれほど解きほぐされ、これほどへとへとになったのは、とても久しぶりのことだ。猫のように丸くなって喉をごろごろ鳴らしたい気がした。

昔の自分なら、きっとそうしていただろう。昔のふたりなら、向きあって腕や脚を絡ませ、さんざんじゃれあったあとの子猫みたいにすやすやと眠ったはずだ。

そういう時代はもう過ぎ去ってしまった。けれども、じゃれあうことに関しては、ふたりの首尾は上々だった。「わたし、仕事に戻らなくちゃ」ミアは言った。

「ぼくもだよ」

ふたりは頭だけを動かし、顔を見合わせて、苦笑した。「ねえ、自分でビジネスをやっていることの利点って、なんだか知ってる?」彼女が尋ねる。

「ああ」サムはごろりと寝返りを打ち、ミアの吐息が口にかかるところまで顔を近づけた。「ぼくらの給料を差っ引くボスはいないってことさ」

そうは言っても、まったく罰を受けずにすむわけではない。

素知らぬ顔で店に戻ったミアは、ルルにひと目で見破られてしまった。「あなた、彼とやってきたわね」

「ルルったら！」黄色い声をあげてから、そばに客がいなかったかどうか、店内をぱっと見渡して確かめる。

「誰にも気づかれるはずがないとか、噂にはならないだろうなんて思いこんでいたとしたら、あなたの脳みそはセックスのせいで一瞬にしてイカレちゃったのね」

「それはともかく、レジの前で立ったまま話すようなことじゃないわ」頭を高々とあげて階段のほうへ足を踏みだしかけたところで、グラディス・メイシーに行く手をさえぎられた。

「おや、こんにちは、ミア。今日はまた一段ときれいじゃないか」

「こんにちは、ミセス・メイシー」ミアは頭をわずかに傾けて、グラディスが手にしている本の題名を読みとった。「この本の感想、あとで聞かせてくださる？」そう言いながら、最新ベストセラーを指で叩く。「わたしはまだ読んでいないのよ」

「ああ、わかったよ。それよりさ、ホテルでディナーを食べてきたんだって？」グラディスがミアの顔をのぞきこんだ。「サム・ローガンがあれこれ口を出して、メニューも変えさせてるそうじゃないか。料理は前よりよくなってたかい？」

「ええ、おいしかったわよ」

ミアは肩越しに振りかえってルルを見た。ルルの声の大きさとグラディスの耳のよさを考えると、最初の会話が聞かれてとっくに消化されたことは間違いない。

「サムとわたしがセックスをしたかどうか、知りたいんでしょう？」ミアは愛想よく尋ねた。

「いいかい、ハニー」母親が子供をたしなめるように、グラディスはミアを軽くはたいた。「そんなにつんけんするもんじゃないよ。あんたの顔がつややかに輝いてるってことは、ひと目見りゃ誰にでもわかるんだから。あの子はなかなかの二枚目だものね」

「問題児よ」ルルが声をひそめて言ったが、グラディスの耳はまだまだ衰えていなかった。

「およしよ、ルゥったら、あの子はこの辺のほかの連中と比べれば、それほどひどい問題は起こさなかったじゃないか」

「ほかの連中は、わたしの大切な娘のあとを追いかけて、匂いを嗅ぎまわったりしなかったわ」

「あら、そんなことないよ」グラディスは頭を振って、まるでミアがそこにいないかのように——あるいは、そばにいても耳が聞こえないかのように——ルルに向かって大声で返事をした。「この島には、彼女の匂いを嗅ぎまわらなかった男の子なんて、ただのひとりもいなかった。だけど、ミアのほうが匂いを嗅ぎかえしたのはサムだけだったってことさ。あたしはもうずっと前から、ふたりはお似合いのカップルだと思ってたよ」

「話の腰を折って申し訳ないけれど」ミアは指を立ててみせた。「お互いの匂いをくんくん嗅ぎあった少年と少女も、今ではすっかりいい大人になってるってこと、忘れないでいただきたいわ」

「いずれにしても、お似合いのカップルには違いないだろ」グラディスが言い張る。ミアは言いかえすのをあきらめ、少し身をかがめてグラディスの頬に軽くキスをした。「本当に愛らしい心をお持ちなのね」

それに、おしゃべりな舌も、と心のなかでつぶやきながら、ミアは階段をのぼってオフィスへ向かった。サム・ローガンとミア・デヴリンがよりを戻したという噂話は、発疹のごとくまたたくまに島じゅうに広がることだろう。

そうなったらどう感じるのか予測がつかなかったし、かといってそれを防ぐすべもなかったので、その問題は頭の片隅に追いやって、企画書の仕上げにとりかかった。四時前には、人々の好奇の目を無視して堂々と通りを渡り、ホテルへ入ってフロントに企画書の入った封筒を預け、できるだけ早くミスター・ローガンに渡してほしい、と頼んだ。それからまた、堂々と戻ってきた。

予定外に失った時間を穴埋めするため、ミアは倉庫に閉じこもって仕事に専念した。在庫を整理したり並べ方を変えたりして、補充の必要な本や商品のリストをつくった。夏至のころには決まって、観光客が怒濤のように島へ押し寄せてくる。それに間に合うよう、今から準備しておかなければ。

在庫リストを手に、ミアは立ちあがった。とたんにめまいがして、すぐにまたしゃがんだ。ばかじゃないの、と自分を叱りつける。不注意だわ。今日は朝からマフィンを半分しか口にしていないんだもの。カフェでスープでも食べようと考えながら、もう一度そろそろと立ちあがる。そのとき、あるイメージがぱっと脳裏に浮かんだ。

エヴァン・レミントンが格子窓のそばに立って、薄笑いを浮かべている。人形のようにうつろな目をして。だが、彼がゆっくりと、はなはだゆっくりと首をまわすと、その目は真っ赤に光りはじめ、人のものではないなにかに満たされた。

ミアはその場から逃げだしたい気持ちを無理やり抑えつけ、マント代わりに冷静さを身にまとった。イメージが次第に薄れていくと、仕事はあとまわしにすることにして階下へ駆けおりた。

「ちょっと用事ができたの」ルルにそれだけ言い残して、風のように店を出る。

「来たばかりなのに、もう帰るの？」背後でルルがぶつぶつ文句を言った。

知りあいと挨拶を交わすために立ちどまる以外、ミアはどこへも寄らずにまっすぐ保安官事務所へと向かった。どの通りもすでに観光客でにぎわいはじめているようだ。彼らは村をそぞろ歩いて買い物をし、ピクニックに最適な場所やまだ見ぬ絶景を求めて島じゅうをドライブする。夜ともなればレストランに群がるか、港で仕入れた新鮮な魚をレンタル・ハウスに持ち帰って料理したりするのだろう。

商店は軒並み春から夏にかけてのセールを展開していて、ピザ屋では二番めに大きいサイズのピザを注文すると二種類のトッピングが無料になるサービスを提供している。ミアが歩く横を、ピート・シュタールがピックアップ・トラックの助手席に愛犬を乗せて通り過ぎていった。

リプリーの若いはとこのデニスは、スケートボードに乗って反対側の歩道をしゅーっと走り抜けていく。レッドソックスのジャージの裾を風にはためかせて。

ありふれた日常の光景だ。いたってのどかで、まともで、現実感がある。

自分の持てるすべての力を使って、ミアは島をこのままの状態に保つつもりでいた。

彼女が保安官事務所に入っていくと、デスクに向かっていたザックが慌てて立ちあがり、弁解を始めた。「あのな、ミア——」

「あなたを殴りに来たわけじゃないわ」

「それを聞いて安心したよ。げんこつなら、とっくにネルからくらったからね」その証拠として、ザックは耳もとをさすってみせた。「でもひとつ言わせてほしいんだが、ぼくらはなにもきみたちを仲間外れにする気なんてなかった。ただ、状況をきちんと調べておこうとしてただけさ。この島の問題に対処するのはぼくの仕事だしね」

「その件はまたいずれゆっくり議論しましょう。それより、エヴァン・レミントンのことって調べられる?」

「調べるって?」

「いるべきところにいるかどうかを確かめてほしいのよ。治療の進み具合や、快復の見こみ、できれば最近の行動パターンなんかも」

ザックは理由を訊きかえそうとしたが、ミアの表情を見て、まず質問に答えたほうが無難だと察した。「とりあえず言えるのは、やつは今も医療用の施設に閉じこめられていて、ずっとそのままの状態が続くってことだね。これでもぼくは、毎週二、三人の知りあいに連絡をとるようにしてるから」ザックは頭を傾げた。「まさか、ぼくからその仕事をとりあげようっていうんじゃないだろうな?」

「ばかなこと言わないで。経過報告書は手に入る?」

「カルテが欲しいっていう意味なら、残念ながら今すぐには無理だね。そういうものを請求するには、令状と、しかるべき理由が必要だ。なにかあったのかい？」

「彼はまだこの問題に関与しているのよ」

ザックはたったの二歩でデスクをまわりこんでミアに近づき、腕をぎゅっとつかんだ。「それって、ネルの身に危険が及ぶってことか？」

「いいえ」これほど深く愛されたら、女はいったいどんな気分がするものだろうか、とミアは思った。わたしだって、昔はわかっているつもりだったけれど。「直接ネルが狙われているわけじゃないわ。前のときとは違うの。でも、エヴァンはいまだに利用されているのよ。彼自身はそれに気づいているのかしら、と思って……」

是が非でも、その答えを突きとめなければいけない。

「リプリーはどこにいるの？」

「パトロールに行ってる」ミアの腕を握るザックの手に力がこもった。「あいつの身が危ないのか？」

「ザック、ネルとリプリーはやるべきことをやりとげたんだから、もう大丈夫よ。ただ、わたしがふたりと話をしておかなきゃいけないの。今夜うちへ来るように、ふたりに伝えてもらえないかしら？　できたら七時までに」

ザックは手の力をゆるめ、ミアの腕を肩まで撫であげた。「困ったことになってるのはきみなんだね」

「いいえ」ミアの声は澄んでいて穏やかだった。「わたしはすべてを把握しているから」

その言葉をミアは完全に信じていた。信仰心や自己認識の大切さは、充分すぎるほど理解している。疑いや恐れは、力がもっとも必要とされるときに、持てる力を弱めてしまうだけだ。

幻視はひとりでにわいてきたうえに、肉体的な苦痛まで伴っていた。その事実を軽んじるわけにはいかない。

ミアは入念に準備をした。注目を浴びることも決して嫌いではないけれど、今は無分別に行動して見せ物になっている場合ではない。

あらためて振りかえると、今日起きたさまざまな出来事はすべて、自分に準備させるために仕組まれたことだったという気がしてくる。癇癪を爆発させたこと、食事をとらなかったこと、そしてもちろん、セックスもだ。鬱積していた不満の核をとり除き、すばらしい歓びを祝うことは、これから起こりうることに対しての備えとなる。

沐浴のためにミアが選んだハーブとオイルには、それぞれ意味があった。霊的なパワーと予知能力を高めてくれる薔薇。守りのカーネーション。そして、目の前に提示されるものへの理解を深める、叡知のアイリス。

願いを刻んだキャンドルの光のそばで、ミアは体と髪を洗い、心を清めた。

手製のクリームを肌に塗ってから、裾の長いゆったりした白いローブに身を包む。そののち、お守とペンダントを慎重に選んだ。旅の安全を守る樹枝模様の瑪瑙《めのう》に、第三の目を鋭くさせる紫水晶《アメジスト》。さらに幻視能力を高めるために耳には孔雀石《マラカイト》をつけた。

それ以外に必要な道具類も揃える。先端に月長石《ムーンストーン》のついた占い用の杖。お香とキャンドル、ボウルと海塩。もしかしたら必要になるかもしれないと思い、気つけ薬も用意した。

そして庭へ出て、心を静め、シスターたちの到着を待った。

一緒に現れたふたりは、首をうなだれるようにして咲いているオダマキの花壇の横で石のベンチに座っているミアを見つけた。

「あなたたちに手伝ってほしいことがあるの」ミアは言った。「例の場所へ行きながら話すわね」

黄昏が迫るなか、三人が森に踏み入ったばかりのところで、リプリーがふいに立ちどまった。「あなた自身がやるべきじゃないわ。飛翔するとガードが甘くなって、攻撃を受けやすくなるじゃない」

「だからサークルが必要なのよ」ミアは言いかえした。

「わたしがやるわ」ネルがミアの腕にそっとふれる。「エヴァンはわたしといちばん関係が深いんですもの」

「だからこそ、あなたがやっちゃだめなんでしょ」リプリーが主張した。「あなたと彼との関係は、あまりにも近すぎるもの。わたしは前にもやったことがあるから、わたしがもう一度やるべきよ」

「なんの準備も守りもなしに飛んでしまって、けがをしたくせに」ミアは、ここが辛抱のしどころよ、と自分に言い聞かせて歩きつづけた。「あの幻はね、見ようと思って見たものではなく、ひとりでにわいてきたの。だからこそわたしがやるべきだし、そのための準備も整えてあるわ。あなたはまだ、充分なコントロールができないでしょ」リプリーに向かってそう諭し、次いでネルのほうを向いて言う。「それにあなたはまだ経験不足だものね、リトル・シスター。まあ、そのふたつの事実を抜きにしても、これはわたしがやらなきゃいけないのよ。そのことはみんなわかっているはずだから、これ以上、無駄な言いあいをして時間をつぶすのはやめましょう」

「気に入らないわ」リプリーがくいさがる。「ゆうべサムの身にあんなことがあったあとだもの、なおさらね」

「ある種の男性と違って、わたしはわざわざ英雄ぶってみせる必要はないから平気よ。

この体はサークルに残るわけだし」

森のなかの開けた場所に着くと、ミアは荷物を置き、さっそくサークルの魔法をかけはじめた。

ネルがキャンドルに火を灯す。冷静さが必要だったので、彼女はあくまでも冷静を保っていた。「もしもなにかまずいことが起きたらどうすればいいのか、教えて」

「なにも起こらないわ」ミアは保証した。

「万が一のときのためよ」

「万が一、ね。わたしをこっちへ引き戻してちょうだい」ミアは、のぼりはじめた月に照らされている木を見あげた。「それじゃ、始めるわよ」

まだ若い夜の腕に抱かれ、服を脱ぎ捨てて、水晶だけを身につけて立つ。両手でシスターたちの手を握り、肉体という殻から意識を解き放つ呪文を唱えはじめた。そして、自分を飛翔させた。

「窓よ開け、戸よ開け。われは見ることを望み、舞いあがることを望む。海を越えて空高くわが魂を引きあげ、わが感覚を飛ばしたまえ。われに与えられし力を持ちてこの軽やかな時に命じ、わが目に映るものが、われにも何者にも害を及ぼさぬことを願う。われ願う、かくあれかし」

大地につながれた殻から魂が引きあげられて徐々に重みが消えていく、なんとも言えず心地よい浮揚感を覚えた。鳥が翼を広げて上昇していくように、意識が体を離れて浮上していった。ミアはほんのわずかな一瞬だけ、そのすばらしい感覚に溺れることを自分に許した。

天与の力は最高だけれど、自分を大地につなぎとめているリボンは簡単に断ち切られてしまうこともわかっている。飛翔がいくら感動的であっても、現実の世界と引き替えにしたくはなかった。

黒地のベルベットにガラスの破片を撒き散らしたかのように星の光が反射してまたたいている海の上を、ミアは一直線に飛んでいった。深い海の底から鯨の歌が聞こえ、その音色が彼女をさらに遠くの岸へと運んだ。

行き交う車の音、家々から聞こえてくるおしゃべり、木々の香りやおいしそうな夕食の匂いなど、あらゆるものがミアの下で渦巻いていた。

この世に産み落とされたばかりの赤ん坊の甲高い泣き声が聞こえたかと思うと、死にゆく者の最後のため息も聞こえてくる。さまざまな魂とすれ違うたびに、なにかやさしいものがふわりとミアを撫でていった。彼女はそれらの光を身にまとって、闇を探し求めた。

彼は激しい憎しみを内に抱えていた。憎しみの幅は限りなく広く、幾重にも層をなしていたが、近づくにつれてミアはそのすべてが彼自身のものではないことに気づいた。エヴァン・レミントンのなかにあるのは、思わず鼻も曲がってしまいそうな悪臭漂うどろどろした感情だ。それなのに、レミントンが収容されている施設の雑役婦や守衛や医者は誰ひとりとして、そこに漂う悪臭に気づいていないようだった。

ミアはほかの人々の思考や声を締めだし、レミントンと彼を利用しているものだけに意識を集中させた。

その晩レミントンは、かつての彼が意のままにしていた贅沢な環境とはかけ離れた、狭い独房にいた。ネルが森のなかで打ち負かした夜と比べ、その風貌はかなり変わっている。

髪は薄くなり、顔はむくんで、以前は金にものを言わせてシャープな線を保っていた顎の肉も垂れさがりはじめていた。もはやハンサムとは言えないその顔には、彼が長年にわたって隠しつづけてきたものが透けて見えるようになっている。

彼はオレンジ色のゆったりしたつなぎを着せられ、衛兵のように独房のなかを行ったり来たりしていた。

「俺がこんなところに閉じこめられてていいはずがない。いつまでもこんなところにいられるものか。俺には仕事があるんだ。飛行機に乗り遅れてしまう。あの女はどこだ？」独房の入口でくるりと向きを変え、薄いブルーの目で狭い空間を眺めまわす。そして、軽いいらだちを示すように口をへの字に曲げた。「また遅刻だな。こらしめてやらなければ。まったく手間のかかるやつだ」

誰かが外から、黙れ、と怒鳴ったが、レミントンは毒づきながら行ったり来たりしつづけた。

「俺には大事な仕事があるってことが、あいつにはわからないのか？　俺には責任があるってことが？　ただじゃおかないからな。いったい自分をなにさまだと思ってやがるんだ！　あの売女《ばいた》め！　女なんかみんな売女だ！」

突然、糸に吊られた操り人形のようにレミントンの頭がぐいっと持ちあがり、薄く開いた目に、憎しみを彩る狂気があふれた。その狂気が赤く輝きはじめる。

「俺にはおまえが見えているってことがわからないのか？　この淫売め！　すべてが終わる前に、俺がおまえを殺してやる！」

猛烈な力が飛んできて、ミアの腹部にパンチを見舞った。自分がよろめいて倒れるのが、彼女にはわかった。「まったく情けないわね。狂った人間を利用しなければ、力を集めることもできないなんて。わたしなら、自分ひとりでなんでもできるわ」

「おまえはじわじわと苦しみながら死んでいくんだ。すべてが破壊しつくされるさまをその目に見せつけるために、俺がおまえを生き永らえさせてやってるだけさ」

「わたしたちはすでに二度もあなたを打ち負かしているのよ」ミアは次なるエネルギーの襲来を感じとり、必死でその矛先をそらした。だがそのために力を使いはたしてしまい、レミントンの頭が例の牙をむく狼に変わったときには、サークルとのリンクが消えかけていた。「三度めにはこちらに幸運が訪れるわ」どうにかそれだけ言い捨てて、ミアは自分の体へと舞い戻った。

かろうじて体に戻ることはできたが、ネルとリプリーが支えてくれていなかったら、そのまま崩れ落ちていたかもしれない。

「けがをしたの？」ネルのせっぱつまった声を聞きながら、ミアはしっかり立とうともがいた。「ミア？」

「いいえ。けがはしてないわ」

「ずいぶん長いこと行ってたじゃないの」リプリーが言う。

「ちょうど必要なだけよ」

「よく言うわ」リプリーはミアの手を握りしめたまま、頭をひょいと動かした。「ほら、仲間が来てるわよ」

頭のなかから幻が消えると、サークルのすぐ外に立っているサムが見えた。真っ黒な長いコートの裾が、夜風に揺れて翻っていた。

「早く終わらせて、サークルを閉じるんだ」きびきびしたビジネスライクな口調でサムが命ずる。「きみが倒れてしまう前に」

「自分のするべきことくらい、わかっているわ」ミアはネルがカップに注いでくれた気つけ薬に手をのばした。まだふらふらしているので、両手でしっかりとカップを持つ。自分の体が風に吹き飛ばされかねない霧のようだと感じなくなるまで、その液体を胃に流しこんだ。

「早くサークルを閉じろ」サムがふたたび強い口調で言う。「ぐずぐずしてると、ぼくが入っていくぞ」

ミアはとりあえずサムを無視して、安全な飛翔ができたことをシスターたちに感謝してから、サークルを閉じた。

「敵はやっぱり、まだレミントンを利用していたわ」肌はまだシルクのように薄くてもろいままだと感じたが、ローブをまとってベルトをしめた。「エネルギーの源としてというより器として利用している感じが強いけれど、まだどちらの意味合いもあるわね。女性に対する怒りや女性の持つ力に対する憎しみで彼を満たし、その複雑な感情を自分のエネルギーにしているのよ。その力はかなり強大だけれど、まったく隙がないわけではないわ」

ミアは地面に置いてあったバッグを拾いあげ、体を起こした拍子にぐらついた。

「もう充分だ」サムがさっとミアを腕に抱きかかえた。「ちゃんと眠らないと、この状態からは抜けだせない。介抱の仕方はぼくが心得ているから」

「サムの言うとおりだわ」リプリーはネルの肩に片手を載せて、サムがミアをサークルの外へ連れだす様子を見守っていた。「ミアになにが必要か、彼にはよくわかってるのよ」

ミアが頭をくるりとまわして、リプリーに顔を向ける。「あとはただ、バランスをとり戻せばいいだけなのよ。自分の足で立たないことには、バランスのとりようがないでしょ」

リプリーは思わずかっとなって言いかえした。「昔のあなたなら、誰かの助けを借りることに関して、それほどむきになったりしなかったはずよ」

「本当に助けが必要なときには、むきになったりしないわ。わたしは別にあなたの手なんて……」ミアは言葉尻を濁した。「ごめんなさい、あなたの言うとおりね」

「ほら、こんなに震えてるじゃないか」

ミアはサムの肩に頭を預けた。「なんだかむかむかするの」

「わかるよ、ベイビー。すぐになんとかしてあげるからね。頭痛はどうだい？」

「それほどでもないわ。本当に。もっとゆっくり戻ってこなきゃいけなかったんだけど、時間がなくなってしまって。ああ、どうしよう、サム、めまいが……」ミアの視界は隅のほうから灰色で覆われはじめた。「消えてくれそうにないの。わたし、このまま深くもぐっていってしまいそう……」

「それでいいんだよ。さあ、お眠り」

さすがのミアもこのときだけは、いっさい口答えをせずに従った。サムは腕のなかで気を失った彼女を、そのまま家まで運んだ。ミアを叱りつけるのは、目が覚めて反論できるようになってからでいい。今はとにかく、早くベッドに寝かせてやらなければ。

ミアには長く深い眠りが必要だとわかっていても、薄暗いベッドルームで青白い顔をしてこんこんと眠る彼女を見守るのは、サムにとって決してたやすいことではなかった。それでも、ミアに今なにが必要かはわかっていたので、物理的に世話を焼くことである程度は気が紛れた。

守りの力を得るためにミアがどのオイルとクリームを使ったかは、すぐにわかった。彼女の肌から今なお香りが立ちのぼってくるからだ。サムはミアをベッドに横たえたのち、それらの力を強めるのに役立つ香とキャンドルを揃えた。

必要なものをとりに塔の部屋へ行って棚やキャビネットを見まわし、ミアはいつでも整理整頓が行き届いた人だ、とあらためて感じた。

こんなところにも花が飾られ――スミレの鉢植えだ――本が並べられている。サムは背表紙をざっと眺め、記憶をよみがえらせる必要に迫られたときのために、癒しの呪文と魔法に関する本を抜きだした。

必要な薬草類はキッチンで見つけた。キッチン・マジックを実践するのは久しぶりだったが、ミアの霊的浄化を助けるために、ヘンルーダを煎じてお茶を淹れた。

そうして部屋に戻ったときには、ミアは深い眠りについていた。サムはキャンドルと香に火を灯し、ベッドのかたわらに腰をおろして、自分の思いをミアのなかにすべりこませた。

「ミア、これを飲んだほうが、もっとよく休めるよ」

ミアの頬を指でたどり、軽く口を重ねる。すると彼女は目を開けたが、グレーの瞳はぼんやりしていた。サムは、水のようにぐんにゃりしているミアの頭をそっと持ちあげ、口もとにカップを近づけてやった。

「さあ、これを飲んでおけば、眠っているうちに癒されるからね。夢がきみを遠くて深いところへ導いてくれる。夜を通り抜けて、光のもとへ」

ふたたびミアをベッドにそっと寝かせ、顔にかかっている髪を払う。

「ぼくについてきてほしいかい?」

「いいえ。ここでのわたしは、ひとりぼっちだもの……」

「そんなことないさ」ミアのまぶたが閉じると、サムは彼女の手をとって、彼の唇をなぞらせた。「ぼくはここで待っているからね」

ミアはサムをその場に残して、ひとりで夢の世界へ入っていった。

夢のなかでミアは、両親が見向きもしなかったローズ・ガーデンに座っている少女時代の自分を見た。上を向いたてのひらのなかで、小さな指を花びらだと思っているかのように、蝶がひらひらと舞っている。

森のなかの開けた場所では、まだ若くて元気いっぱいの自分とリプリーが、ベルテイン（五月一日に行われる、火の神ベルにちなんだケルトの祝祭）のかがり火をたいている。

暖炉の前の床に大の字になって寝ている自分のかたわらでは、ルルが椅子に座って編み物をしている。

暑い夏の夜に、ビーチを散歩するサムと自分。サムに引き寄せられたとたんに、心臓が、どきっ、どきっ、と高鳴る。世界がとまって息をひそめたかに感じられた、初めてのキスの前の、魔法のような一瞬。

粉々に打ち砕かれた心から涙が洪水のようにあふれたときの、あの熱い感覚。早春の可憐なスミレの花壇の脇にたたずみ、去ってしまったサムを思いながら嘆き悲しんでいる自分。

〝ぼくはもう戻らない〟

そのひとことで、サムはミアを木っ端みじんにした。

浮かんでは消える夢とともに、ミアはさらに浮かんだり沈んだりした。夏の庭に立って、ネルに風の起こし方を教えている自分の姿が見えた。ともに力のサークルをつくるふたりのシスターとついにしっかりと手を握りあってひとつとなれたことを、心からうれしく思う気持ちも感じられた。

やさしい色と甘い香りに彩られたネルの結婚式と、明るい約束に満ちたリプリーの結婚式。ふたりがミアなしで新たなサークルを紡ぐのも見えた、そうあるべき姿として。

そして、ミアはひとりになった。

「わたしたちを動かすのは運命だけれど、選ぶのはわたしたちなのよ」

気がつくとミアは、ファイヤーと呼ばれた人とともに崖に立っていた。彼女のほうを向いてその顔をじっと見ると、自分とうりふたつだった。

「わたしは自分の選択を悔やんでいないわ」ミアは言った。

「わたしもそうだった。今でもそうよ」

「愛のために死ぬなんて、情けない選択だと思うけれど」

ファイヤーが眉を吊りあげるしぐさに、生まれ持った崇高さが表れていた。夜風に吹かれて、髪が炎のように流れる。「それでも、あれがわたしの選択だった。もしもあのとき異なる選択をしていたら、娘であるあなたは今ここにはいなかったかもしれない。いたとしても、今のあなたではなかったでしょう。だから、わたしは後悔などしていない。あなたの時が終わるとき、あなたも同じように言えるかしら?」

「わたしはわたしに与えられた力を精いっぱい慈しみ、なにものにも害をもたらしたりはしない。そして最後まで生き抜くわ、豊かな人生を」

「わたしがしたのと同じようにね」ファイヤーは両手を広げた。「今はまだわたしたちがこの場所を守っているけれど、時はもうそこまで迫ってきているわ。ほら、ご覧なさい」岩の縁から霧がわいているあたりを示す。「敵は決して手に入れられないものを、なによりも切望しているわ。決して手に入れられないそのものこそが、最後には敵を打ち負かすのよ」

「これからわたしがやるべきことって、いったいなんなの？」ミアは尋ねた。「わたしに残されているものは？」

「すべてよ」その言葉を最後に、ファイヤーは消えていった。

そしてミアはひとりになった。

ルルもまたひとりだった。パッチワークのキルトにくるまって深い眠りにつき、夢のなかをさまよっていた。彼女の知らぬ間に黒い靄が家の外に集まり、窓辺へと這いあがってきた。そして隙間から、部屋のなかへと流れこんできた。

その冷たい靄がベッドを覆い、カバーの下にまでもぐりこんできて肌の上を這いまわると、ルルはぶるぶると身を震わせた。不機嫌な声をもらしてキルトの下により深く体をもぐらせたが、少しもあたたかくはならなかった。

しばらくすると、むずかって泣きじゃくる赤ん坊の声がルルの耳に届いた。母親なら誰でも自然とそうするように、彼女はカバーをはねのけて闇のなかに起きあがり、ベッドルームから抜けだした。

「はい、はい、今行きますよ」

夢のなかでルルは、崖の上に立つ家の長い長い廊下を歩きはじめた。つるつるした木の床を踏みしめて――実際には家の外に出て、濃くなっていく霧のなかを歩いているのに、庭の芝生のちくちくする感触はまるで感じていなかった。目は開いているものの、その目に映るのは現実に歩いている通りや静かに立ち並ぶ家々ではなくて、赤ん坊が寝ている部屋のドアだった。

後ろからついてくる黒い狼のことは、見えてもいなければ感じてもいなかった。ルルはそこにないノブに手をのばしてドアを開け、角を曲がってとぼとぼとビーチへ向かった。

赤ん坊のベッドはもぬけの殻で、泣き声は今や、長く尾を引く恐怖の悲鳴になっていた。

「ミア！」大声で叫びながらハイ・ストリートを走り抜ける。ルルの意識のなかでは、そこは迷路のように入り組んだ廊下だった。「どこにいるの？」

つのる恐怖に息を弾ませ、鍵のかかったあちこちのドアを叩きながら、赤ん坊の泣き声のするほうへとひた走る。ビーチで転んで砂に両手を突いたときは、分厚いカーペットに指が埋もれていくような感触を覚えた。ルルはすすり泣きながら必死にミアの名を叫び、よろめきながらもなんとか立ちあがって、さらに走りつづけた。夢のなかでルルは階段を駆けおりているつもりだった。だが実際には、漆黒の夜に包まれて、海のなかへと飛びこんでいった。

寄せ来る波が行く手を阻み、後ろへと押し倒そうとするものの、ルルはわが子を見つけだして守りたい一心で、波をかき分けて前へ前へと進んでいった。水が頭にかぶるころになっても、目は開いたままだった。赤ん坊の泣き声はいつまでも耳について離れなかった。

ルルは胸に重苦しさを覚え、喉に吐瀉物の苦い酸味を感じた。そのとたんに息をつまらせ、またげぼげぼと吐きだした。

「息を吹きかえしたぞ。もう大丈夫だよ、ルル、落ちついて」

目が燃えるように熱くて、なかなか焦点が定まらなかった。霞の向こうにぼんやりと見えるのは、どうやらザックの顔のようだ。彼の髪からしたたる滴が、ルルの頬に垂れ落ちた。

「いったいなにがあったの？」しゃがれた声を無理にしぼりだしたせいで、喉に痛みが走る。

「ああ、よかったわ、ルル」かたわらの砂の上にひざまずいていたネルが、ルルの手をとって頬に押しあてた。「本当によかった」

「まだショック状態にあるわ」リプリーが兄を押しのけて、ルルの上でばさっと毛布を広げた。

「ショックって？」なんとか自力で起きあがったルルは、このまま死んでしまうかと思うほど激しく咳きこんだ。だが、やっとのことで落ちつきをとり戻して、自分をとり囲んでいるみんなの顔を眺めまわす。はた目も気にせずすすり泣くネルの横には、全身ずぶ濡れのマックがしゃがんでいた。リプリーは砂の上にお尻をついて座り、ザックの手を借りてルルの肩まで毛布をかけてくれていた。

「ミアはどこなの？」ルルは尋ねた。

「家にいるわ。サムと一緒よ」ネルが答える。「ミアの身は安全だから」

「よかった」ルルはゆっくりと慎重に息を吸った。「いったいわたしはこんなところでなにをしてたの？　こんな真夜中に、びっしょり濡れて？」

「いい質問だ」ザックは少し考えて、ここは真実を知らせるのが最適だという結論に達した。「ルルが危険な目に遭っていることに気づいて、ネルが目を覚ましたんだ」

「わたしもよ」リプリーが言い添える。「やっと眠りに落ちかけたとき、頭のなかであなたがミアを捜して叫んでいるのが聞こえたの。そのあと、幻が暴走列車みたいに脳裏に押し寄せてきたのよ」リプリーはネルをちらりと見やった。「家からふらふらと出てきたあなたに霧が近づいているのが見えたわ」

「それに、黒い狼も」ネルはそうつぶやき、リプリーがうなずくのを待ってから続けた。「あなたのあとをつけていたの。もう間に合わないんじゃないかと思って、怖かったわ」

ルルは片手をあげてみんなの会話を制し、頭を整理しようとした。「わたしが自分で海のなかへ歩いていったってこと？　冗談でしょ」

「やつにおびきだされたのさ」マックが答えた。「どうやってかわかるかい？」

「わたしは夢を見ただけよ、それだけ。悪夢をね。わたし、ちょっと夢遊病の気があるから」

「早く家に連れて帰って、あたたかくしてあげなくちゃ」ネルがそう言うと、リプリーがすかさず首を横に振った。

「まだだめ。あのね、ルゥ、あなたは眠ったまま溺れかけたのよ」とげとげしい口調で叱り飛ばすように言う。「そんな説明で納得できるとでも思ってるの？　ネルとわたしが目を覚ましていなければ、あなたは死んで浜に打ちあげられているところを、朝になって発見されるはめになってたんですからね」声がうわずってきたので、リプリーは歯を噛みしめてしゃべった。「ザックとマックがあなたを海から引きあげて、ザックが蘇生させたの。そのこと、絶対に忘れないでほしいわ」

「もうやめて。そんなふうに怒鳴らないでちょうだい」ルルは小刻みに震えながら、リプリーの腕を軽く揺すった。「わたしはちょっとばかり悪い夢を見ただけ。ただそれだけのことなんだから」

「敵があなたをここまでおびき寄せたんだよ」マックがくりかえした。

「そんなの嘘っぱちよ」ルルは骨の芯から寒気を感じて、ふたたびがくがくと震えはじめた。「なんでそいつがわたしを傷つけようとするの？　わたしには特別な力なんてないのに」

「あなたを傷つければ、ミアも傷つくからさ」マックが答える。「ルゥ、あなたはミアの一部なんだ。だからこの件にも大いに関係がある。子供たちの世話をする人がいなかったら、この島は――三姉妹が残した子供たちは――いったいどうなっていたと思う？　もっと前から、その点もちゃんと考慮しておくべきだったんだ。そうしなかったのは愚かだった。不注意だったよ」

「もう二度と、こういう不注意なまねはくりかえさないようにしないとね」ネルはそう言って、ルルの肩を抱きしめた。「冷たいわ。早く家へ連れて帰らなくちゃ」

ルルはされるがままに家へと運んでもらい、あれこれと世話を焼いてもらって、ベッドにまで寝かしつけてもらった。わたしも歳をとったものだわ、とつくづく感じたが、それだけでは終わらなかった。

「ミアにはこのこと、知らせないでほしいの」

「なんですって?」リプリーが握った拳を腰にあてて問いただす。「死に損なったせいで、頭がイカレちゃったんじゃないの?」

「あなたの旦那さんがビーチで言ったこと、思いだしてちょうだい。敵はわたしを傷つけることで、ミアを傷つけようとしてるんでしょ? もしもあの子がわたしの身を案じていたら、それだけ気が散ってしまうわ」ルルは眼鏡をかけてからマックのほうを向いて、彼の顔をはっきり見た。「この一件に片がつくまで、あの子には持てる力と機知のすべてが必要なはずよね。わたしの解釈、間違ってるかしら?」

「たしかにミアには強くあってもらわなくちゃいけないけど——」

「だったら、余計な心配をさせることはないわ」ミアが無事でいてくれることは、ルルにとってなにより——この世のなにより——大切だった。「今夜わたしの身にこんなことが起きたのは、ミアの気を動転させて隙をつくるためだって、みんなもわかってるんでしょ? すんだことはすんだことなんだから、今さらミアに話したってなにも変わらないわ」

「ミアならあなたを守ってくれるのに」ネルが横から口を挟む。

「自分の面倒くらい、自分で見られるわ」それを聞いてザックが眉を吊りあげたのを、ルルは見逃さなかった。大きく息を吐いた。「これでもわたしはあなたたちよりずっと長く、ずっとひとりで生きてきたのよ。それに加えて、わたしには頼りになる保安官と、頭の切れる科学者と、わたしを見張っててくれる魔女がふたりもついてるんだから」

「ルルの言うとおりかもしれないわね」リプリーは、飛翔から戻ったときのミアがどれほど青ざめ、どれほどか弱く見えたかを思いだした。「せめて、彼女に告げる意味が見つかるまでは、ここだけの話にとどめておきましょう。とりあえずは、ネルとわたしでルルの家の周囲に守りを張っておけばいいもの」

「すぐにでもそうしてちょうだい」ルルは快く促した。

「ぼくはセンサーをセットしておくよ」マックも話に割って入った。「そうしておけば、なにかしらエネルギーに変化が生じたとき、警報が鳴って知らせてくれる」

「それで決まりね」ルルは顎を引きしめて言った。「敵の狙いはミアなのよ。もう二度と、わたしを使ってミアを傷つけることなんてさせない。それだけは保証するわ」

11

短くなったキャンドルの炎、あたりに漂う豊かな香りとやわらかな光に囲まれて、ミアは目を覚ました。そして、自分自身の感覚が戻ってくるより先に、サムの存在を感じた。重ねられた手のぬくもりと、彼の不安の重みを。

ほんの一瞬だけ、これまでの年月が消えてなくなり、心が愛で満たされて軽くなった気がした。かつての思いと今の思いが胸にあふれ、そのどちらもしっかりとつかまえることができないままに、ふたつの思いはぶつかってまじりあった。

「さあ、これを飲んで」数時間前と同様に、サムがミアの頭を持ちあげて、口もとにカップを近づけてくれた。

ただし今度は口をつける前に、ミアはくんくんとその匂いを嗅いだ。「ヒソップね。正しい選択だわ」

「気分はどうだい？」

「だいぶいいわ。あなたよりましなくらいかもしれない。ひと晩じゅう起きてついてくれなくてもよかったのに」彼女の脇で丸くなっていた猫が、撫でてほしそうに手の下にもぐりこんできた。「今、何時？」

「日の出だ」サムは立ちあがってキャンドルの火を消しはじめた。「あれからまだ九時間しか経ってないよ。もっとゆっくり眠ったほうがいいのに」

「いいの」ミアはベッドに起きあがり、髪をさっと後ろに払った。「もう目が覚めてしまったから。それに、おなかがぺこぺこなのよ」

サムは振りかえり、アンティークのベッドに座っているミアを見つめた。眠りから覚めたばかりの紅潮した顔で、黒い猫を膝に抱えている。

彼はベッドにもぐりこみたかった。ミアを抱きしめて、ただ休みたかった。ただ一緒にいたかった。「ぼくがなにかつくってあげるよ」

「あなたが朝食をつくるの？」

「卵とトーストくらいならできるさ」サムはそう答え、急いで部屋を出ていった。

「なんだかご機嫌が悪そうだったわね」ミアはアイシスに向かって言った。猫はしっぽを振ってベッドから飛びおり、サムのあとを追いかけていった。

強いカフェインがもやもやする頭をすっきりさせ、気分を変えてくれるだろうと期待して、サムはまずコーヒーを淹れた。目を覚ましたミアに見つめられた瞬間、ゆうべ胸にわいたやさしい感情や大いなる不安が悩ましい思いに変わったことは、疑いようがなかった。

男にはある種の防衛が必要だ。

コーヒーメイカーがごぼごぼと音を立てているあいだに、蛇口から冷たい水を出し、シンクに頭を突っこんだ。流水の下にうまく頭をもぐらせたと思った瞬間、足もとに猫がしゅるんと体をこすりつけてきた。

目の前に星が飛ぶと同時に悪態をついて、サムは髪をざっとしぼり、滴をしたたらせながら顔をあげた。

ミアがキッチンへ入っていったとき、彼はずぶ濡れの顔で立ちつくし、猫をにらみつけていた。彼女は皿ふき用のタオルをとって、サムに渡した。

「頭を濡らすだけで足りなければ、シャワーを使ってもかまわないわよ」ミアはアイシスに目配せして女同士にしか通じない思いを伝えたのち、裏口のドアから猫を外に出してやった。

サムは無言のまま乱暴に冷蔵庫を開け、卵のパックをとりだした。ここで口を開いたらなにを言いだすか、自分でもわからなかったからだ。

ミアはキャビネットからフライパンを出し、片手を差しだした。「わたしがやりましょうか？」

「卵料理くらいつくれるって言っただろう。だから、これはぼくがつくるよ」

「わかったわ」ミアはフライパンをそっとバーナーの上に置き、マグカップをふたつとりだした。コーヒーを注ぎ、キッチンのなかをばたばた駆けずりまわるサムを横目で見ながら、口をとがらせないように我慢していた。だが、コーヒーをひと口口に含んだとたん、思わずむせて目を潤ませた。「ああ、これだけ濃いコーヒーを飲めば、チャンピオンと十ラウンド戦っても持ちそうだわ」

サムはボウルの縁に卵をぶつけた。「ご不満はそれだけかい？」

「ええ」ミアは寛大な気持ちになって、卵の殻のかけらが中身と一緒にボウルに入ったことは言わずにおいた。そっとコーヒーをすすりながら、裏口へと歩き、朝の空気を入れようとドアを開ける。「雨になりそうね」

しばらくサムをそっとしておこうと思い、ミアは白いローブに風をはらませて、裸足のまま庭を見に外へ出た。小道のほうへ歩いていくと、ウインド・チャイムが軽やかに鳴った。ここにはいつも新鮮な驚きがある。新しい花がちょうど開きかけていたり、つぼみがほんのりと色づいていたり。継続と変化がほどよくまじりあっていることが、彼女にとっては庭の大きな魅力のひとつだった。

そこでキッチンをちらりと振りかえった。かつてわたしが愛した少年は今や立派な男性となって、わたしのために朝食をつくってくれている。継続と変化はここにもあるわ、と思い、ミアはため息をついた。サム・ローガンについても、やはりそれが魅力のひとつだったのかもしれない。

眠っているあいだじゅうサムが手を握っていてくれたことを思いだしながら、まだかたいつぼみの牡丹をひと枝手折った。そのつぼみを両手でそっと包みこみ、やわらかなかぐわしいピンクの花びらが開くように念をこめる。

ほころんだその花で頬を軽く撫でながら、ミアは家に戻った。

ガス台の前に立っているサムは、どうにもキッチンに不似合いだった。両脚を大きく開き、武器のようにフライ返しを手に持っている。卵はすでに焦げていた。

ミアはばかみたいに感動して、サムのそばへ近づき、そっと火を消した。彼の頬にキスをして花を手渡す。「介抱してくれてありがとう」

「どういたしまして」皿をとろうとして振りかえったサムは、食器棚のガラス戸に額を思いきりぶつけた。「ちくしょう、ミア。ちくしょう！　どうして自分がやろうとしてることを、前もってぼくに話してくれなかったんだ？　なぜぼくに電話をくれなかった？」

「いちいちあなたに電話をかける癖はもうなくなっていたもの」

サムは怒りと痛みに包まれて、姿勢を正した。

「あなたを傷つけるつもりで言ったわけじゃないわよ」ミアは両手を広げた。「本当に。事実を述べただけ。今のわたしは、自分なりのやり方で、なんでもひとりでやることに慣れているから」

「いいよ、いいよ」ちっともよくはなかった。サムはがちゃがちゃと音を立てながら、食器棚から皿を引きずりだした。「こときみに関しては、ひとりで好き勝手に動くとこそきみらしいってわけだ。なのに、ことぼくに関しては、内緒で動いたと非難されてしまうんだな」

ミアはあんぐりと口を開けた。それから無理やり口を閉じて、咳払いをした。「たしかにそうね」彼の脇をすり抜けて、冷蔵庫からジャムをとりだす。「でも、あのときあなたが勝手にやろうとしたのはわたしの領域に踏みこむ行為だったし、身の危険を冒したうえに、こっそり仲間まで呼び集めていたでしょ」

「きみの領域はきみだけのものじゃない。それに、きみだって身の危険を冒したじゃないか」

「それについては反論させてほしいわ。わたしは意図的にあなたに隠れてやったわけではないもの。今振りかえれば、あのときサークルにあなたがいてくれたら、たしかに助かったとは思うけれど」ミアは、すっかり冷めて縁がかりかりになった石のようなトーストをテーブルに置いた。

「昔と比べて、ずいぶんうぬぼれ屋になったものだね」サムが反撃した。「もっとも、昔からかなり生意気ではあったけど」

「自信家と言ってちょうだい」ミアは言いかえした。「うぬぼれが強かったのは、あなたのほうでしょう」

「どっちだっていいさ」サムはミアとともにテーブルに着き、卵の半分を自分の皿に、残りを彼女の皿にとり分けた。ふたりのあいだには、ピンクの愛らしい牡丹の花が置かれている。サムがまずひと口食べた。「うわっ、こいつはまずいな」

ミアも少しだけつまんで口に入れてみたが、焦げた卵と殻の味がした。「ええ、そうね、本当にまずいわ」

サムがミアを見て苦笑いをすると、彼女は笑いながら食べつづけた。

サムはミアの勧めをありがたく受けてシャワーを借り、徹夜の看病で凝った筋肉をほぐすために熱い湯に打たれることにした。まずい卵と冷めたトーストを食べながら、ミアとのあいだにいちおう停戦協定を結べた気がしていた。というより、執行猶予状態と言うべきか。もしかするとふたりは、ためらいながらも、ふたたび友達に戻るステップを踏みだせたのかもしれなかった。

サムはそういう友達づきあいが恋しかった。穏やかな沈黙や笑いを分かちあう関係が。昔の彼は、ミアが悲しみに沈んでいるとき、彼女自身がそれと気づくよりも早く察することが多かった。実の両親に無視されたり不用意な言葉に傷つけられたりするたびに、ひとり娘だったミアが心に無数の針にちくちくと刺されるような痛みを感じていたのを、サム自身も感じていた。

恋人同士になる以前から、ふたりは互いの人生の一部になっていた。ふたりは運命の絆でかたく結ばれていた。彼があえて関係を断ち切ろうとしたのは、その絆が絶対的なものであり、疑問を差し挟む余地すらなかったからこそだ。そのことを、どうすればミアにわかってもらえるのだろう?

ミアはなにも尋ねてこないし、サムのほうからも語ろうとはしていない。だが彼は、それが最善だと考えていた、少なくとも今のところは。せめて、ふたりが友達に戻るまでは。

そのとき、ミアがバスルームに入ってきて、後ろから腕をまわしてきた。濡れた体が背中に押しつけられたとき、サムの腹筋はぎゅっと縮んだ。

「一緒に浴びさせてもらってもいいでしょう?」ミアがたわむれに彼の肩に噛みついてくる。

今回のふたりは、通常のプロセスを逆行することになった。つまり、友達よりも恋人関係が先というわけだ。

サムは体の向きを変え、ミアの髪をそっとつかんで、ほとばしる湯の下へ彼女を引き寄せた。

「お湯が熱すぎるわ」サムが首筋に軽くキスをすると、ミアは頭をのけぞらせた。

「ぼくはこれくらい熱いのが浴びたかったんだ」

ミアがシャンプーのボトルをとり、ふたりの頭に薄緑色の液体をしぼりだす。

「ちょっと待てよ！　それはなんなんだ？　女ものだろう？」

ミアはおもしろがって、サムの頭に手をのばして泡立てた。彼女は昔からサムの髪が大好きだった。真っ黒で、ふさふさしていて、思いどおりにならない癖毛。こうして濡らすと、黒いシルクの雨のように肩の近くまで垂れ落ちる。

「わたしのオリジナル・ブレンドよ。ローズマリーは髪の成長を促すの。あなたには必要ないけれど、でも、いい香りでしょ。男らしい男性にもぴったりだわ」

サムもミアの髪を泡立て、匂いを嗅いだ。「ローズマリーだけじゃないね？」

「ええ。キンセンカと、シナノキの花、それにナスタチウムも入っているの」

「やっぱり女ものじゃないか」泡がふたりの体をすべり落ちていき、肌をつややかに輝かせた。「きみにはよく効くよ」

「あなたにだって……」最後まで言い終わらないうちに、ミアの口はサムの口でふさがれた。

ハーブや花の香りが立ちのぼる湯気のなかで、ふたりは体を洗いあい、じゃれあった。ぬるぬるの体にぬるぬるの手をすべらせて、一瞬一瞬を大切にしながら、徐々にほてっていく肌の感触や味を楽しんだ。

長く気だるいストロークは心臓の鼓動につられて速くなっていき、叩きつける水音にふたりのあえぎやうめきがまじりはじめる。

サムに唇をやさしく噛まれたりついばまれたりするたびに、ミアはどんどん大胆になっていった。自分からキスを深め、体をぴったりと押しつける。誘いをかけ、要求し、歓びを求めた。サムが吸う息はすべてミアの香りで満たされた。

空気がねっとりしてくると、サムはミアに後ろを向かせて背中をキスでたどり、背後から手をまわしてミアの胸を包みこんだ。親指で胸の頂をこすり、つんとかたくなった部分をいたぶると、ミアは甘美な歓びに体を弓ぞりにしならせた。

サムの手が下のほうへとすべっていくと、ミアは身をくねらせて彼に向きなおり、その首に腕をまわしてしっかりとつかまった。

「さあ、わたしを満たして」

サムはじれったいほどゆっくりとミアのなかへ入ってきた。彼女は自分が開かれていくにつれて、彼にも歓びを与えていることを感じた。湯がとめどなく肌を伝い落ちるなか、ミアは彼の肩にしがみついて一緒に動いた。

歓びができるだけ長続きするよう、なめらかでゆったりしたリズムを刻む。ミアは全神経を集中して、このひとときを長引かせようとした。かけがえのない宝石のようにきらきら輝くこのひとときを。彼女の肌の下で血が歌うように脈打ち、いつしか体の内側で美しいメロディーを奏ではじめた。

そしてミアは終わりのないあたたかな高波にさらわれて頂点へのぼりつめ、サムの口に自分の口を押しつけた。

結局ふたりはベッドに舞い戻り、仰向けに倒れこんだ。

「どうしても、第一ラウンドはここでできないようだな」サムは言った。

「それはともかく、第二ラウンドはしばらくお預けね、お互い生活のために働かなくちゃいけないから」

「ああ。ぼくは十一時から会議があるんだ」

ミアは時計が見えるように体をひねった。「まだちょっと時間があるわ。このまま少し眠ったほうがいいんじゃない？」

「うん……」

彼女は起きあがって、まだ濡れている髪を指で梳いた。「十時に目覚ましをセットしておくわね」

サムは低くうなっただけで、筋肉はぴくりとも動かさなかった。

三十分後、すっかり身支度を整えたミアがサムを起こそうとしたときも、彼は相変わらず動こうとしなかった。彼女はかいがいしくアラームをセットしなおし、シーツをサムの上にかけてやった。

しばらくそこに立ったまま、サムを見つめる。

「いったいどうして、あなたがまたこうしてわたしのベッドで眠るようなことになったの？」ミアは声に出していぶかった。「こういうことがあると、わたしは弱くなって愚かになってしまうからかしら？　それとも、人間らしくなれるから？」

答えを得られないまま、ミアはサムを寝かせておくことにした。


ミアが店に入るやいなや、ネルが駆け寄ってきた。「大丈夫なの？　心配してたのよ」

「大丈夫よ」

「その顔色からすると、具合が悪そうには見えないね」ルルはじっくりミアを観察してから言った。胸のあたりにつかえていた緊張のかたまりがほぐれ、ゆっくりと解けていく。

「今ね、ルゥに話してたの」ネルはわずかに後ろめたさを感じながら、言い訳した。

ミアがこれほど早く店へやってくるとは思ってもいなかったからだ。「わたし、その……やっぱり話しておくべきだと思って」

「もちろんよ。コーヒーはもうできてるかしら？ まともなコーヒーが飲みたいんだけれど。時間と労力を節約するために、みんなで上へ行きましょう。そうすればあなたたちふたりも、わたしの身になにが起きたんだろうって陰でこそこそ話をしなくてすむでしょう？」

「あなたは血の気を失ってたわ」ネルが先頭に立って階段をのぼりはじめた。「リプリーとわたしがこっちへ引き戻そうとしかけたとき、あなたは自力で戻ってきたの。でも、顔はシーツみたいに真っ白だった」自分の領域を守るかのように、急いでカウンターの後ろにまわりこんで、みんなにコーヒーを注ぐ。「一時間近くも向こうに行っていたんだもの」

「一時間も？」ミアは驚いた。「それは知らなかったわ。そんなに長いとは思えなかった……敵はさすがに巧妙ね」静かに言う。「こちらの時間感覚を麻痺させたんだわ。わたしとしては、そんなに長くとどまるつもりはなかったのに。でもこれで、戻ってきたときにとても弱くなっていたことの説明がつくわね」ネルが差しだしたコーヒーに口をつけながら考えた。「今後はそのことを忘れないようにしないと。ルゥ、あなたもなんだか少しやつれたように見えるけど、大丈夫なの？」

「夜更かしして、チャールズ・ブロンソンの映画を立てつづけに見たせいよ」ルルが口から出任せの嘘をつくと、カウンターの後ろにいるネルはさらなる罪悪感に頬を赤らめた。「あのローガン少年があなたの世話をしてくれたの？」

「ええ、ルル。あのローガン少年がわたしの世話をしてくれたのよ。ねえ、なんだか風邪をひいてるような声じゃない？」

確実にわが子の気をそらす方法を知っているルルは、逆にミアをからかうことにした。「今朝、コテージの前を通りかかったんだけど、彼の洒落た車は見あたらなかったわね」

「まだうちのドライブウェイに駐まっているからよ。彼はひと晩じゅうわたしのそばについていてくれて、今朝は今朝でものすごい朝食をつくってくれたわ。そのあと、シャワーのなかでわたしのほうから彼を誘惑したの。おかげでわたしはとてもよく休めたし、とても清潔になって、ちょっぴりおなかが空いているというわけ。ネル、そのアップルマフィン、ひとつもらってもいいかしら？」

「彼ね、ニューヨークのコンドミニアムを売ったそうよ」そう教えてやるとミアがまばたきをしたので、ルルは満足した。

「本当に？」

「わたしの情報収集力を見くびらないでちょうだい。契約書にサインしたのは、つい昨日のことだそうよ。細々した荷物なんかは倉庫に預けたらしいわ。要するに、すぐに向こうへ戻るつもりはないってことね」

「そのようね」今はその点について考えている余裕はない、とミアは自分に言い聞かせた。今この段階では。「でもそうなると、サムは大きな家具をどこに置くつもりでいるのか、ってことが気になるわね」

「売ればかなりのお金になるんじゃない？」

「ふうん。まあ、そんなことはさておき」ミアは続けた。「せっかくみんなで頭を寄せて考えるなら、エヴァン・レミントンをどうするかを決めておかなくちゃ。当局もさすがに、被収容者に呪いをかける目的で魔女が集会を開いているといって規制をかけてくるわけにはいかないでしょうし」マフィンをかじりながら考える。「正直言って、去年ハーディングに通用したやり方は効かないと思うの。ハーディングは事態をよく把握していなかったし、ほとんど戦う気のない〝歩《ポーン》〟にすぎなかったわ。でも、レミントンは本人がやる気満々で、自分の身になにが起きているかもおそらくわかっているはずよ。彼の場合、ただ受け入れているだけではなくて、自分を利用しているものの存在を楽しんでいる。むしろ喜んでいるのよ」

「わたしなら、彼のなかに入って見てこられるわ」ネルはミアの視線が飛んでくるのを待ってから続けた。「彼もそれなら歓迎してくれるはずよ。わたしがやれば、彼に届くと思うの」

「だめよ」ミアは腕をのばしてネルの手をぎゅっとつかんだ。「あなたはかえって彼のやる気を燃えあがらせるだけだわ。それよりなにより、もしもわたしがそんなことをそのかしたら、ザックがとうてい許してくれないもの。あなたとレミントンが顔を合わせるのは、どんな状況であっても危険すぎるわ、だいいち、赤ちゃんにとっても危険でしょう？」

「わたしは別に……」ネルは大きく目を見開いた。「赤ちゃんのこと、どうしてわかったの？　たしかにわたし、今日の明け方ごろ、妊娠検査薬を使ってはみたけど」おなかに手をあてながら言う。「念のため、午後にでもお医者さんへ行って診てもらおうと考えてたところなのよ。まだザックにも打ち明けてないのに。本当かどうか、まず確かめたかったから」

「間違いないわ。あなたの手をつかんだとき、はっきり感じたもの」喜びが心の底からわいてきてミアの顔にあふれた。「新しい命よ。ああ、ネル……」

「ほんとはね、その夜……赤ちゃんを授かった夜に、わかったの。わたしのなかで光を感じたから」涙がこぼれた。「だけど、信じるのが怖くて。ぬか喜びだったら困るでしょう？　でも、本当に赤ちゃんが生まれるのね！」ネルは頬に両手を押しあて、その場でくるくるまわった。「赤ちゃんが生まれるんだわ！　ザックにも教えてあげなくちゃ」

「行ってらっしゃい。今すぐ。あなたが戻ってくるまで、ここはわたしたちでなんとかするから、ね、ルゥ？　ルゥ？」ミアが振りかえってみると、ルルはポケットをまさぐってティッシュをとりだしたところだった。

「アレルギーよ」感涙にくぐもった声でそう言い張る。「早く行っておいで」ルルは片手でネルを追い払うしぐさをした。「旦那さんに、あなたはパパになるのよ、って言ってあげなくちゃ」

「パパだなんて！」ネルは踊るようにカウンターから出てきて、ルルの首とミアの首に腕をまわした。「ザックの顔を見るのが待ちきれないわ。それに、それに、リプリーも！　そんなにかからないから。すぐに戻ってくるわね」ネルは急いで階段のほうへ駆けていき、輝く笑顔でくるりと振り向いた。「赤ちゃんが生まれるのよ！」

「子供を産むのは、なにもあなたがこの世で初めてってわけじゃないのよ」ルルはもう一度鼻をかんでから、ティッシュをポケットに戻した。「さてさて、わたしもちっちゃなブーツを編みはじめなくちゃ。ブランケットもね」そう言って、肩をすくめてみせる。「誰かがおばあちゃん役を買って出なくちゃいけないもの」

ミアはルルの肩に腕をまわし、その髪に頬を軽く押しつけた。「ちょっと座って、一緒に泣きましょうか」

「そうね」ルルはまたもやティッシュを引っぱりだした。「それがいいわ」

なにものもこの喜びの窓を曇らせることはできないわ、とミアは自分に言い聞かせた。三百年前の呪いも、増築の初期段階の不便さや混乱も。そしてなにより、ついうらやましいと感じてしまう自分自身の嫉妬心も。

この先どんなことが待ち受けていようと、ネルにはこの幸せと新たな発見に胸躍る日々を過ごす権利があるんだから。

ハンマーの音が四六時中響いているうえ、窓だったところからの眺めも今や完全にさえぎられているせいで、ランチ客は好奇心旺盛な物好きと頑固者だけになってしまった。それでもミアは、これ以上いいタイミングは望めない、と考えていた。客が減った分だけ、ネルは休みが多くとれるし、気晴らしをする贅沢もできる。

夏至までには、ほとんどの作業は終わるだろう。たとえカフェが完成していなくても、新しくつけるテラスで食事はできるようになっているはずだ。

ミアは店の外へ出て、歩道から工事の進捗具合を確かめてみた。二階から外へ飛びだす形のテラスは、完成すれば建物全体によくマッチするだろう。そのあかつきには、両端にフラワー・バスケットを吊すつもりでいる。曲線が美しい鉄製の手すりやテラスの床に貼るスレートなどは発注済みだ。

ここにカフェ・テーブルを置いて、あそこに夏の花の鉢を飾って、とミアの頭には完璧なイメージが浮かんでいた。もちろん、大勢の客が押し寄せる光景も。

「工事もだいぶはかどってきたね」ザックがやってきて、ミアの横で立ちどまった。

「想像していたより、ずっとすばらしくなりそうよ。夏至の週までにできあがればいいんだけれど、それが無理でも、七月四日の独立記念日には百パーセント完成しているわ」ミアは深く満足げな息を吐いた。「気分はどう、保安官パパ？」

「これ以上うれしいことはないね。今年は人生で最高の年だ」

「あなたはきっといいお父さんになるわ」

「そうなれるように、がんばって努力するつもりだ」

「それがいいわ」ミアは同意した。「でも、大事なのはその気持ちよ。子供のころ、わたしがよくあなたの家に行ったこと、覚えているでしょう？」

「ああ、きみとリップはしょっちゅううちで遊んでたし、そうじゃないときは、リップがきみのところへ行ってたもんな」

「わたしはあなたの家へ行って、あなたの家族を見るのが大好きだったの。ときどき、あなたの家族を自分の家族だと思ったりしてね」ミアがザックに寄りかかると、彼は髪を撫でてくれた。「あんなふうに両親から愛情を注いでもらえたら、どんな気持ちになるのかしら、って。親の関心、楽しさ、そして誇り。そういうものすべてが、あなたの家の一部だった」

「まあ、たしかにね」

「あら、ザック、わたしはしょっちゅう、お母さんがあなたやリプリーを見てにっこり笑うのを目撃したわ。お母さんはあなたたちを見て〝すばらしいでしょ。これがわたしの子供たちなのよ〟と悦に入っていたんじゃないかしら。ご両親は、ただ単にあなたたちの世話を焼いたり、一方的に愛したりするだけではなかったのね。おふたりとも、あなたたちの存在を楽しんでいたのよ」

「ぼくらは運がよかったよ。こっちも両親の存在を楽しんでたからね」

「わかるわ。わたしにとっては、ルルがまさにそういう存在だったから。たっぷりと愛情を注いでくれてね。生きていたころの祖母も。だから、どんな感じかはわかるのよ。でも、だからこそ余計に、うちの両親が最初からわたしに興味を示さなかったことが不思議でならなかった。今でも不思議だわ」

「でもさ」そうしてやることがミアには必要だと思って、ザックは彼女の髪にキスをした。「幼いころのぼくはきみのほうこそ幸運だと思って、うらやんだりもしてたんだよ。だって、親にあれこれうるさく言われずにすむじゃないか。きみには、お尻を叩いて文句を言う人はルゥしかいなかったけど、ぼくにはふたりもいたんだから」

「ルルはふたり分の仕事をこなしてくれたわ」ミアはちょっぴりとげとげしい声で言

った。「それも、ずるい手を使ってね。わたしを限界まで走らせておいて、どうにか逃げきれたようだとこっちが安心したところで、引き戻しに来るのよ」

「ルルは今もきみの行動には目を光らせているようだね」

「知っているわ。とにかく、いつのまにかわたしの話になってしまったけれど、わたしが言いたかったのは、あなたは立派なお父さんになるだろうってこと。あなたはそういうふうに生まれついているから」

「ぼくは、ネルと赤ん坊を守るためならなんだってする。きみたち三人の計画が少しでも子供に悪影響を及ぼすと感じたら、遠慮なくとめさせてもらうぞ」

「ええ」ミアは両手でザックの顔を包んだ。「危ないまねは絶対にしないって、約束する。誓うわ。ネルの子、あなたの子を、自分の子のように守るって」

「わかった。それじゃ、ひとつだけ頼みがある。ぼくを信頼してほしいんだ」

「ザック、今だって信頼しているわよ」

「そうじゃなくて」ザックはミアの手首をつかんでいる手に思わずぎゅっと力をこめてしまい、彼女を驚かせた。「ぼくの仕事、つまり島の人々を守るという仕事に関して、きみが信頼を置いてくれてることは知ってるさ。だけど、ぼくがきみのことを妹を思うのと同じように心配していること、そして、いつでもきみの味方だってことを、ちゃんとわかっておいてほしいんだ。この件にけりをつける日が来たとき、ぼくはなんとしてもきみの役に立つつもりでいる。だから、そこまで深くぼくを信頼してほしい」

「すべてにおいてあなたを信頼しているわ」ミアはザックに告げた。「愛してる」

ちょうどそのとき、サムは歩道に足を載せたところだった。彼女の言葉が耳に届くと、はらわたをよじられるような思いがした。強い嫉妬を覚えたわけではなく――もっと分別はある――自分以外の男がミアから絶大な信頼を勝ち得て、彼女のあたたかい一面を引きだせたことが、うらやましかったのだ。ただの友人であるにもかかわらず、ミアの真心がこもった静かな告白を聞けるザックが、正直ねたましかった。

サムは意志の力を振りしぼって、精いっぱい冗談を言った。「欲張りな男だな」ザックの肩に軽くパンチを入れる。「きみにはすでに奥さんがいるだろう?」

「そうだったね」そう答えながらも、ザックは頭を少しさげて、ミアの口もとにキスをした。「それじゃぼくは上へ行って、ネルがどうしているか見てくるよ。ミズ・デヴリン、すてきなキスをありがとう」

「こちらこそ、トッド保安官」

「となると、ぼくは〝すてき〟以上のキスをしなくちゃいけないようだな」欲求不満を払い落とすためにも、サムはミアを自分のほうに向かせて、派手な音を立てながら長く熱烈なキスをした。通りの向こうでそれを見ていた三人の女性が、思わず拍手を送ってよこした。

「ああ」ミアは息をつくと、力がこもって丸まっていた足の指を元どおりにしようとした。「〝すてき〟をはるかに上まわるキスだったわ。それにしても、あなたっていつでも競争心旺盛なのね」

「ぼくに一時間くれたら、もっとすごいことだってしてあげられるよ」

「実に興味をそそられるお誘いだわ。でも――」ミアはサムの胸に置いていた手を引っこめた。「改装工事の予定がちょっと押しているの。わたしの休憩時間は、保安官とのキスで終わりになってしまったわ」

「だったら、ぼくにランチをごちそうしてくれないか？　きみの店のメニューを偵察したいと思ってたんだ」

「当店をご愛顧いただいてありがとうございます。本日は、スミレとハーブのサラダが大好評なんですよ」ミアは先に立って店のドアを開けた。

「ぼくは花なんか食べないよ」

「でしたら、ネルはお客さまにぴったりの男らしいお料理もお出しできると思いますわ。生の骨つき肉とか」

「電話よ」ふたりが階段をのぼりはじめたところで、ルルがミアを呼んだ。

「オフィスでとるわ」ミアはそう答えてから、サムに向きなおった。「案内がなくても、カフェへはたどり着けるわよね?」

もちろんだった。サムは結局、ケイジャン・チキン・サンドとアイス・コーヒーを頼み、作業員たちの仕事ぶりを眺めながらランチを食べた。

ホテルの改装にあたっている作業員たちに二週間ほど暇を出すことは、自分にとってもミアにとってもメリットがあった。ホテルは忙しいシーズンに差しかかっていて、すでに改装が終わっている客室は満杯だったからだ。さらに七月四日以降も、作業員のシフトは半日だけにして、早朝と夕方以降は宿泊客の気にさわらないようにしたかった。

そうすると、工事は九月までかかる計算になる。そのころまでには、自分の身の振り方も決まっているはずだった。

今のところ、ミアはまだある程度の距離を保とうとしつづけている。彼女のベッドへは喜んでぼくを受け入れてくれるものの、ぼくのベッドで寝ることはなかった。仕事の話や、島の話、魔法の話なら乗ってくるのに、この十年のふたりの生活については、いっさい踏みこんだ話をしようとしなかった。

一度か二度、ニューヨーク時代の話を持ちだそうとしてみたが、ミアはすぐに心を閉ざして歩き去った。

島の誰もがふたりはよりを戻したと思っていることはお互い気づいていたが、ミアは断固としてふたりで一緒に出かけようとしなかった。最初のビジネス・ディナー以来、人目につくところでは食事すらともにしなかった。本土へ出かけておいしいものを食べて映画でも見ないか、というサムの誘いも、あっさりと断られた。

メッセージは明らかだった。ベッドをともにして、ミアがぼくを楽しむことはするけれど、ふたりは正式なカップルではない、ということだ。

サンドイッチを前にして、サムは考えに沈んだ。今のぼくと同じ立場に置かれたら、どれほど多くの男が喜ぶだろうか? この上なく美しい女性がセックスには喜んで応じてくれて——実際にはそれだけに限られていて——ほかにはなにも求めてこないのだ。束縛もなければ、期待もなく、約束もない。

だが、サムはもっと多くを求めていた。今なら認められるけれど、それこそが最初から問題の根源だった。彼は多くを求めていたのに、若すぎて、愚かすぎて、頑固すぎたせいで、欲しいものはすべてミアのなかにあると気づかなかった。

向かいの席にミアが座ったとき、サムの心は喉もとまで迫りあがっていて、今にもこぼれだしそうになっていた。「ミア——」

「キャロライン・トランプがつかまったわ」ミアはサムのアイス・コーヒーを盗んで、口をつけた。「たった今、出版社の人と話をしてきたの。七月の第二土曜日に、彼女が来てくれることになったのよ。電話口でのわたしがどれほどクールでプロっぽかったか、あなたにも聞かせたかったわ。わたしが内心大喜びで、側転だってしかねないほどだったなんて、向こうは想像もつかなかったでしょうね」

「そのドレスで側転か？」

「おもしろいわ。サム」ミアは彼の両手をとった。「この件についてはあなたが陰で尽力してくれたってこと、よくわかっているのよ。感謝してるわ。この店のこと、先方によく言ってくれたんでしょう？　本当にありがとう」

「たいした手間じゃなかったよ。それより、これからがきみの腕の見せどころだぞ」

「任せておいて。広告のデザインはもう終わっているの。あとは、お料理をどうするか、ネルとよく相談しなくちゃ」ミアは勢いよく立ちあがりかけて、ふと動きをとめた。「ねえ、夏至の夜はなにか予定が入ってる？」

サムはミアに目を合わせ、彼女と同じくらい気さくな口調を保とうと努力した。ミアがふたりの関係をさらに一歩進めようとしていることは、ふたりともわかっていた。ミアにとっては大きな一歩を。

「いや、とくに予定はないよ」

「じゃあ、その夜は空けておいてね」

12

最後の客を見送ったのち、ミアはドアを閉めて鍵をかけた。それからドアに寄りかかってルルを見た。「長い一日だったわね」

「今の人たちはここでキャンプを張るつもりなんじゃないかと思ってたわ」ルルはレジを閉めて、現金袋のファスナーを閉じた。「このお金はあなたが持って帰る？　それとも、わたしが夜間金庫に預けておきましょうか？」

「どれくらいあるの？」

ふたりともお金を見るのは大好きだったので、ルルはさっそく袋を開けて札束をとりだし、札の端に親指をかけてぱらぱらとめくってみせた。「今日は現金のお客さんが多かったのよ」

「来てくださったすべてのお客さまに、神さまの祝福がありますように。わたしが預けてくるわ。クレジットカードのレシートはどこ？」

「ここよ」

ミアは肩をぐるぐるとまわしながらルルに近づき、レシートの束を見た。「景気はいいわね」

「夏至の週だもの、たんまり稼がせてもらわなくちゃ。今日ね、ティーンエイジャーの子がふたり来たのよ。夏休みで遊びに来てるんでしょうね。魔女にはどこで会えるのか、愛の媚薬みたいなものは売ってるのか、って熱心に訊いてきたわ」

おもしろがって、ミアはカウンターに寄りかかった。「それで、あなたはなんと答えたの？」

「もちろんよ、と言って、わたしが飲んだ美容の秘薬がどれほどよく効いたか話してあげたわ。そしたら、小走りで出ていっちゃった」

「まあ、人生の悩みを解決してくれる薬の小瓶なんか探しても無駄だってことは、若いうちに学んでおくほうがいいわね」

「夏至の週なら、きれいな小瓶に色水を入れて並べておくだけで、まんまと引っかかって買っていく人もいるんじゃない？　ミアの魔法薬《マジック・ミックス》——恋愛用、美容用、商売繁盛用、とか適当に銘打っておけば」

「恐ろしいことを考えるものね」ミアは首を傾げた。「ねえ、ルゥ、これまであなたは一度だって、魔法をかけてほしいとか、お守が欲しいとか、わたしに頼んできたことないわよね。幸運にしても、恋愛にしても、お金にしても。どうしてなの？」

「自分の力だけで充分やってこられたからよ」ルルはカウンターの後ろから大きなバッグを持ちあげた。「それに、こっちからなにも言わなくてもあなたがちゃんと見守ってくれることは、わかってたから。でも、あなたはもうそろそろ自分のことを考えはじめるべきじゃない？」

「おかしなこと言わないで。わたしはいつだって、自分のことを考えているでしょ」

「まあ、立派な家があって、いい暮らしを送ってもいる。自分に似合った生き方をしてはいるわね。美貌や健康にも恵まれてて。おまけに、ヴェガスのコーラスライン・ガールよりたくさんの靴を持っているしね」

「靴というのは、低級な哺乳類とわたしたち人間を区別してくれるものよ」

「はい、はい。どうせ、男の人に足もとを見つめられたいだけでしょうに」

ミアは髪に手を走らせた。「あら、当然でしょう？」

「それはともかく」ルルはミアの目をじっと見据えた。わが子のことならすべてお見通しのルルには、ミアが話をはぐらかそうとしているのもすぐにわかる。「あなたはたしかに、なんでも自分のやりたいようにやってはいるわね。いい友達もできたし。ここだって、大いに自慢できるような店につくりあげたし」

「みんなの力があってこそ、よ」ミアはルルの言葉を訂正した。

「そりゃあわたしだって、自分はなにもしなかったなんて言うつもりはないけど、それでもここはあなたの店でしょ」ルルは店をゆっくり見渡して、確信を持ってうなずいた。「ほんと、この店は輝いてるわ」

「ルゥ」すっかり胸が熱くなったミアは、カウンターの後ろへまわって、ルルの腕を撫でた。「あなたがそう思ってくれてうれしいわ。そうやって褒めてくれて」

「だって、事実だもの。事実ならもうひとつあるの、ここしばらくわたしが心配していることなんだけど。今のあなたは幸せじゃないわね」

「幸せに決まってるじゃない」

「いいえ、幸せじゃないわ。もっと悪いことに、これからも幸せになれないと思いこんでるでしょ。心の底から幸せにはなれない、ってね。このわたしに呪いをかけたいなら、遠慮はいらないわ。とにかく、わたしが言いたいのはそれだけ。さてと、わたしはそろそろ家に帰って《ダイ・ハード》のビデオでも見るわ。ブルース・ウィリスがめちゃくちゃに暴れまわるのが、たまらなくいいのよ」

ミアはなにも言いかえせず、その場に立ちつくしたまま、店から出ていくルルを見送った。ひとりになるとなぜか落ちつかなくなり、現金とレシートを持って店内をうろうろした。たしかにこの店は輝いているわ、とミアは思った。この店には相当のエネルギーと想像力を注ぎこんできたんだもの。財力と知力を存分に活かし、長い時間をかけて懸命に働き、さまざまな趣向も凝らしてきた。

七年もの長い歳月をここだけに注いで。

おかげでこんなに幸せになれたじゃないの。階段をのぼりながら、ミアは自分にそう言い聞かせた。自分で自分に課題を与え、立派にこなしてきた。それで充分だった。それで充分だと思いこんできた。たしかに、もっと違う人生があったかもしれないと考えたことはある。自分を愛してくれる男性と、ふたりでつくった子供たちのいる生活。

けれどもそれは、若い少女が抱きがちな幻想にすぎないわ。わたしはとっくにそんな夢を捨て去ったのよ。

そういうものがないからといって、自分になにかが欠けていることにはならないわ。預金伝票を記入しにオフィスへと向かいながら、なおも考える。ただ、違う道を選び、別の目的地を目指しているというだけのことよ。

心の底からの幸せ、か。ミアはそこでため息をついた。そんな幸せを手に入れている人はどれだけいるのだろう？　自分に満足し、願いを叶え、成功をおさめることだって、同じくらい大切ではないかしら？　それに、自分をコントロールできていると感じることは、どんなレベルの幸せにも不可欠なのではないだろうか？

そのときミアは、誰かが爪でガラスを引っかいたかのように、闇が窓に押し寄せてくる音をはっきりと聞いた。ぱっと外に目を向けると、空にはまだ夏の夕刻の陽射しが残っていて明るかった。だが、闇はたしかにその縁に迫っていて、ミアの意志の隙間やほんの小さな割れ目を見つけようとしていた。

「わたしを利用してすべてを破壊しようとしても無駄よ」ミアがきっぱりと言い放つと、誰もいない店内に言葉が響いた。「自分の人生をどう生きようとも、わたしは絶対に利用だけはされないわ。わかったら、さっさと消えて」

それからミアは、その日の伝票や書類がきちんと積みあげられたデスクの上に両手を広げ、てのひらを上にして光を呼んだ。光はすぐさまミアの手のなかできらきらと輝きを放ちはじめ、金色の川になって流れだした。彼女の体からも光が発せられると、闇は静かに引きさがっていった。

それで気をよくして、ミアは預金に必要なものを揃えた。

店を出る前に、増築されたテラスに立ち寄った。壁とドアは今日設置工事が終わったばかりだ。ミアはガラス戸のロックを外して横にすべらせ、夕闇のなかへと足を踏み入れた。

鉄製の手すりは、まさに望みどおりに仕上がっていた。繊細で複雑な細工が施されている。手すりをつかんで何度か揺すってみて、しっかりととりつけられていることに満足した。美しいものが必ずしも弱いとは限らない。

眺めのいいところに立つと、ゆるやかな弧を描くビーチや波のうねる海が見えた。黄昏が夜へと吸いこまれてゆくなか、彼女の灯台からのびるひと筋の光が剣のように空を切り裂いていく。あたりに忍び寄る闇にはもはや邪気がなく、あたたかい希望に満ちていた。

この時間、ハイ・ストリートはまだまだにぎやかだ。観光客がそぞろ歩きを楽しみ、甘いものを求めてアイスクリーム・パーラーへと入っていく。空気はとても澄んでいて、ビーチにいる若者たちの甲高い笑い声や会話の断片まで聞こえてきた。

一番星が輝きはじめたころ、自分としては認めたくない正体不明の渇望が、喉の奥からわいてくるのを感じた。

「ここにもトレリスがあったら、のぼっていくんだけど」

下を見ると、そこに彼がいた。なんとも言えずハンサムで、少し危険な香りまで漂わせている。少女時代の自分が哀れなほどサム・ローガンに夢中になってしまったのも無理はない。

「閉店後に壁を這いのぼってくるなんて、この島では許されない行為よ」

「この島の保安官には特別なコネがあるから、あえて冒険してもかまわないんだけどね。でも、せっかくだからきみがおりてこないか？　外で遊ぼう、ミア。とても気持ちのいい晩だよ」

誘われればすぐにでもサムのもとへ飛んでいった時代もあった。けれどもミアは、彼と一緒にいるとそれ以外のことはきれいさっぱり忘れてしまう癖があることを思いだして、手すりに寄りかかった。「まだ仕事が残っているし、明日も長い一日になりそうなの。銀行に寄ってから、まっすぐ家に帰るわ」

「きみみたいにきれいな女性が、なんでそんなにつまらないことを言うんだい？　ちょっと――」サムはそばを通りかかった男性三人組のひとりの腕をつかみ、上を指さした。「なあ、彼女、実に美しいと思わないか？　ずっと口説いてるんだけど、なかなかうんと言ってくれないんだよ」

「こいつとつきあってやんないのか？」その男がミアに向かってそう言うと、隣にいた仲間のひとりが肘で小突いた。

「こんなやつなんか、どうだっていいじゃないか。どうせつきあうなら、俺にしてくれよ」彼は大げさに胸に手をあてた。「きみにひと目ぼれしちまったみたいだ。ヘイ、赤毛のきみ」

「ヘイ、すてきなあなた」

「ぼくと結婚して、トリニダードへ引っ越そう」

「指環はどこなの？」ミアは訊いた。「この指に大きな丸いダイヤモンドをはめてもらうまでは、トリニダードへ引っ越す気はないわよ」

「なあ」彼が別の仲間をつついて言う。「一万ドル貸してくれよ。でっかいダイヤモンドを買って、この赤毛の彼女とトリニダードへ引っ越したいんだ」

「そんな金があったら、ぼくが彼女とトリニダードへ行くよ」

「ほら、とんでもないことになった」サムはけらけら笑った。「きみは三人の男の友情を壊して、けんかを始めさせようとしてるんだぞ。ぼくの新しい友達とぼくが殴りあいになる前に、さっさとおりておいで」

ミアもつられてくすくす笑い、手すりから離れて店に入ると、ドアを閉めた。

サムはひとりでミアを待つことにした。先ほど、テラスにたたずむ彼女を見つけたときは、一瞬声を失った。なにかに心を奪われているようで、とても悲しそうに、とても苦しそうに見えたからだ。その静かな悲しみの淵からミアを引きあげるためなら、なんでもしてやりたいと感じた。ふたりを隔てている薄い壁を突き破るためなら、なんでも、どんなことでもする。ミアがなにを考えているのか、知りたかった。その心のなかをのぞきたかった。

そのためには、ものごとをできるだけシンプルにしておくことが肝心だ。せめて、この貴重な夜のあいだだけでも。

サムが歩道に立って待っていると、ミアが正面の入口から出てきて、ドアを閉めた。彼女は小さな黄色い薔薇のつぼみがちりばめられた、くるぶしまでの流れるようにスリムなドレスを着ていた。そして足には、細い紐を編みあげた、かかとの高いウェッジヒールのサンダルを履いている。左の足首に巻かれている細い金のチェーンが途方もなくセクシーに見えた。

ミアはショルダーバッグを肩にかけて振り向き、歩道の左右を見渡した。「さっきのお友達はどこへ行ったの？」

「コーヴェンでの無料ドリンクで買収した」サムはホテルのほうへ頭を傾けた。

「なるほど。冷たいビールでごまかしたのね」

「トリニダードへ行きたかったかい？」

「いいえ」

サムはミアの手を握った。「アイスクリームでも食べようか？」

ミアは首を振った。「まず銀行へ行って、夜間金庫にお金を預けなくちゃいけないの。言っておくけど、これは別につまらないことなんかじゃなくて、わたしの大事な役目なのよ」

「なるほど。つきあうよ」

「で、あなたはこんな時間までなにをしていたの？」銀行へ向かいながらミアが尋ねた。「残業？」

「いや別に。一時間ほど前にいったん家に帰ったんだけど、ちっとも落ちつかなくてさ」サムは肩をすくめた。「それで戻ってきた」計画どおりの時間にね、と心のなかでつけ加える。ミアがちょうど店を閉める時間だ。

サムは通りの反対側を行く少人数のグループをちらりと見た。黒いマントを翻し、首や腕には銀のチェーンや水晶のペンダントをじゃらじゃらさげている。

「素人だね」サムはコメントした。

「害はないわ」

「嵐を呼び起こして、この道を牧草地に変えてやろうか。彼らに本当のスリルを味わわせてやろうよ」

「やめなさいってば」ミアは夜間金庫の窓口の鍵をとりだした。

「ほら――やっぱりつまらないことを言うじゃないか」サムはわざとらしくため息をついた。「きみのように才能のある人が、ルールブックみたいに四角四面になってしまったのを見るのはつらいよ」

「そう」ミアはてきぱきと預金をすませ、控えの伝票を現金袋にしまった。「ルールブックを眺めているあなたなんて、わたしの記憶にはまったくないわよ」

「ルールブックがきみみたいに美しければ、じっくり研究させてもらうんだけどな」

彼の気分はくるくると変化するのよね、とミアは思った。どうやら今夜は愚かしい気分のようだ。

ミアのほうも、少しは愚かしいまねをしたい気分だった。

例のなりきり魔女の群れが、もうじきほころびそうなダリアの植わっている窓辺の植木箱に近づいたとき、ミアは優雅に手を翻した。するといっせいに花が開き、宝石のように輝いた。

「大騒ぎしてるよ」サムは、通りの向こうでわっと歓声があがったあたりに目を向けた。「なかなかやるね」

「これでもまだつまらない？　わたし、やっぱりアイスクリームを食べようかしら」

サムはオレンジとクリームがふんわりと渦になったアイスクリームを買ってミアに渡し、食べながらビーチまで散歩しよう、と誘った。今夜の月は、まだ完全に満ちてはいない。これが週末までには真ん丸になって、夏至が来る。

夏至の夜の満月は、恵み深さと明るい未来を意味する。収穫をもたらす豊穣の儀式だ。

「去年の夏至のときは、アイルランドに行ってたんだ」サムは話しはじめた。「コーク・カウンティーに、小さなストーン・サークルがあってね。ストーンヘンジよりももっと親しみやすい雰囲気なんだ。空は十時くらいまで明るくて、長い一日が終わりに近づいて暗くなってくると、石が歌うんだよ」

ミアはなにも言わなかったが、立ちどまって海を見渡した。この海の向こう、何千マイルも向こうに、その島があるんだわ、と思う。そこのストーン・サークルに、一年前、彼がいた。

わたしはずっとこの島にいた、昔からずっと。孤独な魔女。孤独な祝祭。

「きみは一度もアイルランドへ行ったことはないんだよね？」

「ええ」

「あそこには魔法があるよ、ミア。地面の深いところや、空気の輝くところに」

ミアはまた歩きはじめた。「魔法ならどこにでもあるわ」

「西側の岩だらけの海岸で、入江を見つけたんだ。上から転がり落ちてきそうな岩に隠れた洞窟もあったよ。ぼくにはそこが、彼がこの島を去ったのちに来た場所だとわかった」

サムはミアが立ちどまって振りかえるのを待ってから、先を続けた。

「大西洋の三千マイルも彼方だ。彼はたぶん、自分の血に引き戻されたんだろうね。そんなふうに引き戻されるのがどんな感じか、ぼくにはよくわかるよ」

「だからアイルランドへ行ったの？　あなたの血に引き寄せられたわけ？」

「それこそが、ぼくがあそこへ行った理由だし、ここに戻ってきた理由でもある。きみがここでなすべきことを終えたら、あそこへ連れていってあげたいな。きみに見せたいんだ」

ミアは上品にアイスクリームをなめた。「わたしは別に、どこへも連れていってもらわなくていいわ」

「ぼくがきみと一緒に行きたいんだよ」

「さすがに理解が早いじゃない」ミアは言った。「まあ、いつかはわたしも行く気になるかもしれないわ」肩をすくめて、波打ち際へと歩いていく。「誰かと一緒に行きたいかどうかは、いずれはっきりするでしょう。それはさておき、ひとつだけあなたが正しかったことがあるわね。今夜は本当に気持ちのいい晩だわ」

ミアは頭を後ろに倒して、星空と潮風を胸いっぱいに吸いこんだ。

「ドレスを脱ぎなよ」

彼女が頭を倒したまま訊きかえす。「なんですって?」

「一緒に泳ごう」

ミアは頭を起こし、アイスクリームのコーンをかじった。「あなたのように世慣れた都会的な人にこんなことを言うとうるさがられるかもしれないけれど、この狭い世の中には、公共のビーチにおける全裸の水泳を禁止する法律があるのよ」

「法律か――それだってルールと同じだろう?」サムはビーチを見渡した。人はいるが、さほど大勢ではない。「まさか、恥ずかしいってわけじゃないよな?」

「慎重なだけよ」ミアが訂正する。

「わかった。きみの威厳を守ろう」サムは両手を広げて大きなシャボン玉をつくり、それで自分たちを包んだ。「こっちから外は見えるけれど、外からぼくらのことは見えない。ここにいるのはぼくときみだけだ」

サムはミアに近づいて後ろへまわり、ドレスの背中のファスナーをゆっくりとさげていった。彼女はコーンを食べ終えながら、なにやら考えこんでいる。

「月明かりの下で泳ぐなんて、一日の終え方としては最高じゃないか。泳ぎ方を忘れてはいないよね？」

「まさか」ミアは靴を脱ぎ、ドレスをするりと砂の上に落とした。ドレスの下には、琥珀のビーズときらめく指環以外、なにもつけていなかった。彼女は波に向かって歩きだし、暗い海へ飛びこんだ。

白波のあいだをすいすいと横切り、筋を描いて、誰にも邪魔されない人魚のように力強く泳ぐ。心が——純粋な喜びに震えて——歌いだすまで、こんなふうに泳ぐことが自分にとってこれほど必要だったなんて、気づいていなかった。

自由、楽しみ、愚かしさ。

波に揺られてちゃぽんちゃぽんと音を立てているブイをまわり、宝石のように星がきらめく空の下で、ゆったりと仰向けに浮かんだ。サムが泳いでそばまで近づいてくると、彼女の胸の上に水がやさしくはねた。

「リプリーと競泳して勝ったことはあるかい？」

「ないわ。残念ながら」ミアは指を広げて水をかいた。「水のなかのリプリーは、空を飛んでいく弾丸みたいなんだもの」

「昔はよく、きみとリプリーがトッド家の入江で泳ぐのをこっそり眺めたりしたな。ぼくはザックと遊びながら、きみには気づいていないふりをしていた」

「そうだったの？　ちっとも気づかなかった」

　頭をいきなり水のなかへ沈められても、ミアは驚かなかった。そうなることを半ば期待していたからだ。水にもぐった彼女はうなぎのようにしなやかに動き、お返しにサムの足首をつかんで下へぐっと引っぱった。

浮きあがって、ミアは髪を後ろに撫でつけた。「今のあなたの動きって、いつ見てもサッカー（鯉によく似た北米産の淡水魚。水底の餌を吸いこんで捕食することからこの名がついている）そのものね」

「きみのほうが先に手をのばしてきたくせに。どっちがサッカーだって？」ミアのまわりを円を描いて泳ぐサムの黒くてつややかな髪は、アザラシの濡れた毛皮を思わせた。「初めてきみを操って水のなかでレスリングしたときのこと、覚えてるよ。きみは青いハイレグの水着を着ていて、それがぼくには、長い脚が耳もとまで切れあがっているように見えた。腿についてる金色の五芒星《ペンタグラム》の母斑がそりゃあセクシーで、すっかり心をかき乱されたよ。きみはまだ十五歳だったな」

「あの水着ね、覚えているわ。あなたに操られたという記憶はないけれど」

「あのときぎみとリプリーは、水際で涼んでたんだ。ザックはそばにもやってあるボートをいじってた。まだ買ったばかりだったからね。十四フィートの小型船で、速さが自慢のボートさ」

そのときのことはミアもよく覚えていた。ティーンエイジャー特有の気恥ずかしげな笑みを浮かべたサムが、裾を短く切ったジーンズ一枚といういでたちで、桟橋へふらりと姿を現したのだ。その瞬間彼女は、背が高くて黄金色に日焼けしたサムに心を射抜かれた。

「ザックがボートで遊んでいるときに、リプリーと入江で泳いでいたことなら、何度もあるわ。あなたもいたわね」

「あの日、ぼくはザックとボートに乗りながら、チャンスをうかがってたんだ、いつどうやってきみに近づこうか、って。どうにかザックをうまく丸めこんで少し休憩をとることになって、ぼくらは海のなかへざぶんと飛びこんだ。そしたら、しぶきが盛大にあがって、きみとリプリーにもかかった。きみたちはすぐに文句を言いに来て、お返しにばしゃばしゃ水をかけてきた。そうこうしてるうちに、きみはまんまとぼくの賢い手のなかに落ちてきたってわけさ」

サムと同じく、ミアも円を描いて泳ぎはじめた。こんなふうに遊びの気分でいるときのサムなら、一緒にいて楽しい。若いころの彼は、めったにこんな表情を見せてはくれなかった。おそらく今でも、普段はそうに違いない。

「間違った記憶が頭のなかでどんどんゆがんで、勝手にそう思いこんでいるだけじゃないの？」

「いいや、この記憶だけははっきりしている。ぼくはまずザックを焚きつけてリプリーと競泳させ、ぼくらふたりが残るように仕向けた。そのあと、いかにも成り行きっぽく、ぼくがきみにレースを挑んだんだよ」

「ああ、そうだったわね。なんとなく覚えている気がするわ」

嘘だった。ミアは完璧に覚えていた。サムとともに水に浮かび、海と同じ色の目で見つめられて、思わずぞくぞくしたことを。自分のなかに、夏の嵐のような切望がわいてきたことを。

「もちろん、ぼくはわざと力を抑えて接近戦になるようにして、最後のひとかきできみに勝ったんだ」

「力を抑えたですって？」ミアはふたたび頭の後ろを水につけ、星を眺めた。「冗談でしょう？」

「本当さ、まさにこっちの思惑どおりだったよ。きみは、今のは引き分けだったと言い張り、ぼくは、ぼくの圧勝だったと言いかえした。それできみがかっとなったから、ぼくが頭を水につけて冷やしてやったんだ」

「不公平な判定にわたしがちょっと抗議しただけで、あなたはいきなりわたしを沈めたのよ」ミアはサムの言い方を訂正した。

「でもきみは案の定、ぼくの膝に腕を巻きつけて水のなかへ引っぱりこみ、仕返しをしたじゃないか。そのあとは組んずほぐれつのけんかみたいになって、ついにぼくはきみの見事なヒップにふれることに成功した。ほんの一瞬だったけど、うれしかったよ。そしたら、きみは急にけらけら笑いだした」

ミアはサムをばかにするような声を出した。「わたしは今まで一度だって、けらけら笑ったことなんかないわ」

「いや、たしかに笑った。きみがけらけら笑いながら身をよじらせてもだえるものだから、こっちも興奮しちゃって、今にも破裂しそうだったよ」

ミアはふたたび両足を水面にあげて浮かんだ。「まったく愚かな少年ね。裸で女の子とレスリングなんかしたら、脳細胞がどこに集中しているか、すぐに見抜かれてしまうのに」

「きみはまだ十五だったんだぞ。その歳でなにを知ってたんだ?」

ミアはにんまりした。「身をよじらせてもだえてみせればおもしろい結果が得られるってことくらいは、知っていたわ」

「わざとだったのか？」

「もちろんよ。あのあと、リプリーに詳しく話をしてあげたわ」

「そんなの、嘘に決まってるさ」サムは水のなかで腕をのばし、ミアの髪をひと筋つかんだ。

「ふたりとも心から楽しいひとときを過ごせたんだから、いいじゃない。懐かしい記憶をたどるこの散歩を終えるにあたって、最後にひとつだけ、あなたのプライドを満足させることを教えてあげるわ。わたしはあのあと一週間くらい、心かき乱される熱い夢を、想像力豊かな夢を見つづけたのよ」

サムはふたりの体がぶつかりあうまで、ミアの髪をたぐり寄せた。そして、彼女の濡れた白い胸にそっと手をすべらせた。「ぼくもそうだった」指を這わせておなかのほうまでたどり、また胸もとへと引きかえす。「ミア」

「なあに？」

「今でもぼくはきみをけらけら笑わせる自信があるよ」

ミアがとっさによける前に、サムは彼女のウエストをつねり、体ごとくるりと引っくりかえした。不意を突かれたミアは一瞬笑ってしまったが、彼の指が脇腹をのぼってきたときには体を回転させてなんとか逃げた。

「やめてよ」濡れた髪が顔にかかって、海水が目に入った。

「ほら、笑って」サムが容赦なくくすぐりつづける。「身をよじってもだえてごらんよ」

「まったく、ひどい人ね」ミアは目も見えなければ、息も継げなかった。どうにかしてこらえようと努力しているのに、ばかみたいな笑い声が自然とこみあげてくる。サムを叩きながら身をくねらせて逃げようとする彼女の口から軽やかな笑い声がもれ、波音を越えてあたりに響き渡った。

ミアは自分の髪を顔から払おうとしつつ、サムの髪をつかんで引っぱった。何度も何度も波のなかで転がったせいで、目がまわってわけがわからなくなり、なぜかひどく興奮した。

「やめてったら、このタコ」彼の手は四方八方からのびてくる。

「すばらしい身のよじり方だ。このやり方は今でも効くね。ただし今回は……」サムはミアのヒップをつかんだ。「夢だけで終わらせないよ」そして、彼女のなかに自分を突き入れた。

サムとミアは一緒に彼女の家へ戻り、冷めたパスタを飢えた子供のように夢中で食べた。空腹がおさまると、今度はベッドに入って互いをむさぼった。

彼と手足を絡ませながらミアはいつしか眠りに落ち、夜空をすべる月のように穏やかに、暗い波間にたゆたう夢を見た。彼女は歓びの海を漂っていた。水は冷たく、空気は甘い。海の彼方に、彼女の島のシルエットが黒く浮かんで見えた。島は眠っていた。島を闇から守っているのは、崖の上から発せられるひと筋の光だけだった。波の奏でる心地よい音楽が、彼女をも眠りへといざなおうとする。しばらくすると、星々の放つ光が稲妻となって島影に突き刺さった。彼女のまわりで海が騒ぎだし、家から遠くへ彼女を押し流そうとする。

彼女は必死で抵抗し、暗い霧が薄汚れた壁を築きはじめた岸辺へ向かって、死にものぐるいで波をかいた。だが、波は彼女をのみこんで、息もできない漆黒の闇へ引きずりこもうとしていた。

夜をつんざくような咆哮と、それに続く叫び声が、彼女の胸をざわめかせた。残されたわずかな力を振りしぼって、彼女は自分の内にある火をつかんだ。しかし、闇を打ち負かすには遅すぎた。

彼女の目の前で、島は海に沈んでいった。彼女は涙をこぼしながら、島と一緒に海のなかへと引きこまれた。

目を覚ましたとき、彼女はサムから離れて体を小さなボールのように丸め、ベッドの端にしがみついていた。震えながら起きあがって窓辺へ行き、自分の庭と、揺らめくことのない島の光を見て、心をなだめた。

この島はあんなふうに沈んでしまうの？　わたしにできることをすべてやったとしても、まだ足りないの？

それから夜どおし、狼の勝ち誇ったような長い遠吠えはやまなかった。それが彼女を怖じ気づかせようとしていることがわかると、彼女は小さなバルコニーへ足を踏みだした。

「わたしはファイヤー」彼女は小さな声で言った。「わたしのなかにあるものが、いつの日かおまえを打ち払う」

「ミア」

振り向くと、サムがベッドに起きあがっていた。

「ここにいるわよ」

「どうしたんだ？」

「なんでもないわ」ミアは部屋のなかに戻ったが、夜へと続く扉は開けたままにしておいた。「ちょっと落ちつかなくて」

「ベッドに戻っておいで」サムがこちらへ向かって手を差しだす。「ぼくがきみを寝つかせてあげるから」

「ええ」ミアはサムの隣にすべりこみ、彼に体を向けた。誘いをかけたつもりだった。だが、サムはミアを抱き寄せて、髪を撫でるだけだった。「目をつぶってごらん。

なにもかも忘れて。ただひと晩だけ、頭のなかで渦巻く思いを捨てるんだ」

「わたしは別に――」

「いいから、忘れて」サムはそうくりかえし、ミアの髪を撫でながら、夢のない深い眠りへと彼女をいざなった。

13

「これは……」東の空に太陽が顔をのぞかせて火の矢を放ちはじめると、ミアは言った。「われらが祭り。大地の豊饒、風のぬくもり、太陽の大いなる力を祝う、真夏の大祝宴《サバト》。われら三人」

「はい、はい」リプリーがふわーっと大あくびをする。「とにかくとっとと終わらせましょう。そしたらわたしはうちへ帰って、一時間だけでも眠れるもの」

「あなたの言葉には、いつもながら、霊的な啓示を感じるわ」

「忘れないでほしいわね、わたしはこんなところで夜明けを迎えることには反対したはずよ。今日は日曜だから、あなたたちふたりはこのあと家に戻って眠れるけど、わたしは丸一日仕事があるんだから」

「リプリー」ネルは声を抑えて、やわらかい口調で、辛抱強く言い聞かせた。「今日は夏至なのよ。一年でいちばん長い日のお祝いは、その日が始まる瞬間から始めなくちゃ」

「だから、わたしはここにいるでしょ」リプリーがネルをにらみつける。「あなたって、妊婦の割にはものすごく元気で陽気よね。どうしてつわりに苦しんでベッドに伏せってないの？」

「こんなに気分がいいのは生まれて初めてよ」

「そんなに幸せそうに見えるのもね」ミアは言った。「今日は豊穣を祝うのよ。大地と、あなたの。最初のかがり火はゆうべの日没からずっと燃えつづけているわ。夜明けのかがり火はあなたがつけてちょうだい」

ミアはラベンダーの花で編んだ冠をネルの頭に載せた。

「汝は、われらのなかで初めてこの世に命をもたらし、次の世代へわれらの力を伝えてゆく者なり。祝福あれ、リトル・シスター」

ミアはネルの頬にキスをして、後ろへさがった。

「ああもう、なんだか涙が出てきちゃったじゃないの」リプリーもネルに近づいてキスをし、ミアと手をつないだ。

ネルは両腕を掲げ、力を自分のなかへとりこんだ。「われらが熾すこの火は、夜明けから日没まで、太陽のごとく赤々と輝かん。光が空を強く横切るがごとく、炎よ、空中から飛びたまえ。われ願う、かくあれかし」

するど、地面から炎が吹きだして金色に輝いた。

ミアは地面に広げてある白い布の上からもうひとつの冠をとりあげ、それをリプリーの頭に載せた。

リプリーはいつものとおり、大げさに目をくるりとまわしてみせながらも、両腕をすっとあげた。力はあたたかく、彼女を歓迎していた。

「われらが大地に種を蒔かば、大地はわれらに必要なものを与えたもう。大地の胸より出ずる夜明けの光は、もっとも短き夜が訪れるまで、今日という日をまばゆく照らさん。われらは大地の豊かさを祝う。われ願う、かくあれかし」

野生の花がいっせいに大地から芽吹いて、サークルを丸くとり囲んだ。

ミアが三つめの冠をとる前に、リプリーはそれをさっと拾いあげ、ミアにキスした。

「どうせやるなら、正式にやらなくちゃ」そう言って、ミアの頭に冠を載せる。

「ありがとう」今度はミアが両腕を掲げた。力はまるで吐息のようだった。「この日、太陽はもっとも強き力を持つ。その力と光は、時を経るごとに輝きを増す。その明るい炎は、風と大地にぬくもりをもたらす。それがめぐりて、われらの生から死から生への営みを支える。わが内に宿りし火《ファイヤー》を祝さん。われ願う、かくあれかし」

ミアの指先から光が太陽へ向けて放たれ、太陽からも彼女に向かって光が返ってくる。その儀式は、森のなかにあるこのサークルに、今日という日の誕生に伴う陽炎が立つまで続けられた。

やがてミアは腕をおろし、ネルとリプリーと手をつないだ。「あいつが見張っているわ」ふたりにそう告げる。「待っているのよ」

「だったら、どうしてなんとかしないの?」リプリーが訊いた。「わたしたち三人はここに揃っているんだし、さっきからあなたたちが何度も何度も教えてくれてるように、今日は夏至でしょ。大きなパンチになるわ」

「今はまだそのときでは——」ミアはそう言いかけたが、ネルに手をぎゅっと握られて黙りこんだ。

「ミア。わたしたちの力を、この結束と強さを、見せつけてやればいいじゃない。どうしてずばっとやらないの? わたしたちのサークルは完全でしょ」

たしかにね、とミアは思った。このサークルはまだ破られていないという事実が、今は重要なのかもしれない。とくにこの場では。しっかりとつないでいる手から、ネルの決意とリプリーの情熱が伝わってきた。

「そうね、では、もっと大胆にやりましょう」

ミアは勇気を奮い起こし、シスターたちの強さを自分のなかにとりこんだ。

「われらは血によりてつながりし三人」リプリーはほかのふたりと足並みを揃えて環のなかでもうひとつの環をつくり、呪文を唱えながら動きはじめた。「われらのもとより、力と光があふれでる」

「待ち構える闇を力で打ち叩かん」ネルの声が高くなり、空中にこだました。「われらが刻みし傷を負うものに、光の矢を向けん」

「汝の目に映らんとて、われらここに立てり」手をつないだまま、ミアが両腕を掲げる。「われら三姉妹の怒りを思い知れ」

サークルの中心から光が吹きだし、漏斗のように広がって、派手な音を立てながら渦巻いた。ネルが呼んだ矢のごとく、それはサークルから勢いよく噴出し、夏の木々の暗い陰へと空を飛んでいった。

陰のどこかから、怒り狂ったような遠吠えが聞こえた。

だがその咆哮はすぐに消え、あちこちの枝に吊しておいた水晶がそよ風に吹かれて奏でる澄んだ音色しか聞こえなくなった。

「敵はこっそり逃げていったようね」ミアは言った。

「ああ、気持ちよかった」リプリーがぐるぐると肩をまわす。

「はんと。前向きな気分になれたわ」ネルは大きく息を吐いて、サークルのまわりを見渡した。「正しいことをしたみたいな感じ」

「そう感じるなら、正しかったのよ。今日は敵も、わたしたちやわたしたちの大切なものには指一本ふれられないわ」この先なにが来るとしても、三人は今日、自らの立場をはっきりさせた。自分たちの正しさを証明してみせた。ミアは太陽に向かって顔をあげた。「今日はすばらしい日になるわ」

村へと押し寄せる人の群れや道路を行き交う車を避けて、ミアは一日庭で過ごすつもりだった。喜びを感じる単純な作業に精を出して。なんの不安もない一日。ほうきで埃を掃きだすように、あらゆる暗い影を追い払った、澄んだきれいな一日だ。

ミアはこのときのために用意しておいた、柄が白くて刃のカーブした特別なナイフを使い、真夏の収穫分として選んだハーブと花を刈り集めた。それらの香りや形や感触は決まって喜びを与えてくれるうえに、使い道もさまざまで、役に立つものばかりだった。

キッチンや塔の部屋に吊してドライ・フラワーにするものもある。お守に使うものもあれば、薬になるものもあった。石鹸、クリーム、治療用の軟膏などの材料となるほか、予知能力を高めてくれるものまである。あるいは、ソースに散らしたり、サラダの風味づけに使ったり、芳香剤としてポプリにまぜたりすることも可能だ。

十二時少し前になると、しばし作業の手を休めて、正午のかがり火をつけに行った。

崖の上で焚きつけた火はのろしのように高く燃えあがった。ミアはしばらくそこに立って、海と、波間に浮かんでいるプレジャー・ボートを眺めた。ときおり双眼鏡がきらりと反射して、向こうもこちらを見ているのがわかることもある。〝ほら、あそこ！〟夏の観光客たちは、ボートの上でこんな会話を交わしているに違いない。〝崖の上を見てごらん。あの人、きっと魔女よ〟

時代が時代なら、そんなふうに見つかったが最後たちまちとらえられて、死刑にされただろう。でも今は魔法があるからこそ、大勢の人々が島へやってきて、店へも足を運んでくれる。

こうして時はめぐっていく。くるくると環を描いて。

ミアは庭へ戻った。ハーブを束ねて吊すかたわら、小さなポットに太陽の光を集めてお湯をわかし、カモミール・ティーを淹れる。氷とフレッシュ・ミントを少し加えてアイス・ティーにしたところへ、サムが小道の奥から姿を現した。

「今日はどの道もすごく込んでるよ」サムは言った。

「夏至と秋分の日は、一年のうちでも観光客がいちばん多く押し寄せる日だもの」ミアはグラスにアイス・ティーを注いだ。「そういうものに興味がある人たちがね」そう言い添える。「あなたもかがり火はつけたの？」

「今朝、ぼくの森のサークルのそばでつけたよ」答えたとたんにミアが眉を吊りあげたので、サムは慌てて言いなおした。「いや、きみのサークルがあるきみの森か」足もとにすり寄ってきた猫に手をのばして、そっと体を撫でてやる。そのとき、アイスがつけている新しい首環とお守に気づいた。お守の片側には五芒星《ペンタグラム》が、反対側には日輪が刻まれている。「これ、新しいよね？」

「真夏の祝福よ」ミアは焼きたてのパンを切り、蜂蜜をかけてサムに出した。「妖精さんたちに分けてあげる分よりも余計につくったから」

素直にパンをかじりつつも、サムは落ちつかなげに庭を眺めまわした。夏が来て青葉が生い茂っている庭では、背の高い木々の若芽がそよ風に踊り、色とりどりの花々も地表近くで揺れている。どこからかハミングバードが飛んできて、キツネノテブクロの細長い紫色の花の蜜を吸っていた。

情熱的な赤い薔薇はトレリスに絡まって、ミアが昔使っていたベッドルームの窓までのびている。サムがその昔、己の肉と骨を危険にさらしてまでも、苦労してあの窓へとよじのぼったように。

夏の薔薇の香りは、いまだに彼の心をうずかせた。

今はこうして明るい陽射しのもと、まだらな影に覆われた庭に、ミアとともに座っている。お互い、幼い少女と少年だったころには想像だにできなかった重みを感じる大人になって。

今日のミアは、ふたりを囲む草木のようにみずみずしいグリーンのノースリーブのドレスを着ている。美しく穏やかなその顔からは、サムはなにもうかがい知ることができなかった。

「ぼくらはどこにいるんだい、ミア？」

「夏真っ盛りのわたしの庭にいて、蜂蜜を塗ったパンを食べながらアイス・ティーを飲んでいるのよ。こういうことをするにはぴったりの日でしょう？」ミアはグラスを掲げて乾杯のしぐさをした。「あなたの顔つきから察すると、ワインを出してあげたほうがよかったみたいね」

サムが立ちあがって、ふらふらと歩きだした。彼はもうじき、今その頭のなかにあることを話しはじめるだろう。ミアが聞きたがっているかどうかはおかまいなしに。ほんの数日前の夜には、心軽やかにふざけて泳ぎに誘ってきたというのに。今日はサムのまわりに暗雲が垂れこめている。

彼は昔から気分屋だった。

「今朝、父から電話があった」サムはようやく話を切りだした。

「そう」

「そう」苦い思いをこめて、ミアの言った短い言葉をくりかえす。「ぼくの仕事ぶりには〝がっかりしている〟って。文字どおりそう言ったんだよ。これでもぼくは、あのホテルに相当の金と時間を注ぎこんでいるのに」

「あなたのホテルだもの、当然だわ」

「その点はぼくだって言いかえしたよ。ぼくのホテル、ぼくの時間、ぼくの金なんだ、って」サムはポケットに両手を突っこんだ。「余計な口答えなんかしなきゃよかったのかもしれないけどね。父は、おまえは金の面でも仕事の面でも軽率で危険な決断をしている、と言った。ぼくがニューヨークのコンドミニアムを売り払ったことにひどく腹を立てていたし、ホテルの改装に多額の予算を組んだことや、六月の定例取締役会議に出席しないで委任状を送りつけたことにもいらついていた」

ミアはサムの気持ちを察して立ちあがり、凝り固まった肩をもんでやった。「気の毒に。両親の反対に遭うと、子供は大変よね。わたしたちがいくつになっても、親自身が理解できないことをやると非難されてしまうんだから」

「マジック・インはローガン家が最初に手に入れた、もっとも古い資産なんだ。父はそれを、ぼくがまんまとだましとったと思っている。今ごろになって惜しくなって、とりかえしたいらしい」

「でもあなたは、まっこうから対決するつもりなんでしょう?」

サムは肩越しに振りかえり、すごい形相でミアを見つめた。「そのとおりさ。家族間でしか譲渡できないという相続条件に縛られていなかったら、とっくの昔に父はホテルを赤の他人に売っていたに違いないんだ。それを息子が買いとっただけでも充分喜ぶべきなのに、ぼくが実際に利益をあげようとしていることに遅蒔きながら気がついて、癪にさわったらしいよ。父にとってマジック・インは、頬に刺さったとげみたいな悩みの種というわけだ。ぼく自身もね」

「サム」ミアはサムの背中にしばらく頬を押しあてていた。このひとときだけは十六歳の自分に戻り、ふさぎこんでいる気分屋の恋人を慰めている気分だった。「少し距離を置いて、現実を受け入れるという方法も、ときには有効よ」

「現実を、ね」サムはうなずき、ミアに向きなおった。「父にはそれができなかった。父と母は、一度もありのままのぼくを受け入れてくれなかった。ぼくのことなど口にするのもはばかられるかのように扱うだけで、話題にさえしなかったんだ」

両親に対してだけでなく、その事実に今なお傷ついてしまう自分にも怒りを感じて、サムは朝顔の蔓が幾重にも巻きついている四阿《あずまや》を通り抜け、小道を足早に歩いていった。

「ぼくもその父と同じ血を引いているんだ」そこまで言ったとき、ミアが口を開きかけて閉じるのが見えた。「なんだい？　はっきり言ってくれ」

「じゃあ、言うわよ。お父さまはあなたと違うわ。あなたは自分に与えられた力に敬意を払っているし、感謝もしている。でも、お父さまにとっては……そうね、厄介な遺伝的形質にすぎないんじゃないかしら。そんなふうに感じる人は、お父さまひとりじゃないし。でもね、だからこそあなたにはお父さまにもないものがたくさんあるのよ。お父さまは決して手に入れられないものが」

「父はこのことを恥じているんだ。ぼくのことも」

「ええ」ミアは哀れみで胸がしめつけられる思いがした。「わかるわ。つらいわよね。昔からずっとそうだったもの。だけど、お父さまの考えや感じ方をあなたが変えることはできない。変えられるのは自分の感じ方だけよ」

「きみはそうやって家族と折りあいをつけてきたのかい？」

サムの言う家族がルルやリプリーやネルではなく、両親を指しているのだと気づくまでに、多少時間がかかった。そのことに、ミアは軽い衝撃を受けた。「わたしはある意味、あなたがうらやましかったわ。ご両親はあなたに関心を寄せて、それなりにエネルギーを注いでくれていたでしょう？　たとえそれが、あなたの望みとは違う方向へのプレッシャーだったにせよね。わたしなんて、この家で両親と口論したことすらないんですもの」

ミアは振りかえって愛しい家を眺めた。

「うちの両親はたとえわたしが怒っていても、まるで気づいてくれなかった。わたしの反抗はまったくの無駄だったの。それであるときから、ふたりがわたしに無関心なるを得なかったのよ」

「ああ、なんてひどい話なんだ！」

サムが急にかっとなったので、ミアは思わず吹きだしそうになってしまった。「結局そのほうが健全だったし、現実的で、はるかに楽だったわ。そんなことで胸を痛めていたって、どうせふたりは気づいてもくれないんだから、意味ないでしょう？　もしも気づいていたら、ふたりとも困惑しただけでしょうしね。別に悪い人たちではなかったのよ。ただ、不注意な親だったというだけ。でもまあ、ふたりがああいう親だったからこそ、今のわたしがあるんだもの。わたしはそれで充分よ」

「きみは昔からものわかりがよすぎるんだよ」サムが切りかえした。「きみのそういうものわかりのよさを、賞賛すべきなのか困りものだと思うべきなのか、ぼくにはわからなかった。今でもわからないな」

「あなたは昔から気分屋だったわね」ミアは四阿の近くまで歩いて、ベンチに腰をおろした。「あとのせりふは、そっくりそのままお返しするわ。それでも、お父さまからの電話のせいで、せっかくの休日を台なしにすることはないと思うけれど」

「機嫌ならそのうち直るさ」サムはふたたびポケットに手を入れて、持ち歩いていることすら忘れていた小石をいじくりまわした。「父はぼくが一カ月以内にニューヨークに戻って、父の会社で正規の役職につくことを期待しているんだ」

その瞬間、ミアは世界が揺らいだ気がした。ベンチの端につかまってバランスを保ち、無理やり立ちあがる。そして、彼の痛みを共感していた心の一部を、無理やり閉ざした。「そうだったの。で、いつ出発するの?」

「えっ? ぼくは戻る気なんてないよ。ミア、きみにははっきり言ったはずだ、ぼくはここにずっといるって。きみがどう思っていようと、ぼくは本気だからな」

さりげなく肩をすくめてみせ、ミアは家へと戻りかけた。

「なんだよ、ミア」サムが腕をつかんでミアを引き戻す。

「足もとに気をつけて」ミアは冷たく言った。

「ぼくが荷物をまとめて出ていくのを、今か今かと待っているのか?」サムが強い口調で問いただす。「ぼくらって、そういう関係だったのか?」

「わたしはなにも待ってはいないわ」

「どうすればぼくはこの壁を乗り越えられるんだ?」

「まず、わたしの腕を放すことね」

「腕を放してほしいだって?」とんでもないと言わんばかりに、サムはミアのもう片方の腕もつかみ、日陰がまだらにできている小道で向かいあった。「きみは決してふれさせてくれないじゃないか、いちばん大切な部分には。きみのベッドへは連れていってくれるけど、ぼくのベッドへ来る気はない。ビジネスのふりをしなければ、みんなの前で食事すらともにしてくれない。ぼくがきみから離れていた日々のことを話させてもくれない。ベッドで体を重ねているときでさえ、魔法を分かちあおうとしてはくれない。それもこれも、ずっと島に残るというぼくの言葉が信用できなかったからなのか？」

「信用なんかできると思う？　どうしてこのわたしが、今あなたが言ったようなことを、全部やらなければいけないわけ？　わたしは自分のベッドのほうが好き。デートはしたくない。島の外でのあなたの生活には興味がない。それに、愛の肉体的な行為の最中に魔法を分かちあうほどには、あなたと親密になりたくないの」ミアはサムの手を振りほどいて、あとずさりした。「ビジネス面では協力してるし、友情とセックスだって分かちあってるでしょう？　こういうスタイルがわたしには合っているの。それがあなたの都合に合わないのなら、ほかに遊んでくれる人を見つければいいわ」

「これはくだらないゲームじゃないんだぞ」

ミアは鋭い声で言いかえした。「あら、違ったの？」サムが近づいてくると見るや、彼女はすかさず両手をあげた。すると、光が、真っ赤な閃光が、ふたりのあいだに走った。「気をつけて」

サムは負けじと両手を掲げ、青い水を光目がけてほとばしらせた。ふたりのあいだで、水がじゅわっと蒸発する音がした。「これでいいかい？」

「いいえ。あなたはいつも多くを求めすぎるのよ」

「かもな。ぼくの問題は、自分が本当に求めているものはなんなのか、わからなかったってことだ。きみはわかっていた。きみはいつだって自分の欲しいものが、はっきり、くっきり、わかっているんだよな、ミア。自分にはなにが必要か、なにが欲しいのか。そうやってきみが思い描いていた幻で、ぼくは窒息しそうになったことがあるくらいだ」

あまりの驚きに、ミアは思わず両手をおろした。「わたしがあなたを窒息させたですって？　どうしてそんなことが言えるの？　わたしはあなたを愛していたのよ」

「なんの疑いも問いもなくね。きみはまるで、きれいな箱のなかにあるぼくらの今後の人生をすべて見透かしているようだった。そうやって、ぼくの歩く道にレールを敷こうとしてたんだ。ちょうど、ぼくの両親がそうしたように」

ミアの頬から血の気が引いた。「ずいぶん残酷なことを言ってくれるのね。もう充分よ」ミアは急ぎ足で小道を引きかえした。

「ぼくがすべてを吐きだすまでは、まだ充分じゃない。逃げたって、なにも変わりはしないんだぞ」

「逃げたのはあなたのほうでしょう？」くるりと振り向いた拍子に、昔の痛みが長い年月を越えてミアに襲いかかり、新たな一撃をくらわせた。「そのせいで、なにもかもが変わってしまったのよ」

「ぼくはきみの思いどおりにはなれなかった。きみが当然だと確信を抱いているものを、与えてやれなかった。きみは十年、二十年先を見ていたけれど、ぼくは明日のことさえ見えなかった」

「つまり、あなたが出ていったのはわたしのせいだったってこと?」

「どうしてもここにはいられなかったんだ。わかってくれよ、ミア。あのころのぼくらはまだほんの子供だったのに、きみはすでに結婚のことを口にしていた。赤ちゃんの話も。きみが隣に寝ているせいで、ぼくの頭はきみのことでいっぱいだったっていうのに。森のそばの小さなコテージを買って一緒に暮らす、なんてことは、とても考えられなかった。とうていそんな話はできなかった。それに……」

サムはそこで口をつぐんだ。突然ふたりとも、あることに思い至った。森のそばの小さな黄色いコテージ――サムが越してきてから、ミアは一度もそこに足を踏み入れていない。

「恋する少女は、結婚や、赤ちゃんや、かわいいコテージのことなんかを夢見るものなのよ」ミアの声は震えていた。

「きみは夢を見ていたわけじゃない」サムはふたたびテーブルまで歩き、椅子に腰をおろして髪を手でかきあげた。「きみにとっては、定められた運命だったんだ。きみと一緒にいたころは、ぼくもそれを信じていた。ぼくにも見えた。それがあるとき、ぼくに息苦しさを覚えさせるようになったんだよ」

「あなたの望みは違うなんて、ひとことも言ってくれなかったじゃない」

「どう言えばいいのかわからなかったし、言おうとするたびにきみを見ては、無言にさせられてしまったのさ。きみのほうは、これこそがふたりのあるべき姿だと、たしかな信念と自信を抱いていたからね。でもぼくは、家に帰って両親を見るたびに、結婚とはなにかを考えさせられた。きみの両親に思いを馳せれば、家族とはなにかを考えさせられた。それは、あまりに空虚で息がつまるものだった。ぼくらふたりが一緒に暮らしたらいずれはああなってしまうのかと思うと、気が狂いそうだった。だから、きみには話もできなかったんだ。どうやって話せばいいかわからなかった」

「それで、話す代わりに出ていったのね」

「ああ、そうさ。大学に入ったときは、心がふたつに引き裂かれるような思いがしたよ。向こうへ行きたい気持ち半分と、ここに残りたい気持ち半分。ぼくの胸はいつだってきみでいっぱいだった」サムはミアを見つめた。少女時代の彼女には言えなかったことも、大人の女性になった彼女になら言える気がした。「週末や休暇で島へ戻ってくるときも、波止場でぼくを待つきみの姿をこの目で確かめるまでは、いつも半分病人のようなありさまだった。最初の一年は、まさに霧のなかって感じだったよ」

「それで、週末ごとに戻ってくるのをやめたのよね」ミアは覚えていた。「本土にとどまらなくてはいけない言い訳をあれこれ考えて。勉強、講義とか」

「一種の実験だったんだ。そうして、きみと会わずにいられる時間が、二週間、一カ月、と次第に長くなっていった。きみのことを考えずにいられる時間も、一時間、一日、と増えていった。そのうち、きみと島から離れていることがだんだん苦痛ではなくなってきて、これこそが例の箱の罠から逃れる唯一の方法だと思うようになった。ぼくはまだ結婚なんかしたくなかったんだ。家庭も持ちたくなかった。たったひとりの女の子に恋するだけで、人生を終わりにしたくなかった。小さな島に根づいてしまい、世界を見ないままで死にたくなかった。大学時代に世界を垣間見て、そこで出会った人々や学んだことに、味を占めた。もっともっと欲しくなった」

「それで、もっと手に入れたわけね。でも、その箱の蓋は何年も外れたままになっていたのよ。今のわたしたちはもう、それぞれ違うところにいて、目指すゴールも違ってしまったの」

サムはミアの目を見据えた。「ぼくはきみのために戻ってきたんだよ」

「それが間違いだったのよ。あなたは今でも欲張りね、サム。でも、今はもうわたしのほうが、あなたを欲しいと思っていないの。十一年前に同じことを言われていたら、わたしだって理解しようと努力したかもしれない。あなたに必要な時間と空間を与えようとしたかもしれないわ。あるいは、あんなに苦い思いをさせずにあなたを行かせてあげたかもしれない。うまくできたかどうかはわからないけど、あなたを愛していたから、努力はしたと思う。でも、もはやあなたはわたしの人生の中心ではなくなってしまったの——かなり前からね」

「ぼくはどこへも行かないし、あきらめもしない」

「それはあなたが決めることよ」頭が割れるように痛くなってきたが、ミアはそれを無視してテーブルを片づけはじめた。「あなたとベッドをともにするのは楽しかったわ。それを終わらせてしまうのはとても残念だけれど、あなたがわたしたちの関係を違う次元へと向かわせようとしているなら、終わりにするしかないわね。いずれにしても、最後にワインで乾杯しましょう」

ミアは食器類をキッチンへ運び、ざっと洗った。頭痛が激しくなってきたので、気つけ薬を飲んでから、ワインとグラスを揃えた。

とにかくなにも考えないようにした。感じることを自分に許さなかった。戻る道はないのだし、どこかで曲がるべきだった十字路もすでに草ですっかり覆われているのだから、前へ進むしかない。

だが、ミアがふたたび庭へ出たときには、サムの姿は消えていた。

一瞬、妙な胸騒ぎがしたけれど、ミアはひとりで真夏の庭のテーブルに座り、独立の門出に乾杯した。

ワインの味は苦かった。

翌日サムは、カフェ・ブック気付でミアに花を贈ってよこした。素朴で陽気な百日草の花束で、〝彼は彼女のことを思っている〟が花言葉だ。サムがこの可憐な百日草の花言葉を知っているとは思えなかったが、それでもミアはこの花束にこめられた意味をあれこれ考えながら、似合いの花瓶を探した。

花を贈ってくるなんて、彼らしくない。狂わんばかりに愛しあっていたときでさえ、そんなロマンティックな行動に出ることはほとんどなかったのに。

花束の意味は、添えられたカードの短い言葉が充分に説明している気がした。

すまなかった。サムより

ミアは花を見ながらにこにこしている自分に気づき、花瓶を抱えて階段をおりると、デスクにではなく、暖炉のそばのテーブルの上に飾った。

「あらまあ、なんてかわいらしくて陽気な花だこと」グラディス・メイシーがそばに寄ってきて花を褒めた。「あんたの庭の花かい？」

「いいえ、違うの。贈り物なのよ」

「花をもらうことほど、女を元気にさせてくれるものはないね。きらきらするものをもらうのは、また別だけど」グラディスはウインクしながらそうつけ加え、ミアの左手をさりげなく見た。実際には、さりげないにはほど遠かったけれど。

「きらきらするものを自分で買う女性は、結局自分の趣味に合ったものしか手に入れられないのよね」

「おや、それとこれとは話が別だよ」グラディスはミアの腕を軽く握った。「去年のあたしの誕生日にさ、カールがイヤリングを買ってくれたんだ。下手なハンドメイドみたいにちゃちなやつだけどね。それでも、つけるたびにいい気分になるよ。そうそう、あたしはネルがどうしてるかと思って、カフェに寄るつもりで来たんだった」

「順調よ。目立つようになってきたでしょ、って言われたら、どうか話に乗ってやってね、ネルが喜ぶから」

「わかったよ。それと、キャロライン・トランプの新作も予約したからね。彼女がこの店に来るっていうんで、ブック・クラブのみんなもわくわくしてるんだよ。サイン会の前にディスカッションにも参加してくれるように、あんたから頼んでみてもらえないかと思って、そのことを言いにあたしが代表で来たのさ」

「それじゃ、あとでさっそくお願いしてみるわね」

「わかったらすぐに教えとくれよ。スリー・シスターズならではの、本格的な歓迎をするつもりでいるんだからさ」

「期待しているわ」

ミアは自らニューヨークへ電話をかけた。そうして頭が仕事モードになると、まずは注文をチェックして、そののちグリーティング・カードの業者に商品の到着が遅れていると苦情を言い、Eメールによる注文も確認した。

ルルが忙しそうだったので、ミアは〝サイン入りのトランプの新作も入荷予定〟と書かれたちらしを自分で本にはさんだ。そして、自らそれらを郵便局まで運んだ。

郵便局を出たところでマックに出くわした。「こんにちは、ハンサムさん」

「ああ、ちょうどきみを捜してたんだ」

ミアは笑みを浮かべ、マックと腕を組んだ。「みんなそう言うのよね。カフェでリプリーとランチをとる約束をしているんでしょう?」

「いや、きみと話がしたくて、店へ行く途中だったんだ」マックはちらりと下を見て、ミアがヒールを履いているのに気づいた。「その靴じゃ、まさかぼくと一緒にビーチを散歩してはくれないだろうね?」

「靴は脱ぐこともできるものよ」

「ストッキングが傷んでしまうじゃないか」

「最初からはいてないわ」

「そうか」マックはぱっと頬を赤らめて、ミアを喜ばせた。「だったら、ちょっとつきあってくれないか？　少し時間があるなら」

「魅力的な男性につきあう時間なら、いつだってあるわ。執筆のほうはどう？」

「まだ始めたばかりだよ」

「完成したら、最初のサイン会はカフェ・ブックで開いていただけるわよね？」

「超常現象科学に関する学術的ノンフィクションだから、サイン会なんかやっても、あんまり客は集まらないと思うけどね」

「カフェ・ブックなら集まるのよ」ミアはやりかえした。

ふたりは歩行者をかき分けながら、通りを歩いていった。肌がピンク色に染まり、強い陽射しに目をやられた状態でビーチから引きあげてきた家族連れが、ランチや冷たい飲み物を求めて店に群がっている。それとは逆に、クーラーボックスやパラソル、タオルに日焼けどめを持って、今から砂と波に向かおうとする人もいた。

ビーチまで来ると、ミアは靴を脱いだ。「夏至の人出がおさまるころには、独立記念日の人出がやってくるのよね。シスターズ島の夏は忙しいわ」

「夏はすぐに過ぎ去ってしまうよな」

「九月のことを考えているのね。あなたが心配する気持ちはわかるけど、わたしがすべて掌握しているから大丈夫よ」マックがなにも答えないので、ミアはサングラスをさげて、上縁越しに彼を見つめた。「あなたには別の意見があるのかしら？」

いくらミアの心の平穏を保つためとはいえ、ルルの一件をいまだ隠しとおしていることに、マックは良心の呵責を感じた。「自分の身に降りかかることなら、きみはどんなことでもうまく対処できるだろうと思ってるよ」

「でも？」

「でも」彼は組んでいるミアの腕に手を置いて言った。「きみはものごとをルールに則ってやろうとする癖があるだろう？」

「あら、ルールに則らなかったからこそ、わたしたちは今ここにいるんじゃない」

「たしかに。ぼくはきみが好きだよ、ミア」

ミアはマックの肩に頭をもたせかけた。彼のなにかに惹きつけられて、つい寄り添いたくなってしまう。「わかっているわ。あなたはここへ来たときから、わたしの人生にすてきなものをもたらしてくれたもの。あなたとリプリーが一緒になって、その気持ちはさらに増したわ」

「ぼくはサムも好きだ」

ミアは頭をもたげて身を引いた。「まあ、好きにならないわけないわよね」

「ぼくはなにも、きみたちのことを詮索しようとしているわけじゃないんだ。というか……」マックは言いなおした。「詮索してはいるんだけど、それは、実際的、科学的な目的のためなんだ」

「嘘ね」ミアはそう言って笑った。

「じゃあ、こう言おう、そういう目的がほとんどだ。つまり、きみたちふたりの状態がわからないと、ぼくは理論や仮説が検証できないんだよ。ぼくらになにがどれだけ必要なのか、計算できなくなる」

「それなら、今がどんな状態か教えてあげましょうか。だいたいにおいて、お互いを楽しんでいるわ。ふたりの関係は基本的には快適で、多くは表面的よ。ことわたしに関する限り、このままの状態が続くと思うわ」

「わかった」

「今の答えじゃ満足していないみたいね」

「ぼくがどう思うかは関係ないよ。決めるのはきみなんだから」

「そのとおりよ。心を奪う究極の愛が、最後のシスターを破滅に追いやったんだもの。彼女は愛なしで生きるのを拒んだ。わたしは、愛とともに生きるのを拒むわ」

「もしもそれで充分だったなら、この件はとっくに終わっているはずじゃないか？」

「ええ、終わるわ」ミアはそう保証した。

「なあ、ミア、ぼくもそういう単純なことだと信じていた時期がある」

「今は信じていないの？」

「今は信じてない。今朝、きみの家へ行ったんだ。夏至の儀式のあと、エネルギーを測定してもいいって、前に言ってくれてただろう？」

「それで？」

「ついでにモルダーも運動させようと思って、連れていったんだ。ともかく手短に説明すると、前庭の芝生の端にたどり着いたところで、計器の針が急に振れだしたんだ。プラスにもマイナスにも。まるで……」マックは両手の付け根を合わせ、形を示そうとした。「目盛りの端から端まで、針が大きく振れたんだよ。似たような針の振れは、灯台と反対側の崖の端でも、森のなかでも起きた」

「守りは怠っていなかったわよ」

「ああ、きみのことだから、抜かりはなかっただろうね。そのあとぼくらは例のサークルから離れる方向に測っていった。すると、あるところで突然センサーが壊れそうになって、モルダーも様子がおかしくなった。危うく引き綱を引きちぎりかけたくらいだ。そこには、マイナスのエネルギーの道がついていた。それをたどっていくと、獲物のまわりをぐるぐるまわる動物みたいに、円を描いていた」

「あいつがそこにいることは承知しているわ、マック。もちろん、無視なんかしていないわよ」

「ミア、敵は力を増大させているんだ。その道に沿って進んだところに、あらゆるものが死んでいる場所があった。羊歯も、木も、鳥も。モルダーはそこで急にうずくまって、怯えて鳴きはじめた。おかげでぼくはあいつを抱えて歩くはめになったんだけど、そこを抜けだすまで、モルダーの震えはおさまらなかったよ。ぼくらはそこから例の小道をたどって、きみの崖の北側の端に出た」

「リプリーに頼んで、モルダーとあなたに清めの呪文をかけてもらってね。もしも彼女がやり方を覚えていなかったら――」

「ミア」マックはミアの手をぎゅっと握りしめた。「ぼくの言ってることがわからなかったのかい？　敵はきみを包囲したんだぞ」

14

「で、きみが話したとき、彼女はなんて言ったんだ?」

オフィスのなかを行ったり来たりしているサムに向かって、マックは両手を掲げてみせた。「生まれてこの方ずっと敵にとり囲まれてきたから、今さら騒ぎ立てるほどじゃない、ってさ」

「なるほど、ミアがそう言う様子が目に浮かぶよ。ぼくらがつきあっていたころ――ぼくが島を出る前、何度かそのことについて話したことがある。当時は彼女のほうがぼくよりもよくわかっていた。それは今でもそうかもしれない。彼女は、たいていの人が本を二章まで読み進むあいだに、一冊丸ごと吸収できてしまうような人なんだ。自信もあるしな。善なるものが強くて忠実である限りは、悪に打ち勝てると」

「いかにもミアが言いそうなことだな。ぼくがミアに話さなかったのは、センサーがいくつか違う反応を――まあ、エネルギーの指紋とでも言っておこうか――拾ったことだよ。彼女の指紋のすぐそばでね。それはきみのものじゃないかと、ぼくは推測してるんだが」

「いくらミアがぼくの守りなど必要ないと思っていても、こっちとしては黙って指をくわえてるわけにもいかないからな」

「きみのやっていることは理にかなっているみたいだから、そのまま続けてくれ」

サムは窓辺にふらりと近づき、通りの斜向こうに新たに設置されたテラスを見た。週末用に外に出してあったテーブルはすでにとりこまれていて、作業員がスレートを敷く仕事にかかっている。「今日のミアはどんな様子だった?」

「すばらしかったよ」

「そういうせりふは、彼女が本当に力を使うところを見てから言ってくれ」サムはマックをちらりと見た。「そうか、もう見たことがあるんだったな」

「冬の終わりに――四つの元素《エレメント》を呼んだんだ。あのときは、自分の感覚をとり戻すのに半日かかったよ。もしかしてミアは毎日、女優の肌を美しく見せる照明器具に匹敵するような魔法を使ってるのか?」

「いや。力は彼女がもともと持ってる美しさに、多少パンチを加えるだけさ。あれほどの美貌は、男を盲目にして脳を混乱させるからね。ぼく自身、あの美貌に惹かれているだけなんじゃないかと自問したことがあるよ」

「ぼくはその問いには答えられないな」

「今なら、ぼくは答えられる。ぼくはずっと彼女を愛してきたんだ。愛とはどんなものかわかる以前から、そして愛を再定義しようとしたあとも。彼女がぼくをもう愛していない――あるいは愛す気もない――今ごろになってようやくわかったなんて、皮肉なものだけど」

サムはデスクに戻り、その縁にお尻を載せた。

「で、科学的に言って――論理的、学術的、なんでもいいけど――ぼくがここに存在してることは――いや、今彼女を愛してるってことは――彼女をより大きな危険にさらすことになってるんだろうか?」

「きみの感情は、この件には関係ない」そう言ってしまってから、マックは顔をしかめた。「あ、いや、悪い意味にはとらないでくれよ」

「わかってるさ。天秤がどう傾くかはミアの感情次第ってことだろ、どちらにしても。でもそれなら、彼女の気持ちをふたたび燃えあがらせたり心を変えさせたりするためにぼくが努力しても、彼女を傷つけることにはならないんだよな? もしもきみがそうじゃないと思うなら、ぼくは九月が終わるまで気持ちを抑えておくけど」

「それはぼくにはなんとも言えない」

「だったら、勇気を持って突き進むまでだ。なにもなくとも、できるだけ彼女のそばにいてやるつもりだ。サークルにだって、番犬は役に立つだろうからね」

サムはその晩、ミアの家に電話をかけた。彼女はちょうど本とワインを持って、ベッドに入ったところだった。

「なにかやってた最中じゃなければいいんだけど」

「大丈夫よ」ミアは唇を引き結び、グラスのなかの液体を光に透かした。「お花をどうもありがとう。とってもきれいだったわ」

「気に入ってもらえてうれしいよ。昨日は口論になってしまって、すまなかった。ぼくの不機嫌をきみにぶつけたりして」

「許してあげるわ」

「よかった。それなら、一緒にディナーでもどうかな？　ビジネス・ミーティングと呼んでもいい。キャロラインの件について、細かい打ちあわせをしたいんだ。明日の夜のきみの予定はどう？」

なんて感じがよくて、なんてなめらかなのかしら。こういうときこそ、彼には注意しなければいけない。「いいわよ」

「迎えに行くよ。七時半でいいかい？」

「お迎えはいらないわ。道を一本渡るのは簡単だもの」

「いや、ほかの場所を考えてるんだ。火曜日の午後は、きみはいつも仕事を早く切りあげるだろう？　このためだけに、きみがわざわざ日課を変える必要はない。ぼくが家まで迎えに行くよ。服装はカジュアルでいい」

なにか特別な理由でもあるのかと訊きかけ、ミアは彼がまさにその質問を待っていることに気づいてやめた。「カジュアルね。じゃあ、また明日」

ミアは電話を切り、本の続きを読みはじめた。だが、なかなか集中できなかった。

昨日の夜は、お互い過去の古傷や苦しみをかきむしってしまった。わたしはあまりにも盲目的に愛しすぎ、自分と彼の気持ちに自信がありすぎて、結果的にサムを罠にかけてしまったのだろうか？　それとも彼のほうがあまりにも自己中心的で冷たかったから、自分の思いや気持ちを正直に伝えて理解してもらう努力もせずに、わたしを置き去りにしたのだろうか？

お互い、なんて愚かしく、目先のことしか見ていなかったんだろう。今になってミアはそう思った。

それでも、相手を責めたり、言い訳したり、無理やり理屈をつけたりしたところで、すでに起きてしまったことは変えられない。そんなことをしてなにかが変わるわけではないし、わたし自身、変えさせるつもりもないのだから。過去はもう一度埋めて、このまま先へ進むのがいちばんいい。用心深い友人、気の置けない愛人、決してそれ以上の関係になることなく。

彼の最近の態度を見る限り、この点についてはわたしの意見に賛同してくれているようだ。

でも……。

とりあえずそこで考えるのをやめ、ミアは猫に向かって言った。「彼はなにかをたくらんでいるようね」

村の反対側では、サムが急いで二本めの電話をかけていた。「ネルかい？　サム・ローガンだ。急な用事がある。秘密の急用なんだ」

細かな部分をつめておく必要があった。そのためにサムは翌日の午後、ミアが店を出るのを待ってから行動を開始した。ルルと渡りあう唯一の方法は、率直になることだと判断して。カフェ・ブックの店内で、サムはルルをCDが並んでいるあたりまで来てくれるよう、身振りで合図した。〝ただ今演奏中〟というラベルのついたラックには《森の静けさ》と題されたCDが置かれていた。

「彼女のお気に入りはどれだい？」

ルルが眼鏡のずれを直してから訊く。「どうして？」

「彼女のお気に入りを買いたいからさ」

いつだって商売っ気満々のルルは、舌なめずりしながら答えた。「五枚お買いあげいただいたら、六枚めは半額になるんだけれど」

「半ダースもいらない――」サムは途中で言葉をのみこみ、舌打ちした。「いいだろう、六枚買うよ。で、どのCDが彼女のお気に入りなんだい？」

「全部よ。好きなものじゃなきゃ、ここには並んでないわ。だって、ここは彼女の店でしょう？」

「わかったよ」サムは適当に抜きだしはじめた。

「そんなに焦らなくたっていいでしょうに」ルルがサムの指を払いのける。「彼女のほうがわたしより先に店へ来たときは、よくこの三枚をかけているようね」

「じゃあ、この三枚をもらうよ。それと、こっちも」

「当店には、本もいろいろと置いてございますが？」

「この店で本を売っていることは知ってるよ。ぼくはただ……。えっと、なにかお勧めはあるのかい？」

ルルにまんまと乗せられた形だが、これは賢い金のつかい方だ、とサムは納得した。まあ、無駄にはならない。だいいち、ルネッサンス美術の豪華本や今週トップ・テン入りしているベストセラーに百ドルもの金はつかえないほど、懐具合が寂しいわけではないのだから。プラス、CD六枚と、三本のオーディオ・テープ。それ以外にもいろいろ。

少なくとも、ルルはレジを打ち終えたとき笑ってくれた。心から笑ってくれた。

サムがカフェ・ブックを出たときには、数百ドル分財布が軽くなり、わずかしか残っていない時間でやらなければならないことが山ほど残っていた。

にもかかわらず、サムはきっかり七時半にミアの家のドアに着いた。

ちょうどミアも薄いファイルを抱えて出てきたところだった。

「イベントに関するメモ類。配布したちらしのコピー、店のニュース・レター、それと、これから二週間にわたって新聞に掲載してもらう広告の原稿よ」

「早く見せてもらいたいな」サムは車のほうへ彼女を導いた。「屋根を外そうか？」

「いいえ、つけておきましょう」

ミアはサムが、カジュアルに、と言っていたことをあらためて思いだした。今日の彼は、濃い色のスラックスと青いTシャツを着ている。いったいどこへ食事に行くのか訊きたい気持ちを、彼女はふたたび抑えこまなければならなかった。

「ところで――」助手席のドアを開ける前に、サムはミアに軽くキスをした。「今日のきみはいちだんときれいだね」

その手で来るのね、とミアは思った。なめらかで、少しばかり軽々しい雰囲気。そういうゲームならわたしだってつきあえるわ。

「わたしもあなたと同じことを考えていたのよ」シートに体をすべりこませながら、ミアは答えた。「海岸沿いをドライブするには、もってこいの夜ね」

「ぼくもまさにそう思ってたんだ」サムは運転席へとまわりこみ、車に乗りこんでハンドルを握った。「音楽でも聞くかい？」

「ええ」

ミアはサムに誘惑させる時間をどれくらい与えようかと計算しながら、ゆったりと座りなおした。そのとき、スピーカーからフルートの音色が流れはじめたことに驚いて、眉をあげた。「あなたにしては奇妙な選択ね」思わず感想を述べる。「昔のあなたはロックのほうが好きだったし、いつも鼓膜が破れんばかりの大音量で聞いていたのに」

「ときどきペースを変えるのも悪くない。いつもと違う道の探検さ」サムは彼女の手をとってキスをした。「視野を広げるためにね。ほかのがよければ……」

「いいの、これでいいわ。譲りあいの精神って大切でしょう？」ミアが身じろぎすると、髪が顔のあちこちにまつわりついた。「車の調子もなかなかよさそうじゃない」

「運転してみるかい？」

「帰りにね」ミアは彼をわざと困惑させる作戦をやめて、助手席でゆったりドライブを楽しむことにした。

どこにもとまらずに車が村を通り抜けたので、ふたたびミアは緊張してきた。

やがてサムが黄色いコテージの前に車をとめると、ミアはその家をじっくりと眺めた。「変ね、ここをレストランにしたなんて、聞いてないわよ。賃貸契約違反になると思うんだけど」

「臨時だよ」サムは車をおりて助手席側にまわった。「まだなにも言わないでくれ」

サムはもう一度ミアの手をとって、指の関節に軽く唇をふれた。「もしほかの場所へ行きたくなったら、そうしてもいい。でも、ちょっとだけ寄ってみよう」

ミアと手をつないだまま、サムはなかには入らずに、家のまわりを歩いた。

刈ったばかりの芝の上に白い布が敷いてある。まだ火はついてないキャンドルで囲まれ、色と素材の違うクッションが置いてあった。その脇に、ライラックをあふれさせた細長いバスケットがある。

サムはバスケットをとりあげた。「どうぞ」

ミアは花を眺めてから、彼の顔を見た。「ライラックは今が旬じゃないわよ」

「なんでもいいさ」サムはバスケットをミアが受けとるまで掲げていた。「きみは昔からライラックが好きだったろう?」

「ええ、昔から好きだったわ。ねえ、これはいったいどういうことなの、サム?」

「ピクニックをしようと思ってね。ビジネスと娯楽、公と私のあいだをとって、妥協した結果だ」

「ピクニックね」

「ピクニックも好きだったよね」サムは彼女の頬にかすめるようなキスをした。「ワインを飲みながらアイディアを練るのはどうだい？」

ここで拒むのは冷淡すぎるし、無作法だ。それに、臆病すぎるわ、とミアは内心認めた。その昔、ふたりが幸せに結婚していたら自分たちのコテージの芝生の上でピクニックをしたいと勝手に思い描いていたからといって、せっかく楽しい夜を演出しようとしてくれているサムの好意をはねつける理由にはならない。

「ワインをいただくわ」

「今、持ってくるよ」

ミアはサムがこちらの声が届かないところまで遠ざかるやいなや、小さくため息をもらし、裏口のドアがばたんと閉まる音が聞こえたときには、ライラックのバスケットをとって顔を花に埋めていた。

すぐに、ハープとパイプオルガンのやさしい音色が家のなかから流れてくるのが聞こえた。ミアは頭を振ってクッションの上に座り、バスケットを隣に置いて、サムが戻るのを待った。

サムはワインと一緒にキャビアまで運んできた。

「豪華なピクニックね」

サムは腰をおろし、ほとんど無意識にキャンドルに火を灯した。「芝生に座るからといって、たくさん食べられないってことじゃないからね」ふたつのグラスにワインを注いでひとつをミアに渡し、かちんと合わせる。「乾杯《スラーンチャ》」

アイルランド語の乾杯の言葉だとわかって、ミアはうなずいた。「あなたもここの庭の手入れをしたようね」

「ぼくにできることは限られてるけどね。ここの花はきみが植えたのかい？」

「一部はね。ネルが植えたのもあるわ」

「家のなかでもネルの存在を感じるよ」サムは小さく切ってあるトーストにキャビアを載せた。「彼女の喜びを」そう言って、ミアにキャビアを差しだす。

「喜びは、ネルが天から与えられた大きな力のひとつよ。今はネルの姿を見ても、彼女が通り抜けてきた恐怖はまったく見えないでしょう？　彼女が自分を発見していく過程をそばで見守るのは、いい勉強になったわ」

「どういうことだい？」

「わたしたちは生まれたときから、この体に宿る力に気づいていたでしょ。でもネルにとっては、ついにドアを開けてなかへ入り、まばゆいばかりの宝で満ちた部屋を見つけるようなものだったの。わたしが最初に教えたのは空気をかきまぜて風を起こす魔法なんだけれど、初めてネル自身がそれをやったときの顔といったら……すばらしかったわ」

「ぼくは誰にも魔法を教えたことはないな。だけど、何年か前に〝魔術師向けの週末セミナー〟に出たことならあるよ」

「本当？」ミアは親指についたキャビアをなめた。「どうだったの？」

「みんなとても……熱心だったよ。ぼくはふとした弾みで参加したんだけど、何人か興味深い人たちに出会えた。魔法の力を持っている人もいたし。セーラムの魔女裁判をとりあげた講義なんかもあって、スリー・シスターズ島の話へとつながった」サムは自分もキャビアを口に放りこんだ。「そこで語られたことはほとんど事実だったけど、精神《スピリット》が欠けていたな。心がなかった。この場所を……」森に目をやり、海の音に耳を傾ける。「たった五十分の講義に総括できるわけがないからね」サムはミアを見つめた。「きみはずっとここにいてくれるのかい？」

「わたしは一度も島から出ようと考えたことはないわ」

「違うよ」ミアの手をさすりながら言う。「今夜のディナーのことさ」

彼女はもうひと切れトーストをつまんだ。「ええ」

サムはミアのワインを飲み干してから立ちあがった。「すぐに戻るよ」

「手伝いましょうか?」

「大丈夫だ。万事うまくいってるから」

うまくいっている。キッチンへ戻りながら、サムはネルに感謝した。料理をすべて下準備して配達してくれたばかりでなく、細かい指示までつけておいてくれたからだ。それはとてもよくできたメモで、料理音痴の人間にも理解できるように書かれていた。ネルに祝福あれと祈りながら、サムはトマト・スライスのハーブ・オイル漬けと冷製ロブスターを、ミアのもとへ運んだ。

「おいしいわ」食事を楽しみながら、ミアは手足をのばしてくつろいだ。「あなたがキッチンの魔術師だったなんて、ちっとも知らなかった」

「知られざる能力さ」彼はそれだけ言って、速やかに話題を変えた。「ボートを買おうかと考えてるんだ」

「そうなの? ジョン・ビゲローは今もときどき注文を受けて、木製のボートをつくっているわよ。もっとも、今じゃ年に一、二艘だけみたいだけれど」

「会いに行ってみるよ。きみは最近、セイリングはやってないのかい?」

「たまにはやっているわ。でも、それほど夢中になることはないの」

「覚えてるよ」サムは彼女の髪にふれた。「きみは乗るよりも見てるほうが好きだったね」

「というか、ボートに乗るより水のなかにいるほうが好きだったのよ」ミアは、近くのレンタル・ハウスからビーチまで近道をして庭を駆け抜けていくティーンエイジャーの一団をちらりと見やった。「彼はボートのレンタルもしているけれど、買う前に自分の腕を確かめたかったら、〝船乗り《シーファラー》〟っていう店のドレイクと話をしたほうがいいわ。彼、今では立派なレンタル・ビジネスを築きあげてるから」

「ドレイク・バーミンガムのことか？　戻ってから一度も会ってないな。ステイシーにも。ふたりは最近どうしてる？」

「離婚したのよ。子供は――ふたりいたんだけど――ステイシーが連れて、ボストンへ越していったの。ドレイクは六年前に再婚したわ、コニー・リプリーとね。ふたりのあいだには小さな男の子がいるの」

「コニー・リプリー？」サムは記憶のアルバムをめくり、コニーの顔を思い浮かべようとした。「大柄で、髪が黒くて、しょっちゅう大口を開けて笑ってた子かい？」

「そうそう、それがコニーよ」

「たしか、ぼくの一学年上だった」彼はさらに記憶の糸をたぐった。「ドレイクのほうはどんなに若く見積もっても――」

「もう五十代後半よ」ミアはグラスの脚を持って、ワインをくるくるまわした。「歳の差と、ふたりがともに前の奥さんや旦那さんと離婚したのは激しい不倫が原因だったんじゃないかってことで、半年ほど島じゅうの話題を独占していたわ」説明しながらロブスターをつまむ。「やっぱりネルの腕はさすがね。このロブスター、本当においしいわ」

サムは表情をゆがめた。「ばれたか。これでぼくは減点かな？」

「いいえちっとも。スリー・シスターズ・ケイタリングを雇ったことで、かえってあなたの賢さとセンスのよさがうかがえるもの。さて」ミアはのばした脚を足首のあたりで組んで、ファイルを手にした。

「ぼくはきみを見ているのが好きだな」サムは彼女のくるぶしを指でなぞった。「どんな光のもとでも、どんな角度でも。とくにこうして太陽が沈むなか、キャンドルの明かりに照らされているきみを見るのが、大好きだよ」

ミアは血がわきたつ思いがした。その言葉、その口調、こちらへ身を寄せてくるときの目つき。サムの手がそっと首の後ろに添えられる。サムの唇が、甘く唇にふれる。

胸がわくわくする気持ちがいつしか、とろけていく感覚に変わる。ミアはサムの香りを、ライラックとキャンドルのワックスの匂いと一緒に吸いこんだ。そして、ゆったりとけだるげに頭を大きくまわした。

「ごめん」サムは額に軽くキスをして、体勢を戻した。「どうしてもきみにふれずにいられない瞬間があるんだ。それじゃ、持ってきてくれたものを見せてもらおうか」

今のミアにあるのは、がくがくする膝とくらくらするような混乱だけだ。サムは今の今まで彼女を骨抜きにするキスをしていたくせに、今度はしゃきっとしてファイルを眺めている。

「サム、今のはいったいどういうことなの?」

「ビジネスと娯楽だよ」サムはミアの背中をさすりながらうわのそらで答えたのち、広告の原稿をファイルから抜きだした。「すごいじゃないか。きみがデザインしたのかい?」

落ちつくのよ、とミアは自分に命じた。「ええ」

「出版社にもコピーを送るべきだよ」

「送ったわ」

「やるね。ちらしはもう見せてもらったけど、かなりの効果が出ているってことは、まだ伝えていなかったよね」

「ありがとう」

「どうかしたのかい?」サムがのんきな声で訊いた。

その穏やかな問いかけに、ミアは奥歯を噛みしめた。いらだちがこみあげてきたことにいらだちを覚え、自分をとりつくろった。「別に。情報をありがとう」深呼吸をしてから話しつづける。「あなたには本当に感謝しているわ。店にとっては大きなイベントだもの。単に滞りなく終わらせるだけじゃなくて、完璧なものにしたいのよ」

「キャロラインが楽しんでくれることは間違いないと思うよ」

サムのその言い方に、ほんの少し、微妙ななにかが感じられた。「あなた、キャロラインを個人的に知っているの？」

「まあね。ああ、この本の表紙と同じケーキをネルにつくってもらうっていう案は、なかなかいいね。でもこの花は……ピンクの薔薇に変えたほうがいいかもな。たしか、そっちのほうが好きだったと思う」

「彼女の趣味をよく知っているみたいね」

「それほどでもないよ。ええと、店からの歓迎ギフトとして、彼女が泊まるスイートルームにシャンパンとチョコレートを届けるつもりでいるようだけど、これらの品はホテルのウェルカム・サービスとして出すことになってるから、なにか別のものを二、三品用意してくれないかな。それらを合わせて、ホテルと店からのギフトってことにしようよ」

ミアは膝を指で打ち鳴らすのをやめた。「すばらしい考えだわ。キャンドルとか、島に関する本とか、そういうものね」

「完璧だ」サムはミアと出版社とのあいだで交わされたEメールやファックスに目を通して、うなずいた。「抜かりはないね。それじゃ……」フォルダーを脇に置くなり、ミアに寄りかかってくる。

もう少しでサムの唇が口もとにふれそうになったとき、ミアは彼の胸に手をあてて押しかえした。そしてにっこりと微笑む。「わたし、ちょっと手を洗ってくるわ」

ミアは立ちあがり、ワインを持って家のほうへと歩いていった。

キッチンに入って、ぐるりとなかを見渡す。ほれぼれするほどきちんと片づいてはいたが、朝いちばんのコーヒーを淹れる以外に使われている形跡はなかった。昔から、キッチンに関してはひとつの決まり文句がある。サムは水をも焦がす人だ、と。

カウンターの上にネルが書いたメモを見つけて、ほっと心がなごむ。

それからリビングルームへ行って美術の豪華本に目をとめたときには、思わず口をとがらせた。ここにもキャンドルが置いてあって、使ったあとがある。ひとりでいるとき、サムはいったいどんな儀式や瞑想技術を使っているのかしら?

考えてみれば、わたしと同じく、サムもつねに孤独な魔女だ。

写真は一枚も飾られていなかった。また、ミアはそういうものがあるとも期待していなかった。だから、一対の水彩画が壁にかかっていたのは意外だった。庭を描いた風景画。静かで穏やかな絵だ。サムならもっと鮮やかな色づかいの大胆な絵を選びそうなものなのに。

キャンドルと、絵と、買っただけで明らかに読んでいない本を除いて、このコテージのリビング・エリアにはサム・ローガンらしさを感じさせるものはなにもなかった。ミアに言わせれば快適な生活を送るために不可欠な細々したものを、サムはなにひとつ身のまわりに置いてはいない。

花も、観葉植物の鉢も、色とりどりの石やガラスの鉢も。

ここまでサムの生活をのぞき見た以上――わたしはサムとベッドをともにする間柄であり、家主でもあると自分に言い聞かせて――彼のベッドルームへ足を踏み入れることにもためらいはなかった。

ここにはほかの部屋よりもサムらしさがある――匂いと感じ。コテージ用にミアが買って置いておいた古い鉄製のベッドには、軍隊で使われるような濃紺のスプレッドがかけてあった。床はむきだし。ナイトスタンドには彼女も楽しみながら読んだスリラー小説が置いてあり、名刺が挟んである。

この部屋に飾られているたった一枚の絵は、大胆でドラマティックだった。ごつごつした地面から空に向かって古い石の祭壇が突きだしていて、空には勝ち誇ったような真っ赤な日の出がくっきりと描かれている。

ドレッサーの上には、大きくて形のいいソーダライトの原石が置かれていた。瞑想に使うのだろう。大きく開かれた窓からは、ミアが植えたラベンダーの香りが漂ってくる。

ついつい熱い思いがこみあげそうになったので――飾り気のなさ、花の香り、ばかばかしいほど男らしい彼のセンス――ミアは背を向けて部屋を出た。

小さなバスルームで口紅をつけなおし、自ら調合した香油を喉と手首に軽くはたく。向こうが誘いをかけてくるなら、こちらも彼に合わせてやらなければ。ただし、自分の家の自分の領域に戻るまでは、なにもさせるつもりはないけれど。

相手をじらしてからかうことなら、わたしだって彼と同じくらい巧みにできる。

ミアが庭へ戻ったときには、さっきまで料理が並んでいた場所に、真っ赤に熟した苺に濃厚なクリームを添えたものがガラスの器に盛られて置いてあった。

「コーヒーがいいか、まだワインを飲みたいか、わからなかったから」

「ワインにするわ」自信のある女はもう少しくらい無茶なことをしても大丈夫なはずだ。

夜が忍び寄ってきた。ミアはサムの隣に座り、彼の髪を指でくるくるともてあそびながら、苺をつまんだ。

「実に意外だったわ……」なまめかしい目でサムを見つめ、舌を出して苺をなめてから、そっとかじる。「あなたがルネッサンス美術に興味があるなんて」

サムの脳内では、どこかで回線がショートしてしまったようだった。今にもぱちぱちという雑音が聞こえてきそうだ。「えっ？」

「ルネッサンス美術よ」ミアは指をクリームに突っこんでなめた。「リビングルームに置いてある本のこと」

「ああ……あれか」サムはどうにかミアの口もとから視線を引きはがした。「すごい時代だよな」

サムが苺にクリームをつけると、ミアはふざけて彼に寄りかかり、それを横からひと口かじった。「うーん」喉を鳴らし、舌で上唇をなめる。「ティントレットの《受胎告知》とエルテのとでは、どちらのほうが好き？」

また別の回線が切れた。「両方とも見事だと思うよ」

「ええ、まったくそのとおりよね。ただし、エルテはアールデコの彫刻家で、ルネッサンスより一世紀もあとに生まれたのよ」

「きみが言ったのは、あまり名の知られてない貧しいルネッサンス芸術家で、壊血病で悲劇的な死に方をしたジョヴァンニ・エルテのことかと思ったよ。あまり真価を認められてないんだ」

ミアから笑いがこぼれ、サムのおなかじゅうの筋肉が収縮した。「ああ、あのエルテね。訂正するわ」今度は苺ではなく、下唇を噛んでみせる。「あなたって、ものすごくキュートだわ」

「あの本は、まだぱらぱらとめくってみただけなんだ。きっとルルは今ごろ腹を抱えて笑ってるだろうな」サムがミアに苺を食べさせた。「ぼくは音楽のCDを買いに店へ入っていったはずなのに、出てきたときには五十ポンド分の本まで抱えていたんだから」

「音楽はいいわね」ミアはエメラルドグリーンのクッションに頭を載せて、白い布の上に横になった。「リラックスさせてくれるもの。木陰を流れるあたたかい川に浮かんでいるような気分になるわ。ああ。頭にワインがまわってしまったみたい」そして、ドレスの薄い生地が体の曲線を浮かびあがらせてくれることを狙って、ゆったりとのびをする。「結局今夜は、あなたのセクシーな車を運転できそうにないわ」

今夜はここに泊まって明日の朝車で帰ればいい、と向こうから誘ってくれるのを待つ。サムが隣に寝そべって、彼女の喉の下から胸のふくらみへと指先でつーっとたどりはじめると、ミアは微笑んだ。

「潮風にあたって頭をすっきりさせるために、散歩にでも行こうか?」そう言って唇をそっと寄せたとき、ミアの顔にあてが外れたような表情が浮かんだのを、サムは見逃さなかった。

彼は手を動かしながら、少しずつミアの唇をついばんだ。その体から力が抜けて脈が速くなっていき、徐々に欲望に屈していくのを感じた。互いを悩ましく苦しめるために、サムはてのひらをミアの脚に這わせ、ドレスの下のあたたかくてなめらかな腿にふれ、魔女の印を丸く囲むように指でなぞった。

「でもし……」サムは指をミアのヒップにかかっているパンティーの縁へとすべらせた。ドレスのやわらかいコットンの上から、ミアの胸にそっとそっと歯を近づけていく。「散歩する気分じゃなければ……」

ミアはもはや慎みを忘れて、誘うように腰を浮かせた。「そうね、今のわたしは散歩の気分じゃないわ」

「だったら……」サムはほんの少しだけきつく、ミアの胸を噛んだ。「ぼくが運転するよ」そして立ちあがり、唖然としているミアに手を差しのべた。

「運転って?」

「きみを送っていく」言葉も出ないほどショックを受けている様子のミアを見て、サムはほぼ満足した……。いや、本当の満足にはほど遠い。それでも、これは彼が願っていたとおりの反応だった。

サムはミアを起こしてから、彼女のファイルとバスケットを拾ってやった。「大事なものを忘れないでおくれ」

帰り道、ミアは頭のなかで計算をしなおした。サムはわたしがあのコテージに泊まるつもりがないことをきっちりと把握していた。誘惑を完遂させるためにはわたしをわたしのベッドまで運ぶ必要があることも正確に見抜いていた。そここそ、わたしが彼を求める場所だ、と。ミアはシートに深く身を預け、星を見あげながら考えた。

あんなに手のこんだやさしさを示してもらったあとだから、もしもサムがあそこで誘いをかけてきたら、わたしはきっと……誘惑に乗っていただろう。いったんセックスをしてしまえば、わたしの心と体はバランスをとり戻していたはずだ。

家の前で車がとまったとき、ミアは完全に状況を掌握していると思っていた。「すてきな晩だったわ。本当にすばらしかった」玄関まで送ってくれるサムに向けたまなざしは、声と同様にあたたかかった。「それと、お花をどうもありがとう」

「どういたしまして」

ウインド・チャイムが涼やかに鳴り、ランプの光が窓に反射するなか、サムはドアの前でミアの腕を上へ下へとさすった。「また一緒にどこかへ出かけようよ。ボートを借りて、水の上でのんびり過ごすとか。泳ぐのもいいね」

「もしかしたらね」

サムは両手でミアの顔を包みこみ、指を髪に絡ませてキスをした。彼女の口から静かな歓びの声がもれると、キスはさらに深まった。だが、ミアが誘うように体を押しつけてきたところで、サムは彼女の背後に手をのばしてドアを開けた。

「もうなかへ入ったほうがいい」口をつけたままで言う。

「ええ。そうね」ミアは欲望でくらくらしながら、家に入って向きを変え、サムの頬をそっと撫でた。

そのとき、サムの目にはミアが海の精《セイレーン》のように映った。

「電話するよ」自分でもほれぼれするほどしっかりした手つきで、彼はふたりをさえぎるドアを引いて閉めた。

今夜ふたりはこの十一年間で初めて、正式なデートをした。しかも、極上のデートだった。そう思いながら、サムは車へと引きかえしていった。

15

なんて卑怯な男なのかしら。これほどまでにわたしの心をかき乱したのは、あの人以来……。ミアはそこで認めざるを得なかった。こんなにわたしの心をかき乱す人は、今も昔もサム・ローガン以外に、誰ひとりいない。

しかも、今のほうがやり方がうまくなっている。

その一方で、わたしも昔と比べれば、性的な衝動をこらえることがうまくなっている。

あれからほかにつきあった男性がひとりもいなかったわけではないけれど、数はそう多くなく、あいだもかなり空いていた。時が経つにつれて気軽なたわむれを楽しめるようにはなったけれど、ベッドに男性を迎えても心の底から満足することはほとんどなかった。

だから結局、たわむれるのもやめにした。

それは、感情的というより、むしろ実際的な選択だった。肉体の満足を得るだけのために注ぐエネルギーと力が必要なくなると、魔術の精進によりいっそう力を注ぎこめるようになったからだ。自ら禁欲を課す魔女たちのなかでは自分はましなほうだと、ミアは思っていた。

昔はそれで平気だったのだから、今だって同じようにふるまえないはずはない。サムはかれこれ二週間もミアのベッドへ来ていなかった。となると、セックスをきっぱりあきらめることが、自分にとってもっとも論理的な選択だと思えてくる。いずれにしてもミアは多忙だったので、サムとか、セックスとか、あれほど狂おしい前戯をしたのにどうしてそのあとがなかったのか、などと考えて思い悩んでいる暇はなかった。

「そんなことでいちいち戻ってこなくてもよかったのに」ミアは、カフェのテーブルの配置換えをしているネルに向かって言った。

「戻ってきたかったのよ。あなたと同じくらい、わたしも明日のサイン会を楽しみにしているんだから。ほかの椅子をとってくるわね」

「だめよ、あなたはそんな重いものを運んじゃだめ。とにかくものを持ちあげちゃだめですからね。問答無用よ」ミアは自分で椅子を揃えながら、リプリーが座っている椅子を蹴った。「あなたはその重たいお尻をあげて、手伝ってちょうだい」

「だったら、わたしにもお給料を払ってくれるの？　わたしがここに座ってるのはね、家でバーベキューの儀式をしている男どもにつきあいきれなかったからよ。マックがへまをして、なにかを爆発させたりしてなければいいんだけど」

「炭焼きグリルって言うのよ」ネルが教えた。「炭は爆発しないわ」

「あなたたちはわたしの夫がどういう人か、よくは知らないでしょ」

「大の男が三人もいるんだから、どうにか火を熾してステーキを焼けるようにするぐらいのことはできると思うわ」ネルの頭に、わが家のデッキでザックがバーガーを焼いている図がぱっと浮かんだ。そして思わずぞっとした。「神さま、リプリーの哀れなキッチンに、どうかご加護を」

「キッチンがどうなろうと、わたしはちっともかまわないけど」リプリーは長い脚をのばして足首を交差させ、ミアがひとりでテーブルを並べ替えるのをおもしろそうに眺めた。「それより、心配なのは彼女のことよ」親指でミアを指さして言う。「山ほど心配ごとがあるんでしょうね。ほら、眉間にしわが寄ってるの、見える？　不機嫌な証拠だわ」

「眉間にしわなんか寄ってないわよ」虚栄心がミアを突き動かし、とっさにしわを消させた。「不機嫌でもないわ。多少のストレスは感じているかもしれないけど」

「そういうときこそ、バーベキューはとってもいい気晴らしになるわ」ネルはディスプレイ・テーブルへ近づいていき、そこに飾ってある本の位置を直しはじめた。「今夜はリラックスして、友達同士で楽しんで、明日に向けて頭をすっきりさせましょう。サムがいいことを思いついてくれてよかったわ」

「サムはいつだって妙なことを思いつくのよ」ミアはきっぱりとそう言ったが、その言葉にひそむ裏の意味は、リプリーとネルにも感じとれた。

「それで、例の晩、ビーチでのコンサートはどうだったの?」リプリーが訊く。

「よかったわよ」

「独立記念日の花火のあとの月夜のセイリングは?」

「洒落てたわ」

「ほらね?」リプリーはネルを見てうなずいた。「不機嫌だって言ったでしょ」

「不機嫌なんかじゃないってば」ミアはいらだたしげに音を立てて椅子を置いた。

「けんかの種を探しているの?」

「いいえ、わたしが探してるのはビールよ」リプリーはそう答え、勝手にカフェの厨房へ入っていって、ビールを探した。

「すてきなイベントになりそうね、ミア」ネルは本を積みながらとりなした。「明日ここにお花を持ってくれれば、きれいになるわ。飲み物はすべて準備完了よ。ケーキができるのを楽しみにしていてね」

「お花や飲み物のことを心配してるわけじゃないわ」

「お客さまが列をなすのを見れば、きっと気分がよくなるわよ」

「どれだけ人が集まってくれるかということも、それほど心配してはいないの」ミアは椅子に座った。「リプリーの言ったことはひとつだけあたっていたわ。要するに、わたしは不機嫌なのよ」

「それって、告悔？」ビールを手に戻ってきたリプリーがちゃちゃを入れる。

「うるさいわね」ミアは髪に手をやった。「サムがセックスを利用してきたのよ。正確には、セックスしないことを利用して、わたしをいらいらさせているの。キャンドルを灯してのピクニックも。月夜のセイリングも。長い散歩も。おまけに、二、三日置きにお花まで贈ってくるし」

「なのに、セックス抜きなの？」

ミアはリプリーと視線を合わせた。「前戯だけはたっぷりするくせによ」ぴしゃりとはねつけるように言う。「そのあとわたしを玄関まで送ってくれて、帰っていくの。次の日になると花が届く。毎日電話もかけてくる。それに、家に帰ったら玄関にちょっとした贈り物が置いてあったことも二回ほどあったわ。ハート形にアレンジされたローズマリーの鉢と、小さな陶器のドラゴン。デートをしているときは、文句なしにすてきなの」

「ひどい男ね！」リプリーはばしっとテーブルを叩いた。「そんなやつ、吊し首にしてやるくらいじゃ手ぬるいわ」

「でしょう？　セックスを利用するなんて」ミアは不満をもらした。

「いいえ、そうじゃないわ」ネルが夢見るような笑顔でミアの髪を撫でた。「これにはセックスは関係ないのよ。サムはロマンスを利用しようとしてるんだわ。あなたに求愛しているのよ」

「まさか」

「お花、キャンドルライト、長い散歩、思いをこめた贈り物」ネルは指を折りながら数えあげた。「時間をかけて、あなたの注意を引いて。ここまで揃ったら、あなたに愛を伝えようとしてるとしか思えないわ」

「サムとわたしはもう何年も前に、そういう求愛ステージは通過したのよ。そのときだって、求愛にはお花や贈り物は含まれていなかったし」

「もしかしたら、償いをしようとしているんじゃない？」

「サムは別に償いなんかする必要ないもの。わたしだって、彼に償われるなんていやよ」どうにも心が落ちつかなくなり、ミアは立ちあがってテラスのドアを閉めに行った。「わたし以上に、彼には伝統的なやり方は似つかわしくないのよ。彼が欲しがっているのは……」

これこそが問題だ、とミアにはわかっていた。今回サムがなにを求めているのか、彼女にははっきりわからなかった。

「あなた、サムに怯えてるのね」リプリーが静かに言う。

「そんなことないわ。それはまったくない」

「今まではこんなふうに怯えたことなかったでしょ。いつもあなたが段どりをつけてたから」

「段どりなら今でもつけているわよ。わたしは自分がなにをしているか、ちゃんとわかっているもの。どこへ向かっているかも知っている。それは変わってないの」そう答えながらも、ミアはかすかに肌寒さを感じた。

「ねえ、ミア」ネルの声には同情と忍耐がこめられていた。「今でもサムを愛しているの？」

「わたしが心から彼を受け入れるような危険を冒すと思う？　どれほどの犠牲を払うことになるかも考えずに、そんな危険を冒すと思う？」先ほどよりは冷静さをとり戻すと、ミアは部屋の奥へ行って、ディスプレイを完成させた。「わたしは、この島やここで暮らす人々、天が与えてくれた力に対する自分の責任がどんなものか、わかっているわ。わたしにとって、愛は絶対的なものなの。もしまたあのときと同じ危険を冒したら、二度と生きのびることはできない。でもわたしは自分の運命を成就させるために、どうしても生き残らなければならないのよ」

「もしも彼があなたの運命の人だとしたら、どうするの？」

「一度はそんなふうにも考えたわ。でも、間違っていたの。その時が来れば、サークルがわたしを守ってくれるはずよ」


絶壁の上に立つ屋敷では、三人の男性が炭焼きグリルをとり囲み、石器時代の原始人が興味津々で小さな炎を見つめるのと同じような緊張の目で、炭に火がつく様子を見守っていた。

「よさそうだ」ザックがそう宣言し、サムを見てうなずいた。「ほらな。ヤンキー流にやれば、ぼくらにだって火ぐらい熾せるって言っただろ。チチンプイプイの呪文なんか必要ないんだよ」

「ああ、ヤンキー流もいいものだね」サムが冗談めかして言う。「炭をまるまるひと袋と点火液を半ガロンも使って、ようやく、だもんな」

「このグリルが不良品だったんだから、仕方ないさ」

「おい、これは新品のグリルだぞ」マックは反論した。「今日はこいつの処女航海なんだから」

「だからこそ、熱い炎が必要だったのさ。傷口を癒してやるためにな」ザックはそう言って、ビールをあおった。

赤くてぴかぴかに輝いていたグリルの内側が真っ黒に焼け焦げてしまったのを見て、マックは悲しそうな顔をした。「もしもこれが溶けたりしたら、ぼくはリプリーに殺されてしまうよ」

「頑丈な鋳鉄でできてるんだから、そんなことないさ」ザックはグリルを足で軽く蹴った。「リプリーと言えば、あいつはどこにいるんだ?」

「もうこっちへ向かってるよ」眉をひそめるザックに向かって、サムが答えた。「チンプイプイのおかげさ。ミアがどこにいるのかは、つねに把握してるんだ。こちらにいらっしゃる科学博士が、ミアの家のまわりのエネルギーを読みとってヒントをくれたものでね。それ以来ぼくは、ずっとミアに波長を合わせてるんだよ」

「もしも彼女にばれたら、きみはきっとえらい目に遭うぞ」ザックが指摘した。

「わかりゃしないさ。ミアはぼくのことになると、ものがはっきり見えなくなってしまうみたいだから。見たいとも思ってないだろうし。ミア自身がやりたくないと思ってることをさせるのは、とんでもなく大変なんだ」

「それで、きみとミアは、今どうなってるんだい?」

サムはほろ酔いかげんのマックをしげしげと眺めた。「それは個人的な興味かい? それとも、学術的な興味?」

「まあ、両方だな」

「いいだろう。今のところはうまくいっている。ミアに疑問を抱かせておくのもそう悪くはない、って感じかな。今の彼女の心は、以前と比べるとはるかに複雑になっているから、いろんなねじれやゆがみをひとつひとつ解明していくのは、なかなか楽しい作業だよ――想像してた以上にね」

ザックは顎をぽりぽりとかいた。「その調子で、大人同士の関係だの、ふたりの親密なつきあいだのまで、延々と語るつもりじゃないだろうな?」

「しーっ……ほら、来たよ」マックが、頁岩のかけらに覆われた道をのぼってくるヘッドライトを手振りで示した。「すべて順調だったっていう顔をしていよう」

デッキにだらしなく寝そべっていたルーシーが急に跳ね起きて階段を駆けおり、モルダーを従えて走っていった。

「きれいな女性たち」ザックが言った。「二匹のかわいい犬とステーキ。なんともすばらしいとりあわせだ」

ステーキは焦げ、ポテトはわずかに生焼けだったが、みんなの食欲はそこそこ旺盛だった。揺らめくキャンドルの明かりのもと、後ろからリビングルームの照明も浴びつつ、ステレオで音楽を流して、デッキでテーブルを囲んだ。

サムが空になりそうなミアのグラスにワインを注ごうとすると、彼女は首を振って、グラスの上に手を置いた。「もういいわ。運転して帰らなきゃいけないんだもの。それに、明日のために頭をすっきりさせておかなくちゃ」

「明日の朝、ぼくも店のほうへ顔を出して、準備を手伝うよ」

「その必要はないわ。準備はほとんど終わっているし、明日も時間は充分にあるもの。ハードカバーだけで、もう三十八冊も予約が入ってるのよ。さらに注文が入ってきそうだし、既刊のほうも同じくらい売れてるの。彼女も明日は忙しいわよ。たしか彼女は……」ミアはネルの顔を見て、話をやめた。ネルは椅子から半立ちになって、体をこわばらせている。「ネル？」

「赤ちゃんが動いたみたい」ショックと驚きの表情が、うれしい喜びに変わっていく。

「今、赤ちゃんが動くのを感じたのよ。わたしのなかで動いているの」ネルは笑っておなかを手で押さえた。「とっても素早くて力強いわ。ザック」そう言ってザックの手をつかみ、おなかにあてる。「わたしたちの赤ちゃんが動いたのよ」

「横になったほうがいいんじゃないか？」

「とんでもない」ネルはその場で飛び跳ねて、ザックの手を引っぱった。「踊りたい気分よ！」

「踊りたいだって？」

「そうよ！　一緒に踊ってちょうだい」ネルはザックの首に腕をまわした。「ジョナと一緒に踊りましょう」

「男の子かどうか、まだわからないじゃないか」こみあげる愛を胸に、ザックはネルの腰に腕をまわして爪先立ちにさせ、しっかりと抱きしめた。「女の子かもしれないだろ。そしたら、レベッカにしよう」

「まったく、気が早いんだから」そう言うなり、リプリーも立ちあがって、マックを指さした。「あなたも踊るのよ」

「ぼくが踊ったら、誰かがけがするよ」マックがもごもごと言う。

しばらく四人の余興を眺めていたサムは、ミアの手に片手を載せた。「ぼくらも昔は得意だったよね」

「ええ……？」

ミアはネルをうっとりと見つめていた。あまりに無防備なミアの顔を見るだけで、サムは心臓にパンチをくらった気がした。彼女のまつげに涙が光る。彼がそこに見たものは、愛と切望だった。

「ダンスだよ」ミアの手をとってサムは立った。「ぼくらも昔は得意だっただろ。今でも踊れるかどうか、試してみよう」

衝動に従い、サムはミアを引っぱって階段から地面へと導いた。そして腕をのばし、ミアをくるくる回転させてから、また自分のほうへ引き戻した。

ミアの腕がなめらかに彼の首に巻きつき、ふたりの体はしっくりと合わさった。「そうそう」サムは彼女の腰に手を添えて一緒に体を揺らした。「今でもなかなかいけるね」

ずいぶん久しぶりだったにもかかわらず、ミアはサムの動き方やリズムを忘れていなかった。彼と一緒に音楽に合わせて動く楽しみも覚えていた。次第に気分が乗ってくると、ミアは靴を脱ぎ捨てた。ふたりがターンしたりディップしたりスピンしたりするたびに、足もとで砂が舞う。

ふたりにとって、ダンスはいつでも喜びにあふれていて、無邪気なふれあいの儀式だった。エネルギーの放出。協調。期待。

いつしかミアは耳だけで音楽を聞くのをやめていた。背中に添えられたサムの手にこめられる力や、つないだ手の握り方、自分の体の素早い動き、それらを全身で感じとって、音楽に身を任せた。

サムに抱きあげられて両足が地面から離れると、ミアは首を後ろに倒して笑った。

ふたりは十年以上ぶりに互いの首に腕を巻きつけて熱い抱擁を交わしたが、それは純粋に素直な愛情から出た行為だった。

デッキから拍手や口笛が聞こえてくると、ミアは顔をあげ、頬はサムの頭に載せたままで息を整えた。

「ほらほら、ふたりはああやって見せびらかすのが好きだって、言ったでしょ」リプリーが笑いながらマックを肘でつつく。

「そんな侮辱を受けるいわれはないぞ。行こう！」サムはミアの手を握って、下のビーチへとおりる階段目がけて駆けだした。彼女は置いていかれないように、必死で走ってついていった。

「そんなに急がないで！　首がもげてしまいそう！」

「そしたらぼくがつかまえてやるよ」その言葉どおり、サムはミアを抱きあげてぐるぐるまわした。「泳ぐかい？」

「とんでもない！」

「わかった。じゃあ、踊ろう」サムはミアを立たせてから、ぎゅっと抱き寄せた。ゆったりした官能的な〈愛の海《シー・オブ・ラブ》〉のメロディーが、ビーチの向こうから聞こえてくる。

「古い曲ね」ミアは言った。

「クラシックな名曲だ」サムが訂正した。「また雰囲気が変わっていい」

足もとの砂に円を描きながら、サムはミアの髪に顔を埋めた。彼女の心臓の鼓動は彼の鼓動とぴったり重なって、力強く打っている。ミアが爪先で立つとふたりの脚がふれあい、ふたりの影は月明かりの下でひとつになった。

サムはぼんやりした記憶のなかの音や形を思いだした。「今の時代も、高校の体育館でダンス・パーティーが開かれたりしてるのかな?」

「ええ」

「途中でこっそり抜けだして、いちゃついたりするカップルもいるんだろうか?」

「おそらくね」

「ぼくらもあの時代に帰ろうか」サムは頭を少し傾け、唇でミアの顎の線をたどって、また唇まで戻った。「ぼくと一緒に帰ろう」

サムの言わんとしていることを理解する前に、抵抗することさえ思いつかないうちに、ミアはめくるめく感覚にとらわれていた。もはやふたりは砂の上でダンスをしているわけでもなければ、秋風が運んでくる落ち葉の匂いや菊の花の香りに包まれて、高校の体育館の陰で睦みあっているわけでもなかった。

建物から流れてくるのは、ドラムとギターが派手に鳴り響く反体制的な音楽だ。彼女の手は、彼の着古したクールな革のジャケットからシルクのようにあたたかい髪へとすべっていった。

彼の体は今よりもっとスリムだったし、キスも今ほど器用ではなかったけれど、そのキスにかつて彼女は熱く反応した。

愛の炎が、彼女の内側で目もくらむほど明々と燃えていた。

彼女は無意識に彼の名前をささやいた。そしてすべてを捧げた。

ミアのなかでふくれあがっていた痛みが傷のようにうずき、彼女をはっとわれに返らせた。

息も絶え絶えに、ミアはサムを押しのけた。「ひどい、ひどすぎるわ！　ずるいわよ」

「悪かった。ごめんよ」サムもまた、頭がくらくらしていた。一瞬、湿った夏の空気のなかに秋のさわやかさが感じられた。「たしかにずるかった。こんなつもりじゃなかったんだ。行かないでくれ」その言葉もむなしくミアが離れていくと、サムはこめかみのあたりに両手を押しあてた。

計画的にやったことではなかった。こんなふうになるとわかっていたら、衝動をとめる方法だって見つけられたはずだ。昔のようにミアに愛されたらどう感じるか、わからなかったとでもいうのか？　ミアの絶対的で純粋な愛を感じてしまったら、どうなるか。

その愛を自らの手で捨て去ったこと、もう二度ととり戻せないかもしれないことを、こんな形で思い知らされたら、どんな思いがするか。

サムがようやくわれに返ったとき、ミアは自分を抱きしめて夜を見つめながら、水際に立っていた。

「ミア」サムはミアのところへ行ったが、ふれることはしなかった。もしもふれたら、ふたりのうちのどちらかが確実に壊れると思ったからだ。「こんなやり方をしてしまったことについては、ぼくにはなんの言い訳も謝罪の言葉もない。でも、本当にこんなまねをするつもりはなかったんだ。それだけは言える」

「あなたはわたしを傷つけたわ、サム」

「わかってる」自分で自分を傷つけたことも。サムは自分が思っているより、ずっとずっと深く傷ついていた。

「過ぎた時間を消すことはできない。消してはいけないのよ」サムのほうを向いたミアの顔は、夜の暗さとは対照的に青白かった。「わたしはあのころの少女になんか戻りたくないし、あなたにもあのころの少年に戻ってほしくはない。これまで自分で築いてきたものを、手放したくないの」

「今あるきみの姿を変えようなんて、これっぽっちも思ってないよ。きみはぼくが知る限りで、誰よりも心をはっとさせられる女性なんだから」

「口で言うのは簡単よね」

「いや、違う。こうして口にすることだって、ぼくにとっては簡単じゃないんだ。ミア――」

サムが手をのばすと、ミアはまた背を向けた。そして、洞窟から青白い光がこぼれているのを見て凍りついた。「やめて。あなたはやりすぎよ」

彼もその光を見た、そして今度はミアにふれた。自分の存在をしっかり感じ、信じてほしいと思いながら。「ぼくはなにもしていない。ここで待っててくれ」

サムはミアを残して洞窟へと急ぎ、入口で立ちどまって、光を浴びた。後ろから近づいてくるミアの足音が聞こえたが、ふたりでなかをのぞきこむまではなにも言わなかった。

洞窟の光はやわらかく、青く、影が深くて、泉のように静かだった。光のなかに、ふたりの人がいた。光そのもので刻まれた彫像のようなイメージだった。

そこで初めて、ふたりは息をした。

男は美しかった。しなやかな筋肉に覆われた裸の体は水に濡れて輝いていた。肩までのびたつややかな黒い髪からも水をしたたらせながら、横になって深い眠りについていた。

女は美しかった。背の高いすらりとした体に黒いマントを羽織り、立って男を見おろしていた。フードは後ろにおろしてあったので、炎のようにカールした髪は腰まで垂れていた。

彼女はその腕に毛皮を抱えていた。漆黒の闇のように黒く、まだ海の水で濡れている毛皮を。

彼女が振り向くとミアとそっくりな顔が見え、足もとで千本のキャンドルが燃えているかのように肌が輝いた。

「愛は……」かつてファイヤーと呼ばれていた女性が言った。「つねに賢いものではなく」毛皮を子供のように抱きかかえて、ふたりのほうへ歩み寄ってくる。「愛には条件も後悔もないわ」彼女は毛皮に頬を押しあてて、洞窟から出てきた。「時間はあなたたちが考えているより短いのよ」

ミアは片手をあげた——慰めと命令のしぐさだ。「お母さん？」ファイヤーと呼ばれていた女性は立ちどまった。彼女が笑うと、美しさが引き立った。

「娘よ」

「わたしは決してあなたの期待を裏切らないから」

「それはわたしのためではないわ」彼女がミアの頬を指でなぞると、ミアはあたたかい線を感じた。「自分を裏切らないように気をつけて。あなたはわたしより優れた者なのだから」

そこでファイヤーは洞窟を振りかえった。

「あなたは、彼もまたあなたのなかに息づいていることを、あまりにもしょっちゅう忘れてしまう」彼女は毛皮を抱きしめたままこちらに向きなおって、サムと目を合わせた。「そして、あなたのなかにもわたしはいるのよ」

彼女は砂を横切って歩いていった。

「敵は闇のなかで見ているわ」そう言い残して、煙のように消え失せた。

洞窟の光も消えた。

「彼女の香りがするわ」ミアは水をすくうように空気をすくって顔に近づけた。「ラベンダーとローズマリー。彼女が身につけていたお守、あなたも見た?」

サムはミアがチェーンにさげている銀の円盤と日長石《サンストーン》を手にとった。「これだった。彼女の顔を見たとき、たしかにこれが見えたよ」そう言って、彼女の顎に手を添えて上を向かせた。

「考えなければいけないことがたくさんあるわ」ミアはその場を離れようとしたが、なにかにふと視線を引きつけられた。みるみるうちに、明るい月にインクで黒く汚れたような靄がかかった。「遅かったみたいね」彼女がささやくと、すぐにどこからかうなり声が返ってきた。

海からわいた霧が砂の上を這ってくる。黒い体に五芒星《ペンタグラム》を白く光らせた狼が、霧のなかで牙をむいていた。

サムはミアを自分の後ろへと押しやった。体を盾のようにして彼女を守る。

「行くんだ。今すぐ。屋敷に戻れ」

「わたしは逃げだしたりしないわよ」ミアはサムの脇の、相手がよく見えるところに立って、こちらへ向かってくる狼を見据えた。サークルをつくる暇もなく、ミアはひとりで呪文を唱えはじめた。

「渦巻く空気よ、わきあがり、泣き叫ぶ風を起こしたまえ。海の下の大地を揺るがし、水の壁よ、わがために出でよ！」

ミアは両手を天に突きあげ、彼女のまわりで暴れまわっている風を突き破った。髪は激しく乱れて、赤いロープのごとくはためいた。ミアの叫びによって、静かだった入江がわきたち、波の砕け散る音がするごとに、高く高くそびえていった。

世界が吠え猛っていた。

「怒りよ、鞭よ、渦よ、われのために、空気と大地と高鳴る海よ。わが血のなかで燃えさかる火よ、炎のサークルをつくりたまえ。淵から這いでし者よ、来るなら来て、わが炎に立ち向かうがよい！」

炎の玉が空に向かって飛んでいき、流星のごとき明るさを振り撒きながら、大きな弧を描いて落ちていった。それが地面にぶつかる直前に、黒い狼が背中を丸めて霧のなかに戻っていくのが見えた。

「臆病者！」ミアは持てる力で自分に鞭を入れながら叫んだ。

「ミア」サムの声は岩のように揺るぎなかった。「戻せるかい？」

「たった今、やったでしょ」

「違うよ、ベイビー。この波のことさ」

「ああ」今や優に二十フィートを超える水の壁がふたりに迫ってきていて、風もその顎をがちがち鳴らしている。ミアは両腕をあげてエネルギーを集め、銃の照準を合わせるようにそれらに向けた。それから、外へ向けて大きく手を振った。

水の壁は銀色のシャワーとなって砕け散った。涼しい雨が岸に降り注いで、ミアの髪と体にもかかる。彼女は握り拳をひねって、巻きかえす風を集めた。

あたりはガラスよりも澄んだ夜に戻り、そよ風が妖精のようにやさしく吹いていた。

ミアは頭を後ろへ倒し、空気をごくりとのみこんで、力の熱を血に戻した。「これでいいわね。敵もわたしの力を思い知ったんじゃない？」

サムはミアが脇へ出てきたときからずっとその肩をつかんでいたが、まだ手はそのままだった。「今の呪文は、どれくらい頻繁に使ってるんだ？」

「実際には、全部まとめて使ったのは初めてなの。正直言って……」ミアは声を立てて笑った。「セックスよりもよかったわ」

絶壁の上から聞こえる叫び声や足音を耳にし、ミアは友人たちの様子を確かめに戻った。

「本当に大丈夫なの？」

ミアは腕をやさしく撫でてくれているネルの手をつかんだ。「わたしは大丈夫よ」

「ああ、わたしはなにか飲まなくちゃやってられないわ」リプリーはビールの栓をぽんと開けて、ミアにも訊いた。「あなたは？」

「いいえ、いらないわ」ミアはすでに、愉快なほどすばらしく酔っている気分だった。

「小さなお母さんにはレモネードね」リプリーはそう言いながら、ネルのグラスを満たした。「座ったら、ネル？　こっちまで落ちつかなくなるわ」

「下へ行って、みんながなにをしているか見てくるわ」

「男どもは、おもちゃで遊ばせておけばいいのよ」リプリーはせわしげにデッキを行ったり来たりした。マック率いる男性陣は、さまざまな計測機器をビーチまで運んでいた。リプリーの耳には、いまだにブザーの音や機械的な音が残っていた。「さっきのはずいぶん大がかりな呪文だったじゃない。どんな感じがした？」

ミアは無言のまま、ゆっくりとにこやかな笑みを唇に浮かべてみせた。

「やっぱりね。最後の最後にリンクしてほんのひと押し力を貸しただけで、わたしもぞくぞくっとしちゃったもの。だけどいつも、まだやり足りない感じが残るのよね」

「わたしも。今夜のザックにはお楽しみが待ってるわ」ネルは笑いかけて、すぐにやめた。「いやだ、わたしたちったら、こんなところでセックスを話題にして笑ったりしてていいの？　それにしても、さっきは恐ろしかったわ、ミア。わたしたち、どうしてもあなたのところへおりていけなかったのよ。あなたの風が竜巻みたいに巻き起こったから」

「ええまあ、気持ちのいい夏のそよ風があんなに強く吹くことはないわよね。でも、あなたたちはわたしのところへ来てくれたでしょ。感じたもの」ミアは手すりに両手を載せて寄りかかり、空を見あげた。「わたしのなかで千の心臓が鼓動していたようだった。頭のなかでは千の声が響いていた。すべての細胞、すべての筋肉、そして血の一滴一滴に生気がみなぎる感じがしたわ。敵がわたしを見たときにね」ミアはくるりと振り向いた。「わたしを見たとき、あいつは恐れをなしていたわ」

「もしかすると、これでもうおしまいかもしれないわね」ネルが言う。

ミアは首を振った。「いいえ、まだ終わってはいないわ」

「終わったかどうかはさておき、ひとつだけ言えることがあるわ」リプリーはビールのボトルをぐいっと傾けた。「わたしは生まれたときからずっとあなたのことを知っているけど、あなたがあんなにすごい力を持ってるなんて、知らなかった。今夜の出来事を見て、どうしてあなたがいつもえり好みばかりして用心深かったのか、よくわかったわ。あんなに大きな火力を持ち運んでいるんだものね」

「それって褒め言葉なの?」

「ただの観察記録よ。〝警告〟のスタンプつきの。次のときは、わたしたちが行くまで待っててよね。わかった？」リプリーはあと二本のビールを腕に抱えた。「さあ、楽しいお遊びの時間はおしまいよ。マックと仲間たちがどんな結果を得たか、見に行きましょ」

ビーチのあちこちにマックのセンサーやモニターが置かれ、ケーブルが至るところに散らばっていた。マックは地面に座りこんで、ラップトップ・コンピューターのキーボードを猛烈な勢いで打っていた。

計器類を上から抱えて運び、マックが望む場所に置いてやるだけでも、サムの気分はだいぶほぐれてはいたが、それでも彼には、もっと激しい肉体労働や汗をかく仕事をして、このぴりぴりした緊張を振り払う必要があった。

「なあ、なかなかかっこいい機械が並んでるけどさ、これでいったいなにをするんだい？」

「測定。三角法。記録」マックはさらにキーを叩いたのち、眼鏡越しに目を細めて近くのモニターをのぞきこんだ。「あのとき手もとにカメラがあればよかったんだが。あの波の高さは、推定二十フィートってところだろうか。でも、上から見おろした目測だからな」

「二十は無難な線だと思うよ」サムは穏やかに言った。「下からの目測だけど」

「うむ。ああ」マックは温度計の目盛りを確認した。「クライマックスを迎えたときの、この周辺の推定温度も教えてくれ」

そばで肩をすくめたザックに、サムはすがるような視線を向けた。「周辺の推定温度だって？　まいったな。とにかく熱かったよ」

「それは、乾いた熱さだったかい？」ザックが冗談でそう訊くと、サムは笑った。

「たしかに差は出るはずなんだ」マックが眼鏡を額の上に押しあげて、しかめっ面をする。「マイナスのエネルギーが流れている場所の周辺は温度がさがる。寒くなるんだ。イオンの衝突と力のベクトルを再構築して計算するためには、周辺温度のそこそこ信頼できる推定が必要なんだ」

「とにかく熱かった」サムはもう一度言った。「勘弁してくれよ。ぼくはただの魔女であって、気象学者じゃないんだからさ」

「ああ、おもしろい、おもしろい。じゃあ、そこのセンサーをミアの火の玉が落ちたところへ持っていって、目盛りを読んでくれ。ちょっと。うわっ！」

計器のひとつが蜂の巣をつついたかのようにうなりだすと、マックは慌てて立ちあがり、危うくケーブルに足を引っかけそうになった。どうにか転ばずに彼が計器に駆け寄ったとき、ちょうど女性たちがビーチの階段をおりてきた。

「ああ。そりゃそうだよな」マックはその場にしゃがみこんで目盛りを読みとり、ひとりでうなずいた。

「わたしは洞窟を見てくるわね」ネルがマックに言った。「なにかわたしでもお手伝いできることがあるかもしれないでしょ」

マックは低くうなり、ミアに向かって指を曲げた。その様子がおかしくて、ミアはマックのもとへ近づこうとしたが、ふいに彼が手をあげたので、足をとめた。

「すごいよ、ベイビー」マックが興奮ぎみに言う。「これを見てごらん。すごい現象だ。もしかして今、心のなかで呪文を唱えたかい？　どこかほかのところで、なにかをしてるとか？」

「いいえ、今はなにもしてないわ。どうして？」

「エネルギー波形が頂点に達しているんだ。ほら、ここでも、ここでもそうなってるし、目盛りの最高まで針が振り切れてる。きみは安静時でもかなりのエネルギーを放出してるけど、こいつはまさに大きな波だ。あっ、待ってくれ。きみの生体情報《バイタル・サイン》も調べたい」

サムはミアの血圧、体温、心拍数を測った。彼が脳波のパターンをじっと見つめていると、ほかのみんなが寄ってきた。

「いったいどうしてこうなるんだろう？」マックの声も今は穏やかで落ちついている。

ミアはマックに寄りかかった。彼の口調をまね、なにもわからないふりをして訊きかえす。「どうしてって、なにが、マック?」

「今現在のきみの体内エネルギー・レベルは、普通の人が壁から飛びおりたときのような感じなんだ。なのに、バイタル・サインはどれも、通常の範囲内で安定している。きみはここに十分近く、氷のかたまりみたいにおとなしく座っていただけなのに」

「桁外れのコントロール力でしょ。さて、今夜はとても楽しくて有意義な夜だったけれど、わたしはもうそろそろおいとまするわ」ミアは優雅にすっと立ちあがって、スカートについた砂を払い落とした。「明日は忙しい日になりそうだから」

「今夜はうちのゲストルームに泊まればいいじゃないか」

「わたしのことなら、そんなに心配してくれなくても大丈夫よ、マック」

「でもまだ終わってないんだよ」

「そう、まだ終わっていないわね。でも、今夜のところはおしまいよ」

16

ミアはその晩、眠らなかった。眠れると期待してもいなかったけれど。その代わり、ふつふつとわいてくるエネルギーを有効に使って、キッチン・マジックでお守をつくり、家具を磨き、床をこすり、そして爪の手入れをした。

夜明けには庭に出て、店のデコレーションに使う花を選んで切った。八時にカフェ・ブックに着いたときも、エネルギー・レベルが落ちている気配はなかった。

九時になると、日の出と同じくらいあてになるネルが、車に荷物をたくさん積んで出勤してきた。

「なんだかものすごく顔色がいいわね」ネルが、箱や容器を運ぶのを手伝うミアを見て言った。

「気分は最高よ。きっといい日になるわ」

「ミア」ネルはケーキの箱を軽食コーナーのテーブルに置いた。「わたし、あなたのことは信頼してるわよ。でも、ゆうべの出来事をそんなふうにさりげなく受けとめるだけなんて、あなたらしくないと思うの。あんなにレベルの高い魔法、あれだけの威力の魔法を使ったら――」

「ドラゴンのしっぽをつかんだみたいな気がするはず？」ミアはネルの言葉を引きとって続けた。「ゆうべのことはもちろん、真剣にとらえているわ。わたしはどうしてもこの波に乗らなくちゃいけないんだもの、リトル・シスター。実質的に、ほかに選択肢がないの。だからといって、ことの重大さがわかってないとか、口先だけだとか、これから襲ってくるもののほうがもっと凶悪だとわかっていないというわけじゃないわ」

ドラゴンのしっぽをつかんだ？　ネルは思った。どちらかというとあれは、ドラゴンの群れだった。「わたしはゆうべ、あなたが呼びだせるもののすごさをまのあたりにしたわ。その端っこが、わたしのなかを通り抜ける感じがしたの。ほんの端っこなのに、わたしの体はよろめくほどだった。それなのに、今あなたはこうしてサイン会の準備をしてるのよね。まるでこれが、やらなきゃいけないいちばん大切な仕事のように」

「今日のところは、これがもっとも大切な仕事だもの」ミアは箱につまっていたアップル・フリッターをひとつつまんだ。「ああ、いくら食べても足りそうにないわ。エネルギーのはけ口がないからなのよ。ゆうべはあなたも、ザックといいことしたんでしょう?」フリッターをかじりながら、軽く微笑んでみせる。「まあ、わたしの場合は、セックス以外の方法でエネルギーを吐きだす練習を相当積んできたから。今うちのキッチンの床に落ちている食べもののくずだけで、今日の分のカナッペはまかなえるぐらいなのよ」

「わたし、あなたはサムと一緒に帰るものだとばかり思っていたわ」

「わたしもよ」なにやら考えこむように、ミアは指についた砂糖をなめた。「明らかに、彼にはほかの用事があったんでしょうね」

「あなたが帰ったあと、マックはサムの測定もしたのよ。サムはいやがっていたけど。ザックがからかいながらどうにか丸めこんでやらせたの。わかるでしょ、男の人たちのやりそうなことって」

「ペニスのサイズやスタミナについて質問するとか?」

「そういうこと。サムのこと、女みたいに情けないやつだ、なんて言って」

「なるほど」ミアはくすくす笑いながらフリッターをかじった。「その文句は、いつだって効果抜群なのよね」

「サムの測定結果も、あなたと同じくらい高かったわ」

まだ口をもぐもぐさせながら、ミアは次のフリッターを食べようかどうしようか迷っていた。「本当？」

「マック理論だかなんだかによると、サムはゼロ地点にいて、飛び交うエネルギーを吸収したんですって。だから今度は、二、三日経ってから、もう一度サムのデータをとって比較するらしいわ。安静時の標準値を調べるためにね」

とうとうミアは誘惑に負けて、ふたつめのフリッターに手を出した。あとで一時間余計にヨガをすればいいわ、と思いながら。「サムは気が進まないでしょうね」

「そうなの、いやがっていたわ。でも、結局は協力するんじゃないかしら。マックが熱心に説得していたから、あなたを引きあいに出してまで」

「わたしを？」

「どんなデータも欠かせないし、どんな情報でも全体から見ると役立つし——お願いだから怒らないでほしいんだけど——あなたを守るのに必要なんですって」

ミアは指先についた砂糖をはたき落とし、きれいに塗れている珊瑚色のマニキュアを見て悦に入った。「あなたの目にも、ゆうべのわたしは誰かの保護を必要としているように見えたかしら？」

「あの人たちは男らしいところを見せたいだけよ」ネルはさらりと答え、ミアの気の利いたユーモアをかわした。

「これだから男って我慢できないのよ。ばかにされたくないわ」

カフェ・ブックの準備がうまくいっているのを見届けて、ミアは十時のフェリーを出迎えるために港へ行った。またしても綱を振り切って脱走してきたピート・シュタールの犬が、運の悪い魚を——魚だったものの残骸を——くわえて、港内を駆けまわっていた。

波止場にとまっているカール・メイシーの船では、カールとその漁師仲間が、思わず食欲をそそられる新鮮な魚を水揚げしている。

ミアはぶらりとカールの船に立ち寄って、わたしの分も残しておいてね、と頼んだ。今日の夜には今よりずっと食欲があると疑っていなかった。

「こんにちは、ミズ・デヴリン」デニス・リプリーが自転車を横すべりさせながらやってきて、ミアの履いているオープン・トウのプラダの鼻先できゅきゅっととまった。

「こんにちは、ミスター・リプリー」

少年はいつものようににやけた顔をした。草のようにぐんぐん背がのびて、そろそろ難しい年齢に差しかかっている。あと二、三年もすれば、自転車の代わりに中古の車を乗りまわすようになるだろう。

そう考えただけで、ミアはため息が出た。

「今日さ、ぼくのママも作家の女の人を見に、店へ行くって」

「それはうれしいわ」

「ホテルで働いてるパットおばさんは、バスルームにジャグジーとテレビまでついてるすんごく豪華な部屋をその人用に用意した、って言ってたよ」

「あら、そうなの？」

「作家ってのはいいお金を稼ぐから、ゼータクしてるんだって」

「そういう人もいるでしょうね」

「スティーヴン・キングみたいにね。あの人の本はおもしろいよね。ぼくも本を書いて、ミズ・デヴリンの店に置いてもらおうかな」

「そしたら、わたしたちはふたりともお金持ちになれるわね」ミアはデニスの頭に載っている野球帽のつばをつかんでぐっと引っぱり、少年を笑わせた。

「でもやっぱ、レッドソックスで野球するほうがいいや。じゃあね」

デニスはあとを追いかけてきたピートの犬に向かって口笛を吹き、去っていった。

ミアが振り向いて見ると、そこにサムが立っていた。

しばらくふたりともなにも言わなかったが、空気にぱちぱちっと電気が走ったようだった。

「やあ、ミズ・デヴリン」

「こんにちは、ミスター・ローガン」

「ちょっと失礼」サムは腕をぐるりとミアにまわしてドレスの後ろを握ってつかみ、彼女の唇に口を押しつけた。

するど、空気がじりじり音を立てたようだった。

「ゆうべはこれをする暇がなかったから」

「今日でも有効よ」ミアの唇はサムの熱にふれて震えていた。

体の内にわきたつエネルギーを抱えたまま、ミアはサムから離れて、埠頭に近づいてくるフェリーを見やった。

「時間どおりね」

「ゆうべのことについて、きみと話がしたいんだ」

「ええ、いろんなことについて話しあわなきゃいけないわね。でも、今日は無理よ」

「だったら明日にしよう。そのころには、ふたりとももう少し……冷静になっているだろうからね」

「それって、婉曲表現のつもりかしら?」ミアは自分で訊いて自分でおもしろがりながら、フェリーが接岸されると前に歩みでた。

黒塗りのセダンがゆっくりと渡し板をおりてきて、ふたりの脇にとまった。ドライバーが後部座席のドアを開けるのを待たずに、なかから美しいブロンドの女性がおりてきた。

彼女は大声で笑いながら駆けてきてサムの腕に飛びこみ、遠くからでも聞こえるほどの音を立てて、長い長いキスをした。

「よかった！　あなたに会えてうれしいわ！　どうすれば前よりそんなにハンサムになれるの？　こうしてわたしがあなたの島にいるなんて、なんだか信じられない気分。あなたに会えると思ったから、ブック・ツアーの一週間戦争にくりだす気になったのよ。ねえ、もう一度キスしましょう」

ええ、いいんじゃない、どうぞご遠慮なく。ミアは心のなかでそっけなくつぶやき、旧交をあたためるふたりを見守った。実際に見るキャロライン・トランプは、著書のカバーの写真同様魅力的だ。明るいブロンドの髪が整った小顔のまわりで揺れ、蜂蜜色の目と鮮やかなピンクの唇があたたかい雰囲気を醸しだしている。あの唇でサムにキスしたんだわ、とミアはあらためて思った。

高校のチア・リーダーのようにしゃきっとした若い体つきをしているが、著者略歴によれば、今年で三十六歳のはずだ。

略歴には、彼女とサム・ローガンが恋人同士だったとは記されていなかった。

「最近のあなたのこと、全部教えて」キャロラインがせがむ。「早くあなたのホテルを見たいわ。島を案内してくれる時間もあるわよね？　ここって、すばらしいわ！

サイン会のほうはどうせたいしたことないでしょうから——どうしてわたしの出版社がこんな小さな壁の穴をスケジュールに入れたのかは、神のみぞ知るだけど——さっさと切りあげるわ。ビーチにも行きましょうね」

「相変わらず、舌がまわりすぎるようだね」サムはキャロラインから体を離し、肩をぎゅっとつかんだ。「スリー・シスターズ島へようこそ。キャロライン、こちらがカフェ・ブックのオーナー、ミア・デヴリンだ」

「あら」キャロラインは明るい笑顔をミアに向けた。「わたしって、ほんとにしゃべりすぎね。余計なことをべらべらと。サイン会のことは、本気で言ったわけじゃないのよ」ミアの手をとって、大きく上下に振る。「ただちょっと興奮してただけ。もう半年以上もセクシーと会っていなかったし、今朝はコーヒーを浴びるほど飲んできたから。お招きくださったこと、心から感謝しているわ」

「こちらこそ、おいでいただいて光栄です」ミアがなめらかな声で応じたので、サムは内心たじろいだ。ミアがキャロラインに握られている手を引き抜く。「本土からの船旅は快適だったかしら?」

「なかなかだったわ。わたし——」

「では、サムに続いてわたしからも歓迎の意を伝えさせていただいたということで、ここで失礼させていただきますね。なにか必要なものがおありでしたら、わたしはカフェ・ブックにおりますので、どうぞお声をかけてください。それじゃ、サム」ミアは毅然とした態度でサムに会釈し、立ち去った。

「ああ、またやっちゃった」キャロラインは自分の額を拳で叩いた。「わたしって、なんてばかなのかしら。実にすばらしい作家と本屋の出会いだわ」

「気にするなよ」サムはキャロラインを慰めた。「気にするのはぼくの役目だ。「さあ、さっそくホテルへ行って、旅の疲れをとってもらおう。用意したスイートルーム、きっと気に入ってもらえると思うよ」


一時間後、サムは地獄の苦しみに立ち向かう勇気を出して、カフェ・ブックへ入っていった。

「二階よ」ルルが忙しそうにレジを打ちながら大声で言った。「あの子、涙まで流してるわ」

ミアは補助のレジ・カウンターで、パートの店員に指示を出しているところだった。涙を流している女性というよりは、細かな部分にまで気を配る冷静で有能な経営者に見えた。だが、ルルほどミアのことをよく知っている人はいない。

ディスプレイしてあった本が全部売れてしまったので、ミアは在庫から本を補充した。「わたしたちのＶＩＰは、無事、お部屋に落ちつかれたかしら?」

「ああ、今、着替えているよ。もうじきぼくが彼女をランチに連れていくことになってるんだ」

「この店のちっぽけなサイン会が、おふたりの感動的な再会のお邪魔にならないことを願っているわ」

「この話はもう少しプライベートなところでできないかな?」

「残念ながら、無理のようね」ミアは彼にくるりと背を向けて、ディスプレイから本を手にとった女性に営業用の笑顔を向けた。「どうぞ、こちらの応募用紙にご記入なさっていってくださいね。イベントのあいだに、景品の抽選会を実施しますから」ミアはその女性客に言ってから、サムのほうを向いた。「ご覧のとおりよ。わたしは小さな壁の穴で開く厄介なイベントの件で忙しいから、あなたとおしゃべりしている暇はないの」

「彼女にはきみを侮辱するつもりなどなかったんだ、ミア」

「たしかに、面と向かっては言わなかったわね。でも、あなたがわざわざお友達の弁解をしに来てくれなくてもいいのよ。どんなレベルのお友達だか知らないけれど」

「きみをランチに誘いに来たんだ」サムはミアにまじまじと見つめかえされたが、ひるみはしなかった。「気まずい第一印象を払拭するチャンスを、彼女に与えてやってくれないか?」

「それにはランチだけでは不充分でしょうし、わたしにはそんな時間もなければ、したくもないの。ただひとつはっきりしているのは、たとえそれがどんなに進歩的行為であろうとも、わたしは三角関係の一角になるつもりはないということよ」

そうか、とサムは思った。ならば、重要なことから先に片づけよう。「キャロラインとぼくはもう長いこと、そういうつきあいはしてないんだよ。それと、こういう話を店のど真ん中でしなくちゃならないのは、ちょっとたまらないな」

ミアはサムを脇へ押しやって、ふたりの様子を横目でちらちらうかがっていた観光客の団体に話しかけた。「おはようございます。みなさまもぜひ、今日の午後のイベントにお越しくださいね」ミアは本をとって見せた。「ミズ・トランプをお迎えして、最新の著書について語りあったのち、サイン会をいたしますので」

ミアが話を終えて客がペーパーバックのディスプレイを眺めはじめたときには、サムはいなくなっていた。

「まったく、情けないわ」ミアはつぶやいた。

「わたしが口走ってしまったこと、彼女が忘れてくれればいいんだけど」

「そんなに気にするなよ、キャロライン」

「無理よ」キャロラインは具だくさんのコブ・サラダをつつきまわした。「それに、あなたがわたしのこの癖を忘れてたなんて、傷つくわ。わたしの強迫観念は、今や呼吸みたいなものなんだから。わたしは絶対、このイベントが終わる前には彼女の信頼をとり戻すわ。見ててちょうだい」

「いいから、ランチを食べろよ」

「緊張してるの。彼女のせいで緊張しているのよ。あらやだ、サム！　わたしったら、つまらない愚痴ばかりこぼしてたわね」

「いつだってそうじゃないか」サムはコーヒーを脇にどけ、キャロラインのサラダ・ボウルを手前に引き寄せた。

「違うわ、おしゃべりはするけど。つまらない愚痴とは違うもの。ねえ、彼女が例の人なのよね、そうでしょ？」

「例の人って、なんだい？」

「あなたの心にいつも引っかかっていた女性ってこと」キャロラインは小首を傾げてサムを見つめた。「わたしたちがつきあってたときから、〝彼女〟がいたことはわかってたのよ」

「ああ、彼女がその人だよ。マイクはどうしてる？」

「ほら、見て」キャロラインは指を動かして結婚指輪をきらきらさせた。まだ新しい。この指にはめるふたつめの指環だけれど、今度こそしっかりはめたままにしておこうと、彼女はかたく心に決めていた。「元気よ。わたしがツアーに出るんで、寂しがっていたわ——わたしにとっては喜ばしいことなんだけど。そのうち彼を連れて、ここへバケーションに来なくちゃね。すてきなところだもの。だけど……」キャロラインは言い足した。「今、わたしの気をそらすために話題を変えたわね。ミア・デヴリンのこと、話したくないんでしょう」

「きみはすばらしいよ、キャロライン。幸福そうだし、成功もしている。きみの新作、楽しく読ませてもらったよ」

「わかったわ、もう彼女のことは話さないから。あなたは本当にもうニューヨークには戻らないの？」

「ああ、戻らない」

「そう」キャロラインはダイニングルームを見まわした。「こんなすてきなホテルを持っているんじゃね」

キャロラインは女性三人が描かれた壁の絵をじっと見つめてから、いぶかしげな視線をサムに向けた。しかしサムは料理を食べつづけるばかりだったので、彼女はナプキンをテーブルの上に載せた。

「わたし、今からちょっと行って、彼女のご機嫌をとってくるわ。そうしないと、どうにも落ちつかないんだもの」

「きみが落ちついているところなんて、ぼくは一度も見たことがない気がするな」それでもサムは立ちあがり、ウエイターに合図した。「その前に、村をひとめぐりするくらいの時間はあるだろう?」

「いいえ、さっさと片づけたいの。まずは彼女のところへ行って、在庫の本にサインをしてくる。村を見てまわるのはそれからでいいわ」

サムたちはロビーを通り抜け、歩道に立った。

「すてきな建物ね」キャロラインはカフェ・ブックの全体を眺めまわして、そう言った。肩を怒らせて、大きく息を吸いこむ。「それじゃ、行きましょう」

「ミアはきみを引っかいたりしないよ、キャロライン」サムは車がとぎれるのを待って、道を渡らせた。「彼女だって、きみと同じく、このイベントを成功させたがっているんだから」

「あなたって、女性というものがちっともわかってないのね」キャロラインは店内に一歩足を踏み入れたところで、目をぱちぱちさせた。「わあ! すてきなお店ね! 夢の本屋だわ。至るところにわたしがいる。すごいわ、サム、あっちにもこっちにもよ。このお店のこと、とるに足らない、なんて言った自分が信じられない」

「そうは言わなかった。きみが使った言葉は〝壁の穴〟だよ」

「ええ、ええ、そうだったわ。わたしがばかだった、っていうのは言ったかしら?」

「ああ、それならたしかに言ってたな。ルル、こちらがミズ・キャロライン・トランプだ」

「お迎えできて光栄ですわ」ルルは商品をささっと袋につめてから、片手を差しだした。「島じゅうの人がこれを買わないと流行遅れになるとでも思っているみたいに売れていくんで、このところずっとあなたのご本のレジ打ちをしているんですよ。わたしも先週、新作を読ませていただいたわ。とてもパンチが効いていますね」

「ありがとう。すてきなお店ね」キャロラインはその場でぐるりとまわった。「ここに住みたいくらいだわ。わあ！　あのキャンドルを見て。サム、わたしに十分だけちょうだい」

駆けだしていくキャロラインをよけて身を引いたサムは、通路を歩きまわる彼女を微笑ましく眺めていた。十五分後、ようやくキャロラインを連れて二階に向かった。

「ルルには気に入られたみたいだね」サムは言った。

「これからが本番よ。それにしても、よく考えて品揃えしているわ――本の選び方にも感銘を受けるけど、それだけじゃなくて、ほかの細々したものもすてき。質の高いもので統一されているのよ。それに、ほらこれを見て」

階段のいちばん上までたどり着いたとき、キャロラインは思わず目がくらんだ。フロアはすでに客でごったがえしている。カフェのテーブルは満席で、並べられた椅子にも空席はなかった。客同士のおしゃべりが低く響くなか、ミアがなめらかな声でキャロラインの名前とイベントの開始時刻を知らせるアナウンスが聞こえた。

「あんなことを言ってしまったのに、よくわたしは追いかえされずにすんだわね」キャロラインがつぶやく。「ここだけで百人はいるわよ」

「きみがいつまでも気にしているようだから言っておくけど、ミアはこのイベントのために相当な努力を重ねてきたんだ。だから、出版社に報告するときは、ぜひともこの感動をよく伝えてほしい。ほかの作家をカフェ・ブックに呼ぶのはなかなか難しいんだから、下手なことは言わないでくれよ」

「任せてちょうだい。さあ、行くわよ」キャロラインは満面に笑みを浮かべて、ミアのいるほうへ歩きだした。

「こんなにすてきなお店、見たことないわ。ばかなことを言ってしまったせめてものお詫びに、わたしにできることがあったらなんでもするから、言ってちょうだい」

「もう忘れてください。なにかお飲み物か、おつまみでも差しあげましょうか？　ここは当店自慢のカフェなんですよ」

「毒人参《ヘムロック》はあるかしら？」

ミアはキャロラインの肩に手を載せた。「どうしてもとおっしゃるなら、ご用意できないわけでもありませんけど」

「いえ、いいの、ダイエット・コークをいただくわ。そしたら、すぐにでもわたしを働かせてちょうだい」

「すでにたくさんの予約を受けているので、もしよろしければ、イベントが始まる前にそちらを片づけていただけるとうれしいわ。そうすれば、ビーチで過ごす時間もたっぷりとれるでしょう? 今、倉庫のほうへご案内しますから。パム」ミアは給仕をしている女性を呼びとめた。「ミズ・トランプに、ダイエット・コークをお持ちしてくれる? 倉庫にいるから。サム、あなたはどこか適当なところに座って、待っていてね。こちらです、ミズ・トランプ」

「キャロラインと呼んでちょうだい。こういうサイン会は何度も経験してるからわかるけど、準備には大変な時間と労力を使うのよね。あなたには感謝したいわ」

「こちらこそ、先生をお迎えできるとあって、従業員一同わくわくしていたんですから」

キャロラインはミアのあとについて倉庫へ向かった。本屋の裏でくり広げられている情け容赦ない現実も、これまでにたくさん見てきた。

「タイトルページを開いておきました」ミアは話しはじめた。「違うページのほうがよろしければ変えますけれど」

キャロラインは唇を湿らせた。「これって、全部予約で売れた分?」

「ええ。最後に数えたところでは五十三冊です。こちらはみな、個人名を入れていただきたい分なんです——宛書きも入れてくださるとうかがっているんですけど？」

「もちろんよ。かまわないわ」

「付箋をつけておきましたから。出版社の話では、このブランドのペンをお使いになるそうで——」

「ちょっと待って」キャロラインはブリーフケースを床におろして、カウンターの椅子に腰かけた。「今までわたしはサイン会で新作を百冊以上売ったことがないのよ」

「記録更新ですね」

「そうみたいね。わたしのお気に入りのペンが用意されてて、おまけに、サイン用のテーブルには大好きなピンクの薔薇が飾ってあるなんて」

「ケーキを見たら、もっと驚かれますよ」

「ケーキ？」キャロラインは面くらったようだった。「このうえ、ケーキまで用意してくれたの？　バブル・バスやキャンドルも届けてくれたし、港まで迎えにも来てくれたのに」

「さっきも申しあげたように、わたしたちはあなたをお迎えできることに胸を躍らせていたんですもの」

「待って、わたしの話はまだ終わってないの。この店は、びっくりするほどすばらしいわ。お客さんであふれかえっていて、しかも信じがたい数の人がわたしの著書を抱えているんだもの。それなのにわたしときたら、不注意で、失礼で、まぬけなことを言ってしまって……。あなたはさぞわたしが嫌いになったでしょうね」

「まさか。あなたが、不注意で、失礼で、まぬけなことをおっしゃったときは、たしかにちょっと〝気にさわり〟はしましたけれど。だからといってあなたを嫌いになったりはしていませんわ」ミアはドアを開けて、パムから飲み物を受けとった。

「でも、わたしはかつて、サムとロマンティックな関係にあったのよ」

「ええ」明るい口調で答え、ミアはダイエット・コークを差しだした。「その点ではもちろん、憎いと思っていますけれど」

「当然よね」キャロラインはコークに口をつけた。「でも、サムとわたしは四年以上も友達以上のつきあいはしてないし、わたしは幸せに結婚しているし……」キャロラインは左手の指をひらひらと動かしてみせた。「それに、彼の心にはいつもあなたが引っかかっていたのよ。あなたは美人で、頭がよくて、わたしより若くて、本当にゴージャスな靴を履いている。だから、わたしはますますあなたが憎くなったわ」

ミアはしばらく考えてから答えた。「それなら、納得できる気がするわ」そして、キャロラインにペンを渡した。「ページを開いておきますね」

四時間後、ミアはオフィスで集計していた。月曜日に出版社からイベントの成否を確認する電話が入ったら、先方をびっくり仰天させることになるだろう。

ネルが入ってきて椅子に腰をおろし、確実に丸くなりはじめたおなかを撫でた。

「すごかったわね。今日は大成功だったわ。もうへとへとよ」

「飲み物は無料だったにもかかわらず、カフェの売上も相当よかったじゃない」

「ええ、わたしが誰よりもよく知ってるわ」ネルは大きなあくびをした。「今すぐ、売上の合計を出してほしい？」

「こちらの計算が終わってからでいいわ。とりあえず、キャロラインがいるあいだに売れた本の合計だけは出してみたの」

「どれくらい売れた？」

「予約分を含む新作だけだと、二百十二冊。既刊のペーパーバックの注文も含めたら、三百三冊よ」

「彼女が帰っていくとき、気が動転して疲れきった様子に見えたのも無理ないわね。おめでとう、ミア。あの人、なかなかすてきな女性だったわよね。本の議論をしているときも、愉快であたたかみがあったし。わたし、とっても気に入っちゃった」

「そうね」ミアはペンでデスクの端を叩いた。「わたしも気に入ったわ。彼女、過去にサムと関係があったんですって」

「まあ」ネルは椅子の上で姿勢を正した。「そうなの」

「でも、こうして彼女に会ったあとでは、サムが惹かれた理由もよくわかるわ。頭がよくて、あかぬけていて、エネルギッシュな女性だもの。だから、嫉妬は感じなかった」

「あら、わたしはそんなこと、ひとことも訊いてないわよ」

「とにかく、嫉妬は感じなかったの」ミアは同じ言葉をくりかえした。「これほど彼女を好きにならずにいられたらよかったのに、と思うだけ」

「ねえ、今日はわたしと一緒にうちへ来ない？　のんびりとくつろいで、男性について語りあいながら、ホット・ファッジ・サンデーでも食べましょうよ」

「今日は充分すぎるほど糖分をとってしまったから、それで余計に気が立っているのかもしれないわ。あなたはどうぞ、もう帰っていいわよ。わたしはこれだけ終わらせないといけないから。そうしたら、わが家に帰って十二時間は眠ることにするわ」

「もし気が変わったら、ぜひうちに寄ってね。ホームメイドのファッジ・ソースをつくってあるから」ネルはおなかを気づかいながら立ちあがった。「それにしても、立派な仕事をしたわね、ミア」

「みんなのおかげよ。わたしたち、あっぱれな仕事をしたわよね」

そのあとミアはキーボードに向かって、六時まで仕事をした。事務的な作業を淡々とこなしていると、頭のなかではいろいろな思いをめぐらせて、考えられる。やがて、自分のなかでビービー鳴りつづけているブザーはこのままではとうていおさまりそうにないという結論に達した。

選択肢がいくつかあるうちで、最善の道を選ぶべきでない理由は見つからなかった。

サムは疲労困憊して、冷蔵庫のなかにあったテイクアウトの箱をぼんやりと眺めていた。今日は一日じゅうそうだったが、彼は腹ぺこだった。箱のなかには、中華料理の残りものが入っている。だが今は、春巻きやポーク・チャーハンよりも、ピザでも頼んでビールを飲みたい気分だった。

キャロラインがディナーの誘いを断ってくれたので、サムはほっとしていた。彼女のことは大好きだが、こんなに疲れた夜に脳を働かせて会話に意識を集中するのは不可能だったに違いない。

これほどの一日を送ったあとでは。いや、昨日の夜でも無理だったろう。

あのあとマックを手伝って計器類をビーチから断崖の上の屋敷まで運びあげたのち、海で一時間たっぷり泳いだ。それから家へ帰る前にホテルに寄って、ヘルス・クラブに行った。そこでもさらに一時間ほどしっかり運動をして、精力を使いはたそうとした。プールで二十五往復して、冷たいシャワーを浴びた。

なのに、ゆうべは一睡もできなかった。

サイン会のあと、キャロラインをホテルに連れて帰ると、彼女はこれからゆっくりと泡風呂に入りたいと言った。なので、サムはまたヘルス・クラブで汗をどっさりかいた。シャワーを浴びてから、さらに一時間泳いだ。

それでもなお、体のほてりがおさまってくれない。

サムは、たとえ自分で調合したものであっても、睡眠導入薬を使うのは好きではなかったが、食事のあとの最後の手段はそれしかないと思った。

唯一の現実的な解決方法だ、と訂正した。もっとも満足のいく解決方法は、ミアを捜してどこかへ連れていき、服を引きはがしてワイルドでクレイジーなセックスをし、エネルギーを発散させてしまうことだ。

だがその考えを突きつめていくと、最後には、ワイルドでクレイジーなセックス抜きで彼女とかたい絆を築きたいという思いに行き着いてしまう。

暴走したこの体では、そのどちらもできる自信がなかった。

結局、ピザを頼むことにした。

冷蔵庫の扉を閉じて、電話をかけに行く。戸口に立っているミアを見たとき、彼の全身は拳のようにかたくなった。

怒り狂うホルモンをなだめるために、彼女に波長を合わせるのをここ二時間ほど控えていたのが、あだとなったようだ。

それでもサムはミアと同じように愛想のいい笑顔で、ドアを開けた。

「きみが会いに来てくれるとは思ってもいなかったよ。てっきり、今ごろどこかで両足を高くして、飲み物を片手にくつろいでいると思ってたからね」

「お邪魔じゃなかったしら？」

「全然かまわないさ」サムはスクリーン・ドアを開けながら、行儀よくふるまおうと心に決めた。

「プレゼントを持ってきたの」ミアは、濃紺のホイル・ペーパーできれいに包まれ、白いゴム紐が結ばれた箱を差しだした。「カフェ・ブックのオーナーからマジック・インのオーナーへのプレゼントよ」なかへ入るとき、彼女はあえて、体が軽くサムにふれるようにした。

その瞬間、ミアは激しい震えを感じた。

「贈り物なんていいのに」

「今日のイベントに関するあなたの協力に感謝して。関係者全員に多大な成功をもたらしたわ」

「キャロラインは、部屋に戻るころにはほとんど足もとがおぼつかなくなっていた。彼女をあそこまで疲れさせるのは、けっこう骨が折れるはずだよ」

「あなたなら、よくご存じよね」ミアは言いかえした。

「彼女は結婚している。ぼくと彼女はただの友達だ。この話はこれで終わりだ」

「感動的だこと」ミアは舌を突きだした。「飲み物を勧めてくれないの？　あなた自身のことはどう？」

「いいね」サムはワインのボトルをとりだして栓を抜いた。「ぼくはこの十年間、つまらない人生を送ってきたよ、ミア。きみもそうだったろう？」

「当然よ。恋人だった人たちの名前を、あなたのために列挙してあげましょうか？」

ミアはかいがいしく食器棚からグラスをとりだした。彼の視線が自分に向けられているというだけで、このうえなくうれしい気分になれた。

彼は気が立っているときのほうが誘惑しやすい。

「そんなもの聞きたくないよ。ぼくだって、キャロラインの名前をきみにひけらかしたりしなかっただろ」

「そうね、だけど、前もってわたしに話をしてもくれなかったわ。そのせいで気まずい思いもしたし、かちんともきたわ。でも、わたしはあなたを許すことにしたの」

「それはそれは。ありがたいね」

「ほら、またあなたは機嫌が悪くなったわ。それを注いだら、プレゼントを開けてくれない？　いくらか気分がよくなると思うの」

「きみの頭を壁に押しつけるほうが、ぼくの気分はよくなると思うけどな」

「あら、あなたは文明人だから、そんなことはできないでしょう?」

「あんまり信用しすぎないほうがいいぞ」そう言いながら、サムは箱の蓋を開けた。そして、真鍮製のおどけたカエルがいくつもぶらさがっているウインド・チャイムをとりだした。

「ちょっと風変わりで、このコテージに似合うと思ったの。今の気持ちにぴったりだし。ほんの数日前には、あなたをこういうカエルに変えてやりたいっていう、かわいらしい夢を抱いたりもしたものだから」ミアは一匹のカエルを指で押し、ほかのカエルと一緒に踊らせて歌わせた。それから、ワインのグラスをとった。

「とっても……ユニークだね。これを見るたびに、きみを思いだしそうだ」

「キッチンの外にちょうどいいフックがあるわ。吊してみて、どんな具合か見てみたらいかが?」

言われるままにサムは外に出て、なにもついていないフックにウインド・チャイムを引っかけた。

「あなたは海の匂いがするわ」ミアがそう言って、サムの裸の背中の真ん中を指でたどりはじめる。

「さっき泳いできたからね」

「役に立った？」

「全然だめだった」

「わたしが助けてあげるわ」彼女はサムに身を寄せて、唇をそっと彼の肩に押しつけた。「お互いに助けあうのはどう？」

「それじゃあ、セックスだけになってしまうよ」

「セックスのどこが悪いの？」

ミアはサムの理性を曇らせていった。女性の魔法で。サムは向きを変えてミアの両腕をつかんだ。「昔のぼくらは、もっともっとたくさんのものを分かちあっていた。だからぼくは、もう一度そうなりたいんだ」

「欲しいものがすべて手に入るわけじゃないと理解できるくらい、わたしたちは大人になったはずよ。だから、あるもので満足しなくちゃ」ミアがサムの胸にてのひらを広げると、意外にも彼はあとずさりした。「あなたはわたしが欲しい、わたしはあなたが欲しい。わざと複雑に考えることはないでしょう？」

「いつだって、もっとずっと複雑だったじゃないか、ミア」

「だったら、単純にすればいいわ。ゆうべの出来事からわたしは解放されたいの。あなたもそうよね？」

「それより、ゆうべのことについて話しあわないと」

「近ごろのあなたって、話をするのが大好きね」ミアは髪を後ろに払った。「ネルが言うには、あなたはわたしに求愛しているんですってよ」

サムの頬の筋肉がぴくりと引きつった。「ぼくが使う言葉とは違うな。ぼくだったら、〝デート〟という言葉を使う。ぼくはきみとデートをしてきたつもりだ」

「それを言うなら――」ミアは腕を交差させて肩紐を外し、ドレスをするりと床に落とした。「わたしたち、もう充分長いあいだ、デートをしてきたんじゃないかしら」

17

その瞬間、世界は間違いなくとまった。ほんの一瞬、音も動きもなくなった。そこには、背が高くてなめらかな曲線美を持つ美しいミアしかいなかった。雪花石膏《アラバスター》を思わせる白い肌と、火のような髪。身につけているのは、月長石《ムーンストーン》のペンダントがついた銀のチェーンと、細いストラップにとがったヒールのみでできたサンダル、それを履いている足に巻かれた小さなケルトの組紐文様のアンクレットだけだ。

サムはよだれが出そうになった。

「わたしが欲しいんでしょう?」ミアが低い猫撫で声で言う。「わたしと同じように、体がうずいているのよね。あなたの血もわたしの血と同じくらい熱い」

「きみが欲しいという思いを燃えあがらせるのは、いつだってたやすいよ」

彼女はサムに近づいた。「だったら、これでどうかしら?」彼のおなかから胸へと手をすべらせる。「震えているわね」ゆっくりと近寄って、彼の肩に、こちこちに緊張している筋肉にキスを植えつけていった。「わたしもよ」

サムの両手に力がこもり、拳になった。「これがきみの答えなのか？」

「わたしには疑問なんてないから、答えはいらないわ」ミアは顔をあげ、目と目を合わせた。「わたしにあるのは欲望よ、あなたと同じで。わたしのなかには、あくことを知らない熱い欲望があるの。あなたと同じでね。ふたりがお互いに必要なものを手に入れたところで、誰にも害はないわ」

そして彼女はサムに体を寄せ、彼の下唇に吸いついた。

「森のなかを散歩しましょうよ」

サムがぐいとミアを引き寄せると、彼女の顔は勝ち誇ったように明るくなった。サムの腕がミアに巻きつくと、彼女の口から笑いまじりのうめきがもれた。勝利の瞬間は熱く甘かった。

「ここでだ」サムは言った。「この家で。ぼくのベッドで」

体のなかでわきたっている欲望が、ほんの一瞬ミアの思考を曇らせた。サムにとってその一瞬は、彼女に抵抗する暇を与えないままキッチンを通り抜けるのに充分な時間だった。

「だめ、ここではいや」

「すべてがきみの思いどおりにいくとは限らないよ」

「ここでは一緒にいられないわ」ベッドに倒されるやいなや、ミアは寝返りを打って起きあがろうとしたが、サムが許してくれなかった。

「いや、そんなことはない」

ミアは必死で抗った。押さえつけられたとたんに純粋な本能が働き、なんとか跳ね起きて彼の手を振りほどこうともがく。前に自分で植えたラベンダーの香りが窓の外から漂ってくると、その甘さに心を引き裂かれた。

わたしは甘美なひとときや親密さを求めてここへ来たわけではない。セックスを求めてやってきたのだ。

ミアは居ずまいを正すと、平静を装って苦笑してみせた。「あなたが証明してみせたのは、わたしよりも腕力があるということだけよ」

「ああ。きみも運が悪かったね」サムが言う。ミアの声は冷ややかだったかもしれないが、その肌からは熱が放散されていた。「今度ばかりは放さないよ、ミア。今の雰囲気を考えると、きみがそうやって抵抗すればするほど、お互い刺激を受けるだけだ。さあ、抵抗してごらん」彼はがっしりとつかんでいるミアの両腕を、彼女の頭の上へ持っていった。「ぼくは、ことが簡単に運びすぎるのは好きじゃない。あんまり早く終わらせたくもないしな」

サムは彼女の手首を拘束したうえで、口を使ってきた。

ミアはなおも抵抗した。サムの言うとおりだと思ったからだ。思わず呪いたくなってしまうほど、彼の言ったことは正しかった。手荒く扱われるかもしれないという不安にさらされると、ぞくぞくするような感覚が走り、この身にひそむ欲望を容赦なくかきたてられてしまう。そんな刺激を求めている自分が、圧倒され屈服し奪われることを心のどこかで望んでいる自分が、どうしようもなく憎くなるくらいに。それでもミアは拒めなかった。

サムは口でミアの体をなぶり、翻弄した。たった今激しく抵抗したせいで彼女の肌からは汗が吹きだし、あらゆる感覚がもつれあって熱くとろける快楽のかたまりになっていった。ミアは体をよじったりくねらせたりしたが、サムはすぐに新しいスポットを見つけては愛撫を加え、もてあそんだ。

ミアのなかでたぎるエネルギーはついに発火点に達し、残酷にも彼の口だけで最初の頂点へと押しあげられると、彼女の喉の奥から叫びがもれた。

短くも麗しいクライマックスは、新たな渇望への燃料となっただけだった。

ミアの体が震えて呼吸が乱れているのが、サムにはわかった。彼が唇を押しつけている肌は狂わんばかりに脈打っている。彼女の肉体はしっとり湿って甘い香りを放ち、熱くなまめかしくつややかに輝いていた。ミアが彼だけでなく自分とも闘っていると思うと、サムの血のなかにほとばしる不埒な熱情に拍車がかかった。

ふたりがともにわななく瞬間まで、彼はその熱情に突き動かされて、ミアを攻め立てた。

サムの口が彼女の口を征服すると、キスはある種の狂気と化した。思考は完全にとまり、理性の働く隙もなかった。唇と舌と歯のすさまじいせめぎあいのなかで、ふたりは互いを満たしあった。彼はミアが二度めに高みへと舞いあがるのを感じたとき、彼女の手を放してやり、歓びをより深く味わえるようにしてやった。

熱い唇で互いの体に焼き印を押しあい、さらなる歓びと主導権を求めてベッドの上を転げまわった。部屋の空気は次第に濃密になっていき、窓から差しこむ陽光は金色になった。

やがてミアはサムの上にまたがった。サムがすかさず上半身を起こし、彼女の乳房にしゃぶりつく。そして、息を吸うようにミアを吸った。

あまりに狂おしく官能を刺激され、ミアはわれを忘れた。野性むきだしの欲望に身を任せて、奪い、奪われた。そこにあるのは、絶望的な恍惚と、彼女にそれを感じさせてくれるこの世でただひとりの男性だけだった。動物的な衝動のすばらしさ、知性など吹っ飛んでしまう生命の神秘が、彼女のなかで駆けめぐった。

ふたたびミアのなかで嵐が巻き起こると、時間の流れが速くなり、彼女を越えて駆け抜けていった。

息を切らし、めくるめく感覚にとらわれながら、ミアは彼をこのまま一生放すつもりがないかのようにしっかりとつかまえた。心臓が震え、今にも破裂しそうなほどの勢いで打っている。

サムが体を入れ替えて上になり、唇をミアの顔や喉に這わせてきたとき、彼が荒い息をつきながらつぶやくのが聞こえた。ゲール語のささやきがミアのうずく心をやさしく愛撫した瞬間、彼女はすぐさま拒否するように首を振った。

あたたかくて青白い光がサムから放出された。

「だめよ。やめて」

サムにはもう、とめられなかった。互いが互いにもたらしたものが、彼の自制心を断ち切ってしまったからだ。彼のなかには、とにかくこの睦みあいを完結させたいという強く生々しい欲求が生じていた。

「ア・グラァ。ア・アーウィン」

〝わが愛しき人。わが唯一の人〟言葉がひとりでにサムの口からこぼれた。彼の魔力が陽炎のように揺らめきながら、体の欲求に呼応して魂の伴侶を捜し求める。だがサムはミアの頰に唇を寄せたとき、涙の味を感じて、目をきつく閉じた。

「すまない」荒い息をつきながら、彼女の髪に顔を埋める。「少しだけ、ほんの少しだけ時間をくれ」

必死の思いで自制心をかき集め、魔法を自分のなかに引き戻そうとした。ふたりの正体がなんであれ、ふたりが互いにとってどういう存在であれ、彼女のその部分まで無理やり引きだして分かちあう権利など、ぼくにはない。

ミアはサムが魔法を引き戻そうとして震えながらもがいているのを感じた。そんなことをしたら、彼自身が傷ついてしまうのに。血を否定し、魂を飢えさせたりしたら、とてつもない物理的な痛みに襲われてしまう。

それでもサムは多少の距離を置いて、ミアを抱きつづけていた。彼の口からもれる苦しげな吐息を聞く彼女を、しっかりと抱きしめていた。

ついにミアは耐えられなくなった、彼の痛みと自分の苦しみに。

彼女は頭を動かしてサムの瞳をのぞきこみ、自分の魔法を彼に与えた。「わたしと分かちあって」そう言うなり、彼の顔を引き寄せてキスをする。「すべてを分かちあって」

サムの放つ深みのある青い光によく映えて、ミアの光は赤く燃えた。ふたりの力が絡まりあってひとつになると、照り輝くような興奮が洪水のごとく押し寄せてきて彼女を満たし、溺れさせた。ひとつに溶けてまじりあった光が、勢いよくふたりのなかを流れはじめる。ミアはそれに乗って高く舞いあがり、体を上にして、サムに満たされた。

その瞬間、風が吹き荒れ、百台ものハープがいっせいにかき鳴らされたかのような音が流れた。空気が波立ち、ミアのすべて、サムのすべてが開かれる。光と光がぶつかって四方八方に燦然たる輝きを放ち、あたりをまばゆく照らした。サムは互いに与えられた天与の力をじっくりと堪能しながら、ミアのなかでゆったりとリズムを刻み、彼女の両手をとった。指を組んできつく絡ませると、そこから火花が飛び散って空中で踊った。

ふたりがのぼりつめるにつれて、光は明るさを増し、やがて稲妻のごとき閃光となって爆裂した。サムはその瞬間に唇を重ね、ミアとともに舞いあがった。

サムはミアの女らしい曲線を描く肩に鼻をすり寄せ、頬と頬をこすりあわせては、やさしくも愚かしい愛の言葉をささやいた。彼の力も、いまだにミアのなかでささやきつづけている。体が耐えがたいほどやわらかくなったように感じられた。心臓が今も激しいビートを刻むなか、ミアはその鼓動がもはや自分だけのものでないことを悟った。

わたしはなにをしてしまったの？

最後の最後に抵抗を試み、自らの意志で体を引き離す。わたしは自分のすべてを与え、彼のすべてを奪った。

ふたたび彼を愛することを自分に許してしまった。なんて愚かなまねをしてしまったのだろう。愚かで、不用心で、危険なまねを。それがわかっていても、できるものならサムの心地よい重みを感じながら横たわり、ふたりで分かちあったもののはかない余韻にしがみついていたかった。

けれど現実には、一刻も早くこの場を離れて、彼を頭から追いださなければいけない。そして、次にどうするべきか考えなくては。

ミアはサムを押しのけるつもりで、彼の肩に手を突いた。ところが、いつのまにか彼女の指はサムの髪のなかにすべりこんでいた。

「ミア」サムがくぐもった眠たげな声でささやく。「愛しき者《アラィナ》。なんてやわらかく、なんて愛らしいんだ。今夜はずっとここにいてほしい。明日はぼくと一緒に目覚めてくれ」

ミアの心はまだ震えていたが、口を開いてみると、はきはきした落ちついた声が出た。「あなた、ゲール語をしゃべってるわよ」

「うん?」

「ゲール語をしゃべっていたの」今度こそ、ミアはサムの肩を軽く押した。「つまり、わたしの上に乗ったまま眠りかけていたってこと」

「いや、そんなことないさ」サムは肘を突いて体を起こし、ミアの顔を上からのぞきこんだ。「きみのせいで、ちょっと頭がくらくらしてるだけだ」彼女の額にキスをして、鼻先にも軽くふれる。「きみが寄ってくれてよかったよ」

さりげない愛情を拒むのは難しかった。「わたしもよ。でも、もう帰らないと」

「だめだ」サムはミアの髪をいじりながら、顔をしげしげと眺めた。「そうはさせない。勝手に帰ろうとしたら、また痛い目に遭うはめになるぞ。きみもそういうの、嫌いじゃなかったようだしな」

「お願い」ミアは彼を押しのけて自由になろうとした。

「本当はきみも好きなんだろう？」するとサムがのしかかってきて、彼女の肩を軽く噛む。

「そうかもしれないわ、こういう限られた状況でならね。たしかに、かなり……刺激的だったし。ゆうべあれだけの魔法を使ったせいでこの体にみなぎってしまった余分なエネルギーを吐きだす必要があったのよ」

「話してくれ」サムはミアの顎を手で包んだ。「文字どおりの意味で言ってるんだよ。ぼくにそのことを話してほしい。だけど、今はおなかがぺこぺこだ。きみも空いてるんじゃないか？　中華のテイクアウトの残りがあるよ」

「おいしそうね。でも――」

「ミア、ぼくらは話しあわなきゃならない」

通じゃないわ」

「裸で寝たまま、しかも、あなたがわたしのなかに入った状態で話をするなんて、普

「そんなことはないさ」サムはミアのヒップの下に両手をすべりこませて持ちあげ、さらに奥深く腰を突き入れた。「ここにいると言ってくれ」

ミアがはっと息をのむ。「わたしは――」

「きみがのぼりつめるところを、もう一度見たいんだ」彼はヒップをもみしだき、ゆっくりと確実に腰を動かしはじめた。「ただ、きみを見せてほしい」

サムはミアにほかの選択肢を与えなかった。弱点を攻め立て、情け容赦ないやさしさで、彼女の心のしこりを流し去る。

そして、ミアが彼と彼女自身に降伏し、官能の高みへと舞いあがっていくさまを見守った。やがて彼女が――大きな波にさらわれて――頂点にのぼりつめると、サムにもその余波が伝わってきた。彼はミアを抱えあげ、その体をしっかりと抱きしめた。

「泊まっていってくれ」

吐息をひとつもらし、ミアはサムの肩に頭を載せた。「わたしも食べるわ」

ふたりはさっさと中華料理の残りを片づけ、もっとなにかないかとキッチンをあさった。ようやくドライ・シリアルをひと箱発見して、それを手づかみでむしゃむしゃ食べはじめたころには、とげとげしい空気は消えていた。ライス・クリスピーの最後

のひと握りは、サムの胃のなかへおさまった。

「強力な魔法と最高のセックス。これ以上に食欲を増進させる組みあわせはないね」

「わたしは、マフィンをふたつと、サンドイッチひとつ、ケーキをひと切れに、マカロニもひと皿食べたのよ。でもそれはセックスの前だから。その箱、貸して」

ミアはサムから箱を奪い、最後のひと粒まで食べつくした。

「強力な呪文だったわ」

「さて、これでキッチンにあった食料は全部きれいにたいらげてしまったから、今度はきみのご要望どおり、森を散歩しようよ」

「もう時間が遅いわ、サム」

「ああ、たしかに」サムはミアの手をとった。「そんなこと、ふたりとも承知のうえじゃないか」彼女の素足をちらりと見おろして言う。「いずれにしても、あんな靴を履いたままでどこを散歩するつもりなんだろうって、不思議に思ってたんだ。森はやめて、ビーチへ行こう。素足で歩くにはそっちのほうがいい」

「裸足で森を歩くことには慣れているから」

こうなったらいっそのこと、散歩に出かけてしまうほうがいい。ふたりでおしゃべりしたり、食事をしたり、互いを誘惑しあっているあいだは、サムを愛していることを考えずにいられる。その気持ちをどうすればいいかも考えなくてすむ。

「あなたはあの呪文について話をさせたいんでしょうけれど、うまく説明できる自信がないわ」

「実際のやり方とかはどうでもいいんだ」サムはミアを連れて芝生を横切り、日陰の小道へと入った。「ぼくがまず知りたいのは、あれほどの力が自分に備わっていることに気づいてからどれくらい経つのかってことさ」

「気づいていたかどうかもわからないの……はっきりとはね。ただ、感じたのよ」ミアが続ける。「まるで、自分のなかに、切り替えられるのを待っているスイッチがあったっていう感じかしら」

「そんなに簡単なことじゃないだろう」

「ええ、簡単ではなかったわ」木々と海の香りがしてきた。こういう夜には星々の匂いまで感じられる気がする。すべての感覚が研ぎ澄まされる。「わたしだって努力はしたわよ。研究もしたし、練習も積んだわ。意識を集中してね。あなたならわかるでしょう？」

「もうひとつわかるのは、あのときさみがなんの準備もせずにあれだけの力を引きだせたのだとしたら、それはぼくの経験の範囲を超えてるってことだね」

「生まれてからずっと準備をしてきたんだもの」とくにこの十年は、魔法だけが唯一愛情を注げる対象だった。「それでもとどめは刺せなかったけれど。まだまだ力が足りなかったみたいね」かたい決意を反映して、きっぱりした声で言う。「でも、必ずや決着をつけるわ」

「きみとぼくの問題はそこにこそあるんだよ。きみがやったことは、きみの身にとってあまりに危険だった。そうじゃないやり方もあるはずだ」

「危険は最小限に抑えたつもりよ」

「きみがどれだけの力を秘めているのか、いったいなにをやろうとしていたのか――きみは明らかに、あらかじめ心を決めていたようだからね――前もって教えられていれば、こっちだって準備ができたはずなんだ、そのチャンスさえ与えてもらっていれば。そうしたら、もっと力になれた。でもきみは、ぼくの助けなんか受けようともしてくれない」

キツネノテブクロがうつむいて生えている小川の土手を通り過ぎ、しばらく経ってからミアは口を開いた。「あなたの助けをあてにしないようになって、もうずいぶん経つもの」

「ぼくが島へ戻ってきてから二カ月が過ぎてるんだよ、ミア」

「十年以上もいなかったあとでね。それだけ長い年月のあいだに、あなたなしでさまざまなことに対処する方法が身についてしまったのよ。ほかの誰の助けもなしで。それまでいろんなことを分かちあってきたリプリーも、同じ時期にわたしから離れてしまったし。だからわたしは与えられたものだけを受けとって、それに磨きをかけ、築いてきたの」

「たしかにな。ぼくが島を離れずにいたら、きみはここまでのものを築くことができたんだろうか？」

同じ考えが頭に浮かんだことがあるのを思いだすと、ミアは急に気が立って、彼にくってかかった。「それって、新たな正当化？　自分がしたことに対する新しい理由づけなの？」

「違うよ」サムはまるで動じず、穏やかにミアの怒りを受けとめた。「ぼくが島を離れたのは、完全に利己的な理由からだった。だが、理由はなんだろうと結果は変わらない。ぼくが離れなかったら、きみは今ほど強くなってはいなかったはずだ」

「わたしは感謝すべきなのかしら？」ミアは小首を傾げた。「そうかもしれないわね。もしかしたら、あなたが島を離れたことはわたしたちふたりにとって最善の選択だったと、認めるべきときなのかもしれない。わたしはあなたを自分の人生の始まりにして終わりであり、そのあいだのすべてだと思いこんでいたんだから。でも、本当はそうじゃなかったのよ。わたしはあなたなしで生きてきた。あなたがここに残ろうと出ていこうと、これからもわたしは生きつづけるし、務めを果たしつづけるわ。存在しつづけるの。今なら勝手な幻想を抱かずに、あなたとともに過ごすことを楽しめる。

わたしの力を理解してくれるうえに快楽のための快楽以上の見返りを期待しない人とわたしを分かちあえるのは、すばらしいボーナスのようなものなのよ」

ミアが怒らせるつもりで言っているらしいことがわかると、それがサムの癇にさわった。「感謝するのはまだ早すぎるよ。ぼくがどうしてきみをデートに連れだそうとしたか、きみは不思議に思ってただろう？　あれは、ふたりの関係がセックスだけじゃないってことをきみに示したかったせいもあるし、自分自身に証明したかったからでもあるんだ」

「もちろん、それだけじゃないに決まってるわ」ミアは落ちつきをとり戻し、ふたたび歩きはじめた。「わたしたちには魔法があるし、歴史だって共有している。最初は信じられなかったけれど、島に対する愛着も同じくらい強そうね。おまけに、共通の友達までいるし」

「ぼくらも以前は友達同士だったじゃないか」

「今は友好的というところよ」ミアは深く息を吸った。「海が近くにない人たちって、どうやって生きているの？　どうやって呼吸しているのかしら？」

「ミア」サムはミアの髪の先にふれた。「さっきベッドのなかで、ぼくはきみにまで魔法を使わせるつもりはなかった。計算したわけじゃないんだ」

「わかっているわ」ミアは足をとめたが、サムには背中を向けたままでいた。

「だったら、どうして断らなかったんだい？」

「あなたがやめようとしていたからよ。わたしの頼みを聞き入れてあなたがやめようとしてくれたことが、心に響いたから。それに、懐かしくもあったからかもしれない。ああやって魔法を分かちあうのって、刺激的だし、満足できるから」

「これまでずっと、ほかには誰もいなかったのかい？」

「そんなことを訊く権利は、あなたにはないはずよ」

「そうだな。じゃあ、きみが訊いてくれないことをぼくから話そう。ぼくにはきみ以外の人はいなかった。あんなふうになれるのは、きみ以外ひとりもいなかった」

「そんなの、関係ないわ」

「そう言い張れるのなら」サムはミアに逃げられる前に腕をつかんだ。「もっとちゃんと耳を傾けてくれてもいいはずだ。ぼくはどうしてもきみを忘れられなかった。たとえほかの女性といたときでも、きみといるときのようにはなれなかったんだ。どの女性にもぼくなんかよりふさわしい男がいるはずだと思えた。ぼくは誰ひとり満足させてやれなかったんだよ、きみではなかったからね」

「こんな話、してくれなくてもいいわよ」ミアが言う。

「ぼくが話したいんだよ。ぼくはずっときみを愛してきた。どんな呪文も、魔術も、ぼく自身の意志も、それを変えることはできなかった」

ミアの胸のなかで、心がぐらりとよろめいた。彼女は精いっぱいの強さをかき集め、なんとかバランスをとりなおした。「でも、変えようとしたのは事実でしょう?」

「試みはしたよ。女性とつきあい、仕事にも精を出し、旅行だってしてみた。どれだけがんばってみても、きみを愛さずにいることはできなかった」

「ねえ、サム、危険にさらされているのがたとえわたしの心だけだったとしても、あなたの手にすべてをゆだねられるはずないでしょう?」

「だったら、ぼくの心を奪ってくれ。ほかにどうするつもりもないから」

「それは無理よ。今の自分の気持ちのどれくらいが過去の名残なのか、自分でもわからないんだもの。この気持ちにどれほどの怒りがまざっているのかも。それに……」

ミアはサムに向きなおった。「あなた自身が紛れもなく感じていると信じている気持ちのうち、いったいどれくらいが本物なのかもわからないわ。今はあらゆるものが危険にさらされているんだから、曇った感情を抱きつづけるのは禁物なのよ」

「ぼくの感情は曇ってなどいない。このあいだまでは、長いこと曇っていたけどね」

「今はわたしの感情が曇っているの。だから、そこから距離を置くことを覚えたのよ。あなたのことは大切に思っているわ。そうじゃないと思いこむには、わたしたちの絆は強すぎる。だけどね、あなたをふたたび愛したくはないのよ、サム。これがわたしの選択なの。あなたがそれを受け入れられないのなら、わたしたちはお互いに距離を置いたほうがいいわ」

「今はそれがきみの選択だということなら、受け入れられる。でもぼくはきみの気持ちを変えるために、あらゆる努力をするつもりだ」

ミアはいらだたしげに両手をあげた。「この先もわたしに花を贈ってよこしたり、ピクニックに誘ったりするの？　そんな安っぽい作戦に、このわたしが引っかかるとでも？」

「ロマンスだよ」

「わたしはロマンスなんて欲しくないの」

「つきあってくれよ。昔のぼくは若くて愚かだったから、きみにロマンスを与えてあげられなかった。今はもっと歳をとったし、賢くなってもいるつもりだ。以前はきみに〝愛してるよ〟なんて、おいそれとささやけなかった。そういう言葉が自然と口をついて出るタイプじゃないんでね。あいにくわが家は、その手の言葉がしょっちゅう交わされる家庭ではなかったし」

「そんなせりふ、別に言ってほしくないわ」

「いつもきみが先に言っていたよな」サムはミアの顔に浮かんだ驚きを見逃さなかった。「気づいてなかったのかい？　きみが先に言ってくれなければ、ぼくは決して口にできなかったんだ。時は変わる。人も変わる。普通の人より長く時間がかかる人もいる。あるときぼくは、自分が待っていることに気づいたんだ。きみが先にそのせりふを口にしてくれるよう、またさりげなく誘導してね、ミア。そのほうがぼくにとっては楽だったから。昔のきみはいろんなことを、ぼくがやりやすいようにしてくれていた、やりやすすぎるくらいに」

「幸い、それも変わったのよ。さて、わたしはもう行かなくちゃ。すっかり遅くなってしまったわ」

「ああ、そうだね。きみを愛してるよ、ミア。愛している。きみが信じてくれるまで、何百回でも言いつづけたい」

その言葉を聞くと胸が痛んだ。鋭く刺すような痛みだ。ミアはその痛みを利用して、心を冷ややかに保ち、声が震えないようにした。「言葉なら前にももらったわ、サム。お互いに言葉を与えあったわね。でも、それだけでは足りなかったのよ。今のわたしは、あなたが欲しがっているものを与えてあげられないの」

ミアは小道を駆けだしていき、彼から離れていった。

「それでもかまわないさ」サムは答えた。「今はまだ」

ミアは車に着くまで足をとめなかった。靴をとりにコテージへ戻ることは、思いつきもしなかった。一刻も早く車に飛び乗って、この場から猛スピードで走り去り、心を落ちつかせたいとしか考えていなかった。

わたしはふたたびサムを愛してしまった。というよりむしろ、わたしが傷つきやすくなっていたとき、心に裏切られてしまったような感じだ。でもそれはわたし自身の問題であり、自分ひとりで対処すべきことだった。

もしもサムを愛することが、論理的、理性的に正しい選択だったとしたら、これほど悲しい思いがするはずはない。

サムから〝愛してるよ〟という言葉を聞くことが解決方法だったとしたら、どうしてあの瞬間、心に強いパンチをくらったかのような衝撃を覚えたのだろう?

ここでまたしても自分の感情の犠牲になるのだけは、ごめんだった。愛に目がくらんで、自分と、自分にとって大切なもののすべてを投げだし、危険にさらすつもりはない。

バランスと明晰な思考が必要だわ、とミアは自分に言い聞かせた。それは、生か死かの決断を迫られるときには、絶対になくてはならないものだ。このあたりで数日休みをとって、じっくりと作戦を練りなおす時期なのかもしれない。あまりにも自分を薄く広げすぎてしまったから。もう一度、われをとり戻さなくては。

ひとりで。

「いなくなったって、どういうこと？」その週のうちでは遅くまで寝ていられる唯一の日だった日曜日、朝の八時半前に起こされていらついたリプリーは受話器に向かって怒鳴った。

「島のどこにもいないんだよ」言葉を発するのがつらいほど、サムの喉もとで血管が激しく脈打っていた。「ミアはどこへ行ったんだ？」

「そんなこと知らないわよ。まったくもう」リプリーは体を起こして座り、顔をこすった。「わたしはまだ寝てたんですからね。だいいち、ミアが島を出ていったなんて、どうしてわかったの？　散歩かドライブをしてるだけかもしれないじゃない」

ミアに波長を合わせていたおかげで、サムにはわかった。そのリンクが突然ぷつっととだえたせいで、目が覚めたのだ。今度からは波長を合わせるのは島のなかだけに限らないようにしなくては、とサムは苦々しく思った。

「とにかくわかったんだよ。ゆうべはミアと一緒だった。そのときは、本土へ行くなんていう話はひとこともしてなかったのに」

「そんなこと言われたって、わたしはミアの秘書でもなんでもないのよ。もしかして、けんかでもしたの？」

「いや、けんかはしなかった」ふたりのあいだに起きたのは、そんな単純な言葉で片づけられることではない。「きみに訊けば、彼女の行きそうなところがわかるかと思ったんだが——」

「わかるわけないでしょ」リプリーは突っぱねたが、サムの不安はその声の調子からありありと伝わってきた。「ねえ、ルルに訊いてみたら？　ミアがどこかへ行くときは、必ずルルに行く先を知らせていくもの。たぶん、ショッピングかなにかしたくなって、ふらりと出かけただけだと思うけど、それに——」いきなりダイヤル・トーンが聞こえてくると、リプリーは顔をしかめて受話器をにらみつけた。「それじゃあね」

サムは電話をかける代わりに、今度は車に飛び乗ってルルの家に向かった。家の外壁が、サムが幼かったころのパンプキンオレンジから派手な紫色に塗り替えられていることにもほとんど気づかず、玄関のドアをノックした。

「チャールズ・ブロンソンと裸で踊る夢を見ていたわたしを叩き起こさなきゃならない正当な理由を、今すぐ言いなさい。さもないと、あなたを蹴り飛ばして——」

「ミアはどこにいる？」サムはルルの言葉をさえぎって尋ねた。鼻先にドアを叩きつけられないうちに、片手を突いて押さえる。「彼女は無事だと言ってくれ」

「どうしてミアが無事じゃないなんて思うの？」

「彼女、どこへ行くって言ってた？」

「たとえ知ってたとしても、あなたに教えてやる義理はないわ」ルルはサムの怒りと恐怖を感じた。「やれるもんなら、わたしにくだらない呪文でもかけてごらんなさい。あなたのお尻を蹴飛ばすだけじゃなくて、そのお尻で床をふいてやるから。さあ、さっさと帰って」

サムは自分に愛想をつかして引きさがった。ドアが音を立てて閉まると、彼はポーチの石段に座りこんで、両手で頭を抱えた。

ぼくがミアを遠くへ追いやってしまったのだろうか？　どちらかが相手を深く愛すれば愛するほど、相手は逃げだそうとする。運命のそんな意地の悪いいたずらに、ぼくらは翻弄されているのだろうか？

いや、そんなことはどうでもかまわない、とサムは自分に言い聞かせた。そんなことを言っている場合ではない。今重要なのは、ミアが無事でいるかどうかだけだ。

ドアがふたたび開く音がしたときも、サムはへたりこんだままでいた。

「ミアがどこにいるか、今なにをしてるのか、なぜ出ていったのかは、教えてくれなくてもいい。ぼくが知りたいのは、ミアが無事でいるかどうかだけなんだよ」

「あの子が無事じゃないかもしれないと疑う理由でもあるの？」

「ゆうべ、ぼくが怒らせてしまったから」

ルルはふんと鼻を鳴らすと、つかつかとサムに歩み寄って、裸足で軽く蹴りを入れた。「なるほどね。で、いったいなにをしたの？」

「ミアに、愛してる、って言ったんだ」

サムの背後で、ルルが唇をすぼめる。「それで、ミアはなんと答えたの?」

「そんなせりふは聞きたくないって。まあ、大まかにはそんなことだよ」

「あの子は、とても分別のある女性ですからね」そう口にしたとたん、ルルは急にいやな感じがした。はっきりと不快感を覚えるほどに。「二、三日休暇をとることにしただけよ。本土へ行って——買い物でもして、気晴らししてくるつもりなんでしょ。たまにはそうやってくつろがないとね。あの子のためにはいいことよ。ここのところ働きづめだったから」

「わかった」サムは両手をジーンズの腿でぬぐって、ルルに顔を向けた。「それならいいんだ。ありがとう」

「ミアの頭を混乱させるために、わざと愛してるって言ったの?」

「愛してるから愛してるって言ったまでさ。ミアの頭を混乱させてしまったのは、ただの副作用だ」

「まったく、どういうわけでわたしはあなたのことが気に入っていたのかしら」

その言葉にサムはショックを受けた。「気に入ってた?」

「気に入っていなかったら、わたしのかわいいベイビーに手を出した時点で、あなたの面の皮をひんむいていたわ。さて、わたしもすっかり目が覚めちゃったわ」ルルはくしゃくしゃのモップのように乱れている髪に両手を差し入れ、頭をかいた。「なかに入って、コーヒーでも飲んでいく？」

好奇心に負けて、サムはルルのあとについてキッチンへ入っていった。「前から不思議に思ってたんだけど、どうしてあなたは崖の家に住まなかったんだい？」

「ひとつには、わたしはあの、尊大で、自分たちのことにしか興味のないデヴリン夫妻がどうしても我慢ならなかったからよ」ルルは子豚の形をしたキャニスターからコーヒー豆をすくった。「あのふたりが旅行に出かけているあいだ、何日かあそこでミアと一緒に留守番するくらいならかまわなかったけれど、彼らが家にいるときは、わたしには自分だけの居場所が必要だったの。さもなければ、ふたりが寝ているあいだに窒息死させていたかもしれないわ」

「彼らが最終的に家を出ていったのはいつだったんだい？」

「あなたがいなくなって数カ月ほどしてからよ」

「そうだったのか……でも、ミアはまだ十九歳だったんだろう？」

「二十歳の誕生日の少し前よ。ふたりは突然どこかへ去っていった――どこへ消えたのかは、誰も知らないの。それから一年のあいだに一度か二度、ほんの形ばかり戻ってはきたけれど。ミアが二十一歳になって成人したら、それっきりだった。自分たちの役目は終わった、とでも思ったんでしょうね」

「あのふたりはそもそも、子育てなんかひとつもしてなかったじゃないか」サムが言う。「全部あなたがしていたんだから」

「そのとおりよ。あの子のおばあさんからわたしの手に託されてからは、あの子はずっとわたしの娘だったんだもの。今でもあの子はわたしの子供よ」ルルは肩越しに振りかえり、挑発するようにサムを見た。

「わかっているよ。そうであってくれてよかったと思ってるくらいだ」

「なんだかんだ言って、豆粒みたいに小さなその脳みそにも、少しは良識ってものがつまってたようね」ルルはチェリーレッドのやかんからコーヒーメイカーに水を注いだ。「それはさておき、ふたりが島を去ったあと、ミアがわたしに一緒に住まないかって誘ってくれたことがあるの。部屋はいくらでもあるから、って。でも、わたしは自分の家が好きだったし、あの子は生まれ育った家が好きだった」

コーヒーメイカーがぼこぼこと音を立てているあいだ、ルルはサムをじっと見ていた。

「あなたまさか、あの子と一緒に住みたくて、どうにかしてあの子を説得しようなんて考えてるわけじゃないでしょうね？」

「いや……まだそんなところまでは考えてないよ」

「あなたもそんなには変わってないようね。難しい局面に差しかかると、結局いつも二の足を踏んでしまう」

「難しい局面って、なんのことだい？」

「あの子よ」ルルはそう言いながら、サムの胸に指を突きつけた。「わたしの子。あの子は結婚して子供を産みたがってるわ。人生のすべてを分かちあえて、会話の途中で〝結婚〟という言葉を聞いても青ざめない男を求めているの。今のあなたみたいにうろたえない人を」

「結婚だけが唯一の真剣な契約じゃないと思う――」

「あなたはあの子と結婚したいと思ってるの？　それとも、自分をだまそうとしてるだけ？」

「法的な儀式抜きで結ばれても絆を保ちつづけるカップルは、大勢いる。ミアもぼくも、そういう意味じゃ、保守的な人間にはほど遠いからね」サムはルルの突き刺すような視線を感じて、自分がミアを門限過ぎに家へ送り届けた十代のころに戻ったような気がした。「いずれにしても、具体的なことについては、まだあまり深く考えていないんだ。今の時点では、ぼくが愛してると言っただけで、彼女は落ちつかなくなってしまうんだから」

「お説ごもっともね。たわごとにすぎないけど、なかなか聞こえのいいスピーチだったわ」

「どうして結婚がそんなに大事なんだい?」サムは問いただした。「そういうあなたこそ、離婚してるくせに」

「おやおや、そう来るとはね」笑いながら、ルルは陽気な黄色のマグカップをふたつ、棚からとりだした。「人生というのは不思議なものなのよ。誰も保証なんかしてくれないんだもの。自分で自分のお金を払って、自分で選択するしかないでしょ」

「ああ」サムはまたもや落ちこみつつ、マグを受けとった。「そのせりふ、前にもどこかで聞いた覚えがあるよ」

18

ミアはリラックスしてショッピングでも楽しみ、温泉かサロンでゆったり過ごすつもりだった。この三日三晩はできるだけ考えごとをせずに過ごすつもりでいた。自分の心と体の健康だけを意識して。

エヴァン・レミントンが収容されている連邦施設に入る許可をもらうために時間と手間をかけるつもりなど、毛頭なかった。

ところが、いったん動きはじめてしまうと、ミアはその決断を正当化した。時は迫っている。運命が自分をレミントンのもとへ導こうとしているなら、その道に従って進もう。現時点でこの身が深刻な危険にさらされているわけではないし、面会によってなにか役立つ情報を得られる可能性もなくはないと思えたからだ。

さしたる問題もなく面会の手はずが整ったことには、なんの疑問も抱かなかった。この世には、煩雑な官僚的手続きを軽々と超えてしまう力というものが存在する。ミアもまた、そうした力を持つひとりだった。

ミアは分厚い強化ガラスのバリケードで仕切られたカウンターの向こう側にいる彼と対峙した。彼女が壁の向こうに通じている受話器をとると、レミントンも受話器をとった。

「ミスター・レミントン、わたしのことを覚えてらっしゃるかしら？」

「娼婦だな」レミントンが甲高い声で答える。

「どうやらおわかりのようね。ここで何カ月も治療を受けてきた成果は表れていないようだけれど」

「俺はもうじきここから出る」

「あいつにそう吹きこまれたの？」ミアは少し身を乗りだした。「だとしたら、あいつは嘘をついているのよ」

レミントンの頬の筋肉が引きつりはじめる。「俺はもうじきここを出るんだ」彼はくりかえした。「そのときが、おまえの死ぬときだ」

「わたしたちはもう二度もあいつを打ち負かしたのよ。ほんの数日前の夜にも、あいつはしっぽを巻いてわたしの前から逃げていったわ。そのことはあいつから聞いたかしら？」

「どうなるかはわかってるんだ。俺はこの目で見てるからな。おまえたちが悲鳴をあげながら死んでいくことはわかっている。おまえにもそれが見えるか?」

その瞬間、ミアの目には、ふたりを隔てるガラスにその光景が映しだされたように見えた。猛威をふるう暗黒の嵐、空を切り裂く稲妻。吠え猛る風が渦巻くなか、海が飢えた口を大きく開けて島全体を飲みこんでいく……。

「あいつがあなたに見せるのはあいつの願望であって、現実ではないのよ」

「俺はヘレンをとり戻すんだ」童謡を口ずさむ子供のようにどこか楽しげな声でレミントンが言う。「ヘレンは俺のもとへ這い戻ってくるのさ。そして、欺瞞と裏切りの代償を払うんだ」

「ネルはもうあなたの手の届かないところにいるわ。わたしを見て。わたしを見なさい」ミアは命じた。彼の思いがネルに及ぶことさえ許さなかった。「あなたの相手はこのわたしよ。あいつはあなたを利用しているのよ、エヴァン。操り人形か行儀の悪い小犬を利用するようにね。あなたの病気や怒りにつけこんでいるわけ。そうやって、あなたを破壊するつもりでいるのよ。わたしなら、あなたを助けてあげられるわ」

「やつはおまえを犯してから殺すつもりでいるのさ。予告が見たいか?」

あまりにも突然の出来事だった。鉤爪に肉を深くえぐられるような痛みが、ミアの胸に走った。両脚のあいだには氷の槍が鋭く刺さる。怒りと恐怖の叫びが喉の奥までこみあげてきたが、ミアは悲鳴をあげなかった。その代わり、力をかき集めて鎧のように身にまとい、鉄拳のごときパンチをくりだした。

その衝撃でレミントンの頭はがくっと後ろに倒れ、両目が見開かれた。

「あいつは利用するだけして……」ミアは穏やかに言った。「代償はあなたが払うはめになるの。あんなこけおどしや悪ふざけで、このわたしが震えあがるとでも思ったの？　わたしは三人のうちのひとりなのよ。わたしに宿っている力の強さはあなたの想像をはるかに超えているわ。わたしならあなたを助けてあげられる。あいつに植えつけられた恐怖から、あなたを救ってあげられるわ。あなたがわたしを信頼してくれて、あなた自身も努力してくれれば、あいつを寄せつけないようにしてあげられるの。あなたを守る盾となって、あいつがあなたを利用することも傷つけることもできなくしてあげるわ」

「なぜだ？」

「自分と愛する者を救うために、わたしはあなたを救うの」

レミントンはじりじりとガラスに近づいてきた。受話器を通して、彼の荒い息づかいが聞こえる。その瞬間、ミアのなかに真の同情がわきあがってきた。

「ミア・デヴリン」レミントンは唇をなめたのち、口をかっと開いて、狂った笑みを浮かべた。「おまえなんか燃えてしまえ！　魔女を燃やせ！」看守がすかさず抑えこみに来たにもかかわらず、レミントンはけたけた笑いつづけた。「おまえが悲鳴をあげながら死んでいくのを、俺はこの目で見届ける」

受話器を落としたレミントンを看守が部屋から引きずりだし、ドアが閉められて鍵をかけられてもなお、野蛮な笑い声が絶えることはなかった。

それは、悪しきものの笑い声だった。

サムは会計士と会合を持った。売上はのびているものの、経費のほうもかなりかさんでいた。ここ三十年で初めてマジック・インは赤字に転落していたが、それはいずれ解消されるだろうとサムは楽観していた。秋にはふたつの大きな会議の予約が入っているし、彼自身の考案による冬のホリデー・パッケージを売りだせば、例年なら予約が落ちこむ時季に多少なりとも損失を挽回できるはずだ。

そのときまでは、私財を注ぎこんで経営を支えることすら辞さないつもりだった。たとえ今から数週間後にホテルや島が沈んでしまったとしても、それは彼自身の信念が足りなかったせいではない。

それにしても、ミアはいったいどこにいるのだろう？　ただの買い物なら、どうしてみんなの命が安全になるまで、運命や未来がもっと確実なものになるまで、待てなかったのだろうか？

いったい全体、女性という生き物は、靴を何足持っていれば気がすむのか？

おそらくミアはぼくから離れる言い訳が欲しかっただけだろう、とサムは思った。ぼくが愛していると言っただけで、ミアは脱兎のごとく逃げていった。問題が少しややこしくなってきたとたん、その場に踏みとどまって対処するのではなく、さっさと本土へ行ってしまうなんて……。

サムはそこで考えるのをやめ、デスクの上の書状に視線を落とすと、半分だけ記された自分のサインを見つめて顔をしかめた。

「なにをやっているんだか」小声でつぶやく。

「あの、今なんとおっしゃったんです？」

「なんでもないよ」彼は秘書に向かって首を振り、サインを終えた。「冬用のパンフレットがどうなっているか、確認しておいてくれ、ミセス・ファーレイ」次の手紙にサインをしながら指示を出す。「今月の終わりまでには修正済みのものができあがるようにしてほしい。それと、明日、営業部長と話をしたいから、時間を調整してくれないか？」

秘書はサムの予定帳をめくった。「十一時と二時が空いていますけれど」

「十一時にしよう。それから、このメモを客室清掃係に送って……。結婚して何年になる？」

「客室清掃のスタッフが結婚して何年になるかをお知りになりたいんですか？」

「違うよ、ミセス・ファーレイ。あなたが結婚して何年になるかだ」

「この二月で三十九年です」

「三十九年か。どうしたらそんなに長く続くんだい？」

ミセス・ファーレイはメモ帳を置いて、眼鏡を外した。「まあ、言うなればアルコール中毒みたいなものですね。日々少しずつ進行していくんです」

「そんなふうに考えたことはなかったな。結婚は中毒ってことか」

「生活のありようであることは間違いありませんね。また、注意と努力と協力と創造性が必要とされる仕事のようなものでもありますわ」

「なんだかあまりロマンティックじゃないね」

「愛する人とともにさまざまな山や谷を乗り越えて歩む人生以上に、ロマンティックなものなどありませんよ。自分を愛し、理解してくれる人とともに。人生の大きな節目を一緒に祝ってくれる人と。子供が生まれたとき、孫が生まれたとき、新居へ引っ越したとき、苦労の末にやっと昇格できたとき。もちろん、そういいことばかりが続くわけではありませんけれど。病気になったり、夕食を焦がしてしまったり、職場でいやなことがあったり」

「この世には、病めるときも健やかなるときもひとりで対処することが慣れっこになっている人々もいるけどね」

「自立している人をわたしは尊敬します。誰もがひとりで人生を切り抜けられるほど強ければ、この世界はもっと強くなるはずですもの。でも、ひとりでやれる能力があること、すなわち、他人と分かちあえないとか他人に頼れないとかということではないと思いますよ。そうするつもりがない、という意味でもありません。そういうところにこそロマンスがあるんですもの」

「うちの両親は、イタリアのデザイナー・ブランドに対する好みとオペラのボックス席以外のものを分かちあったことはなかったように思うが」

「それはお気の毒に。世の中には、愛情の与え方や求め方を知らない方々もいらっしゃるんでしょう」

「答えが〝ノー〟だという場合もある」

「そうでないときだってありますわ」その声には、ミセス・ファーレイのいらだちがほんのわずかに表れていた。「なかには、期待どおりのものがぽとんと膝に落ちてくるものだと思っている人もいますね。まあ、彼らなりに努力はしているつもりなのかもしれませんけど。ちょっとだけこの木を揺すってみれば、もう少し揺すりつづければ、きれいな赤い林檎が自然と手もとに落ちてくるはずだ、って。そういう人たちには、切り傷やあざをつくりながらも木にのぼっては落ちることを何度かくりかえさなければ林檎は手に入らない、という発想はないんでしょう。どうしてもその林檎が欲しいのなら、首の骨を折るくらいの危険を冒してもよさそうなものなのに」

短いため息をついて、ミセス・ファーレイは立ちあがった。

「では、わたしはこのメモをタイプしてまいりますので」

すたすたとオフィスを出ていき、音もなくドアを閉めたミセス・ファーレイを、サムは無言で見送った。すっかりあっけにとられ、メモの内容はまだ口述していないと呼びとめることすら忘れて。

「結婚についてちょっと話をするだけで、このざまだ」サムはひとりごちた。「秘書に頭からがぶりと噛みつかれるなんて。ぼくだって、木ののぼり方くらい知ってるさ。木には何度ものぼったことがあるからな」

今の自分は、今にも折れそうな枝にかろうじて指を引っかけているだけだということもわかっていた。それでもまだ、いちばんきれいな林檎には手が届きそうになかった。

この欲求不満は仕事で解消するしかないと思い、サムはファイルを手にとった。そのとき、光が彼のなかに灯った。

ミアがシスターズ島へ戻ってきた。

ミアは船上からルルに電話をかけて、店の様子や島のニュースを聞いた。その際、今夜ルルに家まで来てくれるように頼んでおいたので、フェリーをおりてすぐ店へ向かう必要はなかった。留守中にたまった電話のメモや三日分の注文票に目を通すのは、明日になってからでも遅くはないだろう。

リプリーとネルにも電話をかけた。レミントンと面会したときの詳細を伝えるには、翌日の晩にみんなを自宅へ招いて食事をとりながら話すに限ると思ったので、帰りがけにアイランド・マーケットに寄って食料を仕入れることにした。

サムにはまだ電話をかけていない。

いつかはかけなければいけないけれど……。ミアは青果売り場へとカートを進めていき、ルッコラをぼんやりと見つめた。サムをどう扱うか、ふたりのあいだで交わされた言葉をどう考えるべきるか、それがわかり次第、彼に電話をかけることにしよう。明確で、なおかつ柔軟性に富む計画があるほうが、人生はうまくいく。

「まだ買い物してるのかい？」

振りかえると、そこにサムがいた。運命は、きっちりした計画が練りあがるまで背後に控えていてくれないこともある。

「買い物には終わりがないのよ」ミアはレタスを選んだのち、ローマ・トマトも買うべきかどうか迷った。「こんな時間にビジネスマンがマーケットをうろうろしていていいの？」

「ミルクがなくなったものでね」

「青果売り場にミルクは置かれていないと思うけど」

「林檎も買おうかと思っているんだ。きれいな真っ赤な林檎をね」

ミアはサラダの材料を選びつづけた。「今日はプラムがおいしそうよ」

「ときには、ほかのものではだめな場合もあるのさ」いつのまにかサムはミアの髪に指を絡めていた。「しばらく島にいなかったようだけど、楽しんできたかい？」

「そうね……収穫はあったわ」なぜか気分が落ちつかなくなったので、ミアはカートを押して乳製品売り場へと進んだ。「小さいけれどすてきな魔法用品店を見つけたの。いろんな種類のガラス製のベルが揃っていたわ」

「そういうものって、いくら集めても足りないんだろう」

「たしかにわたしは、あの手のものには弱いわね」ミアは同意して、二パイント入りのカートンを手にとった。

「ありがとう」サムは彼女から受けとったミルクを小脇に抱えた。「今夜はぼくの家へ来て一緒に食事する、っていうのはどうだい？　旅の話でも聞かせてくれよ」

彼の態度は、ミアの予想を裏切るものだった。彼女が突然出かけたことについて怒っている様子も見られないし、どこへ行ってなにをしてきたかを詳しく詮索しようともしていない。そのせいでミアはかえって罪の意識を感じ、恥ずかしくなった。

完全にサムの作戦勝ちだ。

「あいにく今夜は、ルルがうちへ来て店の用件を片づけることになっているのよ。でも、明日はわが家でささやかなディナー・パーティーを開くつもりでいるの。ちょうど、あなたにも電話をかけようと思っていたところ」ミアは小ぶりのブリー・チーズをカートに入れた。「みんなと話しあいたいことがあるから。七時ごろ集まってもらうつもりなんだけれど、ご都合はいかが？」

「いいよ」

サムはミアにすうっと顔を近づけ、空いているほうの手を彼女の頬に添えて、唇を重ねた。やわらかくてあたたかいそのキスは、いつしか唇の軽いふれあいから、どこか暗いところで交わすにふさわしい濃厚なキスへと変わっていった。

「愛してるよ、ミア」サムは最後に指先で彼女の頬を撫でてから、体を離した。「それじゃ、また明日」

ミアはカートのハンドルをぎゅっと握りしめてその場に立ちつくし、ミルクのカートンを小脇に抱えて遠ざかるサムを見送った。

何年も、もう何年ものあいだわたしは、たった今サムが見つめてくれたように見つめられ、たった今言ってくれたように愛していると言われたい、と願いつづけてきた。そのためならどんな代償でも払う覚悟だった。

それなのに、ようやくサムが望みを叶えてくれた今、どうしてこんなにつらい思いがするのだろう?

どうしてこんなふうに泣きたい気分になってしまうのかしら?

ルルは大好きなオレンジ色のフォルクス・ワーゲン・ビートルの運転席に乗りこんだ。予想だにしていなかった遊泳を体験させられた夜以来、運転は安全第一を心がけている。

リプリーとネルがつくってくれたお守の正体はよくわからなかったものの、お守としての効きめはあるようだった。なんと呼ぶのかは定かではないが、とにかく島の上空を漂っているものを、頼もしい娘たちがやっつけようとしていることだけは間違いない。

それでも、ミアが無事に島へ帰ってきて崖の家に落ちつき、いつもどおりの生活に戻ったのを知って、ルルは安心した。認めるのは癪だけれど、サムがミアを守ってくれていると思うと、いっそう安心感が増す。

それにしても、少年時代のあの子は大ばか者だったわ。ピンク・フロイドの古い曲をスピーカーから大音量で撒き散らして村を通り抜けながら、ルルは思った。でも、あのころの彼は若かった。自分だって若いころにはいろいろと無茶をしたものだ。

そのひとつひとつが、自分をここまで導いてくれた。つまり、公平な目で見てやるとするなら、サムがこれまでに犯してきた過ちもすべて、彼をシスターズ島とミアのもとへ連れ戻すために必要だったということになる。

サムをからかって悩ませるのをきっぱりとやめるつもりはないけれど、今後は少し手控えてあげよう。

ルルが唯一気にかけているのは、ミアの幸せだった。もしもサム・ローガンがその答えだとしたら、彼には是が非でもミアにふさわしい男になってもらわなければ。

そのために、わたしがサムのお尻を蹴飛ばしてやらなければいけないとしても。

ちょうど崖をのぼりはじめたころ、ルルはそんなことを思っていたずらっぽく微笑んだ。車の後方から立ちのぼって渦を巻きはじめた靄には、まったく気づかなかった。

突然音楽がとまって耳ざわりなノイズが聞こえはじめると、ルルはラジオの下にとりつけてある小さなテープ・デッキを見おろし、いらだたしげに叩いた。

「ちょっと、《ザ・ウォール》なんかに食らいつかないでちょうだいよ、このポンコツ・デッキったら」

その瞬間、長く低い咆哮がスピーカーから鳴り響き、ハンドルを握るルルの手をわななかせた。開いていた窓からは死のごとく冷たい霧が入りこんできて、車体をがたがた揺らしはじめる。

ルルははっと息をのみ、ぎゅっとブレーキを踏みこんだ。視界が急に閉ざされたことによるとっさの反応だ。ところが、車はとまるどころか逆にスピードをあげ、軽やかに回転していたタイヤの音は、ダダダダッとマシンガンをぶっ放すような爆裂音に変わった。手の下でハンドルがぶるぶる振動し、氷のように冷たくなったかと思うと、勝手にまわりはじめる。ぬめぬめした冷凍の蛇を思わせる感触だったが、ルルはそれをしっかりつかんで、ぐいっと曲げた。タイヤのきしむ音と自分の悲鳴が響き渡るなか、彼女は視界の隅で崖の端をとらえた。

　次の瞬間、目の前のフロントガラスに星が散った。氷に氷がぶつかったかのように、無数の細かなひびが入る。そして、星は真っ黒になった。

　ルルのために用意したパスタのソースをかきまぜていたミアは、ふいに手から力が抜けて、スプーンをとり落とした。落ちたスプーンが音を立てて床で弾むと同時に、絶叫と憤怒を伴う幻が頭に浮かぶ。何者かに喉をぎゅっとしめつけられるような感覚に見舞われながら、彼女はくるりと身を翻してガス台から離れ、走りだした。

　家を飛びだし、パニックでなにも見えなくなりながらも、裸足で一目散に道路へと駆けていく。眺めのいい地点まで来ると、小さなオレンジ色の車の背後から薄汚い靄がどんどん迫ってきて、ついに車がコントロールを失い、崖の端のほうへスピンしていくのが見えた。

「だめよ、だめ、だめ！」戦慄がミアの頭を空っぽにし、うねるような吐き気を催させる。「われに力を。われに力を」彼女はとてつもない恐怖の壁を破ろうともがきながら、何度も何度も呪文を唱えた。

持てる力、自分のすべてを、必死の思いでかき集める。そして、癇癪を起こした子供が投げつけたおもちゃのように横転しながらガードレールへ突進していく車に向けて、ありったけの魔力を一気に放った。

「とまって、とまって」ああ、神さま。ミアはなにも考えられなかった。「空気よ渦巻け、風よ吹け、橋を架けよ。彼女の身を守り、危険から遠ざけよ。お願い、お願いだから」一心不乱に呪文を唱えつづける。「網よ、橋よ、堅固な壁よ、おぞましき転落から彼女を守りたまえ」

息が切れ、視界も涙でぼやけてきたが、ミアは道を駆けおりた。壊れたガードレールにやっと引っかかっているだけで、今にも険しい崖下へ転落しかねない車へと急ぐ。

「わが親愛なる者を敵には渡さぬ。われ願う、かくあれかし」

ガードレールに走り寄り、ミアは割れんばかりの大声で叫んだ。

「ルル！」

車は屋根が下になった危なっかしい状態で、ぐにゃりと曲がったガードレールに載っかってぐらぐらしている。自分の呼び起こした風が髪を後ろへとはためかせるなか、ミアはガードレールにのぼろうとした。

「さわるな！」

怒鳴り声のしたほうをぱっと振り向いたとき、ミアの足もとで岩が砕け落ち、地面が崩れた。そのとき、サムが彼の車から飛びだしてきた。

「どれくらいこのままの状態を保てるかわからないわ。わたしのなかでは、どんどんすべり落ちていく感じがするの」

「きみなら保てるはずだ」サムは風に逆らってガードレールを越え、その狭い突端まで進んだ。「集中だ。きみはそのことだけに集中しろ。ルルはぼくが救いだす」

「だめよ。ルルはわたしの大切な人なんだから」

「たしかに」サムはそこで一か八かの賭に出て、ミアの腕をつかみ、揺さぶった。車が今にも落ちそうなことは承知のうえだ。同様に、ふたりが立っている足もとの崖も崩れ落ちそうだった。「きみの言うとおりだ。がんばってくれ。ここを切り抜けられる強さを持っているのは、きみだけなんだからな。さあ、ガードレールを越えてこっちへ来い」

「ルルを失うわけにはいかないわ！」ミアは叫んだ。「それに、あなたも」

ガードレールをまたいだミアの両脚はわなわなと震えていた。高く掲げた両手も震えていた。だがそのとき、霧がふたたび立ちのぼってくるのが見えた。そのなかに、黒い狼の形が浮かびあがった。

ミアは全身を凍りつかせた。激しい怒りが彼女を貫き、恐怖を打ち砕く。「おまえには決して彼女を渡さない」振りかざした手は、岩のごとく堅固になっていた。ミアは呼び集めた魔力の重みを双肩に感じながら、狼に対峙した。「この身はおまえに奪われるかもしれないけれど、それは運命が決めること。でも、わたしのすべて、わたしの持てる力のすべてを懸けても、彼女だけは渡さないから」

狼がうなりながらこちらへ突進してくる。今度こそ命を奪われてしまうかもしれないと思ったけれど、それならそれでかまわなかった。魔法の力がどこまで持ってくれるかが勝負だ。あえてサムのほうへちらりと目を向けると、意識を失った血まみれのルルを車から出しているところが見えて、ぞっとした。そのとき、車がぐらっと揺れて大きく傾いた。

最後のひと押しとして、ミアは自らを開け放って完全に無防備な状態になり、持てる力をすべて崖に注ぎこんだ。

狼がミアに飛びかからんとして、低く身構える。

相手が攻撃を仕掛けてきた瞬間、エネルギーの矢が背後からミアに突き刺さり、体を突き抜けて飛んでいった。それはまるで稲妻のように狼を撃った。狼はおぞましい雄叫びをあげて、霧のなかへと消えていった。

「わたしにはふたりのシスターがついていること、おまえは忘れていたようね。ろくでなし」

風が靄を追い払う。それぞれの車から飛びだしてきたリプリーとネルを目の端でとらえながら、ミアはサムのもとへ駆け寄った。

サムはルルを両腕にしっかりと抱えていた。彼の足もとの地面が砕けて、海へばらばらと降っていく。ミアが手をのばして彼をつかんだとたん、車はついにバランスを崩して崖の向こうへ落ちていった。サムがどうにかガードレールを越えたとき、ガソリン・タンクが爆発した。

「ルルは生きてるぞ」サムが言った。

「わかってるわ」ミアはすっかり血の気が失せたルルの頰にキスをし、心臓の上に手を置いた。「さあ、早く病院へ連れていきましょう」

救急病院の外では、穏やかでうららかな風に吹かれて、ネルがミアの足の切り傷の手あてをしていた。

「靴なら六百万足も持ってるくせに」リプリーが落ちつきのない猫のように行ったり来たりしながら言う。「わざわざ裸足で駆けだして、ガラスの破片を踏むなんて」

「本当に。ばかみたいでしょう？」大破した車に向かって駆けていくとき、ミアはガラスの破片が足の裏にくいこんでいることなどまるで感じなかった。ネルのやさしい癒しの魔法のおかげで、痛みはすでに消えていた。

「泣きたいなら、声をあげて泣いていいのよ」リプリーがやわらかい口調で言い、ミアの肩に手を載せる。

「その必要はないけれど、でも、ありがとう。ルルは大丈夫そうね」ミアはしばし目を閉じて、気持ちを落ちつかせた。「さっき、傷の具合を見てきたの。車は大破してしまったから、がっかりするだろうし腹も立てるでしょうけれど、ルルは大丈夫よ。それにしても、こんなふうにルルが狙われるなんて、考えたこともなかった。こんなふうに利用されるなんて」

「やつはルルを傷つけることで、あなたを傷つけようとしてるのよ」リプリーが言った。「マックがそう……」そこで言葉を濁し、表情をゆがめる。

「マックが？　どういうこと？」ミアはネルの制止を振り切って、両足で立ちあがった。ふとあることが脳裏をよぎると、顔がシーツのように真っ白になった。「前にもこういうことがあったのね。ビーチで」ミアはいきりたって、リプリーの腕をつかんだ。「いったいなにがあったの？」

「リプリーを責めないでちょうだい。責めるならわたしたち全員を責めて」ネルが立ちあがって、リプリーの横に並ぶ。「ルルがあなたには知らせないでほしいと頼んできたから、わたしたちみんな同意したの」

「知らせないでほしいって、なにをだい?」テイクアウトのコーヒーを載せたトレイを運んできたサムが尋ねた。

「ルルのことをわたしに隠しておくなんて、よくそんなまねができたわね」ミアはぱっと振りかえり、噛みつかんばかりの勢いで彼にくってかかった。

「サムはなにも知らないわ」ネルがあいだに割って入る。「わたしたち、サムにも教えなかったから」

事情を知らないふたりに、リプリーがまとめてことの成り行きを打ち明けた。すると、青ざめていたミアの頬はみるみる怒りで紅潮した。「じゃあ、ルルはもう少しで殺されるところだったんじゃない。なのに、わたしはルルを残して出かけてしまったなんて！　彼女をひとり置き去りにして、本土へ行っていたのよ。ルルが命を狙われていると知っていたら、そんなまね、するわけないでしょう?　こんな大事な話を内緒にしておく権利なんて、あなたたちにはないはずよ」

「ごめんなさい」ネルは両手をあげ、すとんと落とした。「あのときはわたしたち、そうするのがいちばんいいと思ったのよ。でも、間違ってたわ」

「そうでもないさ。事実をありのままに受けとめるしかないよ、ミア」サムはふたたび振りかえったミアに向かって、言い足した。「今夜きみはあの崖の道で、危うく負けるところだった。エネルギーを分散させてしまったせいでね。完全に。すべてのエネルギーを吐きだしたせいで、自分が空っぽになってしまったから」

「ルルや愛するみんなを守るために、わたしが自分の命を惜しむとでも思うの？」

「いや、そうは思わない」サムはミアの頬にふれたが、さっと身を引かれたので、さらに近づいて両手でしっかりと彼女の顔を包みこんだ。「ルルだってそうさ。ルルにはきみのことを思う権利もないのかい？」

「今はこんな話、とてもできないわ。ルルのそばにいてあげたいの」ミアはみんなから離れ、病院の入口へ向かった。だが、ドアを開けたところで立ちどまる。「あなたがしてくれたことには感謝しているわ、ありがとう」サムに向かって言った。「それは決して忘れないから」


それから少し経って、ミアがルルのベッドのそばに座っていると、リプリーとネルが病室に入ってきた。しばらくのあいだ沈黙が流れる。

「明日まではここで様子を見たいそうよ」ミアはついに口を開いた。「脳震盪を起こしていたから。ルルはいやがっていたけれど、体力もだいぶ落ちているから、けんかする元気もなかったわ。腕は……」声の震えを抑えるために、間を置いてから話しつづける。「きれいに折れているの。二、三週間はギプスをはめてなきゃならないけれど、ちゃんとよくなるそうだから」

「ミア」ネルが口を開いた。「本当にごめんなさいね」

「いいのよ」ミアはルルの青あざだらけの顔を見つめたまま、首を振った。「わたしもかなり落ちついたから、あらためてよく考えてみたの。そうしたら、あなたたちのしたことやその理由もわからなくはなかったわ。賛成はできないけれどね。わたしたちはひとつのサークルをつくっているんだから、その点に重きを置いて、敬意も表さないと——お互いに対しても。でもまあ、ルルがどれほど頑固で口がうまいかってことも、わたしはよく知っているから」

ルルのまぶたがぴくりと動いて、かすれた弱々しい声がした。「わたしがここにいないかのようにわたしの話をするのはやめてちょうだい」

「だめよ、しゃべっちゃ」ミアは命じた。「あなたに話をしているわけじゃないんだから」そう言いつつも、ルルが差しだした手を握りしめる。「でも、これで新しい車が買えるようになって、よかったわ。あの奇抜なミニ・カーは完全なポンコツになってしまったもの」

「今度もまた、あれにそっくりな車を見つけるわ」

「あんな車はなかなか見つからないと思うけれど」心のなかでミアは、もしどこかにあるのならわたしがきっと探しだしてあげるわ、と思った。

「この子たちにも、旦那さんたちにも、あんまり厳しいことは言わないであげて」ルルはつぶやいた。黒ずんだまぶたを片方だけ開けてみたものの、視界がはっきりしないので、ふたたび閉じる。「わたしの頼みを聞いてくれただけなんだから。年寄りの意見を尊重してくれたの」

「みんなのことは怒っていないわ。あなただけよ」ミアはルルの手の甲に唇を押しあてた。「あなたたちはもう帰っていいわよ」シスターたちに向かって言う。「愛する旦那さまたちに、わたしが彼らを近い将来カエルに変えることはないって、伝えておいてちょうだい」

「明日の朝、また来るわね」ネルはベッドに近づいてルルの額にキスをした。「愛してるわ」

「めそめそしないで。いくつかこぶをつくっただけなんだから」

「お気の毒さま」リプリーも少しくぐもった声で言って、ベッドの柵から身を乗りだしてルルの頬にキスをする。「あなたは背が低くてへんちくりんだけど、わたしも愛してるわ」

か弱く笑いながら、ルルは折れていないほうの手をミアの手から引き抜き、振ってみせた。「ほらほら、もう行ってちょうだい。おしゃべり雀さんたち」

ふたりが出ていくと、ルルはベッドの上で身じろぎした。

「痛いの？」ミアは尋ねた。

「なんだかあんまり楽にならないのよ」

「それじゃ……」ミアは立ちあがり、ルルの顔からギプスのはまった腕まで指先でたどった。撫でながらそっとつぶやきつづけると、いつしかルルがため息をついた。

「ああ、薬なんかよりよっぽど効くわ。もう気分が浮かれてきちゃった。昔のことを思いだすわ」

ほっとひと安心して、ミアはまた座った。「少し眠ったらどう、ルゥ？」

「そうするわ。あなたは家へお帰りなさい。こんなところでわたしがいびきをかくのを見ていたって、なんの役にも立たないわよ」

「ええ、あなたが眠ったらね」

やがてルルが眠りに落ちても、ミアは薄暗い病室にとどまって見守りつづけた。

朝になってルルが目を覚ましたときにも、ミアはまだそこにいた。

「こんなに早く来てくれなくてもよかったのに」

「ザックにパトカーで送ってもらったのよ」ネルはテーブルのセッティングを手伝いながら、ミアのすてきなアンティークの食器に見ほれた。「この時季って、いつなにが起こって彼が呼びだされてしまうかわからないでしょ？　だから、時間のあるときに送ってもらっただけ。それに、ルルの様子も見たかったし」

「二、三日でいいからうちのゲストルームに泊まるようにって説得するだけで、本当に大変だったのよ。わたしに内緒にしていたことを責めたり、怒ってみせたり、脅したりして、ようやくうんと言わせたんだから。まるでわたしが彼女を牢獄にでも閉じこめようとしてるみたいな騒ぎだったわ」

「ルルは自分の家が好きなのよね」ネルが言う。

「もう少し快復したら、すぐにでも帰してあげるのに」

ネルはミアの髪を撫でた。「あなたはどう？」

「わたしは元気よ」徹夜でルルの看病をしているあいだに、考える時間は充分にあった。計画も立てた。

「わたし、少し早めに来て手伝いたかったの。その必要はなかったようだけど」

ダイニングルームを見渡すと、花もキャンドルもすでに用意されていた。大きく開けられた窓からは、夏の陽射しと風が入ってくる。

「フリカッセを見てくれるかしら？」ミアはネルの肩に腕をまわして言った。気さくであたたかみのあるそのしぐさが、ふたりのあいだに漂っていた緊張の名残をかき消した。

「匂いから判断するに、上出来そうね」連れだってキッチンへ入るなり、ネルは煮込み鍋の蓋をとった。「なにもかも完璧だわ」

ミアは背の高いグラスをふたつとりだし、アイス・ティーを注いだ。「まあね、天気だけは言うこと聞いてくれないけれど」落ちつかない様子で裏口へ近づき、スクリーン・ドアを開けて風を入れる。「陽が沈んだら雨が降りそう。残念ね。せっかく庭でコーヒーを飲もうと思っていたのに。でもまあ、朝顔はこの三日間で一フィートも背がのびたから、雨が降ってくれれば花が咲くかもしれないわ」そこで振りかえると、ネルがじっとこちらを見ていた。「どうかした？」

「ねえ、ミア、ほかにどんな問題があるのか教えて。そんな悲しそうな顔をしてるあなたって、見ていられない」

「あら、悲しそうに見える？　そんなことないんだけど」ミアは一歩外へ出て、空を見あげた。「どうせなら、雨よりも嵐のほうがいいわ。この夏はあんまり嵐が来ていないでしょう？　いつかとてつもなく大きな一撃を見舞ってやろうと、嵐が手ぐすね引いて待っているような気がするの。崖に立って、稲妻を見たいわ」

ミアは腕をのばし、ネルの手にふれた。

「わたしは別に悲しんではいないの、ただ落ちつかないだけ。ルルの身に起きたことがショックなのよ、もっとも根源的な意味でね。今はなにかがわたしのなかで、嵐のようにエネルギーをたくわえながら、待ち構えている感じかしら。自分がなにをするべきか、なにをやろうとしているかは、ちゃんとわかっているけれど、なにが来るかが見えないの。来ることはわかっているのにはっきり見えないから、いらいらしているんだわ」

「もしかしたら違うところを見ているからかもしれないわよ。ねえ、ミア、あなたとサムのあいだになにかがあることは、わたしにもわかってるわ。あなたの十フィート以内に近づくだけで、ひしひしと感じられるの。わたしがザックに惹かれはじめて、自分でもどこへ向かっているのかわからなくなっていたとき、あなたはわたしを助けてくれたでしょ。今度はわたしに同じことをさせてくれない?」

「もちろん、頼りにしているわよ」

「ある程度はね。でも、ある一線まで来ると、あなたは後込みしてしまうのよ。それを越えられるのはあなたのほうだけなのに。それでいながら、サムがシスターズ島に戻ってきてからは、しばしばその線を越えているでしょ」

「つまり、サムがバランスを崩したというわけね」

「あなたのバランスを、よ」ネルはそう訂正して、ミアが目を合わせてくるのを待った。「サムを愛しているの?」

「わたしの一部はサムを愛するように生まれついていたの。でも、わたしは自分でその部分を閉じた。そうするしかなかったから」

「それこそが問題なのね、そうでしょ？　その部分をふたたび開けるべきか、閉じたままにしておくべきか、わからないこと自体が」

「わたしは一度過ちを犯し、彼は去っていった。でもわたしは、同じ過ちをもう一度くりかえすわけにいかないのよ、彼がここに残ろうと出ていこうと」

「彼がここにとどまるって、信じられないの？」

「信じるかどうかは問題じゃないの。あらゆる可能性を考えておかなきゃいけないというだけ。もう一度わたしが完全に心を開いたあげく、また彼が出ていってしまったら、いったいどうなると思う？　そんな危険は冒せないわ。自分だけのためじゃなくて、わたしたちみんなのためにも。愛はそれほど単純ではないのよ、あなたもわかっていると思うけれど。気まぐれに花を摘むのとはわけが違うの」

「そうね、たしかに単純じゃないわ。でもあなたは、すべてを自分がコントロールして、思いどおりに形づくり、方向性を定めなきゃいけないと信じこんでいるんじゃない？　そうしなくちゃいけないと思いこんでない？　だとしたらそれは間違いよ」

「わたしは二度と彼を愛したくないの」普段はもっとなめらかで確信に満ちている声が、震えていた。「愛したくないのよ。そういう夢はあきらめたんだから。今はもう、必要としていないの。もう一度そんな夢を見るのが怖いのよ」

ネルはなにも言わずに両腕をミアにするりと巻きつけて、抱き寄せた。

「今のわたしは、彼を愛したころのわたしとは違うんだもの」

「それを言うなら、ふたりとも違うわ。そんなことより、今あなたがどう感じているかがいちばん重要なはずでしょ」

「わたしの気持ちは今見えている幻と同じで、あまり鮮明ではないのよ。とにかくわたしは終わりが来る前になすべきことをするだけ」ミアはため息をついた。「誰かの肩に泣きつくのは苦手だわ」

「泣きつける肩はいくらでもあるのよ。ただ、あなた自身が寄りかかることに慣れてないだけで」

「あなたの言うとおりかもしれないわね」ミアは目を閉じて、ネルとネルのなかで光っている小さな命に焦点を合わせた。「見えるわ、リトル・シスター」ささやくように言う。「あなたはキャンドルのやわらかい明かりが灯る部屋で、古い木製のロッキング・チェアに座っている。あなたは胸に赤ちゃんを抱いていて、その子の髪は羽毛のようにやわらかく、陽光みたいに明るいの。そういうあなたを見るだけで、わたしも希望がわいてくるわ。とても勇気づけられる」

ミアは少しだけ身を引いて、ネルの額にキスをした。

「あなたの赤ちゃんは無事よ。それだけはわかるわ」

そのとき、玄関のドアが開いてばたんと閉まる音がした。

「リプリーね」ミアはさらりと言った。「ノックしないばかりか、いつだってドアを叩きつけるように閉めるんだもの。わたしはルルのところへ、このトレイを運んでくるわね。そのあとみんなで庭へ出て、前菜をつまみながらなにか飲みましょう、雨が降りだす前に」

ゲストを迎えに玄関へと急ぐミアを見送りながらネルは、結局いつものパターンだわ、と思った。こちらが慰めてあげようと思ってこの会話を始めたのに、最後には逆にミアに慰められてしまうんだもの。


「そしたらね、そのふざけたやつがこう言うのよ、〝でも保安官、ぼくはビールがつまったクーラーボックスを盗んだわけじゃありませんよ。移動させただけです〟って」リプリーはフリカッセをフォークでつついた。「そこでわたしが、彼の吐息にバドワイザーの匂いがまじってて、おまけに砂の上にはビールの空き缶が三本も転がってることの説明がつかないって指摘してやったら、彼は、自分が寝ているあいだに誰かが飲んだのかもしれない、なんて言うの。誰かがそいつの口にビールを注ぎこんだ、の間違いじゃないかとわたしは思うけど。だってそいつったら、まだ午後の三時だっていうのに、ゴミみたいに酔っぱらってたんだもの」

「それでどうした?」ザックが訊いた。

「禁止区域での飲酒とゴミの不法投棄の罪で、罰金を課してやったわ。クーラーボックスを盗んだ件は、盗まれたほうが面倒はいやだって言うから、放免してあげたの。まあ、その人たちだって禁止区域にビールを持ちこんでたわけだから」

「信じられないよ」サムがやれやれと頭を振る。「ビーチでビールを飲むやつがいるなんてさ」

「ルールはルールだもの」リプリーは頑として引かなかった。

「まったくだ。ぼくらのなかには、六缶パックのビールをビーチへ持っていくような不届き者はいないよな」

「誰かさんはその昔、お父さんの最高級スコッチのボトルをこっそり持ちだしてきたけどな」ザックがにやりとする。「そいつはなんとも寛大なことに、仲間にも分けてくれたっけ。乾杯の音頭までとってね」

「いいかげんにしてよ」リプリーはフォークを振りまわした。「そういう話はひとつ聞けば充分だわ。ほんと、最低」

「まったくおまえは頭がかたいんだから」ザックが言いかえす。

「そうかもしれないけど、べろんべろんになってうちへ帰ったのはわたしじゃありませんからね」

「たしかにな。でも、あのときぼくはもう十八歳だった」ザックは思いだした。「なのに、母さんに尻をぶたれたんだぞ」

「そのあと、ぼくまでお尻を叩かれたよ」過去の記憶がよみがえり、サムは表情をゆがめた。「本当に、きみたちのお母さんにはかなわなかったな。ぼくらがちょっとでも悪さをしようものなら、最後までやりとげる前に、たいていお母さんに見つかってしまうんだ。たとえまんまと成功しても、結局は白状させられてしまうし。怖い顔でじっとにらまれて、こっちが泥を吐くまで根掘り葉掘り話を聞かれてさ」

「わたしたちの子供もそういうふうに育てなくちゃね。どんなささいなことだって、わたしは見逃さないわよ」リプリーはそっと手を重ねてきたマックを横目で見つめ、得意げに宣言した。

そのとき、ミアのなかに明るいひらめきが走った。「あなたも妊娠しているのね」

「ええ、まあ」リプリーは水の入ったグラスを掲げた。「やることをやってるのはネルだけじゃないってこと」

「赤ちゃん！」ネルが椅子から飛びおりて、踊りながらテーブルをまわり、リプリーの首に抱きついた。「ああ、なんてすてき！　すばらしい発表の仕方ね」

「今日の昼過ぎから、いつどうやって話そうかって、ずっと考えてたの」

「すごいじゃないか」ザックが大きな笑みを浮かべ、声を震わせながらリプリーに歩み寄って、長いポニーテールを引っぱる。「ぼくはおじさんになるんだな」
「その前に二カ月くらい、父親としてたっぷり練習が積めるわね」
ジョークとお祝いが飛び交うなかで、ミアは立ちあがった。リプリーに駆け寄って
その腕を上下にそっと撫でさすると、リプリーも立ちあがる。それからミアはおもむ
ろにリプリーを抱きしめた。自分のほうへ引き寄せ、しっかりと抱きしめた。
リプリーが感極まって、ミアの髪に顔を埋める。
「ふたりいるわ」ミアはささやいた。
「ふたり？」リプリーはあんぐりと口を開けた。「ふたり？」そのひとことだけをく
りかえしながら、体を離す。「それって……」言葉につまって、リプリーは平らなお
なかを見おろした。「まさか」
「ふたりがどうしたって？」マックはサムが乾杯用に満たしてくれたグラスに口をつ
けながら、妻に笑顔で尋ねた。すると、リプリーの顔に浮かんでいる驚きが、徐々に
彼にも伝わってくる。「ふたりって？　双子なのか？　そのおなかにふたりも入って
いるのかい？　ちょっと、座らせてくれ」
「立っていられないほど驚いた？」
「ああ。きみもぼくも座ったほうがいい」マックは椅子に腰をおろすと、リプリーを
引き寄せて膝に座らせた。「一度にふたりか。なんてすばらしい」

「ふたりとも無事に生まれてくるわ。わたしには見えるの」ミアは体をかがめて、マックの頬にキスをした。「さあ、そろそろリビングルームへ移りましょう、そっちのほうがくつろげるわ。わたしはコーヒーを淹れてくるから。お母さんたちにはお茶ね。リプリー、あなたはカフェインを控えたほうがいいわよ」

「どうも妙だな」ミアがキッチンへ消えていくと、サムが言った。「ルルのことだけじゃなくて、なにかが重くミアにのしかかっているみたいだ」

「赤ちゃんのことをあれこれ考えていたからじゃない?」リプリーはおなかに手をあてて、双子の赤ん坊を想像した。

「それだけじゃなさそうだ。ちょっと様子を見がてら、コーヒーを淹れるのを手伝ってくるよ」

サムがキッチンへ入っていったとき、ミアは開け放たれた裏の戸口に立って、庭に降り注ぎはじめた穏やかな夏の雨を見ていた。

「助けに来たよ」

「たいしたことないのに」

サムはミアに近づいた。「コーヒーのことじゃない。ぼくはきみを助けたいんだ」

「それなら、すでにしてくれているわ」ミアはサムの手をとって、ほんの一瞬、ぎゅっと握りしめた。「昨日はわたしの愛する人のために、命まで懸けてくれたし。わたしにはあなたとルルを支えるだけの力があると信頼して、無事に彼女を救いだしてくれたんだもの」

「できることをしたまでだよ」

「あなたにできる唯一のことはね、サム、あなたでいることよ」

「それはそれとしてさ。ぼくは、今きみを悩ませている問題の助けになりたい」

「無理よ。いずれにしても、今はね。これはわたしの戦いだし、危険は前よりはるかに大きくなっているんだもの。今夜、わたしにとって大切な人は全員、この家に集まっているわ。そして、敵はそこに、すぐそこにひそんでいるのよ。あなたも感じるでしょう?」ミアはささやいた。「わたしのサークルのすぐ外に。圧力をかけてきている、じりじり迫っているのよ。待っているの」

「ああ。だから、きみをここでひとりにしてはおけない」

サムは離れようとするミアの肩をつかんで、自分のほうを向かせた。

「ミア、今きみがなにを考え、なにを感じ、ぼくになにを求めているとしても、せっかくぼくが与えてやれる力を押しのけてしまうほど、きみは愚かじゃないはずだ。昨日だって、きみひとりでも、ぼくひとりでも、ルルを救うことはできなかった。そうは思わないか?」

「そうよね」ミアはふうっとため息をついた。「わたしひとりでは無理だったわ」

「そばにいてほしくないのなら、ぼくはゲストルームのどこかで寝てもいいし、なんならソファーだってかまわないさ。きみには守ってくれるドラゴンもいるしね――彼女なら、片腕が折れてたって戦ってくれるだろう。ぼくはきみとベッドをともにしたくて、こんなことを言っているわけじゃないんだ」

「わかってるわ。少し考えさせて。今夜はまだほかにも、みんなに話したいことがあるのよ」

好きなだけ考えればいいさ、と思いながら、サムはコーヒーを淹れるミアを見守った。たとえ外の車で寝ることになっても、今夜はミアのそばにいようと心を決めた。

ミアはコーヒーとクリームケーキをみんなにふるまった。そののち、ネルと出会ってからは一度も見せたことがない行動をとった。

ドレープカーテンを引いて、夜の闇を締めだしたのだ。

「敵が様子をうかがっているから」部屋を歩きまわりながらキャンドルに火を灯すミアの声は穏やかだった。「少なくとも、のぞきこもうとしているのはたしかよ。だから、わざとこうやってあてつけがましく締めだしてあげてるの。ささやかな仕返しよね。ささやかすぎるくらい」そう続けながら、座ってコーヒーのカップを手にとる。

「でも、いちおう気は晴れるから。相手はルルを傷つけたんだもの、これくらいの仕返しではまだまだもの足りないけれど」

これからもっと手厳しい仕返しをしてやるつもりだった。もっともっと。

「残念ながら、今からする話はタイミングが最悪になってしまったわ。本当なら今は、手放しでリプリーとマックをお祝いしてあげるべきときなのに。もちろん、お祝いはあとでちゃんとするけれど」

ミアはまるで女王のようだ、とサムは思った。自ら剣をとって戦う女王が、兵士たちに訓示を垂れようとしている。そんなイメージが浮かんできたことをどうとらえればいいのかは、自分でもよくわからなかった。それでも、ミアだけに意識を集中して視野をぐっと狭めていくと、腹のあたりが引きつれるような感覚が襲ってきた。

「どこへ行ってきたんだ、ミア？　島を離れて、いったいどこへ行ってきたんだ？」

一瞬ミアの顔に驚きがよぎったので、完全に彼女の虚をついたらしいことが見てとれた。そのほんの小さな隙間から想像以上のことが垣間見え、サムはがばっと立ちあがった。

「レミントンか？　レミントンに会ってきたんだな？」

「そうよ」ミアは部屋にいる全員の注目が弾丸のごとく自分に向かって飛んでくるのを感じながら、コーヒーに口をつけ、考えをまとめようとした。

「なんなのよ、まったく！　冗談じゃないわ！」リプリーがいきなり爆発すると、ミアはクールな目を向けた。「いつもわたしのこと、不注意だとか自分がコントロールできていないとか言って叱るくせに。衝動的に行動しすぎるって」

「そのとおりよ。だからわたしはきちんと準備をしていったわ。わたしは不用心でもなければ、愚かでもないもの」

「わたしはそうだって言いたいわけ?」

ミアは優雅に肩をすくめた。「あなたにはむしろ〝無鉄砲〟という言葉がぴったりでしょうね。ともかくわたしは綿密な計画を立てたうえで、彼に会いに行ったの。どうしても会っておかなければいけなかったから」

「ルルの件を内緒にしていたわたしたちをさんざん責めておきながら、よくもそんな大事なことを秘密にしておけたわね」

「だからこうやって話しているでしょう」ミアはさらりと受け流した。「わたしがしてきたこと、そのとき起きたことは、すべて打ち明けるわ。包み隠さずね」

「どうしてひとりで行ったりしたの?」ネルの声は穏やかで、だからなおさら効果があった。「抜け駆けする権利なんて、あなたにはないはずよ」

「その意見には反対だわ。もしもあなたが行ったとしたら、レミントンは興奮してしまって、まともに話なんかできなかったに違いないもの。リプリーならすぐに癇癪を起こして余計な衝突をしかねない。三人のなかではわたしがいちばんうまく彼をあしらえるし、なにより今の時点では、わたしがもっとも彼に会う必要があったのよ」

「ぼくらは四人だ」サムがきっぱりと言う。

「いや、ぼくらは六人だぞ」それまで口を開かなかったザックが、ついに立ちあがった。「これからは、六人だってことを忘れないようにしてくれ」ミアに向かって命ずるように言う。「指先から稲妻を放てるかどうかなんて関係ない。この件には、ぼくら六人全員がかかわっているんだからな」

「ザック――」

「きみは黙っててくれ」ザックはぴしゃりとはねつけてネルを黙らせた。「口笛で風を起こしたり、月を引き寄せたり、そういうことができないからって、ぼくもマックもきみたちのやることを黙って見守るしか能がないわけじゃないんだ。自分にとって大切な人たちが危険にさらされているのは、なにもきみだけじゃないんだぞ、ミア。それに、ぼくは今でもスリー・シスターズ島の保安官なんだからな」

「ぼくだってそうさ、きみとは同じ先祖の血を引いてるんだしな」今度はマックがそう言って、考えこんでいるミアの視線を引き寄せる。「きみたちが持ってる力にこそ恵まれなかったけど、ぼくはこれまでほぼ一生かけて研究を重ねてきた。こんなふうにぼくらをのけ者にするなんて、侮辱的というだけでなく、傲慢だよ」

「ほかの誰の助けもいらないってことを、またしても証明してみせようとしたのか」

ミアはサムの顔をまっすぐに見つめた。「そんなつもりはなかったわ。結果的にそうなってしまったのは、謝るしかないけれど。ごめんなさい」ミアは両手を広げ、部屋にいる全員に謝った。「でも、自分だけで対処できる自信がなければ、ひとりで会いには行かなかった。あのタイミング、あの状況で」

「きみの判断はいつだって正しいってわけか？」サムが問いつめる。

「もちろん、わたしだって間違うことはあるわよ」コーヒーが舌に苦く感じられたので、ミアはカップを脇に置いた。「でも、この件では間違っていなかった。彼はわたしを傷つけられなかったもの」鉤爪に襲われたこと、その冷たさの記憶は、胸に閉じこめておく。「レミントンは利用されていて、彼の憎しみと狂気が力強い道具になっているの。わたしが彼に近づければ、彼自身の協力によってエネルギーの源を断ち切ることができると思ったの。彼は導管になっているだけなんだもの」ミアは証明を求めるようにマックを見た。「バルブを閉めれば力が弱まる、ということよ」

「説得力のある理論だ」

「理論なんかくそくらえよ。いったいなにがあったの？」リプリーがつめ寄る。

「彼はあまりに深くはまりすぎていたわ。嘘と偽りの約束を信じこんでいた。そうやって自分を破滅に追いやっているわけ。それが弱さであり、その飢餓感が痛みとみじめさをもたらすのね。その目的の特異性にはもともと欠陥があるのよ。最後にはそれがそれ自体を破壊してしまう。でもね、わたしたちはそのプロセスを推し進めることができるし、むしろそうすべきだと思うの。昨日の出来事を考えたら、すぐにでもやるべきよ。もう二度とルルを危険にさらしたくないもの。わたしに手が出せないとなれば、敵はまたルルを狙ってくるでしょうから」

「それについてはきみの言うとおりだと思うな」マックが口を挟んだ。「ルルに対するきみの思いを、敵は弱点と見なしている。アキレス腱というか」

「だからこそ、早く行動に出るべきなのよ――それは弱点じゃなくて、新たな武器になりうるんだから」

「先制攻撃するってことか？」サムが提案した。

「まあ、言ってみればそうね」ミアはうなずいた。「守りを固めるよりは、あえてこちらから打って出るべきじゃないかしら。ここしばらく、わたしもいろいろ考えていたの。確実に言えるのは、時間が経てば経つほど敵の力が増してしまうってこと。昨日ちらりと対峙したときも、前より強くなっていたもの。だったらなにも九月まで待って、敵にわざわざ力を蓄えさせてやることはないでしょう？　あなたとリプリーとネルがいて、わたしたちには四つの要素が揃っている。そのうえ新しい命が――古い血を引く三人の子供たちが――古いサークルのなかに新しいサークルをつくり、生まれるときを待っているのよ。それって力強いマジックでしょ。完全な儀式によって消滅の呪文を唱えられるんだもの」

「伝説によれば、そのためにはもうひとつ条件があるはずだ」サムがミアに向かって言う。「きみは選択をしなければならない」

「その点は承知しているわ。いろいろな解釈や細かなニュアンスの違いもわかっているつもりよ。あらゆる危険や犠牲も。でもね、昔のサークルは破られてしまったけれど、わたしたちのサークルはまだ破られていない。三姉妹とは違って、わたしたちの力はまだ衰えていないのよ」ミアの声は鋼のようにかたかった。「ルルを傷つけられた以上、どんな手を使ってでもわたしが決着をつけるわ。そのときが来たらやるしかないのよ。消滅の儀式は大変な破壊をもたらすことになるでしょうね——すべてを終わらせてしまう可能性もある。そうでしょう、マック？」

「きみには満月が必要だ」マックが眉間にしわを寄せて計算しながら言った。「となると、あまり時間がない」

ミアはにっこりと微笑みかえした。それは、厳しくも冷たい微笑みだった。「わたしたちには三百年もの時間があったんだもの」

19

「みんなには言わなかったことが、まだなにかあるんじゃないのか？」

「あれ以上ほかに言うことはなかったわ」ミアはドレッサーの前に座って髪をとかしていた。たとえ口論したところで、サムは出ていってくれないだろう。実りのない争いはエネルギーの無駄づかいだ。いざというときのためにとっておくほうがいい。

「消滅の呪文が潮の流れを変えると知っていたのは、前にも試してみたことがあるからなんだろう？」

「あなたがいなかったときにね」

「ぼくは五月からここにいるんだぞ。いったいいつになったら、ぼくが島にいなかったことをそうやってねちねち責めるのをやめてくれるんだ？」

「たしかに」ミアはブラシを置いて立ちあがり、バルコニーのドアを開けて雨の音を聞いた。「われながら、嫌味なくらいしつこいと思うわ。こういうやり方は、あなたを許してしまう前のほうが効果的だった気もするし」

「ということは、もう許してくれてるのかい、ミア？」

雨はあたたかく、うっとりするほど穏やかだった。それでもミアは今も嵐を待ち望んでいた。

「わたしね、時間をかけて、若かったころのふたりを客観的に見ようとしてみたの。少女はとにかく少年に夢中で、将来ふたりでどんな生活を送ろうかなんてことばかり思い描いていて、少年の心の準備が整っていないことにまるで気づかなかったのよ。わざと無視したわけでも、見て見ぬふりをしていたわけでもないんだけれど」ミアはすでに心のなかを探り、その点を見つめなおしていた。「そうじゃなくて、本当に見えなかったの。彼女は自分が愛しているように彼も愛してくれていると思いこんでいたし、自分が望むものを彼も望んでいると信じこんでいて、その先を見ようとしなかった。つまり、ふたりのあいだに起きたことについては、彼だけでなく彼女にも同じくらい責任があったんだわ」

「そんなことないさ」

「そうね。同じくらいというのは言いすぎだったかもしれない。彼女は彼女なりに正直であろうとしていたのに、彼のほうはそうじゃなかったんだから。でも、彼女に非がないわけではないわ。彼女はきつく抱きしめすぎたのよ。もしかしたら、もしかしたら彼女のほうも、彼と同じで、充分な準備ができていなかったのかもしれない。できているると思いこみたかっただけでね。崖の上の家でひとりぼっちだったから、喉から手が出るほど愛に飢えていたのよ」

「ミア」

「せっかくあなたを許してあげようとしてるのに、話の腰を折らないで。こんな話、何度もするつもりはないんだから。自分の欠点や人生における失敗を両親のせいにするなんて、人としてあまりにも弱いし、あまりにも型にはまりすぎだとわたしは思うわ。三十にもなる女なら、そうした欠点や失敗の原因は――成功の理由も――ほとんどが自分自身にあるってことくらい、わかっていてしかるべきよね」この点については、島を抜けだしていたあいだにかなり深く考えた。「けれど、若かったあのころの自分にあえて加勢して言うなら、彼女はまだ充分幼かったんだから、ほかのものに責任を転嫁しても許されたはずなのよ」

ミアはドレッサーに戻ると、さりげないしぐさでコバルト色の瓶を開け、指にとったクリームを手に塗った。

「うちの両親はわたしに愛情を示してくれなかった。それだけでも悲しくて心痛む話だけれど、さらに悲しかったのは、ふたりに対するわたしの愛情にもまるで関心を払ってもらえなかったこと。そんな状況でもこの胸にとめどなくあふれてくる熱い思いを、わたしはいったいどうすればよかったと思う？　その一部はルルが受けとめてくれたわ、ありがたいことにね。でもわたしの胸のなかでは、もっともっとたくさんの愛が燃えさかっていたのよ。そんなとき、ちょうどそこにあなたがいた。気の毒に、悲しげな顔をしたサムがね。だからわたしはありったけの愛をあなたに投げつけてしまった。そのせいであなたは、愛に埋もれて息すらできないように感じたんじゃないかしら」

「ぼくはきみに愛されたいと願っていた。愛されることが必要だった。きみが必要だったんだ」

「でもあなたは、わたしが思い描いていたように、黄色いコテージで三人の子供と忠実な愛犬に囲まれて落ちつきたいとまでは思っていなかったわけでしょう？」甘く美しいイメージを頭から消し去るのはつらかったが、ミアは軽く言った。「そのことであなたを責めるつもりはないわ。あんな終わり方――あまりにも唐突で乱暴な別れ方をしなければならなかったことについては、責めたい気持ちもあるけれど。でもそれだって……。あなたのほうも、まだとても若かったから」

「あんな別れ方をしたことについては、ぼくは一生後悔しつづけると思う。自分を守るためにはきみを傷つけるしかないと思いこんでしまった自分を」

「若さって、ときに残酷なものよね」

「残酷だったのはぼくだ。あのときのぼくは、きみにもこの場所にもうんざりしていた。これ以上がんじがらめになっていたくなかった。二度とここへ戻ってくるつもりもなかった。面と向かってはっきりとそう告げたぼくを、きみは涙を流しながらただただ見つめかえしていたね。人前で泣くことなんて、めったになかったのに。それでぼくはパニックに陥ってしまい、なおさら残酷な行動をとらざるを得なかった。その点は、本当にすまなかったと思う」

「今の言葉はあなたの本心から出たものだと信じるわ。わたしはね、あのころの思い出もいつかはおさまるべきところにおさまってくれたらいいと願っているのよ。過去の一部として」

「どうして今ごろになって戻ってきたのか、きみに話しておきたい」

ミアは足を動かさずに身を引いた。「それも過ぎたことよ」

「いや、戻ってくるつもりはないと言ったときは本気だったたってことを、わかってほしいんだ。最初の数年は、とにかくこの島から離れてよその空気を吸わなければと思って、必死だった。寝ても覚めてもきみのことを思いだすたびに、心の扉を叩きつけるように閉めたものだよ。そうして月日が流れていき、ある日、気がつくとぼくはアイルランドの西海岸にある洞窟に立っていた」

サムはドレッサーに歩み寄り、ブラシを手にとった。それを手のなかでもてあそびながら話を続ける。

「すると、きみへの思い、喜び、恐れ、そうしたあらゆる感情がどっとぼくのなかに流れこんできたんだ。だが、そのときのぼくはもはや少年ではなくなっていたし、それらの感情も少年時代のものではなかった」

彼はそこでブラシを置き、ミアを見つめた。

「その瞬間、ぼくはいつかここへ戻ることになるんだろうなと悟った。それが五年前のことなんだ、ミア」

ミアはその言葉に愕然としたが、思考を乱されて声が震えないよう、どうにか自分をコントロールした。「それからずいぶん時間がかかったのね」

「きみのもとへ、この島へ、出ていったときと同じ状態で戻ることはしたくなかった。サディアス・ローガンの息子として。あのローガン少年として。それまでは、そういうろくでもない名札をずっと首からぶらさげていたんだけど、その鎖をなんとしても引きちぎりたかった。自分自身を築きあげる必要があった。ぼくのために。そしてきみのために。待ってくれ、最後まで言わせてほしい」口を開きかけたミアを制し、サムは先を続けた。「昔のきみは、たくさんの夢や目標や答えを持っていたよね。今ではぼくも持っている。マジック・インはぼくにとって、単なる財産のひとつではないんだよ」

「それくらいわかっているわよ」

「ああ、そうだろうね」サムはうなずいた。「たぶん、きみならわかってくれると思う。あのホテルは昔からずっとぼくのものだった。ある意味象徴であり、ある意味情熱の対象だった。だが、ここへ戻るにあたってぼくは、家名や生得的権利を越えるなにかを自分の手でつかみとったことを証明する必要があったんだ。この五年間、何度となく戻ろうとしたんだが、そのたびになにかがぼくをとめた。それが自分の意志による選択だったのか運命の導きだったのかはわからない。今となれば、いずれのときもまだ機は熟していなかったんだろうと言えるけどね」

「あなたはいつだって、家名や生まれつき与えられた権利を越えた人だったわ。もしかすると、あなた自身にはそれが見えなかっただけじゃないかしら」

「そのおかげで、今のぼくらがあるとも言える」

「今度はわたしが、今から踏みだそうとしているこの一歩は自分の意志によるものか運命の導きなのかを考えなくちゃいけない番ね。少し考える時間をちょうだい。あなたはここで寝ていいわ。わたしはルルを見てくるから。そのあとは塔の部屋へ行って、ベッドに入るまでのあいだ、しばらくひとりで過ごしたいの」

サムはふたたびいらだちを感じ、ポケットに握り拳を突っこんだ。「なあ、ぼくにと、ふたたび愛してもらえる男になれたってことを、証明したいんだ。ぼくと一緒に暮らしてほしい。ぼくがほかになにをしてもしなくても、故意にきみを傷つけるようなまねだけは二度としないとわかってほしい。そのうえで、そばにいてほしいんだ。今のままでは、あまりにもチャンスがなさすぎるよ」

「これだけは約束するわ。満月のあと、儀式がすめば、それも変わるはずよ。わたしだって、あなたと反目したくはないの。そんなことをしている余裕はないし」

「まだなにか隠してるな」サムは、脇を通り過ぎようとしたミアの腕をつかんで引きとめた。「全部話してくれないか」

「今はだめよ」サムに追いつめられてすべてを見透かされてしまう前に、彼の手を引きはがしたくて指がむずむずした。でも、このタイミングでそんなことをしたら、すべてが台なしになってしまう。そう思ってミアは衝動をこらえ、まっすぐにサムを見かえした。「わたしに信頼して信じてほしいんでしょう？　だったらあなたも、わたしを信頼して信じてくれないと」

「信じるさ。きみが、きみのサークルなしで、ぼく抜きで、自分の身を危険にさらすようなまねをしないと約束してくれるならね」

「いよいよという局面が来れば、わたしにはサークルが必要になるわ。そこにはあなたも含まれているのよ」

「わかった」そこまでしか譲歩してもらえないのなら、とりあえず納得するしかない、とサムは思った。今のところは。「書斎を使わせてもらってもいいかい？」

「どうぞご自由に」

ルルが心地よさそうに眠っているのを見届けてから、ミアはバルコニーに出て、穏やかな雨に濡れた。この高さからだと、自分のテリトリーがすべて見渡せる。境界線に迫っている闇が冷たい息を吐くと、彼女のあたたかい吐息とぶつかって蒸気が生まれ、勢いよく吹きあがった。

ミアはほぼ無意識のうちに、片手を天に向けて突きあげ、腕に力をみなぎらせた。そして夜空から稲妻を呼びだし、もくもくとあがる蒸気を貫く長槍のように打ちおろした。

そののち、くるりと身を翻して塔のなかへ舞い戻った。

部屋のなかにサークルを張り、キャンドルと香に火を灯す。幻視を見る際、守りの環の外にはいっさいの音や光をもらさないよう、細心の注意を払った。心と頭に浮かぶものを敵に利用され、自分や自分の愛する者たちに攻撃を仕掛けられてしまう恐れがあるからだ。

ミアはハーブを食べ、聖杯から飲み、サークルのなかに描かれた五芒星《ペンタグラム》の中心にひざまずいて頭をすっきりさせた。そして三番めの目を開く。

予感していた嵐がやってきて強風が吹き荒れているにもかかわらず、島は灰色の薄い霧で覆われていた。ミアがその上を飛ぶと、崖のたもとで波が激しく砕け、打ちつける雨のなかを稲妻が走り、薄く広がった霧が徐々に厚みを増していった。シスターズ島の中心にあたる、森のなかの例の開けた場所に、ミアのサークルがあった。彼らの手がつながって環をつくり、彼女の手もつながれていた。貪欲な霧が舌なめずりしながら環の縁へと近づいてくるけれど、その環のなかへは忍びこめずにいる。

これなら安全だわ、とミアは塔のなかでひざまずきながら思った。安全で、しかも強い。

足もとの大地が揺れ、頭上の空が轟くのを感じる。ひざまずいている自分の鼓動、それを見ている自分の鼓動も感じられた。

彼らが順番に叫びはじめる。土《アース》、風《エアー》、水《ウオーター》、火《ファイヤー》。力がとめどなくわき起こり、ひと筋の線を描いて立ちのぼっていく。それが霧を切り裂いたが、ふわっと消えかけた靄はふたたび集まってひとかたまりになった。そのなかから、ミアの印が刻まれた狼が姿を現した。

狼が飛びついてきたとき、ミアはひとりで崖の上にいた。狼の目は赤く燃えている。

自分の声が――絶望と勝利の叫びが――聞こえた。狼に両腕を巻きつけた瞬間の叫びだ。そして彼女は狼をしっかり抱えたまま、崖から飛びおりた。

落ちながらミアは月を見た。真ん丸の白い月。嵐を破り、燃える星々とともに、島の上で明るく輝いていた。

塔のなかで、ミアは心臓をどきどきさせながら床にひざまずいて、その目で幻を見つめていた。

「あなたがわたしに力を与えたのは、そうしておいて奪うためでしかないの？　天与の力には、結局代償を払わなければいけないの？　わたしの心の母は、無実な者たちを傷つけなければならなかったの？　これもすべて血筋のせいなの？」

ミアは床に崩れ落ち、サークルのなかでうずくまった。生まれて初めて、彼女は天から力を与えられたことを呪った。


「ミアはなにかを隠している」サムは自分が育った屋敷のキッチンを行ったり来たりしていた。「ぼくにはわかるんだ」

「ああ、たぶんな」マックはキッチン・テーブルの上に広げてあった書類を脇へ押しやった。サムが姿を現すまで、それらの書類が朝食の相手だった。「ぼくもゆうべからなにかが引っかかってるんだが、その正体がなんだかわからなくてね。それでとりあえず、スリー・シスターズに関するあらゆる資料にもう一度目を通してみた。島のこと、三姉妹のこと、その子孫たちのこと。ぼくの先祖の日記も読みなおしたよ。でも、まだなにかが欠けている気がする。ある角度、というか。ほら、ミアが使った言葉があるだろ？〝解釈〟か」

サムは持ってきたバッグをテーブルの上に置いた。「そうそう、せっかくだから、これらの本もきみの研究資料に加えてくれ。ミアの書斎からこっそり抜きだしてきたんだ」

「ああ、これはぼくもいずれ借りるつもりでいたんだ」マックはバッグをのぞきこみ、傷んだ革表紙の古書を、恭しい手つきで注意深くとりだした。「あそこに置いてある本は自由に調べていいって、ミアから許可をもらってるから」

「じゃあ、ぼくが勝手に本を持ちだしたことでミアに文句を言われたら、いちおう許可はもらってると言いかえせるな。それはさておき、ザックとも話をしないと」サムはポケットのなかの小銭をじゃらじゃらさせながら、またしてもキッチンのなかを歩きまわりはじめた。「トッド家ははるか昔からずっとこの島で暮らしてきたわけだし、あいつはこの件に最初から深くかかわっている。ぼくが適切な質問を投げかけることさえできれば、正しい答えをくれるかもしれない」

「満月までは、あと一週間とちょっとしかないぞ」

「だからきみもがんばってくれよ、教授」サムは腕時計を見た。「ぼくはもう仕事に行かないと。なにかわかったら、すぐに知らせてくれ」

もごもご答えながらうなずいたときには、マックはすでに一冊めの本に没頭していた。

サムはなぜか洞窟へ行きたい衝動に駆られて、車へと戻る代わりに、ビーチへの階段をおりていった。

そこには、ミアとつきあいはじめるずっと以前から、いつもサムを惹きつけるなにかがあった。幼いころは母親や乳母から逃れて、よくそのなかへとさまよっていったものだ。といっても、当時はただ丸くなって眠るだけだったが。まだ三歳だったときのことは、今も忘れようがない——自分が行方不明になったせいで、保安官が呼ばれる騒ぎになったのだ。結局サムはザックの父親によって見つけだされ、夢から揺り起こされた。赤い髪にグレーの瞳を持つ美しい女性の腕に抱かれている夢の途中で。

その女性はサムにゲール語の歌を聞かせてくれた。魔女を愛したハンサムなアザラシが彼女を捨てて海へ帰っていった物語の歌だった。

サムにはその女性の言葉がわかり、その歌の言葉は彼のものとなった。

もう少し大きくなると、洞窟を要塞や潜水艦や盗賊のねぐらに見立てて、仲間と一緒に遊ぶようになった。それでも、就寝時間を過ぎてからこっそりベッドを抜けだしてそこへひとりで行き、地面に手足をのばし、火を熾して考えごとをしたり、壁に映る炎を見つめたりした。

幼児から少年へと成長するにつれて、夢にその女性が出てくる回数は減り、鮮明さも薄れていった。その一方で、ミアのなかにその女性の面影が見えるようになっていった。頭のなかでふたつの像が重なってぼやけ、やがてミアだけになった。

洞窟に足を踏み入れると、サムは彼女の香りに包まれた。いや、その香りに魅了されたと言うべきだ。歌を歌ってくれた女性のやさしいハーブの香り、そして、自分が愛した女性の深く豊かな香りに。

〝お母さん〟ふたりがこの場所で毛皮を抱えている女性を見た夜に、ミアはそう呼びかけた。愛情のこもったあたたかさと、敬意のこもった礼儀正しさをもって、ミアはその幻に声をかけた。まるで、それ以前に何度も会っていたかのように。

昔のミアはなんでも打ち明けてくれていたようだったが、何度もその女性と会っていたことだけは秘密にしていたのではないだろうか。

サムはしゃがんで、男が丸くなって寝ていたなめらかな洞窟の床をじっくり見つめた。

「あなたの顔はぼくそっくりだった」サムは声に出して言った。「彼女の顔がミアそっくりだったように。ぼくはそれを、ぼくとミアは別れる運命にあるという暗示なのだと自分に信じこませようとしたんだ。それがぼくの、たくさんある言い訳のひとつだった。あなたは島を去った。だからぼくも去った。でも、ぼくは戻ってきた」

サムは壁際へ移動して、ずっと昔、自分がそこに刻んだ言葉を読んだ。読みながら、シャツの下にいつも身につけているチェーンを胸もとから引きだす。足もとのなにかにつまずいた拍子に、チェーンが石にぶつかって音を立てた。

彼はチェーンにぶらさがっている指環を握りしめて、地面に落ちたその片割れと思しきものを拾いあげた。

落ちていたほうの小さな指環はひどく変色していたが、まわりに彫られた模様は今もくっきりと感じられる。そこには、アイルランドの西海岸の洞窟で見つけたケルトの組紐文様が刻まれていた。ここの洞窟の壁に彼が刻んだ約束の言葉の下に、ミアが刻んだのと同じデザインだ。

指環を載せたてのひらをそっと閉じて、いかにも主婦の好みそうな魔法の呪文をうろ覚えながら唱えてみる。そしてふたたび手を開くと、小さな指環はぴかぴかの銀色に輝いていた。

しばらくじっと眺めてから、サムはそれを片割れと一緒にチェーンにさげた。

ミアはオフィスでEメールによる注文をプリントして、それらをきちんと揃えて脇に置いてから、短い休暇のあいだに山積みになっていた書類を効率よく処理しはじめた。たまった仕事を一気に片づけることを、いつもより早く家を出る格好の口実にした。もっとも、今になって思いかえしてみると、サムもあまり長く引きとめようとはしなかったけれど。

九時までにかなり仕事がはかどったので、いったん手を休めて、その日一本めの電話をかけた。預けてある遺言状にいくつかの修正を加えるために、できるだけ早く弁護士と会う約束をとりつけたかったからだ。

決して望みを捨てたわけではなく、合理的なだけよ、と自分に言い聞かせた。ショルダーバッグの口を開けて、家から持ってきた私的な書類をとりだした。ネルと結ぶつもりの〝スリー・シスターズ・ケイタリングの共同経営合意書〟は、すっかり準備が整っている。だが、万が一の場合に備えて、リプリーにもなにかを残しておきたかった。

ネルだってそれをありがたいと思ってくれるはずだ。

現在の遺言ではカフェ・ブックはそっくりそのままルルに譲られることになっているが、ネルにも分け前が行くように、譲渡の割合を変えることにした。この変更にはルルも異存はないと信じている。

また、ネルとリプリーの子供たちのために、黄色いコテージの遺贈も含め、ささやかな信託投資を始めることにした。これはいずれにしろするつもりだったことだ。

蔵書はマックに譲ることにする。彼なら誰よりも有効に使ってくれるだろう。ザックには星形の小物のコレクションと曾祖父の腕時計を譲る。いかにも兄弟に譲りそうなものだ。

崖の上の家はサムに譲ることにした。彼ならきちんと維持してくれるだろうし、庭の手入れもしてくれるはずだ。サムならきっと、この島の心臓部を守ってくれるに違いない。

それらの書類をデスクのいちばん下の引きだしにしまって、鍵をかけた。それほどすぐにこれらが必要になるとは思っていない。それでも、備えておくに越したことはないと強く信じていた。

ミアはプリントアウトした用紙をまとめて下へおりていき、注文を処理した。そうして、その日の仕事、その日の生活を続けていった。


「なにかが変なの」

「そうね」リプリーが共感した。「ビーチには人が大勢いすぎるし、その大半がどうしようもないやつらなのよ」

「真剣に考えて、リプリー。わたしはミアのことを心配してるのよ。満月まではあと数日しかないんだから」

「次はいつ満月になるかくらい、わかってるわよ。そんなことより、あそこにいる男を見て。ほら、ミッキー・マウスのタオルの上に寝そべってる人。フライパンの上の魚みたいに、こんがり焼けてるわ。きっとインディアナかどこかの人で、ビーチへ遊びに来るのはこれが初めてなんでしょうね。ちょっとここで待ってて」

リプリーはすたすたと砂の上を歩いていき、全身鮮やかなピンクになった男の体を爪先でちょんとつついた。ネルが足を踏み替えながら待っていると、リプリーは相手になにやら説教しはじめ、空を指さしてから、焼け具合を確かめるように男の肩をついた。

リプリーがこちらへ戻ってきたとき、男は日焼けどめをとりだして塗りはじめた。

「今週の公務を果たしてきたわ。それで、ミアの件だけど――」

「なんだか穏やかすぎるのよ。いつものように涼しい顔をして仕事しているの。ゆうべだってブック・クラブの集会にもちゃんと顔を出したし。今は本屋の在庫チェックをしているところよ。今までにやったことのない難しい魔法をやろうとしているのに、わたしの頭を軽く叩いて、大丈夫よ、なんて言うばかりで」

「ミアはいつだって、熱い血の代わりに氷水が血管を流れてるんじゃないかと思うくらい冷静な人でしょ。別に変わりはないんじゃない？」

「リプリーったら」

「わかった、わかったわよ」リプリーは息を弾ませながら防波堤に沿って歩き、ビーチのパトロールを終わらせた。「わたしだって心配はしてる。こう言えば満足？　だけど、なにもわたしが心配しなくたって、マックがわたしの分までそわそわしてくれてるから。研究に没頭して、何時間もノートをとってるのよ。マックは、ミアがまだわたしたちには話してくれてないなにかを隠していると思ってるみたい」

「わたしもそう思うわ」

「これで三人は同感ってことね。でも、だからどうすればいいのかが、まったくわからないんだけど」

「この件についてはザックとも話をしたの。みんなでミアに問いただせばいいんじゃないかって。わたしたち全員が一堂に会してね」

「まるで裁判みたいに？　やめてよ。彼女を判決の小槌で裁くなんて、絶対無理だわ。そこが彼女のいいところなんだけど」

「わたしには別の考えがあるの。わたしたちふたりのあいだでならば……もしもわたしたちが力を合わせて、ミアが築いた壁を打ち破れれば、彼女の考えていることがわかるんじゃないかと思うのよ」

「要するに、彼女の意志に反して、個人的な思考をのぞこうっていうわけ？」

「ええ、そう。でもやっぱり、今わたしが言ったことは忘れて。ぶしつけだし、出しゃばりすぎるし、卑劣なやり方よね」

「そうよ、だから気に入ったわ。いい考えよ。一時間くらいなら休めるから……」リプリーは時計を見た。「今ならいいわよ。あなたの家が近いわね」

二十分後、リプリーは息を切らして汗をかきつつ、ネルのリビングルームの床に寝そべっていた。

「もう！　彼女ってなんていやなやつなの。尊敬しちゃうわ」

「まるで爪楊枝でコンクリートの壁を引っかくみたいだったわね」ネルが腕で額の汗をぬぐう。「こんなに難しいとは思わなかったわ」

「わたしたちならこういうことをやりかねないって、気づいていたのかもね。わたしたちが侵入してくると思って、身構えていたのよ。ほんと、ミアってすごいわ。そして、たしかになにかを隠しているわね」リプリーは汗ばんだてのひらをスラックスでぬぐった。「さすがのわたしも真剣に心配になってきちゃった。いっそのことサムをつついてみましょうか」

「それは無理よ。ミアがなにかを守っているとしたら、おそらくサムに関係しているものだもの。そんなの間違ってるわ。リプリー、ミアはサムを愛しているのよ」

天井を見つめ、リプリーは指でおなかを打ち鳴らした。「もしもそれが彼女の選択だとしたら——」

「ミアはまだ選択していないわ。心を決めかねているんじゃないかしら。ミアはたしかにサムを愛しているようだけれど、わたしが思うに、それだけでは彼女は幸せになれないのよ」

「ミアってほんと、ちっとも単純じゃないのよね。ねえ、今わたしが考えてること、教えてあげましょうか？　彼女、消滅の魔法をかけている最中に選択をするつもりじゃないかしら。そうすれば敵に二重の打撃を与えてやれるでしょ。たぶん、ミアの心はすでに決まってるのよ、ネル。ミアって人は、決して無駄なことはしないもの」

「ねえ、リプリー、ミアはわたしたちの子供たちは無事だって言ったのよね」

「そうよ」

「だけど、ミア自身も無事だとは言わなかったわ」

サムはネクタイをゆるめ、マックが携帯用の機械を持ってコテージの周囲を歩きまわるのを見ていた。マックはときおり立ちどまったりしゃがんだりしては、ぶつぶつなにか言っている。

「ああいうマックって、見てるだけでおもしろいでしょ？」リプリーはサムの横に立ち、体重をかかとに載せて体を揺らした。「みんなの前で大口を叩いて以来、わが家とルルの家を一日に二度、ああやって調べているのよ」

「これはいったいどういうことなんだ、リプリー？」会議を終えてコテージへ戻ってきたサムは、まさか自宅でもうひとつの会議に参加させられるとは思ってもいなかった。聞けば、ザックとネルももうじきここへ来ることになっているという。「こんなところにみんなで集まって、ミア抜きでなにを始めようっていうんだ？」

「これはマックの発案なのよ。だからわたしも詳しいことはわからないわ」リプリーが頭を傾けて合図すると、マックがふたりのほうへ戻ってきた。「ねえ、ドクター・ブック、そろそろ話を聞かせてもらえない？」

「この場所の守りはしっかりしているね」マックがサムに向かって言う。「実によく守られている」

「それはどうも、ドクター。で、これはいったいどういうことなんだい？」

「全員集まるまで待とう。車からとってこなくちゃいけないものがある。ミアは、今すぐにきみが来るのを待っているのかい？」

「別にタイムカードを使ってるわけじゃないから」軽いジョークが通じたのを見て、サムは歯を見せて笑った。「でも、ミアはまもなく家に向かうはずだ。頑固なルルはもう自分の家へ帰ってしまったから、ぼくとしてはあまり長くミアをひとりで置いておきたくないんだ」

「すぐにおままごとをしに行かせてあげるわよ」リプリーはサムの顔に冷たい怒りが広がったのを見て、つけ加えた。「ちょっと、ちょっと。本気で怒らないで、サム。わたしたちは同じチームにいるのよ、わかってる?」

「ここは暑いな」そう言って、サムはさっさと家のなかへ入ろうとした。

「気が立ってるのね」リプリーは言った。

「気が立ってない人がいるか? ほら、ネルとザックが来たぞ。さあ、始めてくれ」

十分もしないうちに、サムは彼の小さいコテージを完全に乗っとられた気がした。明らかにネルはコテージに食料品の在庫がないのを予想していたらしく、クッキーとアイス・ティーの入ったクーラーボックスを持ってきた。彼女がパーティーのようにそれらを並べていくかたわらで、マックはテーブルにノート類を広げている。

「ネル、座らないか?」ザックがネルを椅子に座らせた。「五分くらい子供を休ませてあげよう」

「あら、わたしにはふたりもいるのよ」リプリーはキッチンのカウンターに陣どってクッキーをつまみはじめた。「じゃあ、始めましょうか。ネルとわたしは昨日スパイごっこをしたの——」

「スパイごっこじゃないわ」

「そうなるはずだったのよ」リプリーが言う。「もしも成功していればね。でも、できなかったの。ミアのほうが完全に防御を固めていたから。まるで金庫みたいに完全に防御してたわ」

「そんなことがニュースなのか?」サムは尋ねた。

「ミアはあのとり澄ましたおつむのなかに、わたしたちに知られたくないものを隠しているのよ」リプリーが続けた。「そのせいでこっちはいらいらするし、心配になってきちゃって」

「ミアは自分ですべき準備をしているんだ」

「それはそのとおりだと思うよ」マックがサムに言う。「先日の夜、みんなで集まったときに、ミアはあらゆる側面や解釈を心得ている、とか言っていた。それでぼくは考えたんだ。表面的には、とても単純な話だと思う。要するに、ミアの使命には愛が関係している。境のない愛だ。つまり、ミアはそういうふうに愛するように生まれついていると考えていい。あるいは、彼女を束縛しているものを手放すように運命づけられていると。残念ながらね」マックはつけ加えた。

「この話は前にもしたじゃないか」

「ああ、だが、一見単純に見えるものは、応々にしてそうではない。最初のシスター、つまりミアの祖先は、自分が愛した人を罠にはめた。アザラシの毛皮を奪って隠し、彼を盲目にさせて、陸地と彼女に夢中にさせた。ともに生活をし、家族も持った。ところが、彼女に対する感情は魔法の結果であって、彼の自由意志によるものではなかった。毛皮を見つけてしまうと彼は気が変わり、彼女を捨てて去っていった」

「彼はとどまれなかったんだ」サムが言い添える。

「その点に異論はないよ。さて、そうなると、ミアは限りない愛を見つける必要があるという解釈が成り立つ。なんの資格も魔法もなしに自然にわいてくる愛。愛ゆえの愛を」

「ぼくはミアを愛している。ミアにもそれは伝えた」

「ミアはきみを信じなくてはならない」ザックはサムの肩に手を載せた。「そのうえで、きみを受け入れるか手放すかしなければならないんだ」

「でも、それだけが解釈ではない。ちょっとこれを見てほしい」マックは古い本をとり、付箋をつけておいた箇所を開いた。「これは島の歴史の本で、十七世紀の初頭に書かれたものだ。ぼくが見たこともない資料をもとに書かれている。ミアがオリジナルの資料を持っているとしても、書斎には置かれていないだろうけど」

「大事なものなら、人目につくところに置いておくはずはない」心配がサムの目を陰らせた。「おそらく塔の部屋にしまいこんであるんだろう」

「いつかはぜひ見せてもらいたいが、とりあえずはこれでも充分だ。伝説の詳細について書かれている」マックが続けた。「重要なところだけ読むことにするよ」

彼は眼鏡をかけなおして、黄ばんだページを目で追った。

「〝それは魔法で形づくられ、魔法によって繁栄し、滅びる。サークルの選択は生か死、一かける三。彼らの血の血、手の手。生き残る三人は、おのおのの闇と立ち向かわなければならない。そしてエアーは勇気を見つけなければならない。彼女を破壊しようとする者から離れ、それに対峙しなければならない〟きみはこのふたつを成しとげた」マックはネルに向かって言った。「〝自分を見いだして愛する者に自分を与えれば、サークルは破れない。同様にアースは、刃と槍なしで、正義を見つけなければならない。自分以外の者の血を流さず、自分を守り、愛する者を守らねばならない〟」

リプリーは手をあげて、てのひらにうっすら残る傷跡を見た。「その部分も達成できたと思うわ」

「きみにも選択の機会があったわけだ」マックはリプリーのほうを向いた。「ぼくらが気づいていたより重大な選択だ。〝そして彼女の正義が同情と相まみえるとき、サークルは揺るがない。かくしてファイヤーは己の心を見つめ、それを開き、裸にしなければならない。限りのない愛を見いだし、愛する者のために命を捧げなければならない。彼女の心が自由になるとき、サークルは揺るがない。三つの力は連携し、長らえる。四つのエレメントが立ちあがり、闇を終わらせる〟」

「捧げるって、犠牲ってことか？　命を？」サムは思わず身を乗りだした。「彼女は自分の命を犠牲にするのか?」

「待てよ」ザックがサムの肩に手を置いて、マックに尋ねた。「それがきみの読みなのか、マック?」

「この部分は、三人のうち誰かがほかの人のために命を捧げる、という意味にも解釈できる。みんなのため。勇気、正義、愛のために。この本はミアの書斎から持ってきたものだから、彼女も当然こういう選択肢があることは心得ているだろう。問題は、ミアがそれを選ぼうとしているかどうか、ってことだ」

「ええ」ネルは青白い顔になってリプリーを見た。「わたしたちはみんな、命を捧げることもいとわないはずよ」

リプリーがうなずいた。「もしもミアが、これしか方法はないと考えているならね。でも、彼女はそうは考えないと思うわ」いても立ってもいられなくなって、カウンターから離れる。「ミアは自分の力で対抗しようとするはずよ」

「それだけじゃ足りない」サムは怒りや恐怖を握りつぶすかのように、手をかたく握りしめた。「それじゃあ、全然安心できないよ。ミアがこの数平方マイルの土地を守るために死を選ぼうとしているなら、ぼくはただ見ているわけにはいかない。なんとかしてこの流れをとめさせなければ」

「あなたにはもっと分別があるでしょ」リプリーも気が立ってきて帽子を投げ捨てた。

「何世紀もかけて動いてきたものは、今さらとめられないわ。わたしもやってはみたけれど、まるで刃が立たなかったもの」

「今はきみの命が危険にさらされてるわけじゃない、そうだろ？」

もしもサムの顔に怒りしか見えなければ、リプリーはぴしゃりと言いかえしていただろう。だが、サムの顔には恐怖も見てとれた。「すべてが終わったら一緒にミアをとっちめてやるってことで、どう？」

「いいとも」サムはリプリーの肩をぎゅっとつかんで手を落とした。「この件で彼女に異を唱えるのは意味がない。ぼくらには彼女の意見を変えさせられないよ。彼女を島から遠ざけてもなにも変わらない。どうせ最後の一歩は踏みださなくてはならないし、それはこの場所で踏みだすのが最善なんだ。ここで踏みだされることになっているんだから。ぼくら全員の力を合わせて」

「力の中心にな」マックが同意した。「彼女の中心に、彼女のサークルに。彼女の力はもっとも洗練されていて、いちばん強い。でも、そこからぼくがたどり着く結論は、敵も彼女に対抗しうるだけの力を蓄えてくるはずだってことだ」

「わたしたちは前よりも増えているし」ネルが指摘する。夫の手をとり、もう片方の手をおなかにあてた。「つながれば、わたしたちのエネルギーは巨大になるわ」

「力の源はほかにもある」サムが構想をまとめてうなずいた。「それらも利用しよう。

すべての力を」

　サムは頭をすっきりさせ、思考をコントロールした状態で、崖の上の家に向かった。感情を遮断できるのはミアだけではない。

　ミアは庭で、広げたてのひらに蝶を遊ばせながら、静かにワインを飲んでいた。

「絵になるね」サムはそう言って彼女の頭にキスをし、向かい側に座った。「今日はどんな一日だった？」

　ミアはしばらくなにも言わず、サムの顔を眺めて、ワインを飲んでいた。内なるものが、鋼鉄のような彼女の意志の下で熱くうずいた。「忙しかったけれど、収穫も多かったわ。あなたは？」

「同じだよ。どこかの子供がバルコニーの鉄柵に頭を突っこんで、身動きとれなくなってね。子供のほうは平然としてたんだけど、母親のほうが狂乱して、手すりを切断してくれってわめいてたんだ。もちろんぼくは、百年の歴史を持つ手すりに手を加えるつもりなどなかったから、もう少しで魔法を使って子供を救うところだったんだけど、ハウスキーパーに先を越された。彼女が子供の頭にベビーオイルを塗りたくって、コルクのようにすぽっと抜いてくれたのさ」

　ミアは微笑んで、サムに飲みかけのワインを渡して飲ませた。それでも目は油断のない用心深い表情だった。「きっとその子はすべての出来事をおもしろがっていたでしょうね。そうだわ、サム、書斎から本が何冊かなくなっているのに気づいたんだけど」

「ん？」ミアの手にいた蝶が優雅に舞ってきて、サムが出した指にとまった。「書斎を使ってもいいって言ってくれたじゃないか」

「本はどこ？」

サムはグラスと蝶をミアに返した。「本をめくりながら、この件に関してなにか新しいアングルが見つからないものかと考えていたんだよ」

「そう」ミアの心に寒気が走った。「それで？」

「ぼくは学者じゃないからね」肩をすくめて言った。「そのことをなにげなくマックに話したんだ。そしたら、借りられないか、って言われてさ。きみが気にするとは思ってなかった」

「できれば本は手もとに置いておきたいわ」

「そうか。じゃあ、返してもらってくるよ。それよりさ、こうしてここにきみと一緒に座っている感じって……完璧なんだよな。きみを見るたびに、この胸のなかでぼくの心が躍る。その感じも完璧なんだ。愛しているよ、ミア」

ミアは目を伏せた。「そろそろ夕食の準備にかからなくちゃ」

ミアが立ちあがるとサムは手をとった。「ぼくも手伝うよ」彼自身も立ちあがるまでつないだ指を放さなかった。「きみひとりが働くことはない」

わたしにふれないで、と心のなかでミアはつぶやいた。まだだめ。今はだめ。「キッチンではひとりのほうが……楽だから」

「少しだけ場所を空けてくれ」サムは言った。「ぼくはどこへも行くつもりはないよ」

20

サムはなにかをたくらんでいる、とミアは確信していた。はなはだしく愛想がよくて、妙に思いやりがあり、察しがよすぎる。まるで誰かに性格がよくなる魔法でもかけられたのではないかと疑りたくなるほどだ。

なんだかばかばかしいけれど、こんな調子なら彼は気が立っているときのほうがいいとさえ思えるくらいだった。少なくとも、そのほうがどうなるか予測しやすい。

とにかくミアには真相を突きとめるために表面から深く掘りさげて考える暇などなかったし、サムにもこちらの心を深く掘りさげさせてはいなかった。たとえ時間があったとしても、余分なエネルギーは使えない。ブルーチップのシールを集めるように、こつこつと力を蓄えているのだから。

覚悟を決めて準備をし、精いっぱいの自信をつけていく。少しでも勇気がわいてくるとそれをためこみ、疑念が忍び寄ってくれば追い払った。

満月の日、夜明けに目を覚ました。サムが欲しい、そのぬくもりに包まれたいという、痛みを伴うほどの欲求に突き動かされて、ふたたび彼の腕のなかに転がりこみたくなる。これまでもときどきそうしていたように、ただサムの腕に包まれているだけでいい。コテージで過ごした夜以降、ふたりは純粋な意味で一緒に眠るだけで、ほかにはなにもしなかった。

サムはその理由を問いただそうとはしなかったし、誘惑を仕掛けてもこなかった。実際にはミアのほうが彼の協力的な態度を一種の侮辱のように感じはじめ、いらついてきたほどだった。夜、夢を見て気持ちがかきたてられ、体が欲求でうずいてしまい、何度となく誘いをかけそうになったのは、ミアのほうだった。

けれど、いよいよ訪れたこの大切な朝、ミアは眠っているサムをベッドに残して崖に立った。のぼってくる太陽から火を集め、音を立てて砕ける海から力を集めて、自分のものにした。両腕を広げ、力をとりこみ、天からの賜物に感謝した。

振り向くと、ベッドルームのバルコニーにサムが立って、こちらを見ていた。ふたりの視線は絡まりあい、つながった。火花が散った。ミアは髪を風になびかせて家に戻った。彼女の世界の端に這い寄ってくる黒い霧には目もくれずに。

ミアは心を落ちつかせるために店へ行った。ここは自分の努力と夢の結晶である特別な場所だ。ルルは腕が折れているにもかかわらず、すでに復帰してカウンターに立っていた。とめても無駄だとわかっていたので、ミアも反対はしなかった。仕事が——そして、近所の人々や友人たちと顔を合わせることが——ルルにとっては元気の源であるのもわかっていたからだ。

それでも、できればあまり無理をしないで、ほどほどに仕事をしてほしい。

今日はいつになく商売が繁盛していて、ルルとゆっくり話す時間がとれなかった——それとなく注意をする暇もないほどだ。その代わり、島民のふたりにひとりが店に立ち寄って、ルルと話をしてくれているようだった。

正午にはカフェが満杯になり、一歩進むたびに誰かが声をかけてくる状態となった。ひと息つくためにミアはいったん厨房へ逃れて、冷蔵庫から水のボトルをとりだして飲んだ。

「ヘスター・バーミンガムに教えてもらったんだけれど、ベン・アンド・ジェリーズのアイスクリーム屋は、今週セールをやっているんですってよ」

「あら、それはいいことを聞いたわ」ネルはグリル・チキンとブリー・チーズのサンドイッチに特製スープをつくりながら答えた。

「ヘスターったら、それはもう真剣な表情をしていたわよ。今にも感激の涙をこぼすんじゃないかと思ったくらい」

「アイスクリームに目がない人っているのよ。わたしも少し買ってこようかしら。今夜が無事終わったら、サンデーがつくれるでしょ」

「いいわね。あなたが今夜のことをあまり心配せずにいてくれて、うれしいわ」ミアはネルの背中をさっと撫でた。「準備はほぼ万全よ。明日になればすべて終わっているはず。陰もすっかり消えているはずだから」

「その言葉を信じるわ。でも、少しくらいはあなたのことを心配させてね」

「リトル・シスター」ミアはネルの髪に頬を押しつけ、しばらくそうしていた。「愛しているわ。さて、そろそろわたしは帰るわね。やっておくべきことがまだ少しあるし、ここでわたしが今日できるのは愛想を振り撒くことだけだから。じゃあ、また今夜」

ミアがそそくさと出ていくと、ネルは目を閉じた。そして祈った。

一方のミアは、帰るだけでもまたひと苦労だった。ようやくオフィスにたどり着き、鍵をかけてしまっておいた書類をとりだして下へおりたときには、すでに一時間が経っていた。

「ルル、ちょっといいかしら」ミアはそう言ってルルを裏の部屋へと呼んだ。

「忙しいんだけど」

「二分だけ」先に立って部屋のなかへ入る。

「ぶらぶらしてる暇なんてないし、休憩も必要ないわよ」ルルは迷惑そうに顔をしかめながらも、あとについて入ってきた。ギプスは色とりどりのサインで覆われていて、わいせつな絵まで描かれている。「お客さんがいるんだから」

「そうよね。悪いけど、わたし、今日は早退けさせてもらいたいの」

「まだ真っ昼間なのに。言っておくけど、わたしには普通なら六本ある腕が、今は一本しかないんですからね」

「ごめんなさい」こみあげてきたものを抑えようとしたが、感情の泉があふれて喉がつまり、声がくぐもってしまった。ルルはミアの母親であり、父親であり、友達でもある女性だ。天与の力以外で、つねに彼女と一緒にいてくれた唯一の人だった。その存在はミアにとって魔術よりずっと尊いものだ。

「具合でも悪いの？」ルルが尋ねた。

「いいえ。大丈夫よ。なんだったら、今日はもう店を閉めていいわ。あんまりあなたを酷使したくないから」

「店を閉めたりしたら、それこそわたしはだめになっちゃうわよ。遊びに行きたければ行けばいいじゃない。わたしひとりでも店番くらいはできるもの」

「わかったわ。この埋めあわせはいつか必ずするから」

「間違いないでしょうね。来週は午後に休みをもらって、あなたをうんと働かせてやるからね」

「取引成立ね。ありがとう」折れた腕に気をつけながらミアはルルを抱きしめ、ついに我慢できなくなって、その髪に顔を埋めた。「ありがとう」

「そんなに感謝してくれるなら、二日間休みをもらうんだったわ。さあ、ぐずぐずしてないでさっさとお行き」

「愛してるわ、ルゥ。じゃあ、行ってきます」

ミアは肩にバッグをさげて、外へ飛びだした。後ろでルルが目を潤ませ鼻をすすりあげたことには気づかなかった。

ルルはミアに声が届かなくなるまで待ってからささやいた。「わたしの娘に祝福がありますように」


「すべて順調かな、ミセス・ファーレイ？」

「はい、順調です」

サムはうなずいた。「あなたのおかげだ、感謝しているよ。あとのことは、有能なあなたの手に任せるから」

「オーナー……サム」ミセス・ファーレイは言いなおした。「昔のあなたは興味深いお子さんでしたし、いろいろな意味でいい子でした。大人になられて、さらにすてき

「になりましたね」

「そんなー——」サムは言葉につまった。「ありがとう。それじゃ、今日は帰らせてもらうよ」

「すばらしい夜をお過ごしください」

「歴史に残るような夜になるさ」オフィスを出ながら、サムはそう予言した。

コテージからとってくるべきものがあった。ミアのところへはまだ運んでいなかった彼自身の道具類だ。持っているなかではもっとも古い刀と儀式用の剣、海塩を入れてある古いガラス瓶。それらを用意したのち、黒いシャツとジーンズに着替えた。黒いローブは持っていくことにした。お気に入りの魔法の杖もシルクで包む。

それらを全部、彼の家に代々受け継がれてきた、彫刻の施されている木の箱におさめた。

お守やペンダントの代わりに、チェーンに銀の指環をふたつぶらさげる。

車へと向かう前に足をとめて振りかえり、家とその奥に広がる森を見た。守りの魔法はなんとか持ちこたえてくれるだろう。それ以外のことは信じたくなかった。

守りの環から一歩踏みだそうとしたとき力が揺れるのを感じたが、それを振り切って通りへと出ていった。

その瞬間、力が彼を撃ち、ボディー・ブローをくらわせた。サムの足は地面を離れて宙に舞いあがり、体ごと押し戻されて飛ばされた。そして地面に叩きつけられると、無数の黒い星が頭のなかでぐるぐるまわった。

「こんなにたくさんの装置を準備するんじゃ、一時間くらいかかるわよ」リプリーはランド・ローバーの後部に荷物を積みこもうとしているマックに文句を言った。

「そんなにかからないよ」

「あなたっていつもそう言うわよね」

「まあ、全部は必要ないだろうけど、もしもってことがあるからな。これはおそらく、史上最大の超常現象になるはずだ。さあ、これでよし」マックは荷台のドアを閉めた。

「用意はいいかい？」

「わたしはとっくに用意できてるわ。じゃあ、さっさと行きま——」

目の前でリプリーが突然呼吸困難に陥り、白目をむいて喉をかきむしったので、マックは仰天した。

ネルは自分用の道具を入れたバッグをザックが車に積み終えるのを待っていた。

「きっとうまくいくわよね」彼に向かって言う。「この日のために、ミアはこれまで一生かけて準備をしてきたんだもの」

ってい るもの」

「大丈夫よ。サムのアイディアは単にすばらしいだけでなく、島の目的にもあてはまっているもの」

「備えあれば憂いなしだからな」

ザックはサンデー用のアイスクリームとその他の材料が入ったクーラーボックスを持ちあげた。「ぼくはそれを信じるよ。でも、レミントンが精神分裂症になったってことが、ちょっと気になるんだ。聞くところによれば、まるでスイッチを切られたような状態らしいからね。なにもわからなくなってるらしい」

「彼は利用されているのよ。間違いなく彼を破壊してしまうものに自分を明け渡してしまったんだから、ある意味、気の毒よね」

「彼のなかに巣食っているものは、きみを欲しがっているんだよ、ネル」

「違うわ」ネルはザックの腕にふれた。かつては夫だった男、そして彼女の脅威だった男は、もはやネルにとって恐怖でもなんでもなくなっていた。「彼のなかにいるものはすべてを欲しがっている、なによりもミアを欲しがっているのよ」

車のドアに近づこうとして一歩踏みだした瞬間、ネルは衝撃の叫びをあげて体をふたつに折った。

「どうした？　ネル？」

「おなかが痛くなったの。赤ちゃんが！」

「ぼくにつかまれ。いいから、つかまるんだ」ザックはとっさにネルの体を支えたが、妻の顔に苦痛が浮かぶのを見て、焦りのあまりパニックを起こしかけた。「とにかく医者へ行こう。きっと大丈夫だから」

「だめよ、だめ、だめ」ネルは彼の肩に顔を押しつけ、痛みと恐怖をこらえた。「待って。ちょっと待って」

「待てないよ」ザックはドアを勢いよく開けてネルを乗せようとしたが、彼女は動かなかった。

「これは幻覚よ。本物の痛みじゃないわ。赤ちゃんは無事だって、ミアが言ってたもの。これは現実じゃないのよ」ネルは恐怖の奥深くにひそむ力を掘り起こした。「ただの幻。わたしたちを遠ざけておくためのね。敵はわたしたちにサークルをつくらせまいとしているだけ」

大きく震える息を吐いてザックを見つめたとき、ネルの顔色は輝いていた。

「幻にすぎないのよ」彼女は言った。「さあ、ミアのところへ行かなくちゃ」

ミアはまず崖へ行き、まだ出ていない月を思わせる白いローブを風になびかせて立った。氷のように冷たく刃のように鋭い闇の圧力をひしひしと感じた。

霧が海の上に垂れこめ、じわじわと島じゅうに広がっていく様子を、静かに見守った。

　なにも考えまいとしても、ひとつだけはっきりしていることがあった。今夜が最後の戦いになる。

「かくあれかし」ミアはそうつぶやいて向きを変え、長い影を落とす森のなかへと入っていった。

　霧がミアのまわりをとり巻こうとしていた。冷たいざわめきに満ちた霧だ。彼女は思わず逃げだしたくなった。おぞましい指が肌をまさぐるのを感じる。敵にからかわれているのだろう。

　低く長く響く狼の遠吠えが聞こえた。それはまるで笑い声のようだった。意志の盾の隙間からパニックが忍び寄ってくる。ローブの下のスカートの裾からは不快な霧が這いのぼってきた。

　うんざりした声を立ててミアはそれを追い払ったが、そうすることで、用心深く蓄えてきたエネルギーが散ってしまうこともわかっていた。

　胸をどきどきさせつつ、ミアは例の場所へと急いだ。サークルへ、その中心へ。

　ことはそう簡単には終わらないだろう。感情を押し殺して想像してみる。光と闇がひと筋の細いビームとなって、自分の心臓に突き刺さる場面を。敵にとっても、彼女の愛するものに害を与え、その愛を使って破壊するのは、たやすいことではないはずだ。

わたしが守る。そしてわたしが勝つ。

ネルがザックと森を駆け抜けてやってきて、ミアを抱きしめた。「まだ大丈夫ね！」

「ええ」ミアはネルからそっと体を離した。「なにがあったの？」

「敵がわたしたちを足どめしようとしたのよ。ミア、とても近くにいるわ」

「わかっているわ」ミアはネルの両手をつかんで、きつく握った。「あなたとあなたの大切なものが傷つくことはないわ。始めましょう。もうすぐ太陽が沈んでしまうわ」

ミアはネルの手を放して両腕を広げ、広場のまわりに置いておいたキャンドルに火をつけた。「敵には闇が必要なのよ」ミアはそう言って、たった今到着したリプリーのほうを見た。

「あいつときたら、このわたしにも脅しをかけてきたわ」リプリーはマックが装置をおろすかたわらで、自分の道具の入ったバッグをおろした。「あのろくでなしに、いったい誰を相手にしているのか思い知らせてやらなきゃ」

「誰か、機械の設置を手伝ってくれないか」マックが言った。

「ぐずぐずしている暇はないわよ」ミアはマックに言った。

「それくらいの余裕はあるさ」ようやくサムも現れて、抱えてきた木箱をおろし、マックのモニターを運びにかかった。

ミアはサムに歩み寄り、指先で彼の口の端にふれた。「血が出ているわ」

「あいつに殴られたんだ」サムは手の甲で血をぬぐった。「貸しをつくったよ」

「じゃあ、さっさとやっつけちゃいましょう」リプリーもバッグのなかから儀式用の剣をとりだした。

ここ数日で初めて、ミアは心の底から笑った。「あなたって、ちっとも変わらないのね。ここは聖なる場所なのよ。この島の心臓部なんだから。サークルのなかのサークルのなかのサークルが、すべてのものを寒さと闇から守ってくれるの。三姉妹が立ったこの場所で、わたしはわたしの運命に会うのよ」

話しながらミアは裸足で、ふつふつとわきたつ霧に近づいていった。

「ひとたびこのサークルがつくられたら、わたしたちの結束は永遠に続くわ」

「消滅の魔法の呪文はそうじゃないだろう」サムが言ったが、ミアは彼を無視して続けた。

「沈む太陽はわれに火を与え、月はさらに高くのぼりゆく」ミアは瓶を手にとり、シスターたちの夫たちのまわりに海塩を丸く撒いた。「ひとりは三人、三人はひとり、われらの血を通して網が紡がれた。わが印を負う闇なるものは、永久にそれを負わん。われ願う、かくあれかし」両腕をあげて雷を呼ぶ。「次なるサークルをかけよ」そこまで言って、ミアはサムを見た。「自分のしていることはわかっているわ」

「ぼくもだ」

サークルがつくられると、マックはすかさず目盛りを読んだ。「今のところわかる範囲で言うと、ミアはひとりで外側にサークルをつくることで、マイナスのエネルギーを彼女自身に集めようとしているみたいだ。これじゃあ、彼女がほかのみんなと手をつないでいても、彼女だけがターゲットになる」

「サムが心配してたのはそのことだな」ザックが言った。

「ああ。ミアが海塩をぼくらのまわりに撒いてくれたのは、二重の守りのためだろう。なにが起きても、ぼくらだけは守りの環のなかにとどまるように、というのが彼女の計画なんだ」

「とんでもない考えだ」ザックが言う。

「まさにな。力はどんどん増しているぞ」サムは感じた。

サークルのまわりで深い金色の光が揺れはじめた。四人はおのおの剣の刃先で地面に自分のシンボルを描いた。そして、最初の詠唱《チャント》が月とともに唱えられた。

「エアーとアースとファイヤーとウォーター、母から息子へ、息子から娘へ。われらの血を通じ、夜の力を呼ぶ権利を主張せん。草原の月の光の下で、われらはわれらに必要なものを求めん。光を求め、視界を求めん」

ネルが両腕を掲げた。「エアーから出でしわれ、エアーに求めん。われに風を操らせたまえ。害をなそうとするものを吹き払い、あらゆる魔法とあらゆる守りを与えたまえ。われはエアー、エアーはわれ。われ願う、かくあれかし」

風が立ちのぼって吹きすさぶと、今度はリプリーが両腕をあげた。「アースから出でしわれ、アースに懇願せん。わが足もとの大地を揺らし、震わせたまえ。大地に闇をのみこませ、闇を断ち切らせたまえ。われはアース、アースはわれ。われ願う、かくあれかし」

すると大地が揺れた。

「ウォーターから出でしわれ」サムも両腕を高々と掲げた。「ウォーターに呼びかけん。海から注ぎ、空からあふれよ。この光の道を洗い清め、夜の咆哮から守りたまえ。われはウォーター、ウォーターはわれ。われ願う、かくあれかし」

雨が降り注いでくると、ミアは頭をあげた。「ファイヤーから出でしわれ、ファイヤーに切望せん。火花を散らし、炎をあげ、すべてを焼きつくしたまえ。血を求めてさまようこの獣を一掃し、そのものからわが愛するものを守りたまえ。われはファイヤー、ファイヤーはわれ。われ願う、かくあれかし」

空に稲妻が走り、地面に突き刺さった。それは空中を駆けめぐり、雨のなかでダイヤモンドのように輝いた。

怒濤の嵐が、逆巻く風が、この場所から森へと広がっていく。

「ここにある装置じゃ計測できないよ」マックは轟く雷鳴に負けじと声を張りあげた。

「はっきりしたデータがとれない」

その脇でザックは武器を構えていた。「その必要はない。吠えているぞ。狼だ。だんだん近づいてくる」

サークルのなかでは四人が手をつないでいた。嵐のなかでのろしのように見える月光のもと、ミアはネルの手をサムの手に握らせ、三人で環をつくらせた。

「三人で二度おまえの息をとめた。最後に試されるのはわたしひとり。今夜わたしはひとりでおまえに挑む。闇より出でて、おまえのなすべきことをなしたまえ。わたしの運命はわたしの手のなかにある。わたしとおまえ、死ぬのはいずれか？　おまえの最後の時がやってきた。姿を現し、この魔女の力に立ち向かうがよい」

ミアは自ら熾した炎に包まれて、サークルの外へ踏みだした。

霧のなかから黒い狼が浮かびあがり、広場の縁で牙をむきだしにして吼えた。ミアが前に進もうとすると、すぐさまサムが儀式用の剣を掲げる。その剣が振られると青白い光が先端からほとばしり、彼の体をミアを守る盾に変えた。

「だめよ」厳重に封じこめておいたはずの感情の殻を破ってパニックが少しずつこぼれ、広場のまわりの光が揺らいだ。「これはあなたの戦いじゃない」

「きみはぼくのものだ。やつがきみを傷つける前にぼくがやつと地獄へ行くよ。きみはサークルに戻るんだ」

ミアはサムをじっと見つめた。狼がじりじりと近づいてくるにつれ、ミアのパニックは引っこんだ。心の奥底からわいてきた力が全身にみなぎる。

「わたしは負けないわ」ミアは穏やかに言った。「負けられないわ」輝かしい運命を信じてその場から駆けだすと、狼があとを追いかけてきた。

わたしの選んだ場所で終わらせる。それだけは心に決めていた。ミアは森のなかを飛ぶように走った。体の熱が地表を覆っている冷たい霧を裂き、吠え猛る風を突き刺した。狼は飢えた声を出して追いかけてくる。ミアはあらゆる小道、地面の起伏を知りつくしていたので、嵐に襲われた夜のなかでも矢のごとく突き進んでいけた。

ついに森を抜けだし、悪息漂う靄に覆われた崖にたどり着く。そこでミアは必要な時間を稼ぐために力を呼んだ。痛みと怒りの声を聞いた。そして、その声のなかに陰湿な喜びを感じた。

サークルの守りから外れ、たったひとりで、ミアはファイヤーと呼ばれた者が最後の選択をした崖に立った。背後には荒れ狂う海があり、足もとには容赦ない岩がある。

〝罠にかかったな〟頭のなかでささやく声がした。〝立て、そしてばらばらに引き裂かれよ。あとずされ、離れて、逃げまどえ〟

息も絶え絶えになりながら、ミアはほんの少しだけ後ろにさがった。濡れたローブの裾が風につかまれ、すべりやすい岩が足を震えさせた。

島は霧で覆われており、その重みで息苦しかった。でもそれは予想していたことだ。そのとき、村の外れにある広場で数千本のキャンドルがいっせいに灯されたかのような、光のサークルがはっきり見えた。それはまったく予想外のことだったが、そこからわいてくる愛のエネルギーが彼女に注ぎこまれた。

ミアはそのエネルギーと自らのパワーで身を守り、崖をのぼってくる狼を見た。敵が近づいてくる。そうよ、もっと近くへ来るがいいわ。わたしはこのときをずっと待っていたんだから。

狼は牙をむいて、人間のように後ろ足で立ちあがった。〝われを恐れよ。われこそがおまえの死だ。おまえに痛みをもたらす〟

黒い稲妻が空から放たれ、ミアの足もとの岩を削った。彼女はじりじりさがり、狼の赤い目が勝ち誇ったようにぎらつくのを見た。

「まだ終わっていないわよ」ミアは落ちついた声で言い放ち、狼に向かって火を投げつけた。

ようやく森を抜けてきたサムの目に飛びこんできたのはその光景だった。ミアは崖の縁に立っていて、白いローブは銀のように光り、髪は風になびき、黒い怪物が今まさに彼女に襲いかかろうとしていた。火がまわりをとり囲み、煙が厚く立ちのぼっていた。渦巻く空から光の槍が炎の雨のように降り注いだ。

サムは恐怖というより怒りの叫びをあげながら、剣を稲妻のようにひらめかせて、崖に突進していった。

今だ！　ミアはそう思い、まるで舞踏会場にでもいるかのように岩の上でくるりと回転した。「今宵、わたしは喜んでこの選択をする。彼はわたしを選び、わたしは彼を選ぶ」ミアは両手を広げて、心を捧げた。「この光はいかなる力も弱めない。わたしの心は彼のもの、彼の心はわたしのもの。そしてこれがわたしたちの運命。わたしは死を彼らのために捧げる」ミアは叫んだ。その声は森のなかに雷鳴のごとく轟いた。「わたしの愛する者たちのために。三百年の戦いにわたしが終止符を打つ、この言葉をもって。わたしは愛を選ぶ」ミアは駆け寄ってきたサムと手をつないだ。「わたしは命を選ぶ」

すると狼は男の姿へと変わった。その顔はいくつもの顔に変わっては溶けていった。すべての顔に、彼女が刻んだ印がついていた。「おまえはこの場所を守った。だが、おまえ自身は守れない」男は腐った息を吐きながら言った。「おまえもわたしと一緒に滅びるのだ」

敵が飛びかかってきたとき、サムは水のように明るい剣を振りかざした。「彼女の印。そしてぼくの印だ」剣が振りおろされると、敵は一瞬にして霧に姿を変え、岩の上を蛇のように這ってよけた。

「悪者は決して公平な戦いをしないわね」霧が声をあげてつばを吐きながら足もとへ近づいてくると、ミアは言った。「とどめはわたしが刺すわ」

「今度こそとどめを刺してくれ」サムが言った。

ミアはあらゆる覆いをとり払い、あらゆる鍵を開けた。彼女のなかで脈打っていた力が解き放たれて自由になると同時に、ミアは荒れ狂う空の下に立った。「わが力のすべてを持ちて命ず。闇よ、去れ。勇気と正義、技と心、そのすべてを合わせ、われはわが血の始めしことを終わらせん。今、汝は恐れを覚え、聖なる火に直面せよ」

ミアは手をのばし、丸めた指のなかに火を熾した。

「汝の運命は三姉妹によりて定められしものなり。われら願う、かくあれかし」

ルルのために。そして、罪のないほかの多くの人々のために。

ミアは火の玉を霧に投げつけた。すると霧は音を立てて燃えながら崖を転がり、海のなかへと落ちていった。

「地獄で溺れてしまえ」サムの声がこだました。「闇のなかで死ぬがよい。わが愛する女の印を負ったまま、永遠に燃えるがいい。おまえの力はこの巨大な海のなかに砕け散る」

「われら願う」ミアはそう言ってサムを見た。

「かくあれかし」サムはミアを引き寄せながら一歩さがった。「崖の端から離れたほうがいい、ミア」

「でも、すてきな眺めよ」

ミアは喜びにあふれた声をあげて笑い、天に向かって顔をあげた。雲が晴れた夜空に星々が輝き、穏やかな海を漂う白い船のような月が浮かんでいた。

「ああ、なんて気持ちがいいのかしら。あなたとはゆっくり話をしないとね」ミアは言った。「でもその前に、ネルとリプリーとの時間が欲しいわ」

「行っておいで」

ミアは崖をおり、シスターたちの腕へと飛びこんでいった。

しばらくして、ミアはほかのみんなをキッチンに残し、サムとふたりきりで庭へ出た。「どうしてわたしが前もってすべてをあなたに打ち明けなかったのか、理解するのは難しいかもしれないわね。傲慢だったからでは決してないのよ、ただ……」

声をつまらせた彼女をサムが抱きしめる。

「そうすることが必要だったの」ミアはようやく言葉にした。

「なにも言わなくていい」サムはミアの髪に顔を埋め、やさしい言葉と荒々しい言葉をゲール語でささやいた。それから急に彼女を引き離して、大きく揺さぶった。「必要だって？　ちくしょう。ぼくの胸から心を引きちぎる必要があったのか？　崖の端に立つきみにあいつが襲いかかるのを見たとき、ぼくがどんな気持ちになったかわかるか？」

「ええ」ミアは両手でサムの顔を包んだ。「わかるわ。でも、わたしにはああするしかなかったのよ、サム。わたしが確信を持てる唯一の方法だったの。ほかの誰も傷つけずに終わらすための」

「ひとつだけ質問に答えてくれ。ぼくの目をちゃんと見て答えてほしい。きみは自分を生け贄として捧げる覚悟だったのかい？」

「いいえ」サムがいぶかるように目を細めても、ミアは動揺しなかった。「命を危険にさらすことと自分を生け贄として差しだすことは違うわ。たしかにわたしは自分の命を危険にさらしたけれど、それはじっくり考えたうえでの決断だった。生を与えられたことに感謝を覚えている実利的な女性としてね。わたしは、唯一の本当の母のために、この命を懸けたのよ。この場所と、ここで暮らす人々のため、彼らのためにね」そう言って手で家を示した。「彼女たちから生まれてくる子供たちのため。あなたのため。わたしたちのために。でも、わたしは生きのびるつもりでいたし、このとおり、生きているわ」

「最初から、ああやってサークルから出ていくつもりでいたんだろう。やつを崖までおびきだす計画だったんだね。ひとりで」

「決着はあそこでつける定めだったのよ。わたしはありとあらゆる可能性を考慮して準備をしてきたつもりだった。それでも、あなたたちが気づいたもうひとつの可能性を見逃していたわ。崖から下を見おろして光のサークルが見えたとき……サム」こみあげる愛情に圧倒されて、ミアはサムにもたれかかった。「みんなの愛と信頼がわたしのなかに注ぎこまれるのを感じたとき、それはなによりも強い力となってくれたわ。もしあれがなかったらどうなっていたかは誰にもわからないわね。あなたがやってくれたんでしょ。わたしには考えもつかなかった応援を、みんなに頼んでくれたのね」

「島の住人が一致団結したんだ。ほんの数人に伝えただけで――」

「その言葉がどんどん広がっていったわけね」ミアはサムの言葉の続きを言った。

「そして全員が今夜コテージと森のまわりに集まってくれた。みんなの心と思いがひとつになって、わたしに届いた」

ミアはそのときの歌がまだ響いている胸に両手を押しあてた。

「力強いマジックだったわ。わかるでしょ」サムにゆったりともたれかかりながら続ける。「わたしはあなたにも誰にも言えなかった。心を開くことができなかったのよ。ほんの少しでも心を開いたら、わたしの頭や心にある思いが、戦おうとしている相手に読まれてしまうんじゃないかと恐れていたから。すべてが元どおりになるまで待つしかないと思いこんでいたから」

「ぼくはぼくで考えていたんだけどね、ミア、これはきみだけの戦いではなかったんだよ。ぼくらふたりの戦いだったんだ」

「わたしは確信が持てなかった。持ちたかったけれど持てなかった。わたしの目の前であなたがサークルを外れたあの瞬間まで。あなたの愛が伝わってきたあの瞬間まで。あのときわたしは、あなたがあとを追いかけてきてくれるってわかった。そして、ふたりで力を合わせて終わらせなければいけないんだって悟ったのよ。それと……」

ミアは頭を振り、言いたいことがきちんとした言葉にまとまるまでサムから少し離れた。

「わたしはかつて、あなたを深く愛していたわ。でも、わたしの愛はわたしの欲求や必要や願望と絡まりあっていた。それは少女の愛でしかなくて、限界があったの。あなたが去っていったとき、わたしはその愛を封印した。愛を抱えたままでは生きられなかったから。それなのに、ある日あなたが戻ってきた」

ミアはサムに向きなおった。

「あなたの姿を目にするだけで、胸が苦しくなったわ。さっきも言ったように、わたしは実利的な女だから、痛みは嫌いなの。だからそれに対処した。あなたが欲しかったけれど、あなたをとり戻すために愛の封印を解く必要はないと思った」ミアはサムの額にかかる髪を指でそっとかきあげた。「そう願っていたの。でも、いつのまにかその封印がゆるくなって、愛がもれだしてきたわ。その愛は以前とは違っていたのに、わたしは気づかなかった、違いを見ようとしなかった。見るとまた心が痛むから。あなたがわたしに愛していると言ってくれるたびに、言葉が胸に突き刺さったわ」

「ミア――」

「待って、最後まで言わせて。この庭で蝶と一緒に座っていた夜があったでしょ。あのときわたしは、あなたが来る前に気持ちを整理しようとしていたの。最初で最後のつもりで、覚悟を決めて、すべてを論理的に考えようとしていた。でも、あなたが座ってわたしに微笑みかけてきたとき、わたしのなかのあらゆるものが変化したの。まるでそのときを待っていたかのように。あなたの笑顔に見つめられただけでよ。愛しているって言われたときも、もう痛みは感じなかった。全然痛くなかったわ。どんな感じだったかわかるかしら？」

「いや」サムは指の節でミアの頬を撫でた。「言ってごらん」

「幸せだった。心の底から幸せに包まれたわ。サム」ミアは彼にふれたいという気持ちをこらえきれず、彼の腕をさすりはじめた。「そのときわたしがあなたに感じたのは、今もこれからも感じるのは、少女の愛ではないのよ。そこから花開いたものではあるけれど、新しい愛なのよ。甘い空想や夢はもう、必要ないの。もしもあなたが出ていっても――」

「ぼくはどこへも行かない――」

「たとえあなたがふたたび去っていくとしても、あなたへの愛は変わらないでしょうし、二度と封印をするつもりもないわ。ようやくはっきりとわかったのよ、わたしはその愛と一緒に築いたものを大切にしていくって。あなたがわたしを愛してくれているのがわかった、それで充分なの」

「まだぼくがきみを置いて出ていくと思っているのかい？」

「それはたいして重要じゃないわ」ミアは舞いあがるような気分でサムから離れ、くるりと円を描いた。「大切なのは、わたしはあなたを行かせても大丈夫なくらい、あなたを愛しているってことなの。不安になったりあなたを疑いの目で見たりせずに、あなたを愛しつづけられる。あなたと一緒になってもいいと思えるくらい、愛している。あなたと人生をともにできるくらい。なんの後悔もせず、なんの条件もつけずにね」

「こっちへおいでよ。ここに」サムは自分の胸を指して言った。

ミアはうなずいて、彼に歩み寄った。「これくらいでいいかしら？」

「これが見えるかい？」サムはミアの視線の先に指環が来るように、チェーンを引きあげた。

「なんなの、それ？　とても美しいものね」ふれようとして手をのばしたとき、ふたつの指輪からぬくもりと光が発せられて、ミアは息をのんだ。「彼らの指環ね」彼女はささやいた。「彼女と彼の」

「彼のは、いつだったかきみに話したアイルランドの洞窟で見つけた。そして彼女のは、ほんの数日前にこの島で見つけたんだ。ぼくらの洞窟で。指環の表面と内側に彫られた文字が読めるかい？」

ミアは胸を高鳴らして、外側に彫られているケルト模様に指をふれた。内側にはゲール語の文言が刻まれている。

サムは首からチェーンを外し、小さいほうの指環をとった。「これはきみのだ」

彼女の内に宿るあらゆる力が停止したようだった。まるですべてが息をとめたようだ。「どうしてこれをわたしにくれるの？」

「彼は約束を守れなかった。でもぼくは守る。ぼくはきみに約束する。きみもぼくに約束してほしい。今ここで、そしてぼくと結婚するときにもう一度。そのあとは毎日だ。ぼくらの子供たちが生まれるたびに」

ミアはサムの目をまっすぐに見かえした。「子供たち……」

「ぼくにははっきりと見えたんだ」

そこまで言って、サムはミアの頬を伝い落ちる涙の最初のひと粒を指でぬぐった。

「早春のある日、きみは庭の手入れをしていた。まだ葉っぱが薄い緑色で、陽の光もやわらかくて黄色いころのことだよ。ぼくがきみに近づいていくと、きみは立ちあがった。きみはとても美しかったよ、ミア。今まで見たなかでいちばんきれいだった。ぼくらの子供を宿していて、おなかが大きかった。そのおなかにぼくが手をあてると、赤ん坊が動いた。ふたりでつくった命が……なかから蹴りかえしてきたんだ。早く生まれたくて待ちきれないみたいに」両手でミアの顔を包みこむ。「それがなにを意味しているのか、そのときはまったくわからなかった。あの短い一瞬に見たり感じたりしたものを、ぼくがこんなにも望んでいたなんて、自分でもわからなかったよ。でも、今ははっきり気づいた。ぼくと人生を築いてほしい、ミア。ぼくと一緒に、そして、生まれてくる子供たちとともに」

「今夜はあれ以上の魔法なんて起こらないと思っていたのに……」ミアはサムの頬にキスをした。「答えはイエスよ」反対側の頬にもキスをする。「すべてイエス」彼女はそう言って笑いながら、唇を彼の口に重ねた。

サムはミアを抱いてくるりと一回まわしてから、彼女の右手をとった。

「指が違うわ」ミアが言う。

「結婚式まで左手はお預けだ。そういう古き伝統は大切にしよう。といっても、ぼくらは生まれたときから愛しあってきたわけだから、婚約期間は、とても短くてもかまわないと思うけど……」

サムがてのひらを上に向けると、先ほど受けとめたミアの涙は小さな光のかけらに変わっていた。彼はいたずらっぽい笑みを浮かべ、その光を高く投げあげた。すると、そこから無数の星が広がって火の粉のように降り注いできた。

「これがぼくの愛の証」サムはそう言って、空中から光をひと粒つかんだ。「約束のしるしだ。きみにこの星をあげるよ、ミア」そっと手を翻し、水のように澄んでいながら火のように明るいダイヤモンドが連なった指環をミアに捧げる。

「ありがたくちょうだいするわ。あなたのことも。あなたのこともよ、サム」ミアは右手を差しだして、誓いの指輪をサムにはめてもらう感動を味わった。「わたしたち、魔法のようにすばらしいふたりになれるわね！」

「今この瞬間からね」

サムは笑いながら彼女を高く抱きあげ、花があふれる庭を踊りまわった。

ふたりの星は闇に映えて、明るくまたたいた。

訳者あとがき

本書『情熱の炎に包まれて』は、アメリカ東海岸マサチューセッツ州沖に浮かぶ小さな島を舞台とする三部作〈魔女の島トリロジー〉の完結編です。

十七世紀末、魔女狩りの嵐が吹き荒れるセーラムでひっそりと暮らしていた魔女の三姉妹、エアー、アース、ファイヤーが、迫害を逃れるために力を合わせて魔法でつくったという伝説の残るスリー・シスターズ島。闇なるものの魔手から逃れ、魔女の聖域として三百年間は平穏が保たれるよう、三姉妹が命懸けでかけた魔法の網によって守られてきた島。この島には今も、その三姉妹の血と魔力を連綿と受け継ぐ子孫たちが暮らしています。

一作めの『新緑の風に誘われて』は、暴力を振るう夫のもとから勇気を振りしぼって逃げだし、運命に導かれるようにしてこの島へやってきたネル・チャニングの物語でした。もう二度と男性には心を開くまいと決意していたネルは、ここで島の保安官ザック・トッドと出会い、やがて恋に落ちます。と同時に、火の魔女ファイヤーの末裔であるミア・デヴリンの導きによって、それまでただのか弱い女性として生きてきた自分が風の魔女エアーの血を引いていることを教えられ、ザックとの愛を育みながら、魔女としても成長していきます。

続く『母なる大地に抱かれて』では、土の魔女アースの血を引くリプリー・トッドがヒロインとなって登場します。ザックの妹で、自身も正義感あふれる保安官代理であり、ミアとは幼なじみでもあるリプリーは、とある理由から過去十年にわたって魔力を封印してきました。しかし、この島の魔女伝説を研究しにやってきた科学者マック・ブックと出会い、知的でたくましくユーモラスな彼に惹かれていくなかで、自分が天から不思議な力を与えられて生まれてきたことの意味をあらためて知り、長年忌み嫌って遠ざけていた魔法の力をとり戻します。

そして本書『情熱の炎に包まれて』は、三人のなかでももっとも強い魔力を有するミアの物語です。ミアにはその昔、心から愛した恋人がいました。この島唯一のホテル、マジック・インのオーナーであるローガン家の息子、サムがその人です。しかしサムは十一年前、なんの前ぶれもなく一方的な別れを告げて、ミアのもとから去っていきました。失恋して心に手ひどい傷を負ったミアはすべてを捨てて死んでしまいたいと思うほどに嘆き悲しむのですが、自分にとって大切な人々やこの島を守るために生き永らえることを選択し、つらい日々をなんとか乗り越えてきました。そんなある日、今度もまたなんの前ぶれもなく、突然サムが島へ戻ってくるところからこの物語は始まります。

一度はミアを捨て、ニューヨークへと旅立っていったサムは、少年から大人の男性へと成長する過程で自分が本当は誰よりもミアを愛していたことを思い知り、ふたたび彼女の愛と信頼を勝ち得ようと意を決して戻ってきます。もちろんミアは、長年かけてようやく癒えた心の傷がまたしても深くえぐられるような事態になることを恐れ、サムの愛を受け入れようとしません。今ではミアと強い友情で結ばれているネルとリプリーも、当然ながらミアの味方となって冷たい態度でサムを迎え、追い払おうとします。しかしサムは、幼なじみのザックや、出会ってすぐに意気投合したマックら男性陣の協力のもと、故郷の地に再度根をおろし、じっくりとミアの心を解きほぐしにかかります。

ファイヤー、アース、エアーの血を引く三人同様、実はこのサムも水の魔法を操ることができる魔女のひとりです。こうして四大元素が揃い、そこにザックとマックも加わって、六人がそれぞれの能力と個性を活かし、迫りくる闇に立ち向かっていくさまは、読む者に大きな勇気と感動を与えてくれるのではないでしょうか。

ノーラ・ロバーツの作品は、今後も続々と扶桑社から刊行が予定されているそうです。彼女が紡ぐ物語はどれも、単にヒーローとヒロインのロマンスだけにとどまらず、人間としての大きなあたたかい愛に彩られ、ユーモアのスパイスも利いた楽しいものばかりです。本書をお楽しみいただいた方は、それらの作品もぜひご期待ください。

（二〇〇四年一月）

扶桑社ロマンスのノーラ・ロバーツ作品リスト

『モンタナ・スカイ』（上下）*Montana Sky*（井上梨花訳）
『サンクチュアリ』（上下）*Sanctuary*（中原裕子訳）
『愛ある裏切り』（上下）*True Betrayals*（中谷ハルナ訳）
『マーゴの新しい夢』*Daring to Dream* ※（1）
『ケイトが見つけた真実』*Holding the Dream* ※（2）

『ローラが選んだ生き方』*Finding the Dream* ※（3）
『リバーズ・エンド』（上下）*River's End*（富永和子訳）
『珊瑚礁の伝説』（上下）*The Reef*（中谷ハルナ訳）
『海辺の誓い』*Sea Swept* ☆（1）
『愛きらめく渚』*Rising Tides* ☆（2）
『明日への船出』*Inner Harbor* ☆（3）
『この夜を永遠に』*Tonight and Always* ★
『誘いかける瞳』*A Matter of Choice* ★
『情熱をもう一度』*Endings and Beginnings* ★
『心ひらく故郷』（上下）*Carnal Innocence*（小林令子訳）
『森のなかの儀式』（上下）*Divine Evil*（中原裕子訳）
『少女トリーの記憶』（上下）*Carolina Moon*（岡田葉子訳）
『ダイヤモンドは太陽の宝石』*Jewels of the Sun* ◎（1）
『真珠は月の涙』*Tears of the Moon* ◎（2）
『サファイアは海の心』*Heart of the Sea* ◎（3）
『新緑の風に誘われて』*Dance Upon the Air* ＊（1）
『母なる大地に抱かれて』*Heaven and Earth* ＊（2）

『情熱の炎に包まれて』*Face the Fire* ＊（3）本書
『ぶどう畑の秘密』（上下）*The Villa*（中谷ハルナ訳）
『愛は時をこえて』（上下）*Midnight Bayou*（小林令子訳）
Home Port（芹澤恵訳）
Genuine Lies（岡田葉子訳）

※印〈ドリーム・トリロジー〉、☆印〈シーサイド・トリロジー〉、◎印〈妖精の丘トリロジー〉はいずれも竹生淑子訳です。
★印は、いずれも清水はるか訳により、著者自選傑作集*From the Heart*収録の三作品を一作品一冊に分冊して刊行したものです。
＊印〈魔女の島トリロジー〉は、いずれも清水寛子訳です。
扶桑社ロマンスでは、これからもノーラ・ロバーツの作品を、日本の読者にお届けすることを計画しています。今後の予定については、最新刊の巻末をご覧ください。

（二〇〇四年二月）

◎訳者紹介　清水寛子（しみず・のぶこ）
1961年生まれ。英国ウェールズに留学後、国際基督教大学教養学部卒。1987年より、翻訳・編集業に携わる。ロバーツ『新緑の風に誘われて』（扶桑社ロマンス）、米崎邦子名義でクレスウェル『夜を欺く闇』、ハワード『瞳に輝く星』（以上、MIRA文庫）など、訳書多数。

魔女の島トリロジー3
情熱の炎に包まれて

発行日　2004年3月30日第1刷

著　者　ノーラ・ロバーツ
訳　者　清水寛子

発行者　中村　守
発行所　株式会社　扶桑社
東京都港区海岸1-15-1　〒105-8070
TEL.(03)5403-8859(販売)　TEL.(03)5403-8869(編集)
http://www.fusosha.co.jp/

印刷・製本　図書印刷株式会社
万一、乱丁落丁の場合はお取り替えいたします。

ISBN4-594-04553-7　C0197
Printed in Japan(検印省略)
定価はカバーに表示してあります。

扶桑社海外文庫

妖精の丘トリロジー
真珠は月の涙
ノーラ・ロバーツ　竹生淑子／訳　本体価格914円

作曲を愛するショーンと交際を始めたブレナ。村を訪れたアメリカ人に彼の曲を勝手に送ったことから、二人の間に不協和音が流れるが……。〈解説・下楠昌哉〉

東京サッカーパンチ
アイザック・アダムスン　本間 有／訳　本体価格914円

来日中の雑誌記者ビリー・チャカは、偶然出会ったワケアリそうな芸者を追って、不思議の国・ニッポンの暗部へ迷いこむ。全米熱狂の異色ジャパネスク・ノワール。

悪夢の秘薬（上・下）
F・ポール・ウィルスン　大瀧啓裕／訳　本体価格各752円

初夏、狂暴な暴力の発作を伴う新麻薬が蔓延する。その裏にうごめく謎の勢力を〈始末屋ジャック〉が追う！　ますます快調、鬼才が放つ痛快活劇ホラー巨編！

X-MEN2
クリス・クレアモント　富永和子／訳　本体価格848円

超能力を駆使して戦うミュータントたちの姿を描く、SFX映画、待望の新作！　原作コミックを代表する作家がみずから執筆した、公式ノベライゼーション登場。

＊この価格に消費税が入ります。